沸点科幻丛书
FEI DIAN KE HUAN CONG SHU
主编：赵国珍

科幻三杰 中国科幻领军人物

宇宙观察者

王晋康[精选集] 珍藏版

希望出版社

思想的沸点 | 代序

吴岩

北京师范大学教授，世界华人科幻协会会长

沸点是物质的相变点，意味着物质性质将发生彻底改变。

中国的科幻文学在新世纪已经到达了相变点，这样，希望出版社的“沸点”丛书应运而生。

有关新世纪科幻文学的特点，我觉得大抵不会离开后现代、全球化、市场经济、消费主义等一些对当前社会进行描述的现象的影响，但这其中，科学技术改变了未来跟现实的力量对比，把原本漂浮在时间前方的一种可能与渴望，变成了此时此地的冲撞性遭遇。2001年的“9·11事件”，让整个世界反思，当人们信誓旦旦地谈论科学战胜宗教带来有希望未来的同时，人类的思想现状和社会现状并未发生根本性的改变，世界范围内的发展不均衡和对帝国主义的反抗，能达到使人惊悚的真实效果。而2011年日本“3·11地震”，把大自然的诡异灵动跟人类开发原子能的努力相互联系，再度给人们敲响了警钟。近年来，大家所关注的转移因作物、干细胞研究、3D打印技术、甚至谷歌眼镜，也都各尽所能且前所未有地让种种不清晰的未来凶猛地嵌入我们的生活。今天，任何人走进医院，都会发现成百上千种前所未见的药物正在伺机投向我们的机体，而媒体技术的创新与改进，早已让信息超载的当代人类的心灵更加失调……我们正在跟未来冲撞，但未来的冲量和更多动力学特征，都还没有被彻底研究和解释。

即便是科幻文学这种文类，也正在面临诸多的考验。早在2007年我就在《文艺报》跟韩松和刘秀娟的一次对话中谈到，作为一种能够良好处理20世纪上中叶人与科技关系的理想的文学类型，科幻小说在21世纪正面临着全面的危机。摆在作家面前的是彻底改变了位置的未来，它像猛兽一样正一爪一爪地近距离刨向我们。当未来学家面对未来束手无策，当未来的冲撞重创我们每个人的时候，科幻文学只能寻找一种革新自己、以便继续生存的方法。这种革新，一方面要协助人类度过未来的冲击；另一方面，则要彻底拯救文类自身的存在。

不单单是中国作家看到了科幻的危机和未来的危机，在美国、日本和更多国家，现实和文学的双重危机也激发着所有深陷其中的从业者和爱好者思考与拼搏。最近几年，我到东西方参加科幻会议的时候，都会发现一个有趣的论题，就是如何利用科幻作品进行学校教育。参加这种讨论的人包括作家、教师、图书管理员和出版人，他们的目标只有一个，要在一个高速变化的时代给青年人以新的未来承受力。而这其中，我觉得最重要的努力，会来自作家。毕竟，教师、出版人、图书管理员在没有合适作品的状态下，无法作出有价值的工作。

令人兴奋的是，跟我一样对当前的世界变革与科幻变革具有敏感性的中国作家还有很多。大家熟知的刘慈欣和韩松，都通过邮件或面对面谈话，跟我讨论过相关的话题。而更多作家则用他们自己的作品来展示他们的思考。“沸点”丛书可以说是这种思考的结晶。

与“奇点”丛书不同，“沸点”丛书的作者都已经是中国科幻领域中具有深度影响力的作家，他们通过自己的思考和创作实践，敏锐地抓住现实与未来的关键特征，通过神秘而吸引人的故事，期待把这些有关未来的思考传递出来，给更多读者疗伤或免疫。

我觉得这套丛书有以下三个特点。

首先，它们来源很广。北方与南方、海峡的两岸……从不同方位不同角度不同社会状态下去观察未来，会提供多种可能的差异性解决方案。中国太过幅员辽阔，任何一个地区性的问题，在另一个地区都会改变模样，而生活在不同区域的作者所提供的差异巨大的解决方案，将丰富整个人类文化的视野，丰富人类选择的方式。

其次，它们积淀深厚。由于“沸点”丛书选择的都是已经在科幻行业中具有影响力的作者，从他们的多年思考中，能看到他们对许多问题的超前意识与深度反应。而这才是面对未来冲击的宝贵财富。阅读他们的作品，你能跟随他们一起让思想沸腾。

第三，它们关注全球化问题。如果说科幻作家在一百年前还可以偏居于狭小的世界，仅仅谈论资本主义或共产主义的各自未来，那么在今天，他必须对互联网、高速交通工具、全球股市、海洋污染、大气变化等建立起足够的框架，才能让读者从中领略真实。科幻作家是真实的创立者，更是真实的建构者和毁灭者。

恰恰是在上述三个特点的吸引下我阅读了“沸点”丛书的大部分作品。我向读者推荐这些作品，更期待读者就此跟作者进行讨论，对话，反馈，如果说未来正在伤害我们，且这种伤害是大范围的，那我们就必须通过集体治疗去消除伤害。

在微生物的存在未被发现之前，人类不懂得如何面对传染病的威胁。而微生物的发现和一系列连带的科研成果，使人认识到沸腾的重要作用。我觉得“沸点”丛书的最重要的价值是搭建了一个有价值的平台，在这个平台上，期待更多已经在文坛展露头脚的作家烘焙自己，让自己的创作走向沸点。

是为序。

于北京师范大学教育学部

科幻与创意教育研究中心

2013年8月27日

目录

豹

我们所经历的是一场十分特殊的审判，诚如雅库里斯先生和谢可征先生所说，在所有人类的法律中，尽管人们可能没有意识到，但的确有两条公理，是法律赖以存在的、不需求证的公理，即：人的定义和人类对自身生命的敬畏。现在，这两条公理已经受到挑战。

/ 一 /

2001年8月的一个晚上，加拿大温哥华市的格利警官在阿比斯特街区例行巡逻。车上的微型电视正播放着纳特贝利体育场里一千五百米决赛的实况，那儿正举行世界田径锦标赛。格利警官是个田径迷，他一边开车，一边用一只眼睛盯着屏幕。忽然电话响了，是局里通知他立即赶往邓巴尔街的洛基旅馆。那儿刚打来一个报警电话，是一名女子微弱的声音，话未说完声音就断了，但电话中能听到她微弱的喘息声，很可能这会儿她的生命垂危。格利警官立即关了电视，打开警灯，警车一路怪叫着驶过去，七分钟后在那个旅馆门口停下。

洛基旅馆门面很小，透过玻璃门，可以看见几个旅客在门厅里闲聊，有的在看田径比赛的实况转播。柜台经理阿瓦迪听见了警笛声，紧张地注视着门外。格利匆匆进去，向他出示了警徽，说："212号房间有人报警。"

阿瓦迪立即领他上到2楼，格利掏出手枪，侧身敲敲门，没有动静，经理忙用钥匙打开房门。格利警官闪身进去，一眼就看见一名浑身赤裸的黑人女子，半边身子溜在床外，电话筒还在床头柜半腰晃荡着。屋内有浓烈的血腥气，那女子的下体浸泡在血泊中。格利在卫生间搜索一遍，未发现其他人。他摸摸女子的脉搏，还好，没有死，便立即让柜台经理唤来救护车。

他用被单裹住女子的身体，发现她的上半身满是伤痕，像是抓伤和咬伤。在喉咙处……竟然是两排深深的牙印！把女子送走后，他仔细检查了屋内，没有发现什么有用的线索。地毯上丢着女子的T恤、皮短裙、黑色长筒袜和透明的内裤，床头柜上放着一百美元。卫生间里的一次性物品仍保持原状，没人使用过。

柜台经理阿瓦迪告诉他，这名黑人女子是半小时前和一名高个男人一起来的，那个男人十分钟前已经走了。"是个黄种人，身高约一米九，身材很漂亮，动作富有弹性。他留的名字是麦吉·哈德逊，当然可能不是真名。"

“他是使用信用卡还是现款？”

“现款，是美元。”

这些年温哥华的华人日渐增多，华人黑社会也逐渐在温哥华扎根，这是警方很头痛的事。他问：“这个黄种人是不是华人？”

经理迟疑地摇头：“我不知道，但我看他像是。”

格利点点头，不再追问。这桩案子的脉络很清楚：一名不幸的妓女遇见有虐待狂的嫖客，这种情况他不是第一次遇上。三年前，就在离这儿不远的一家四星级饭店里，一名颇有身份的嫖客（在此之前，格利常在报纸上或电视上见到他的名字）把一名妓女咬得遍体鳞伤。另一次则正好相反，一名嫖客央求妓女用长筒丝袜把他的双手捆上，再用皮带狠狠抽他。这些怪癖令人厌恶，但另一个案犯的行为甚至不能用“怪癖”来描述，只能说是地地道道的兽行。在这个案例中，一家人全部被害，四岁的孩子失踪（后来在下水道里找到了她的尸体），女主人被杀死后还被割去乳房，性器官也被割开。三个月后警方抓到凶犯，是一个骨瘦如柴、眼神恍惚的精神病患者。他没有被判刑，只是关到疯人院去了。

当警察时间长了，什么稀奇古怪的事情都能遇上。他的妻子南希是个虔诚的浸礼会教徒，对丈夫讲述的这些奇怪行为十分不解，总是皱着眉头问：“为什么？他们为什么要这样做？”

格利调侃地说，这证明达尔文学说是正确的。人是从兽类进化而来，因此人类的某一部分（或是正常人在某种程度上），仍保持着几百万年前的兽性，在适当的环境下，这些兽性就会复苏。南希很生气，不许他说这些“亵渎上帝”的话。但格利认为，如果抛开调侃的成分，那么自己说的并不错。确实，他所经历的很多罪行并不是因为“理智上的邪恶”，而完全是基于“兽性的本能”。

第二天早上他赶到医院，医生告诉他，那名女子早就醒了，伤势并不重，失血也不算太多，主要是因极度惊恐而导致晕厥。格利走进病房时，那名女子斜倚在床头，雪白的毛巾被拥到下巴，脸上还凝结着昨晚的恐惧。听见门响，她惊慌地盯着来人。格利把一个塑料袋递过去，说：“这是你的衣服和你的一百美元。我是警官格利，昨晚是我把你送到医院的。”

黑人女子勉强挤出一丝微笑：“谢谢你。”她的声音很低，显得嘶哑干涩。格利在她的床边坐下：“能告诉我你的名字吗？住址？”

女子低声说：“我叫萨拉，是美国加州人，五天前来加拿大。”

格利点点头，知道这个黑人妓女是那种“候鸟”，随着各国运动员、记者和观众云集温哥华，她们也成群结队飞到这里淘金来了。他继续问下去：“那个男人长什么样子？请你尽量回忆一下。”

萨拉脸上又浮现出恐惧的表情，脱口喊道：“他的性能力太强了！……就像是野兽，我从没见过这样的男人！”

“是吗？请慢慢讲。”

女子心有余悸地说：“我们是在街头谈好的，那时他满身酒气，答应付我一百美元。一到房间，不容我洗浴，他就把我扑到床上，后来……我受不了了，央求他放开我，也不要他付钱。那个人忽然暴怒起来，用力扇我耳光，咬我，掐我的脖子。后来我就什么也不知道了。”

格利看看她：“恐怕不是用手掐你，据我看他是用牙齿，昨晚我就在你颈上发现两排牙印。”

女子打了个寒战，用手摸摸脖子，把要说的话冻结在喉咙里。格利继续问道：“还是请你回忆一下，有没有什么东西能辨认他的身份？”

女子从恐惧中回过神来，回忆道：“他像是个运动员……”

“为什么？”

“他把我扑到床上后，又突然下床打开电视，电视中是田径世锦赛的实况转播。此后他似乎一直拿一只眼睛盯着屏幕。还有，他的身材！完全是运动员的体型，匀称健美，肌肉发达，老实说，当他在街头与我搭讪时，我还在庆幸今晚的幸运呢。我没想到……”

“他是哪国人？你知道吗？”

萨拉毫不迟疑地说：“中国人。”

“为什么？柜台经理告诉我他是黄种人，但为什么不会是日本人、韩国人或越南人？”

萨拉肯定地说：“他是中国人。他说一口地道的美式英语，但在性高潮时说的是中国话。我是在旧金山华人区附近长大的，虽然不会说中国话，但我能听懂。”

“那么，他也有可能是在华人区长大的华裔美国人？”

萨拉犹豫地同意了：“也有这种可能，不过……他似乎是把中国话作为母语。”

“他说的什么？”

“是一些不连贯的单词。什么一百米、二百米、刘易斯、贝利等。”

“你知道刘易斯和贝利是谁吗？”

萨拉点点头。现在，格利已经不怀疑萨拉所说的“他是个运动员”的结论了。贝利和刘易斯是几年前世界上有名的短跑运动员，只有那些全身心投入田径运动的人，才会在性高潮中还呼唤他们的名字。格利立即想到三天前看到的一百米决赛情况。起跑线上的八个运动员，有五名黑人，两名白人，只有一名黄种人，是中国的田延豹。这也是多少年来第一次杀入决赛的黄种人选手。田延豹是个老选手，已经三十五岁，这很可能是他运动生涯的最后一次拼搏。他在起跑线上来回走动时，格利几乎能触摸到他的紧张。事实证明格利并没有看错。发令枪响后，牙买加的奥利抢跑，裁判鸣枪停止。但是田延豹竟然一直跑到五十米后才听见第二次鸣枪。等他终于收住脚步，离终点线只有二十米了。他目光忧郁，慢慢地走回起跑线，走得如此缓慢，返回的时间足够他跑五次一百米了。

那时格利就知道，这位不幸的中国人体力消耗和心理干扰太大，肯定与胜利无缘了。再次各就各位时，田延豹恶狠狠地瞪着那位牙买加选手。很可能，因为这名黑人选手的一次失误，耽误了另一名选手的一生！

那次决赛田延豹是最后一名，而且这还不是不幸的终结。冲过终点线后他就栽倒在地上，中国队的队医和教练急忙把他抬下场。刚才他榨尽了最后一滴潜力以求最后一搏，不幸把腿肌拉伤了。

这样，两天后，也就是昨天晚上的二百米决赛他不得不弃权。可是按他过去的成绩来看，他在二百米比赛中的把握更大一些。在电视中看到这些情况时，格利十分同情和怜悯这个倒霉的中国人，但此刻却不由自主地把怀疑的矛头对准了他。按体育频道主持人的介绍，田延豹恰是一米九左右，体型十分匀称。也许，一个在赛场上遭受毁灭的男人会怀着一腔怒火去毁灭一个素不相识的女人。他问萨拉：“那人大约有多大岁数？面部有什么特征？”

“大约不到三十岁，圆脸，短发，至于别的特征……我回忆不起来了。”

“你能确定他不足三十岁吗？”

萨拉迟疑地摇摇头：“我不能，他没有给我足够的观察时间。”

“他走路是否稍有些瘸拐？”

“没有注意到。”

“还有什么异常情况吗？”

妓女迟疑地说：“他的精神……好像不大正常。他不能控制自己。”

“是吗？”

“他的表情一直很阴沉，说话很少，像是有很重的心事。他带我上车，为我开关车门，完全是一个有教养的绅士，可是后来……”

格利完全同意她的判断。想想吧，那人在干完这样的兽行后，竟然没有忘记留下应付的一百美元！他问：“如果看到他的照片，你能认出来吗？”

“我想可以。”

格利站起身：“那好，你休息吧，我下午再过来。”

他立即动身到温哥华电视台借来了前天晚上决赛的光盘，但在返回途中已经后悔了。冷静地想想，他的推测纯属臆断，没有什么事实根据。而且……即使罪犯真的是那个可怜的中国运动员，他也是在一时的神经崩溃状态下干的，很可能这会儿已经后悔了。况且也没有造成什么严重的后果，何必为了一个肮脏的妓女毁掉一个优秀运动员的一生？

等他迟疑不决地回到医院，那名妓女已经失踪。她趁护士不注意，穿上自己的衣裙溜走了，还带走了属于自己的一百美元。这不奇怪，哪个妓女没有违犯过法律？她们不会喜欢到警察局抛头露面的。于是，格利警官心安理得地还了光盘，把这件事抛到脑后。

三年后，在雅典奥运会上，一件震惊世界的连环杀人案披露于世，几乎每家报纸、每家电台都频繁播送着两个死者（一个男人，一个姑娘）的头像。后一个凶手也是中国人，加拿大温哥华市皇家骑警队的格利警官马上在屏幕上认出了他。以后，随着雅典一案的逐层剥露，他才知道洛基旅馆那件小小的案件只是冰山的一角，在它的下面，隐藏着叫全世界都瞠目的人类剧变。

/ 二 /

中航波音777客机正飞行在北京一雅典的航线上，高度为一万五千米。从舷窗望去，外边是一片淡蓝色的晴空，脚下很远的地方是凝固的云海，云眼中镶嵌着深蓝色的地中海。

午餐已经结束，老体育记者费新吾用餐巾纸揩揩嘴巴，把杯盏递给空姐。他的两个同伴田延豹和他的堂妹田歌，已经闭着眼睛靠在座背上，专心听着耳机里的英语新闻广播。田延豹今年三十八岁，圆脸，平头，穿着式样普通的夹克衫。他退出田径场后身体已经发福了，但行为举止仍带着运动员的潇洒洒脱。田歌则是一位青春靓女，在机舱里十分惹人注目。

飞机上的乘客不多，不少人到后排的空位上观景去了。前排几个小伙子正神情亢奋地大摆龙门阵，听口音是东北人：

“这叫哀兵必胜！雅典1996年申奥失败，2000年照样申请，再失败，2004年还接着干，这不就把奥运会争到手了？”

费新吾微微一笑，看来，机上至少有一半人是去观看雅典奥运会的，他们属于迟到的观众，奥运会早在三天前就开幕了。不过费新吾是有意为之的，因为他和两个同伴主要是冲着田径之王——男子百米决赛去的，不想多花三天的食宿费。

男子百米决赛定于明晚举行。

从头等舱里出来一个老人，大约六十五岁，银发，穿一身剪裁得体的藏蓝色西服，细条纹衬衣，淡蓝色领带，举止优雅，目光十分锐利。他径直朝这边走过来，边走边打量着费新吾和他的同伴。费新吾开始在心里思索这是不是一个熟人，这时老人已立在他身旁，抬头看看座位牌，微笑着俯下身："如果我没有看错，您就是著名的体育记者费新吾先生吧？"

费新吾赶忙起身："不敢当，我曾经当过体育记者，现在已经退休了。先生……"

老人接着向田延豹示意："这位先生……"费新吾忙触触同伴，田延豹睁开眼睛，看见一个老人在笑着看他，便取下耳机，欠过身子。老人继续说："如果我没有看错，你就是中国最著名的短跑运动员田延豹先生吧？"

田延豹的目光变暗了，那个失败之夜又像一根烧红的铁棒烙着他的心房。一辈子的追求和奋斗啊，就这么轻易断送在"偶然"和"意外"上，谁说上帝不掷骰子？那晚，他违反了团组纪律，单独一人外出，在酒吧中喝得酩酊大醉。第二天，焦灼的领队和老费在警察局的收容所里找到他，那时他对头天晚上的事已经没有一点记忆。他拂去这些回忆，惨然一笑，对老人说："一个著名的失败者。"

老人在前排空位坐下，慈爱地看着他："失败的英雄也是英雄，折断翅膀的鹰仍然是鹰。毕竟你是在奥运会上'听四枪'的第一个中国选手，也是田径运动中少数的黄种人运动员之一。历史不会忘记你。"

费新吾饶有兴趣地看着他。所谓"听几枪"是体育界的行话，比如听两枪是进入预决赛，听三枪是进入半决赛，听四枪则是进入决赛。看来这位老人对田径比赛比较熟悉。他看见了两人询问的目光，自我介绍道："我姓谢，双名可征，美国马里兰州克里夫兰市雷泽夫大学医学院生物学教授，也是去看奥运比赛的。"

靠窗坐的田歌忽然扯下耳机，兴奋地喊："预决赛刚结束，他已经杀入决赛了！"

田延豹急忙问："成绩呢？"

"10.07秒，仍是最后一名——最后一名也是英雄，飞得再低的雄鹰也是雄鹰！"

她刚才并没有听见三个男人的谈话，所以这番关于鹰的话纯属巧合，三个男人不由得笑了。田歌不知道笑从何来，诧异地盯着三个人，眼珠滴溜溜的像只小鹿，三个人又一次笑起来。

谢教授的目光被田歌紧紧吸住。二十二岁的田歌具有上天垂赐的美貌，虽然不施脂粉，但无论何时何地都能光芒四射，艳惊四座。她穿一身白色的亚麻质地的紧身休闲装，显得飘逸灵秀。很可能，前边那群东北小伙子的亢奋就与身后有这样一位美貌姑娘有关。费新吾为老人介绍："这个漂亮姑娘是田先生的堂妹，一个超级田径迷，虽然她自己的百米成绩从未突破15秒。后来我为她找到了其中的原因：老天赐给她的美貌太多，坠住了她的双腿。所以，她只好把对田径的一腔挚爱转移到她的偶像身上了。"

这番亦庄亦谐的介绍使田歌脸庞羞红，她挽住哥哥的手臂说："豹哥是我的第一个偶像。"

谢教授微笑着问："你刚才谈论的是谢豹飞的成绩吧。"

"对，美国运动员鲍菲·谢，那是我的第二个偶像，他和我豹哥是国际大赛中唯一杀入决赛的两名中国人，而且名字中都带一个'豹'字，这真是难得的巧合！我想他们的父母在为儿子命名时，一定希望他们跑得像非洲猎豹一样快！"

费新吾纠正道："你犯了一个错误，这名运动员只是华裔，不是中国人。"

老人微微一笑："田小姐说的并不为错，虽然谢豹飞，还有我，不是法律意义上的中国人，但在心灵上仍属于中国。"他眼睛中闪着异样的光芒，压低声音说："透露一点小秘密，谢豹飞就是我的独生儿子，我是去为他助威的。"

田歌立即蹦起来，惊叫道："您……"

老人把手指放在唇边："嘘……不要声张。"

田歌站立过猛，膝盖狠狠撞在未折起的小餐桌上，但她没有感觉到疼痛，异常兴奋地盯着这个老人。她做梦也想不到能有这样难得的巧遇，遇上谢豹飞的父亲！在她的心目中，谢豹飞差不多和外星人一样神秘。费新吾和田延豹也很兴奋。

老人说："我在乘客名单中看到了你们两位……你们三位的名字，我和田先生、费先生已经神交多年了。为了表示敬意，三位所需的百米决赛的入场券就由我准备吧，到雅典后请用这个电话号码与我联系。”

他递过一张写着电话号码的小纸片，费新吾衷心地说：“谢谢，衷心希望令郎在明天取得好名次。”

老人起身同三个人告别，想了想，又俯下身神秘地说：“再透露一点小秘密，希望绝对保密，直到明晚9点之后。可以吗？”

田歌性急地说：“当然可以！是什么秘密？”

老人的嘴角漾着笑意，一字一顿地说：“除非有特大的意外，否则鲍菲在决赛中绝不是最后一名。”

他展颜一笑，返回头等舱。这边三个人面面相觑，被这个消息惊呆了。田歌声音发颤地说：“豹哥，费叔叔……”

费新吾向她摇摇手指，止住她的问话。他和田歌一样有抑制不住的狂喜。虽然在种族大融合的21世纪，狭隘的种族自豪感是一种过时的东西，但他还是没办法完全摆脱它。不错，在体育场上，黑人、白人运动员所创造的田径纪录也使他兴奋不已，他十分羡慕这些天之骄子，他们有上帝赐予的体态体能。尤其是黑人，他们有猎豹一样的体形，长腿，窄髋骨，肌肉强劲，田径场上看着他们刚劲舒展的步伐简直是一种享受。他们多年来称霸田坛，最红火的时候，一百米、二百米的世界前二十五名竟然全是黑人！黄种人呢？尽管他们在灵巧性项目上早已占尽上风，但在力量型项目上至今仍是难望项背。三年前，田延豹在的崛起曾使他兴奋过，结果失望了。其实回想起来这种结局是正常的，因为田延豹身上背负着太多太多的期望，他已经在心理上被压垮了，那天赛场上的意外只是一根导火索。

近两年来，华裔运动员谢豹飞像一颗耀眼的流星突然出现在天际，从一个默默无闻的三流选手迅速爬升，直到杀入奥运决赛。在体育界他是一个带着几分神秘色彩的人物，连他的英国教练也从不抛头露面。费新吾对他一直抱着极高的期望，不过他始终认为谢豹飞夺冠只能是下一届奥运会了，因为他的成绩一直徘徊在世界八到十名之后。

田延豹俯在他耳边兴奋地低声说：“他在预赛和预决赛中都是倒数第二、三名，如果……”

作为多年的体育记者，费新吾完全听懂了他的话。如果一个有意隐藏实力的选手一直以这种成绩杀入决赛，那就说明他对自己有绝对的信心——他知道自己不会因为万一的不慎被挤出决赛圈。那么，这个选手极可能有夺冠的实力。

他们兴奋地交换着目光，不再交谈。他们不会辜负老人的信任，一定要把这个秘密保守到决赛之后，因为这是出奇制胜的心理战术。

飞机下面已经是白色的雅典城，空姐们督促乘客系上安全带，迅速增大的气压使他们两耳轰鸣着，机场的光团渐渐分离成单个的灯光。田歌紧紧拉住哥哥的右臂，激动地说："豹哥，我真盼着快点到明天！"

雅典帕纳西耐孔体育场一直是奥林匹克运动的圣殿，就像是伊斯兰信徒心中的麦加天房。帕纳西耐孔体育场建于公元前330年，全部由洁白的大理石建成，坐落在圆形的山丘上。体育场正面是典型的古希腊朵利亚建筑风格的高大前柱式门廊，门廊中央是巍峨庄严的白色大理石圆柱，前后排列共二十四根。中央门廊成品字形，共十二根，后门廊柱共六根。看台依跑道的形状而建，也全部是洁白如雪的大理石，跑道两端是白色大理石砌成的方形圣火台，静卧在乳白色的地毯上。

体育场后面是郁郁葱葱的绿树，晚霞洒落在高大的树冠上。这个古老的体育场同样也充满了现代气息，两个巨型电视屏幕高高耸立，十口锅状的卫星天线一字排开朝向天空。暮色渐渐沉落，但体育场内亮如白昼，灯光映照着绿色的草坪和朱红色的跑道，还有数万名兴奋的盛装观众。

费新吾和两个同伴在靠近跑道终端的第二层看台上找到了自己的位置。做了多年的体育记者，他知道在百米决赛的黄金时段，这样的位置是十分难得的。他十分感激那个慷慨的老人。但他没有找到老人的影子，附近没有，贵宾席上也没有。莫非在这个令人疯狂的时刻，他还能端坐在卧室看电视转播？

他在贵宾席上看到了原美国短跑名将刘易斯。这个百米跑道上的风云人物，曾经多次破世界纪录和获得奥运会冠军，现在已经结束体育生涯了。他正在与贵宾席正中央的原国际奥委会主席萨马兰奇交谈，萨翁左侧则是现任奥委会主席。两名主席当然不会错过今天的比赛，毕竟，男子百米和男子跳高是田径运动中分量最重的两枚奖牌。

回头望望看台，第七排以上全是各国的新闻记者，他们胸前挂着长焦距相机或摄影机，膝上摆着最新的笔记本电脑，面前还有为他们特意配置的小型闭路电视。费新吾用目光扫视一遍，从他们佩戴的台徽看，有英国的BBC，美联社，意大利的RAI，日本的TBS，加拿大的CBC，法国的FT2，挪威的NRK，以色列的IBA……自然也少不了新华社。新华社的穆明也看到他了，两人远远地招招手。

田延豹一直闭目而坐，眉峰微蹙，他一定又回到七年前那个痛苦的夜晚了。田歌穿一件洁白的露肩装，紧紧捧着一束硕大的花束，里面有象征胜利的月桂和象征爱情的玫瑰。她的眸子里有两团火在燃烧，从她手指和嘴角无意识的抖动，能看出她心中极度的渴盼。

忽然观众骚动起来，随之各种语言的欢呼声响成一片，八名短跑选手从休息室里出来了，有美国的老将格林、蒙戈马利，英国新秀德锐克，加拿大的贝克尔，牙买加的奥塞，尼日利亚的老将埃津瓦，乌克兰的斯契潘奇。这里面有六个黑人，一个白人。最后出来的是美国的鲍菲·谢，是选手中唯一的黄种人。八名选手都很从容，步履悠闲地走着，不时向看台上的观众招手或送个飞吻。当谢豹飞经过记者席时，第二排看台上的一个姑娘用英语高喊：“鲍菲·谢，谢豹飞，这束花是你的！”

姑娘的声音十分脆亮悦耳。谢豹飞看到了那个手持花束用力挥舞的姑娘，纵然是决战前的紧张时刻，那姑娘明月般的美貌还是让他心神摇曳。他点点头，又飞个吻，继续往前走。

田歌脸上发烧，坐下来，把脸埋在花丛中，心脏狂乱地跳动。她心目中的偶像听到了她的声音！为这一句话她曾踌躇良久，她原想喊：“不管胜利或失败，这束花都是你的！”但仔细考虑，这样喊未免不吉利。反复斟酌到最后，她才把自己的激情浓缩在这六个字中。

八个选手正在脱外衣，田歌目醉神迷地盯着自己的偶像。其实，她对谢豹飞知之甚少，也不知道他是否有意中人，但她仍不顾一切地把自己的终身托付给他了。谢豹飞已脱掉长衣，悠闲地做调整运动。他身高一米八八，肩宽，腰细，臀部微凸，双腿修长强劲，圆脑袋，背部微有曲度，整个身体像非洲猎豹一样矫健。

9点30分，八名选手各就各位，谢豹飞是第八跑道。裁判高高举起发令枪，八台激光测速器都对准了各人的腰部，全场突然变得一片静寂。

在三个中国人附近，有一个衣着普通的白人老者。他坐在第四排看台的普通席上，目光冷静地看着谢豹飞的一举一动。没有人认出他就是著名的耐克公司董事长菲尔·奈特。三天前，在美国俄勒冈州波特兰市耐克公司总部里，秘书告诉他，有一个从雅典打来的越洋电话，一定要找奈特本人。打电话的人自称是百米决赛中最差劲的一位选手，华裔美国人鲍菲·谢。奈特忽然心中一动，让秘书把电话转过来。

电视中出现了那个年轻人圆圆的面孔，穿着运动衫，背景是吵吵嚷嚷的体育场。他嬉笑自若地说："我是百米决赛中最差劲的一名选手，以致各个体育用品公司都不把我放在眼里。不过奈特先生是否知道一句中国话'烧冷灶'？也许在某个冷灶里烧一把火，会得到意想不到的好处呢。"他大笑一阵，继续说道，"所以我自己找上门来，想与奈特先生签一份对双方都有利的合同。"

他的笑容明朗而自信，在这一瞬间，奈特忽然触摸到了这个人明天的成功。老奈特十分相信自己的商业直觉，他仅停顿两秒钟就果断地说："好，我同意，我马上派人去雅典同你签合同。"

那人笑着说："我不喜欢同你的下级讨价还价，还是咱俩在这儿敲定吧。我会在百米决赛中穿上耐克跑鞋——毕竟我一直在穿它——比赛后我会把耐克跑鞋抛到天空，或顶在头上，总之做出你想要我做的任何表演。至于贵公司的酬劳，当然与我的名次有关。我提个数目，看奈特先生是否赞成。如果我取得第八至第二的任何名次，贵公司只需付我一美元……"

奈特立即问道："你说多少？"

"一美元，只需一美元。但我若夺得冠军，这个数目就立即上升到五千万。你同意吗？"

奈特十分震惊他的自信，短时间的踌躇后他干脆地说："我同意，付款期限……”

“不不，我的话还没有说完呢。如果我夺冠的同时又打破世界纪录，贵公司要把上述酬劳再增加一美元，也就是五千万零一美元。但如果我的纪录打破9.5秒大关，”他一字一顿地说，“您听清了吗？如果打破9.5秒大关，我的酬劳就要变成一亿美元。”

纵然奈特是体育界的老树精，也仍然吃惊得站起身来：

“你说9.5秒大关？那是多少体育专家论证过的生理极限呀，根据计算，为了达到这个速度，大腿的肌肉纤维都要被拉断。换句话说，这是人类体能无法达到的速度。”

对方不耐烦地说：“那就是我的事了。怎么样？一亿美元，据我所知，贵公司还没有同哪一个运动员签过这么大数额的合同。”

奈特按捺住内心的激动，平静地说：“我答应。你不要把我看成唯利是图的商人，只要你能超越体育极限，达到人类不敢梦想的这个高度，我情愿奉送你一亿美元，并且不要你承担任何义务。”

鲍菲目光锐利地看看他，略作停顿后笑道：“也好，我会把这段谈话透露给某位记者，我想这将是对耐克公司更好的宣传，远远甚于向天空扔跑鞋之类的杂耍。至于付款期限等枝节问题就由你们酌定吧，我不会挑剔的。”

“但是有一条，”奈特严厉地说，“如果出现了兴奋剂丑闻，这个合同就彻底告吹。我不想再出现约翰逊那样的事情。”

“那是当然。这一点请你尽管放心。”说完他就挂了电话。

这会儿，奈特用望远镜盯着蹲伏在起跑线上的鲍菲，心中默默祈祷着。一方面，从理智上说，他不相信谢的大话——这确实是令人难以置信的。另一方面，从直觉上，他又十分相信，他能从那人当时的笑声、从他明朗的表情，甚至从他的不耐烦上摸到他的才能和信心。好了，10秒之后就能看出究竟了。

一声枪响，八个人像子弹一般冲出起跑线，鲍菲和奥塞跑在最前面，但随即又是一声枪响，有人抢跑！运动员都很快收住脚步，快快地返回起跑线。

田延豹心头猛然一阵紧缩。这两年他一直盯着谢豹飞的崛起，为了一种潜意识的种族情结，他把自己破灭的梦想寄托在这个黑头发黄皮肤的华裔年轻人身上了。其实他知道谢是美国人，他得奖时会升起星条旗，奏起美国国歌。但不管怎样，他仍然期盼着这名华裔选手获胜。在邂逅了谢先生之后，这种亲切感就更加强烈了。但是，今天的情形简直是三年前的重演，莫非他也要遭到命运之神的毁灭？

他原以为是谢豹飞抢跑了，但裁判却向牙买加选手奥塞发出警告。谢豹飞返回起跑线后，怒气冲冲地瞪着五道上的奥塞，向他狠狠啐了一口。田歌没有想到自己的偶像会在众目睽睽之下做出这样粗野的举动，面庞发烧地垂下目光。田延豹却突然攥住老费的胳膊——在这一瞬间，他对谢豹飞获胜的把握又大了几分。不错，这个动作是有失体面的，谦恭的中国选手绝不会这样做。但恰恰是这个粗野的举动显露了那人的自信，显示了他身上未泯灭的野性。

这种可贵的野性在国内选手身上太少见了，而在国外选手尤其是黑人选手身上常常看到。那时，国内运动员中流传着一个近乎刻薄的笑谑，说黑人正因为进化得较晚，所以才保留了较多的野性，当然这是吃不到葡萄的自我解嘲。因为据近代基因科学的判定，非洲人的基因是最古老的，非洲是全世界人类的摇篮。

发令枪又响了，谢豹飞第一个冲出起跑线。依田延豹多年的经验，他的起跑反应时间绝对在0.120秒之下。看来他的体力和心理都没有受到上次抢跑的影响。他的动作舒展飘逸，频率较高，步幅也大，腰肢柔软，酷似一头追捕羚羊的猎豹。从一开始，他就把其余的选手甩到身后，在后程加速跑中又把这个距离进一步扩大，领先第二名将近五米。转眼之间，他就昂首挺胸冲过终点线。看场中立即响起雷鸣般的掌声，这阵惊涛骇浪几乎把看台冲垮。

但今天场上的情形很奇怪。欢呼声仅限于普通观众，而那些教练、老选手、老资格的体育记者们都屏住气息，紧紧盯着电动记分牌。他们凭感觉知道，一项新的世界纪录就要诞生。9.45秒！记分牌上打出这个不可思议的数字，全场足足停顿了10秒钟，才爆发出天崩地裂的欢呼声，数万名观众不约而同地站起来，有节奏地欢呼着：

“鲍菲——谢！鲍菲——谢！”

谢豹飞接过别人递过的美国国旗，绕场狂奔。新闻记者们低着头，争分夺秒地用专用电话线发回最新报道。两名奥委会主席也忘形地站起身大声喝彩，尤其是满头银发的萨翁，兴奋得不能自已，泪流满面。费新吾和田延豹的眼眶都湿润了。田歌捧着花束跳到场中间，等谢豹飞跑过来时，她狂喜地扑上去：“谢豹飞，这束花是属于你的！”

她递过鲜花，忘情地搂住谢的脖子。谢豹飞一手执旗，一手执花，环抱着姑娘的臀部把她举起来，在她的乳沟上方吻了一下。

虽然这个动作失之轻薄，但狂喜中的田歌毫无芥蒂，她深深地吻了谢豹飞的额头，激动地跑回看台。其他几名选手也过来同冠军握手祝贺，他们对这个冠军心悦诚服。奥塞也过来了，谢豹飞笑着特意同他紧紧拥抱，了结了不久前的冲突。

直到运动员回到休息室，全场的狂欢才慢慢平息。

各家电视台、电台和电子报纸都以最快的速度报道这则爆炸性的消息，美联社套用首次登月的宇航员阿姆斯特朗的一段著名的话：

“对于鲍菲·谢而言，这只是短短的百米；但对于人类来说，却跨越了几个世纪。”

不久，奥运会兴奋剂检测中心公布了对谢的检测结果：

“我们在赛前及赛后对鲍菲·谢进行了两次兴奋剂检查，检查结果均为阴性。我们还用才投入使用的最新技术对生长刺激素和促红细胞生长素的服用情况进行了检查，结果也为阴性。值得提出的是，正是谢本人主动要求我们强化对他的检查。他要向世人证明，他这次令人震惊的胜利是光明磊落的。”

菲尔·奈特先生不动声色地看完比赛，悄悄返回波特兰市的耐克公司总部。鲍菲·谢履行了他的诺言，比赛后立即向报界公布了三天前两人之间的谈话，这使耐克公司的声誉达到巅峰，连总统也打电话向他表示敬意。这种效果是多少广告费也打造不出来的。而且，凭多年的经验，他知道几天后大把的订单就会飞向耐克总部，至少百分之二十的美国青少年会立即去买一双耐克跑鞋挂在墙上，以此宣泄他们对鲍菲的狂热崇拜。

/ 三 /

在雅典瓦尔基扎富人区的一座寓所里，谢可征教授独自躺在沙发中看完电视转播，然后向国内的妻子打了一个电话，就儿子的惊人成功互相道喜。这个结果早在他们预料之中，所以他们的谈话十分平静。刚放下电话，电话铃又响了，屏幕上是田歌的面庞，她眼睛发亮，两颊潮红，略带羞涩但口气坚决地说："谢伯伯，向您祝贺！二百米决赛后鲍菲有时间吗？如果他能陪我吃顿饭，我会感到十分荣幸。"

谢教授微微一笑，他想这个姑娘已经开始了义无反顾的爱情进攻。他也知道儿子已经成为世界名人，狂热痴迷的美女们会成群结队跟在儿子身后。不过他十分喜欢田歌，喜欢她不经雕琢的美，喜欢她的开朗和落落大方，也喜欢她是一个中国人。他笑着说："田小姐，我给你一个电话号码，你自己同鲍菲联系吧。要抓紧啊。"

他半开玩笑半认真地说。田歌羞红了脸，说："谢谢伯伯。"

两天后，二百米决赛结束了。谢豹飞以18.62秒的成绩再次夺冠——又是一个世纪性的成绩。这些天，费新吾和田延豹一直处于极度亢奋之中，夜里他们同榻而卧，兴致勃勃地谈论着这个罕见的"鲍菲现象"：为什么他能把同时代的人远远抛在后边？为什么他能轻而易举地突破科学家预言的生理极限？他并没有服用兴奋剂，他事先要求对自己强化药检，正是为了向舆论证明自己的清白。是否他的父亲发明了一种新的高能食品？或者是其他合法的方法，比如电刺激？

无疑，他的两个纪录会成为两座突兀的高峰，恐怕多少年内无人能超越。这种现象并不是绝无仅有。1968年美国运动员鲍勃·比蒙的世纪性一跳创造了8.90米的跳远记录，一直保持了十九年。更典型的例子是原乌克兰选手布勃卡，他十九岁获得世界冠军，三十四次打破世界纪录。1991年他打破了6.10米的纪录——而在此前，不少体育专家论证说，6.10米是撑竿跳的极限，而他竟在半年内连续六次打破自己创造的纪录。但尽管这样，在短跑中出现这样的突破仍是不可思议的，不正常的，因为短跑技术早已发展得近乎尽善尽美，它已经把人类的潜能发挥到极致。众所周知，水平越高的运动就越难有所突破。

他们常常醉心地、不厌其烦地回忆起谢豹飞在赛场上的那份矫健，那份潇洒。他们都是内行，越是内行越能欣赏谢的天才和技术。费新吾自嘲道："咱们这是秃子借着月亮发光呀。中国人没能耐，拉个华裔猛侃一通。说到底，他的奖牌还是美国的。"

田延豹脱了衣服走进浴室，忽然扭头问："他会不会是个混血儿？你知道，远缘杂交——这个名词虽然有些不敬——常常有遗传优势。比如法国著名作家大仲马是黑白混血儿，他的体力就出奇的强壮，常和狐朋狗友整夜狂嫖滥赌，等别人瘫软如泥时，他却点上蜡烛开始写小说。他的不少名著就是这样写出来的。"

费新吾摇摇头："不，我从侧面了解过，他是百分百的中国血统。"

三天没好好睡觉，两人真的乏了，洗浴后准备好好睡一觉。就在这时电话铃响了。拿起电话，屏幕上仍是一片漆黑，看来对方切断了视频传输，他不想让这边看到他的面貌。

那人说的英语，音调十分尖锐，就像是宦官的嗓音，让人觉得很不舒服。

"是费新吾先生吗？"

"对，你是……"

"你不必知道我的名字，我想有一点内幕消息也许你会感兴趣。"

费新吾摁下免提键，同田延豹交换着眼色："请讲。"

"你们当然都知道谢豹飞的胜利，也许，作为中国人，你会有特殊的种族自豪感？"

他的口气十分无礼，费新吾立即滋生了强烈的敌意，冷冷地说："我认为这是全人类的胜利。当然，同是炎黄之胄，也许我们的自豪感更强烈一些。是否这种感情妨害了其他人的利益？”

那人冷静地回答：“不，毫无妨害，我只是想提供一点线索。谢豹飞今年二十五岁，二十六年前，谢可征先生所在的雷泽夫大学医学院曾提取过田径飞人刘易斯先生的体细胞和精液。”

费新吾一怔，随后勃然大怒道：“天方夜谭，你是暗示……”

“不，我什么也不暗示，我只是提供事实。谢先生和刘易斯先生正好都在雅典，你完全可以向他们问询，需要两人的电话号码吗？”

费新吾匆匆记下刘易斯的电话，又尖刻地说：“即使证实了这个消息又有什么意义？我看不出刘易斯的细胞和谢豹飞先生有什么联系。”

那个尖锐的嗓音很快接口道：“请不必忙于做出结论，你们问过之后再说吧。明天或后天我会再和你们联系。”

电话挂断后很久两人都没话说，那个尖锐刺耳的声音仍在折磨他们的神经，就像响尾蛇尾部角质环的声音；那个神秘人的眼睛似乎仍在幽暗处发出绿光，就像响尾蛇的毒眼。他是什么居心？他主动向两个陌生人提供所谓的事实，而费田二人既非名人，又不属新闻界；他清楚地知道谢可征、刘易斯，还有这儿的电话号码，他是怎么知道的？没准他在跟踪这些人。

田延豹摇摇头说：“不会的，谢豹飞身上没有任何黑人的特征。”

费新吾恨恨地说：“即使他是用刘易斯的精子人工授精而来，又有什么关系？我难以理解，这个神秘人物披露这些情况，是出于什么样的阴暗心理！”

但不管如何自我慰藉，他们心中仍然很烦躁，莫名其妙地烦躁。半个小时后田延豹下了决心：“我真的要问问刘易斯，我和他有过一段交往。”

费新吾没有反对。田延豹拨通刘易斯的电话，但没人接。他一遍又一遍地拨着，直到晚上11点，屏幕上才出现刘易斯黝黑的面孔和两排整齐的牙齿。他微笑地说：“我是刘易斯，请问……”

“刘易斯先生，你好。我是田延豹，你还记得我吗？2001年世界田径锦标赛百米决赛中那个倒霉的中国选手。”

刘易斯笑道：“噢，我记得。我很佩服你当时的毅力，你现在在哪儿？”

“我也在雅典。请原谅我的冒昧，我想提一个无礼的问题，如果不便，你完全可以拒绝回答。”他简单追述了那个神秘的电话，“刘易斯先生，你真的向谢可征先生提供过体细胞和精液吗？”

刘易斯耐心地听完后说：“田先生，今天你已是第八个提问者了，我刚回答了七名新闻记者同样的问题。”

田延豹和费新吾交换着目光，现在问题更明显了，那个打电话的人是想掀起一阵腥风恶浪把胜利者淹死。

刘易斯接着说：“对，我记得这件事，我是向雷泽夫大学医学院提供的，那是个严肃的学术机构，他们希望得到一些著名运动员的体细胞和精液进行某种试验。刚才几名记者都问我，鲍菲的父亲是不是那个研究课题的负责人，我的回答是：可能是一名姓谢的华裔，不过这一点我记得不准确。”略停之后，他笑道，“我知道那个多事的家伙是在暗示什么。坦率地讲，我非常乐意有这么一位杰出的儿子，可惜这只是我的一厢情愿。在鲍菲·谢先生身上，你能看到一丝一毫刘易斯的影子吗？”

他爽朗地大笑起来，这笑声也冲淡了田、费二人心中的阴影。刘易斯快言快语地说：“不要听他的鬼话！不管这个躲在阴暗中的家伙是白人还是黑人——我想大概不会是黄种人——他一定是个心理阴暗的小人，他想制造一些污秽泼在胜利者身上。不要理他，再见！”

放下电话，两人都觉得心中轻松了些。田延豹说：“不必给谢老打电话了吧？”

“不必了，不要搅扰他的好心情。”他沉思地说，“你说，这个神秘人物究竟有什么动机？莫非他也是短跑名将中的圈内人？是失败者的嫉妒？就像逢蒙暗算了后羿？”

田延豹勉强笑道：“那，我是最大的失败者。”

费新吾知道自己失言了，这句无意的话又勾起田延豹已经冷却的痛苦。那年温哥华世锦赛他也在场，是他和中国田径队的领队到警察局领回烂醉如泥的田延豹。按中国田径队的严格纪律，本来要给他一个处分的，不过领队也是运动员出身，知道二十年奋斗而一朝失败是多么深重的痛苦。他和费新吾悄悄把这事压了下来。

这会儿，他不愿多做解释，便拍拍田延豹的肩膀，表示把这一页掀过去。田延豹已经上床休息了，费新吾仍在电脑前快速浏览着新闻。也许是本能，也许是潜意识的预感，他总觉得这个电话只是一个大阴谋的开场锣鼓。查阅时他把注意力全部集中在这次的百米和二百米决赛上，集中在谢豹飞身上，看看有没有什么别的蛛丝马迹。

新闻报道中没有什么特别的东西，各国记者在报道这两次决赛时都用了最高级的形容词：世纪之战，体育史上的里程碑，百世难逢的奇才。

美国新闻周刊的老牌记者马林说："鲍菲·谢不仅成功地打破了百米9.5秒大关的壁垒，也成功地打破了人类的心理壁垒。从此之后，那些对人类生理极限抱悲观态度的人，那些以'科学态度'对各种运动定下这种那种极限的体育生理专家，对自己的结论要重新考虑了。"

在正规的电子出版物中没有发现什么异常，有关刘易斯提供体细胞和精液的消息尚未见报道。看来，已经得到消息的七名记者都十分慎重，毕竟这是非常爆炸性的新闻，而且新闻的来路太不正常。费新吾又把目光转向"网络酒吧"，这是网友们随意交谈的地方。这里面关于谢豹飞的话题占了很大部分。那些终日沉迷于电脑的网虫们都感受到这次破纪录的震撼，对谢的天才行为表示极大的敬意。还有不少女性在倾吐着自己的爱情。

看着这些赤裸裸的爱情宣言，费新吾会心地笑了，他想这些姑娘、女士们大概是没戏了。这两天田歌一直同谢豹飞泡在一起，他们的感情急剧升温。昨天深夜，谢把田歌送回来，费新吾发现，姑娘眸子中的爱情之火是那样炽烈，目光所及，简直可以把窗帘烧着。田延豹摆出一副"老兄嫁妹"的苦脸，叹息"田歌已经'目中无人'了，哪怕是面对着你，她的眼光也会透过你的身体射到远处去了！"

就在这时，他在屏幕上发现了一份特殊的短函。他一目十行地看着，目光逐渐阴沉，耳边又响起那个神秘人物的尖锐嗓音。正在床上闭目养神的田延豹突然听见“啪”的一声，是费新吾在猛拍桌子，他声音沙哑地说：“小田，你快来，看看这封信件，那条毒蛇又露出毒牙了！”

在向那座爱情要塞发起进攻之前，田歌已经抱定破釜沉舟的决心。但她没料到这座要塞竟然不攻自破，任由她的美艳之旗在城头猎猎飘扬。

从谢伯伯那儿要来谢豹飞的电话号码后，田歌努力提升自己的信心，对自己的第一句言辞反复考虑，她要在中国姑娘的羞涩心许可范围内尽量大胆地进攻。但事件进程出乎她的意料，电话挂通，两个头像同时出现在对方的屏幕上之后，谢豹飞脱口而出：“我的上帝！”这句话是用英语说的，他随即转用汉语，“谢天谢地，我正发愁怎么在人海中找到你呢。那天我忘了让你留下地址，当然，在大赛前有这样的疏忽是可以理解的。你怎么知道我的电话号码？为了摆脱记者们的纠缠，这个号码是严格保密的。不不，你不用回答，”他笑着说，“我更愿相信这是冥冥中的上帝之力，是上帝把你送到了我的身边。请问你的名字？”

田歌这才说出第一句话：“田歌，田野的田，歌曲的歌。”

“美丽的名字。你能允许我去拜访你吗？我需要你。”

于是两条爱情之水纳入一条河床，开始汹涌奔流。谢豹飞推掉所有的应酬，小心地避开新闻记者的追踪，终日和田歌四处游玩。他的中国话非常地道，能够流畅地表达微妙的情感，这使田歌倍感亲切。他们一块儿欣赏希迈特斯山的朝霞，萨罗尼克湾的落日，参观白色的巴台农神庙、宙斯神庙和阿塔洛斯柱廊，到圣徒教堂里陪希腊正教徒一起做祈祷。雅典是一个浸泡在历史和神话中的城市，几乎每走一步都能踢出古希腊的尘埃。谢豹飞虽然只有25岁，但已经是个见多识广的成熟男人了。他为田歌讲解各个景点的历史，讲述奇异多彩的希腊神话，还要加上一些个人的独特观点：

“希腊神话和东方神话不同，在古希腊人的神界里，同样有阴谋、通奸、乱伦、血腥的复仇、不计生死的爱情……一句话，希腊神话中还保留着原始民族的野性。对比起来，汉族神话未免太‘少年老成’。”

这些话使田歌觉得新鲜，也有一点点惶惑。

几天下来，田歌已深深爱上了谢豹飞——当然她早就爱上了，两年前就爱上了。不过那时她爱的是一个偶像，现在爱的是一个活生生的人。她会痴迷地看着他强健的肌肉，流畅的身体曲线，潇洒的举止。他就像蛮荒之地的非洲猎豹，随时随地喷吐着生命的活力。

那天他们在拉夫里翁的滨海公路上行驶，忽然一辆菲亚特紧紧追上来。谢豹飞放慢奔驰的速度让他们超车，但两车并行后，那辆菲亚特并不急于超车，一个人从车窗里探出身子频频拍照。这是那些被称为“狗仔队”的讨厌记者，他们想抢拍百米飞人与新结识的情人的照片，好去卖个大价钱。谢豹飞愤怒地落下车窗，做手势让他们滚蛋。那个家伙不但毫不收敛，反倒趁着车窗落下的机会拍得更起劲了。谢豹飞勃然大怒，立即踩下刹车，让菲亚特超到前边，他从内侧超过去，猛打方向盘，狠狠撞击菲亚特的内侧。

菲亚特车内的人惊恐万状，田歌也急急喊：“不要这样，豹飞，不要这样！”

谢豹飞两眼喷着怒火，毫不理会她的劝阻，仍是一下接一下地猛撞。那辆车最终躲闪不及，从路堤上翻下去，打个滚，四轮朝天地扎在沙滩上。谢豹飞大笑着开车走了，田歌从后视镜里向后张望着，担心地说：“他们会不会有生命危险？停车看看吧。”

谢豹飞笑道：“这些狗仔们的命长着呢，不管他！”

奥运会已近尾声，不少赛事已毕的运动员开始陆续离去。但费新吾和田延豹都闭口不提回国的日程，田歌知道他们的苦心，心中暗暗感激。

第五天早上，谢豹飞很早就来到普拉卡旧城区，把那辆豪华的奔驰停在狭窄的坡度很大的街道上。白色的建筑上爬满爬墙虎和刺玫，到处是卖鲜花的小摊贩。他按响喇叭，很快一个白衣白裙的仙子在高处一个小旅馆的门口出现。她像只羚羊一样踏着陡峭的石级，转瞬来到谢的身边。两人先来一个让人透不过气的长吻，而后田歌回身向旅馆方向招招手，她知道费叔叔和豹哥肯定在窗户里望着她。

汽车开动后她问：“今天去哪儿？”

“去比雷埃夫斯港，我送你一件小礼物。”

比雷埃夫斯港桅樯如林，不少私人帆船或快艇聚集在一起，远远看去像是挨肩擦背的天鹅。谢豹飞停下车，拉着田歌来到岸边，一艘崭新的、形状奇特的、浑身亮光闪闪的游船停在那儿。船首上是三个新漆的中国字：田歌号，制服笔挺的船长在驾驶室里向他们行着注目礼。田歌呆呆地看着谢豹飞，不敢相信这是真的。

谢豹飞侧身说："请吧，田歌号的主人，这就是我送给你的小礼物。"

田歌踏上甲板，就像踏在梦幻中。谢豹飞详细地为她解释着，说这艘船主要是以太阳能为动力，船中央那两个直立的异形圆柱是新式船帆，所以也可利用风力行驶。田歌痴迷地走过一个又一个房间，抚摸着亮灿灿的铜栏杆、一尘不染的墙壁、卧室中豪华的双人床，觉得心头过多的幸福直向外溢。她知道按西方礼节，受礼者不能询问礼品的价格，但她忍不住想问一问，按她的估计，它至少值一百万美元，豹飞可不要为它弄得破产！

谢豹飞理解她的心思，轻描淡写地说："耐克公司已把第一笔三千万美元划到我的账号上，我愿意为你把这笔钱花光。"

田歌着急地说："千万不要！我可是个节俭成性的中国女人，你再这么大手大脚，我会心疼死的。"

谢豹飞笑着把她拥入怀中。两人的心脏怦怦地跳动着，炽烈的情欲在两个身体中间来回撞击。田歌从他怀中挣脱出来，笑着问："启航吧，今天去哪儿？"

"到米洛斯岛吧，断臂维纳斯雕像就是在那儿发现的，我今天要给它送去一位活的维纳斯。"

两人的嘴唇又自动凑到一块儿了。

送走幸福得发晕的田歌，费新吾和田延豹开始研究那条毒蛇的毒牙。那封电子函件是这样写的：

"……我一直奇怪，为什么一个黄种人选手在百米项目中取得如此惊人的突破。要知道，相对于黑人、白人而言，黄种人的体能是较弱的。这不是种族偏见，而是实际存在的事实。这个事实很可能与蒙古人种数百年来普遍的贫穷、小区域通婚、素食和农业生活有关。

“不久前我得知一个事实，恰在鲍菲·谢出生前一年，美国马里兰州克里夫兰市雷泽夫大学医学院（谢的父亲谢可征教授正是该学院的资深教授）从田径飞人刘易斯身上提取了体细胞和精细胞。不久前，我的朋友、中国著名体育记者费新吾先生和短跑名将田延豹先生已就此事问过刘易斯先生，并得到后者的确认……”

费新吾和田延豹都愤怒地骂道：“卑鄙！”

“……当然，我们不相信鲍菲·谢是用黑人精子授精而产生的后代，因为他完全是蒙古人的形貌特征，包括肤色、眼角的蒙古褶皱、铲状门齿等。但是，如果了解谢可征先生的专业，也许能引起一些新的联想。谢教授是著名的生物学家和医学科学家，他领导的研究小组早已成功地拼装出改型的人类染色体。这些半人造的染色体是为了医治某种遗传病症而制造的，是为了弥补人类遗传中出现的缺陷，为那些不幸的病人恢复上帝赐予众生的权利。不过，一旦掌握了这种魔术般的技术，是否有人会经不住魔鬼的诱惑而去‘改进’人类？这种行为本来是生物伦理学所严格禁止的，是对上帝的挑战。但据我所知，谢先生的心目中并没有上帝的地位。……”

两人再次激愤地骂道：“卑鄙！十足的卑鄙！”的确，这封电子函件的内容已经不仅是猎奇或哗众取宠，而是赤裸裸的人身攻击了。

费新吾心情沉重地说：“小田，我们不能再沉默了，这些情况必须通知谢先生，让他当心这些恶毒的暗箭。也许，他能猜到这些暗箭是从什么地方射出来的。”

“对，马上给他打电话。”

谢先生的电话很快就挂通了，费新吾小心地说：“您好，谢先生，最近忙吧，我和田先生想去拜访你，最近我们听到了一些宵小之言，我想应该让您了解。”

谢先生的目光黯淡下来：“我知道你们的意思，我也看到了那封电子函件。不过你们来吧，我正想同你们聊一聊。不不，”他改变了主意，“我开车去接你们，然后找一个希腊饭店品尝希腊饭菜。我请客。”

谢教授把他的富豪车停在普拉卡区的一个老饭店前，饭店在半山腰，从窗户可以俯瞰鳞次栉比的旧城区，欣赏弯弯曲曲的胡同和忙碌的人群。服装鲜艳的男招待递过菜单，田延豹摇摇手，费新吾也笑着摇头道："雅典我倒是来过两次，却从来没有自己点过菜，还是谢先生来吧。"

谢教授没再客气，点了白烧鳕鱼加柠檬汁、番茄汁鲟鱼加香芹、茄子馅饼、鱼子酱和柠檬色拉，又要了一瓶茴香酒。三人边吃边聊，谢教授问："这些都是希腊风味的菜肴，味道怎么样？"

费新吾说不错，田延豹笑道："不敢恭维。我只要一出国，就开始馋北京的八宝酱菜、王致和臭豆腐和香喷喷的小米粥。"

三个人都笑起来。费新吾不想耽误时间，立即切入正题："谢先生，您已经看过那封电子函件了，您估计是谁搞的鬼？"

"毫无眉目。"

"也许是一个失败的、心怀嫉妒的运动员？"

"不大可能。这个人对基因工程方面的进展似乎颇为熟悉，大概是学者圈子中的某人吧。"

费新吾小心翼翼地说："他信中暗示的可能性当然是胡说八道了，对吧。"

谢教授略为迟疑后才回答："当然。但是，我不妨向你们介绍一下这方面的最新进展，你们有没有兴趣？"

两人交换一下眼神："十分乐意。"

谢教授饮了一杯茴香酒，略为整理思路后说："大家都知道，人类的基因遗传是上帝最神奇的魔术。科学家们曾做过估计，如果用非生物的方法制造一个婴儿，所花代价将是人类有史以来所创造财富的总和！但上帝是如何造人的？一颗精子和一颗卵子的碰撞，伴随着男人女人的爱情欢歌，一个新生命就诞生了。直到现在，尽管已在基因研究领域中徜徉了四十年，但我对这种上帝的魔术仍充满畏惧之情。"

他停顿一下，接着说："不过，日益强大的人类已经揭掉了这个宝藏的封条，开始剖析这个魔术的技术细节。现在，人类基因组标识工作已经全部完成，对其中百分之四十的染色体又排出图谱并进行解析，掌握了这部分基因的功能。比如，医学科学家可以准确地指出各种致病基因的位置并去修正它们，如肥胖基因、耳聋基因、哮喘病基因、血友病基因、白血病基因等，总之，现代医学已能用基因工程的办法治愈这些遗传病患者，使他们享受到健康的权利。

“但是，人类在获得健康上的平等后，还存在着体能上的不平等。专家们说，黑人的体质确实适于短跑。他们的髋部较窄，小腿较细，跑动中空气阻力小，股四头肌发达，肌腱结缔组织厚，肌肉黏滞性好，用力时不硬化，尤其是肌纤维中的厌氧酶高，快肌纤维的比率大。所以特别适于短跑。”他耐心地解释，“人的骨骼肌分红肌和白肌两种。红肌也称慢肌，毛细血管丰富，所以呈红色，这种肌纤维中含肌浆、肌红蛋白、糖元、线粒体和各种氧化酶较多，主要靠有氧代谢产生的ATP（三磷酸腺苷）供能，所以氧化能力强，不易疲劳。但反应速度慢，收缩力量小，不适于快速运动。白肌又称快肌，受大运动神经元支配，这种肌纤维中脂类、ATP和CP（磷酸肌酸）含量较多，主要靠无氧酵解产生的ATP供能。据测定，加勒比黑人的小腿三头肌中快肌高达百分之六十五至八十五，所以奔跑特别迅速。如果我们把黑人的快肌生长基因植入白人和黄种人体内，就会使他们的短跑能力大大提高，使各个种族在体能上趋于平等。从本质上讲，这不过是用基因工程的微观办法代替异族通婚，并不是什么大逆不道的行为。可惜，西方国家的科学界有一种根深蒂固的观点，认为这是向上帝的权力挑战；他们只允许补救上帝的不足，而不允许比上帝干得更好。所以，在正统的生物伦理学戒律中，这样干是违禁的事。”

费新吾和田延豹听得一头雾水，两人相对苦笑。费新吾说：“谢教授，我越听越糊涂了，我怎么觉得您的观点和那封诽谤信中的观点是完全一致的。”他踌躇片刻后说，“坦率地讲，我从您的话中得出这样的印象：你认为用基因工程办法改良人类并不是一桩罪恶，甚至在悄悄地这样干了。但为了不被舆论所淹没，你在口头上不敢承认这一点。”

谢教授仰靠在椅背上，沉默很久才答非所问地说：“你们两位呢，是否觉得这种基因优化技术是一种罪恶？”

费新吾摇摇头："我不知道，我已被你的雄辩征服了。但我是今天才认真思考这个问题，还不能得出结论。"

三人陷于尴尬的沉默。透过落地窗户，他们看到一辆黑色轿车开过来，停在饭店外，一名带着照相机的中年男子走下来，仔细看看谢教授那辆富豪车的车牌，随即兴奋地冲进饭店。他在人群中一眼看到谢教授，立即对他拍了两张照片，然后把话筒递过来，用英语问道："谢先生，我是加拿大CBC电台的记者。我已经看到今天美国的《基督教科学箴言报》，知道谢豹飞先生实际是你用基因改良技术培育出的超人，你能谈谈其中的详情吗？"

谢教授厌恶地看看他，不管他怎样哀求，一直固执地闭着嘴巴。费新吾走过去，用力推着那位记者，把他送出门外。回过头看见老人仍靠在椅背上一动不动。饭店里的顾客有不少懂英语的，他们都停下刀叉，把惊奇的目光聚焦在谢教授身上。田延豹探头看看门外，那个记者正和饭店的保卫人员在推搡。又有几辆汽车飞快开过来，走下一群记者模样的人。他忙拉起老人，向侍者问清后门在哪里，三个人很快溜走了。

回程的路上，三人都沉默着。谢教授把两人送到旅馆，简短地说："我要回去了，我想早点休息。"

两人与教授告别，看着那辆富豪车开走。他们回到自己的旅馆，走进房间，先按下录音键，话筒中是田歌兴奋的声音："费叔叔，豹哥：鲍菲给我买了一艘漂亮的游艇，我们准备在地中海好好玩三天。你们如果想回国的话，不必等我。这几天我不再同你们联系，为了避开讨厌的记者，这艘游艇上将实行严格的无线电静默。再见，我会照顾好自己……并守身如玉。"

虽然心绪繁乱，费新吾仍不由得哑然失笑。难得这个现代派女子还有这种可贵的贞节观，虽然他不相信在那样浪漫的旅途中，在仙境般的水光山色中，一对热恋的情侣能够做到这一点。田延豹的目光明显变暗了，不高兴地摁断录音。费新吾看看他，打趣道："你干吗不高兴？算了，不必摆出一副老兄嫁妹的苦脸，她早晚是人家的人。如果这段姻缘真的如愿，你也算尽到当哥的职责啦。怎么样，咱们是否明天回国？我的荷包已经瘪了。”

田延豹犹豫片刻：“再等几天吧，田歌那边总得看到一个圆满的结局呀。”

“也好，其实我也想等几天，看看谢教授这儿还有什么变化。”

说起谢教授，费新吾立即从沙发上蹦起来，打开电脑，进入互联网络。他的直觉告诉他，那件事不会就此了结。果然，公共留言板上又有一封信件，这是那个神秘人物的第三支毒箭。与这支毒箭相比，此前种种就不值一提了。他迅速看下去，太阳穴嗡嗡发响，血液猛劲上冲。

田延豹偶然瞥见他满脸涨红，咻咻地喘气，在床上关心地问：“老费，你是怎么了？”

费新吾喘息着，手指抖抖地指着屏幕：“你来！你自己看！”

“在我上封信披露谢可征教授的基因嵌接术之后，事情的真相已经逐渐明朗化。我的老友、正直坦诚的费新吾先生和田延豹先生当面质询了谢教授，他坦认不讳。（田延豹恨恨地骂道：这个无赖！）但我刚刚发现其中另有隐情，我们几乎全被他轻易地骗住了。在华裔智者谢可征先生的计谋中，我们表现得像一群傻子。这几天，我们似乎都忽略了一个很明显的问题：显然，纵然是百米之王刘易斯的基因也不能让鲍菲打破9.5秒大关，因为刘易斯先生本人也远未达到这个高度。

“也许，谜底存在于另一桩事实中。我已经作过详细了解，二十六年前向雷泽夫大学医学院提供体细胞和精细胞的并非刘易斯一人，还有体能远远超过刘易斯的另一位先生。这位先生的肌肉内含有较多的能量之源——线粒体，因而奔跑更为迅速。刘易斯先生的百米最高时速是四十三点三公里，而后者的瞬间时速可高达一百三十公里！

“这位先生名叫塞普，来自非洲察沃国家公园，他的速度是所有哺乳动物中最快的。让我小心地把谜底揭开吧，塞普先生是一只凶猛剽悍的非洲猎豹！……”

非洲猎豹！

非洲察沃国家公园的稀树大草原。在一米多深的硬毛须芒草和菅草的草丛中，一只母猎豹逆着风向悄悄向羚羊群接近。它已经怀孕了，一套有关四条小生命的复杂的链式反应已经启动，通过种种物理的化学的媒介，表现为强烈的食欲。它急需补充营养。枯草丛后露出一只未成年的羚羊，它警惕地向四方睃视着，四条优雅的细腿随时准备跳窜而去。母豹知道这只羚羊不是好的猎杀对象，它已足够强壮，很可能逃脱自己的利爪。但在饥饿的驱使下，它踌躇片刻，深深吸一口气，突然猛扑过去。小羚羊及时发现敌人，敏捷地逃走了。母猎豹全速追赶，距离越来越近。相比之下，猎豹更适于短期的快速奔跑，它高踞于陆地动物奔跑速度的顶峰。它有流线型的轻盈体躯，长而发达的肢体，善于平衡的粗尾，发达的心脏，特大的肺。头部具有阻力最小的空气动力学特点，双肩可不断滑动使步伐加大。它的脊柱在高速奔跑中就像是弹簧，能屈能伸。猎豹的犬牙非常小，以至于当它辛辛苦苦捕到猎物后（它常常要喘息二十分钟才能进食），如果碰上鬣狗或狮子来抢食，它只能胆怯地逃走，因为它的小犬牙无法同强敌搏斗。但进化之神为什么给它留下这点瑕疵？不，这是为了留下足够大的呼吸空腔。当至关重要的搏杀能力与奔跑能力相矛盾时，也只有被舍弃了。

猎豹身体的每一部分都是为奔跑而特意定制的，这是进化之路残忍的选择。但速度上逊于猎豹的羚羊也自有天赋本领。猎豹是短跑之王，羚羊则是灵活转弯的翘楚。它灵巧地左蹦右跳，一次次从母猎豹的利爪下逃脱。双方的速度都开始减慢，小羚羊更甚，它的黑眼珠里已经有了恐惧，母猎豹确信下次的一扑将把小羚羊扑倒。就在这时它听到了自己体内的警告。猎豹在追猎时是屏住气息的，就像人类的百米选手一样，现在那次深呼吸所得的氧气已经耗尽，它的血液不再能提供奔跑所需的巨大能量，再奔跑下去它的心脏就要破裂……母豹只好收住脚步，塌肩弓背，凶猛地喘息着，眼睁睁看着猎物轻快地逃走。

只差零点五米，这零点五米是捕食者和被捕食者的生死线：或者羚羊被杀死，或者猎豹被饿死。母猎豹疲惫地久久地注视着自己的猎物，在它的潜意识中，一定滋生了极强烈的欲望——让自己的四肢跑得再快一点，再快一点点！

这只猎豹最终没有饿死，它就是塞普的母亲，没人知道这位母亲那一瞬间的强烈欲望是否也能通过染色体遗传给下一代。科学界公认的遗传变异规律，是说生物基因只能产生随机性的变化，被环境汰劣取优，从而使生物一点点向优良性状进化。这种盲目进化的观点未免不大可信，不妨考虑爬行动物向鸟类的进化。在盲目的随机的变异中，怎么能“恰巧”进化出羽毛、龙骨突、飞行肌等变异基因？即使能够，无数变异性状进行纯数学的排列组合，得出的将是天文数字，它不可能在有限的地质年龄中得到验证和取舍。也许某一天科学家们会发现，生物强烈的求生欲才是遗传变异的指路灯，它在冥冥之中引导染色体作“定向”的而不是盲目的变异：使渴望奔跑迅速的兽类变得四肢强健，使渴望飞翔的爬虫变异出羽毛，使渴望游泳的哺乳动物变异出尾鳍……

也许，嵌入谢豹飞体内的、片断的猎豹染色体也能传递一定的欲望？

非洲猎豹！

费新吾和田延豹沉重地喘息着，互相躲避着对方的目光，一种冷酷滞重的氛围渐次升起。他们几乎同时认识到，尽管这个神秘人物心理阴暗，几近无赖，但他指出的恰恰是事实。在那位远远超越时代的、生命力强盛的短跑之王身上，肯定嵌入了猎豹的基因片断。

几天来，他们就像是玩九宫格填数游戏的学生，一味在外围揣测、推理、嗅探、追踪，费尽心机来破译这个非常复杂的谜语。但是，只要把一个正确的数字填到九宫格的中心，一切都变得非常简单，太简单了！

对这个结论，至少费新吾不感到意外，这些天他已通过网络查阅了大量的有关基因的资料。DNA是上帝的魔术，但任何魔术实际上只是充分发展的技术——尽管这些技术十分精细、神秘，但终究是人类可以逐渐掌握的技术。而掌握了基因技术的人类将成为新的上帝，随心所欲地改良上帝创造的亿万生灵——包括人类自身。

他在脑海中历数二三十年来基因工程技术的神奇发展：

早在上个世纪末，科学家就定位了果蝇的眼睛基因，并能够随心所欲地启动这个基因，在果蝇身上或翅膀上激发出十个八个眼睛。他们还发现，地球上所有有眼生物的成眼基因都是十分近似的，是从一个原始基因变化而来。所以，从理论上说，完全可以在人类的额角或后脑勺上激发出第三只眼睛，就像对果蝇已经做的那样。科学家们至今没有做到这一点，仅仅是因为他们“不愿”去做。

上个世纪末，美国俄亥俄州凯撒西部大学的研究小组，已经能制造“浓缩”的人体染色体，他们把染色体中的废基因剔掉，将有效基因融合或聚合，得到只有正常染色体长度十分之一的、功效相同的染色体。

更早一点，瑞典隆德大学的一个研究小组将细菌血红蛋白基因移入烟草，英国爱丁堡罗斯林研究所将人的血红蛋白基因移入绵羊，以这种羊奶治疗人类的血友病；将人类抗胰蛋白酶植入绵羊，以治疗人类的囊性纤维变性。上述产品早已进入工业化生产。

21世纪初，医生们已不必再走这样的弯路，他们已经能将上述基因直接嵌入先天缺损的病人体内。

日本大阪微生物病理中心的松野纯男则搞出更惊人的成就：他将一种多管水母的一段基因植入老鼠体内，这种基因可分泌一种特殊的荧光绿蛋白（GFP），能在黑暗中发光，在紫外线照射下光度更强。这段外来基因植入老鼠体内后能够正常遗传，繁衍出一代一代的绿光鼠。

……

人类已经接过上帝的权杖，还有谁能限制他使用这根权杖？

费新吾不是上帝的信徒，没有宗教界人士对基因技术的深深恐惧。对于他们来说，基因技术比哥白尼的“日心说”、达尔文的“生物进化论”更要凶恶千百倍。

费新吾也不是生物学家，对生物伦理学知之甚少，因而也没有生物学家那种“理智”的担心。他们一方面兢兢业业地开拓基因工程技术，一方面对任何微小的进展都抱有极大的戒心，生怕一条微裂纹会导致整个生命之网的崩裂。

所以，从理智上说，他并不认为这是大逆不道的恶行。但他心中仍有隐隐的恐惧，说不清道不明的恐惧，他的脊背上掠过一波又一波的冷战。

电话铃一遍又一遍地响着，谢教授的房间里没人。他突然失踪了。

网络中的报道几乎与事实同步：

短跑之王、豹人鲍菲·谢神秘失踪已经三天。

鲍菲父亲谢可征教授昨日神秘失踪。

世界发疯了。

罗马教廷发言人：事态尚未明朗，教皇不会匆忙表态。但教廷的态度是一贯的，我们曾反对试管婴儿和克隆人，更不能容忍邪恶的人兽杂交。愿上帝宽恕这些胆大妄为的罪人。

以色列宗教拉比：犹太教义只允许治愈人体伤痛，绝不能容忍亵渎神的旨意，破坏众生的和谐与安宁。

伊朗宗教领袖：这个邪恶的巫师只配得到一种下场，我们向安拉起誓，我们将派十名勇士去执行对罪犯谢可征的死刑判决，不管他藏到世界哪一个角落。

雷泽夫大学医学院发言人：我们对社会上盛传的人豹杂交一无所知。如果确有其事，那纯属谢可征教授的个人行为。我们谨向社会承诺：雷泽夫大学不会容忍这种欺骗行为。

中国科学院遗传研究所发言人：谢可征教授是我们很熟悉的、德高望重的学者，我们不相信他会做出这样轻率的举动。对事态的进一步发展我们将拭目以待。

本届奥运会男子百米银牌得主、尼日利亚的埃津瓦：我不知道深奥的基因技术能不能做到这一点，但我早就怀疑鲍菲·谢的成绩啦。如果他真的诞生于人兽杂交，我会把自己的银牌扔到垃圾箱里。想想吧，如果今天允许一个嵌着万分之一猎豹基因的“人”参加比赛，明天会不会牵来一只嵌有万分之一人类基因的四条腿的猎豹？

“费先生，田先生，我是澳大利亚堪培拉时报的记者。请问那位在互联网络公共留言板上披露这则惊人内幕的先生是谁？”

“无可奉告。”

“为什么？他多次宣称你们是他的挚友。”

“无可奉告。”

“他是否提前向你们透露了此则消息？你们是否当面质询过谢可征教授？”

“无可奉告。”

“那么田先生，令妹此刻是否正与鲍菲·谢在一块儿？他们目前躲在什么地方？我们已买到一些照片，足以证明两人之间的亲昵关系。”

“滚！”

晚上，两人仍然同榻而眠。田延豹曾戏谑地说：“侍者一定把咱们当成同性恋了。”不过今天他没心思戏谑了。他久久地盯着天花板，烟卷在唇边明明灭灭。很久以后他终于开口：“老费，明天我要出去找田歌，我不放心她和那人在一起。”

费新吾早就知道，田延豹和堂妹的感情极为深厚。他勉强开玩笑说：“不必顾虑太多，即使谢豹飞身上嵌有猎豹基因的片断，他仍然是人而不是一头豹子。”

“不管怎样，我要尽力找到她。”

“你到哪儿去找？”

“尽力而为吧，这么大的一条游艇，不会没有一点踪迹。”

费新吾沉吟着，他想陪小田一块去，又觉得不能离开此地。田延豹猜到他的想法，说：“老费你留在这儿，我会经常同你联系，一旦田歌同这儿联系，也请你立即把她的地址转给我。另外，也许谢教授会同你再度联系。”

“好吧，就这样安排。”

/ 四 /

第二天一早，田延豹就乘车去比雷埃夫斯港，港口船舶管理局的一名职员接见了他。那人叫科斯迪斯，大约五十岁，身体健壮，满脸是黑中夹白的络腮胡子。

田延豹问："科斯迪斯先生，请问最近是否有一艘游艇在这儿注册？游艇的主人是鲍菲·谢，美国人。请你帮我查一下。"

科斯迪斯惊奇地说："鲍菲·谢？就是人人谈论的那个豹人？不，没有，如果他在这儿注册，我一定会记得。"

"也许他是以田歌的名字注册的。"

科斯迪斯立即说："有！有一艘最新式的太阳能金属帆游艇，船名就叫田歌号，是利物浦船厂的产品。三天前，不，四天前在这儿注册。"

"这只游艇目前在哪儿？我的堂妹田歌告诉我，为了躲避记者，船上将实行无线电静默。但我急于找到它，我有十分重要的事。"

科斯迪斯笑道："这不难。那只游艇的设备很先进，装有黑匣子，能持续向外发出无线电脉冲，以便卫星定位系统随时精确定位。我来帮你查一下。"

"太感谢你了。"

科斯迪斯向利物浦船厂查询了该船的无线电脉冲参数，又同全球卫星定位系统联系，卫星很快给出回答：田歌号目前已返回希腊领海，正泊在克里特岛的伊拉克利翁港口。科斯迪斯兴致勃勃地查找着——查到豹人的下落并不是每个人都能碰上的运气，他可以拿这则消息去卖一个大价钱。那个中国人由衷地一再表示谢意，临走时他显然犹豫着，终于开口道："科斯迪斯先生，还有一个冒昧的请求：能否请你为田歌号的方位保密？你知道，我妹妹是鲍菲·谢的恋人，她现在并不知道所谓豹人的消息。我想慢慢告诉她，使她在心理上能够有所准备。"

科斯迪斯有些扫兴，他原打算送走这位中国人就去挂通电视台的电话。但那人的苦涩打动了他，犹豫片刻，他爽朗地说："好，我会用铅封死这个爱饶舌的嘴巴。祝你和那位小姐好运，你是一位难得的好兄长。”

“谢谢，我真不知道怎样才能表达我的感激之情。”

这些天，费新吾一直把自己关在屋子里，一边焦急地等待着田歌和谢教授的消息，一边努力查找浏览着有关基因工程的资料。他感慨地想，他早就该学一点基因工程的知识了。过去他总认为那是天玄地黄的东西，只与少数大脑袋科学家有关，只与科幻时代有关。想不到在如此短暂的时间里，它就会逼近到普通民众的身边。

上午他接到田延豹的电话：“老费，查询很顺利，我已得知这只船泊在克里特岛的伊拉克利翁港。我正在联系一架水上飞机赶到那儿，届时我再同你联系。”

从屏幕上看，田延豹的表情比昨天略显轻松一些，费新吾也舒了口气。挂上电话，他回头坐到电脑前查一会儿，电话铃又响了。拿起话筒，屏幕仍是关闭状态。他马上猜到对方是谁。果然，他听到那个尖锐的、让人生理上感到烦躁的声音，这次是用汉语说的：“费先生和田先生吗？还记得我吧，我说过要同你们联系的。”

费新吾又是鄙夷又是气恼地说：“我也正要找你呢，你在电子函件中说了不少不负责任的话。”

那人笑道：“我知道我知道，非常抱歉，我想以后你会谅解我的苦心。你愿意同我见次面吗？我会把此事的根根梢梢全部告诉你。”

费新吾没有犹豫：“好的，我们在哪儿见面？”

“到奥林匹亚的宙斯神殿吧。”

“到奥林匹亚？那儿距离雅典有六个小时路程呢。”

“对，那样才能避开记者的耳目。另外，我很想把这次意义重大的谈话放到一个合适的历史背景中。奥林匹亚是奥林匹克运动的发祥地，那儿的宙斯神殿可以说是西方神话的源头。我想，万神之王一定会乐意聆听我们的谈话。晚上6点在宙斯神像下见面，好吗？再见。”

放下电话，费新吾不由沉吟着，电话中仍是那个神秘人物的声音，但似乎那个人变了，自信，从容，上帝般地睥睨众生。这究竟是怎么回事？

他急于见到此人，揭开这折磨人的秘密。

走前他在录音电话中留了几句话：“小田，我去赴一个重要约会，今天不能赶回了。你那儿如有进展，请详细留言，我会及时索取你的留言。”

他匆匆披上一件风衣，租了一辆雷诺牌轿车，向伯罗奔尼撒半岛的方向开去。

奥林匹亚是最能引发黍离之思的地方。这儿是历史和神话古迹的存放所，巍峨壮观的体育馆、宙斯祭坛和希拉神殿都已塌裂。这些建筑中以宙斯神殿最为雄伟，它建于公元前468～公元前457年，是典型的朵利亚式石柱风格。殿内有高大的宙斯神像，左手执权杖，右手托着胜利女神，人们走进神殿时，眼睛恰与宙斯的脚掌齐平，这个高度差形象地表现了那时人类对众神的慑服。

但这个世界七大奇观之一的神像早已不复存在，它被罗马的征服者运走并在一场大火中毁坏。费新吾走进大殿，只看见残破的像基和横卧的石柱，他浅嘲地想，也许这正象征着众神在人类心目中的破落？

落日的余晖洒在残破的巨型石柱上，为这片属于历史和神话的场所涂上庄严的金粉。穿着鲜艳民族服装的希腊儿童在石柱间玩耍，手里拿着一种叫“的的乌梅梅利”的冰淇淋。他看到一辆富豪车停到停车场里，一个老人下车，匆匆走进神殿，费新吾不由大吃一惊——那正是失踪三天的谢教授。

费新吾犹豫了几秒钟。因为牵涉到同那个神秘人物的约会，他不知道这会儿该不该同教授打招呼。但他随即想到，谢教授恰在此时此地出现，绝不会是巧合，很可能也是那个神秘人物约来的，与今晚的谈话有关。于是他迎上去唤一声：“谢教授！”

谢先生没有显出丝毫惊奇，看来，他果然知道今天的约会。他微笑着同费新吾握手，手掌温暖有力。费新吾细细端详着他，这是一个超越时代的强者，他掀起这场世界范围的风暴，也几乎成了世界公敌。但他的表情看不出这些，他的目光仍像过去那样从容镇定。

教授微笑道：“你早到了？”

“不，刚到。”

教授点点头，转身凝望着夕阳：“多壮观的爱琴海落日。在这儿，连夕阳的余晖里也浸透了历史的意蕴。”

费新吾不想多事寒暄，他直截了当地问：“您知道今晚的这次约会？您知道那个可恶的神秘人物是谁吗？”

谢教授微微一笑，拉着他走到宙斯神像台基附近的一个僻处。他从口袋里掏出一个微型录音机，按一下按键，里边立即响起那个尖锐的声音：

“你愿意同我见一次面吗？我会把此事的根根梢梢全部告诉你。”

费新吾惊呆了：“是您？那个神秘人物就是您？”

谢教授平静地说：“对，是我，使用了简单的声音变频器。很抱歉，这些天让你和田先生蒙在鼓里。但听完我的解释后，我想你能谅解我的苦心。”

费新吾脸色阴沉，一言不发，在心中痛恨自己的愚蠢，他早该看透这层伪装了！但在感情上，他顽固地不愿承认这一点。他无法把自己心目中“明朗的”、令人敬重的谢教授同那个“阴暗的”、令人厌恶的神秘人物叠合在一块儿，过了很久他才声音低沉地问：“那么，飞机上的邂逅也是您预先安排好的？”

“对，我一直想找一张‘他人之口’来向世界公布这个成果。这人应该是一个头脑清醒、没有宗教狂热和禁忌的人；应是生物学界圈子之外的人；应同体育界有一定渊源；事发时最好在雅典奥运会上。还有一点不言自明，这人最好是我的中国同胞，是一个中庸公允的儒者。去雅典前我特意先到北京去寻找这个人，我很快发现你是一个完美的人选，所以我未经允许就把你拉到这场风波中了。务请谅解，我当时不可能事先公布我的计划，因而不可能征询你的意见。”他又补充道，“我在两封电子函件中说了一些不合事实的话，也是想尽量树立你的权威发言人地位，这个身份以后会有用的。”

此前的交往中，费新吾一直很尊敬谢教授，但在两个真假形象叠合之后，他不自觉地产生了疏远和冷淡。他淡淡地说：“可能我并没打算当这个发言人。”

“当然，等我把真相全部披露后，要由你自己做出决定。田先生呢？”

“他找田歌去了。教授，请讲吧。”

谢教授微笑道：“实际上，我已经把真相基本上全倒给你了。我之所以把此事的披露分成人工授精——嵌入人类基因——嵌入猎豹基因这样三个阶段，只是想把高压锅内的过热蒸汽慢慢泄出来。即使这样，这次爆炸仍然够猛烈的了！”

他开心地笑起来。费新吾皱着眉头问：“谢先生，你真的认为人兽杂交是一种进步或是一种善行？”

教授笑道：“人兽杂交，这本身就是一种人类沙文主义的词汇。人类本身就诞生于兽类——回忆一下达尔文在揭示这个真理时遭到多少人的切齿痛恨吧！人体与兽体有千丝万缕的联系。追踪到细胞水平，所有动物（包括人类）都是相似的，更遑论哺乳动物之间了。在DNA中根本无法划定一条人兽之间的绝对界限。既然如此，坚持人类隔离于兽类的纯洁性又有什么意义呢？”

他停了停，接着说：“当然，这种异种基因的嵌入不是没有一点副作用。生物圈是一个极其复杂的立体网络，任何一个微小裂缝都能扩展开来。但我想总得有人走出第一步，然后再去观察它引起的震荡：积极的消极的，再决定下一步如何去做。我很高兴你是一个圈外人，没有受那些生物伦理学的毒害，那都是些逻辑混乱的、漏洞百出的、不知所云的东西。科学所遵循的戒律只有一条：看你的发现是否能使人类更强壮、更聪明，使人类的繁衍之树更茂盛。你尽可拿这样的准则来验证我的成果。”

费新吾几乎被他的自信和雄辩征服了。谢教授又恳切地说：“如果你决定开口说话，我并不希望你仅仅当我的代言人。你一定要深入了解并反对我的各种观点，尽可能地咨询各国的生物学家、社会学家、人类学家和未来学家们，甚至包括神学家和生物伦理学家。再由你做出独立的思考，然后把你认为正确的观点告诉世人。你愿意这样做吗？”

费新吾对他的建议很满意，立即回答：“我愿意。”

“好，谢谢你的社会责任感。”他自信地说，“我相信一个头脑清醒、中庸公允的儒者会得出和我一样的结论，当然现在没必要谈这一点。一会儿我就交给你十盘光盘，有关的资料应有尽有。”

费新吾说：“您能否用尽量浅显的语言，向一个外行解释一下，怎样把外来基因嵌入到人类基因中？”

教授微笑道：“并没有人们想象的那么难。你要知道，归根结底，基因是无生命物质靠‘自组织’的方式诞生的，所以基因之间的联结‘天然地’符合物理化学规律。染色体有三个主要部分，两端是端粒，它们就像鞋带两端的金属箍，作用是防止染色体之间互相发生融合；中间是可以复制的DNA短序列；另外还有被称作‘复制起源’的DNA序列，它负责发动染色体的复制。上个世纪末科学家就多次做过试验：把端粒去掉，再把剩余的染色体分成数段，放在合适的环境中，这些染色体片断就会精确地按照原来的顺序结合起来。猎豹和人类同属哺乳动物，各自控制肌肉生长的基因非常相似，所以相互置换是很容易的。”

他大致讲述了基因嵌入的具体过程，问：“顺便问一句，鲍菲仍同田歌在一块儿吧？”

费新吾吃惊地问：“这些天他同您也没有联系？”

“没有。我曾事先嘱咐他必须随时同我保持联络，但整整四天了，他没有这样做。恋人在怀，老爹就抛到脑后了。”他笑道。

费新吾却笑不出来，他的心一沉，问：“谢夫人知道儿子的秘密吗？”

“知道。除我之外，她是唯一的知情人。鲍菲本人并不知情。”

“这些天谢夫人没来电话？”

“没有。”

费新吾的心又是一沉。沉默片刻，他觉得最好还是直言相告：“那么，难道你们两人都没有想到，这几天已经披露的真相，至少是揣测，会对豹飞造成多大的心理压力？你们两人都没有设身处地地为他想一想？”

谢教授的脸红了，目光中也有了一些惶惑，他勉强笑道：“谢谢你的提醒，他目前在哪儿？”

费新吾告诉他，田歌号游艇正泊在克里特岛的伊拉克利翁港，估计田延豹这时早与他们会合了。谢教授说："去饭店休息吧，我已预订了两套房间。到那儿后我再通过希腊政府的熟人同儿子联系，明天早上我们赶过去。"

开车去饭店的路上两人都陷入自己的心思，没有多交谈，费新吾苦笑着想，看来，他已无意中看到这项技术的第一个副作用：谢氏夫妇对儿子似乎没有多少亲情，谢豹飞只是他们的一个实验品而不是他们的嫡亲儿子。在炫耀成功和保守儿子的隐私两者之间，谢教授选择的是前者。如果说当父亲的天生粗心，当母亲的也该想到啊。

饭店十分豪华，凭栏俯望，室内游泳池碧波荡漾。房间墙壁是灿烂的金黄色，挂着用紫檀木框镶嵌的杭州丝绣，地上铺着法国萨冯纳利地毯，天花板上悬着巨型镀金水银灯。卧室也相当宽敞。费新吾无心体会这些富贵情趣，他立即向雅典的那个旅馆挂了电话，录音电话中仍是自己当时的留言，田延豹竟然未同他联系，这是不太正常的，按时间他早该同田歌会合了。

会不会出了什么意外？虽然他一再宽解自己的多虑，但心中的忐忑感却驱之不去。他在豪华的雪花石浴盆里匆匆冲了澡，然后摁灭壁灯，躺在床上。

他刚蒙胧入睡，就响起了急骤的敲门声，一个人扭开房门进来。是谢教授，他的面色苍白，虽然还维持着表面的镇定，但已经不是那个从容自信、有上帝般目光的谢教授了。费新吾的心跳加快了，急忙问："出了什么事？"

谢教授简单地回答："凶杀。官方已经派来直升机接我们过去，飞机马上就到。"

费新吾匆匆穿上外衣，追问道："是谁被害？"

"田歌和鲍菲，两人都死了，田先生……已被拘留。"

这几天，田歌号几乎游遍爱琴海的每个角落，穿行在历史与神话、海风和月光中。船上实施着严格的无线电静默，甚至连电视都基本不看，所以外界的风暴丝毫没有影响船上的伊甸园气氛。豪华的游艇，强健的恋人，细心的希腊女仆……田歌过的是公主般的生活。她出生在一个相当富裕的中国家庭，被父母捧在手心里长大，但这些天她才知道“富裕”和“富豪”的区别。

上船的第一天，田歌偎在鲍菲怀里，在他耳边轻声说：“鲍菲，我的心早已属于你了，正因为我爱你太深，我想提出一个要求，你能答应吗？”

“你说吧，我一定答应。”

田歌羞涩地说：“我不是守旧的女人，可是我想守住我的处女身，直到我们结婚的那一天。请你成全我的心意，好吗？”

谢豹飞高兴地答应了，这话正合他意。在潜意识中，他一直希望把这一天尽量往后推。他想起温哥华的那名黑人妓女，想起自己在旧金山、香港和曼谷的几次艳遇。这几次男欢女爱的结局都是狂乱的，轮廓模糊的。他不明白为什么在每次性高潮后，尤其是闻到血腥味后，他血液中的狂暴就会迅速膨胀，完全冲溃理智。现在，面对着像薄胎瓷器一样美丽脆弱的田歌，自己会不会再次陷入那种疯狂？

这些天他的表现完全是一个地道的绅士，每天他们尽情玩耍，晚上则吻别田歌，回到自己的房间。能做到这一点并不容易，终日耳鬓厮磨，揉来搓去，体内的情欲之火日渐炽烈。在拥抱中，田歌能感觉到这个男人变硬的肌肉，一次无意的碰撞都能激起神经质的战栗。有时田歌暗自想：“要不就放纵一次？”不过她总能及时收敛心神。

这天晚上两人吻别后，田歌躺在那张极宽敞的双人床上，凝视着窗外的圆月。今天正是月圆之夜，她几乎能听到月球引力在自己体液中激发的潮汐声。现代人类学的研究复活了古代的天人感应思想，比如人们发现，妇女经期就与月亮盈亏有直接的关系。在大洋洲及南美洲的一些原始部落里，妇女的经期严格遵照月亮的时刻表：满月时排卵，新月时来经。现代人已被房屋和灯光隔断了与月亮的天然联系，不过人类学家做过实验，让城市妇女睡在一间按月光调节灯光的屋内，半年后她们竟完全恢复了自然经期。人类学家还证明，满月会引起大脑左右半球电磁压差的显著变化。因此，在满月期间，狂躁症患者、癔症患者、梦游症患者发病的可能性会增大。

田歌不知道该不该把责任推给满月。但无论如何，今晚她体内的情欲之河比往日更加汹涌，眼前一直晃荡着那具猎豹一样刚劲舒展的躯体：宽阔的肩头，修长强健的双腿，微凹的腰弯，凸起的臀部……随着她的回味，心底会泛起一波波的震颤。她终于克制了自己的欲望。

今天是满月之夜。

谢豹飞立在窗前，呆呆地仰望着。月色清冷而忧郁。四十五亿年前它就高悬于天际，照着荒蛮的地球，照着地球上逐渐演化的生命，从二十亿年前的浅海藻类，五点四亿年前的寒武纪生物群，二亿年前不可一世的恐龙家族，直到哺乳动物。也许，哺乳动物与月亮有更深的渊源。当哺乳动物从爬行动物兽弓目分化出来，于二点三亿年前第一次出现在地球上时，它们是胆怯的耗子似的小动物，在恐龙的淫威下昼伏夜出。在长达亿年的岁月里，盈亏不息的月亮是它们生活中的唯一刻度，是它们的心灵之源。直到六千五百万年前，恐龙家族衰落，卑微的哺乳动物却延续下来，成了地球的新霸主，并演化出狮虎熊豹等强悍的兽中之王。这就难怪所有哺乳动物（包括人类）的生命周期与月亮盈亏有着密切的关系。

早在少年时代他就知道这种联系。满月时，他的血液中会莫名其妙地涌动着狂暴之潮。有时他能把它压下去，有时则会失控，进而演变成与伙伴的恶战，他用牙齿代替拳头，体味着牙齿间的快感。

这些行为在父母的严责下收敛了，潜藏起来，父母也逐渐忘掉了某种恐惧。但在成年之后，他不无恐惧地发现，在他血液中滋生了另一个狂暴之源——性欲。而且，当性欲高潮恰与满月之夜相合时，狂暴的野火常常烧毁一切樊篱。

温哥华、香港、曼谷的狂暴之夜。

那些可怜而讨厌的妓女。

田歌是自己心目中的爱神。我绝不会在她的躯体上放纵那个魔鬼……

但七天来的耳鬓厮磨浓缩着他的情欲，如今它已经变成咆哮奔腾的山洪。我已经无法控制它了。

不，我一定要控制它。

温哥华那晚是一个性感的、年轻的黑人妓女，香港和曼谷是身材娇小、面目清秀的黄种人妓女，拉斯维加斯则是个白人女子，非常健壮，像一匹纯种母马。他知道自己的性能力超过所有的男人，在他狂暴的轮番攻击下，那些女子常常下体出血，而血腥味儿又会导致他的彻底癫狂。那几晚的结局已不可回忆。只能记得我发泄过，我咬过，我也留了应付的钱。

但这些不能加在田歌身上。

那时他的生活已经对父母封闭了，即使是常常伴他去各地参赛的教练也不清楚，他最多知道鲍菲偶尔会出去放纵一晚。他对自己的得意弟子十分宠爱，因此有意无意地忽略了弟子的异常。

性欲之火逐渐高涨，烧沸了血液。血液猛烈地冲击着太阳穴，那个魔鬼醒了，正狞笑着逼过来，我无法制服它。

也许母亲的声音能帮助他驱走魔鬼？母亲的声音，那遥远的但清晰可辨的催眠曲……他返回卧室，挂通家里的电话。

"妈妈，是我。"

妈妈在屏幕上焦急地看着他，急切地说："鲍菲，这些天为什么不同家里联系？你已经知道了吗？"

我知道。我知道那个魔鬼正在控制我的四肢、内脏和大脑。

"孩子，你爸爸的宣布是必不可免的，但他未免过于仓促。无论如何，他该事先同你深谈一次呀。希望你能理解他。实际上他对基因嵌接术一直心怀警惕，他不想把这个危险的魔鬼留在手中，他早就决定在本届奥运会闭幕前向世人公布的。"

基因嵌接术？魔鬼？

"孩子，快回来吧。纵然你体内嵌有猎豹的基因，你仍是妈身上掉下的血肉。爸妈爱你胜过一切。如果你听到什么言论，不要去理会它，好吗？"

猎豹基因？

"孩子，你为什么不说话？我知道你此刻的心绪一定很乱。田歌呢，她知道详情吗？你爸爸告诉我，她是个极可爱极善良的女孩，她一定不会计较你的身世。她在你的身边吗？我想同她谈一谈。"

在近乎癫狂的思维里，他总算弄明白是怎么一回事。猎豹基因！原来他身上嵌有猎豹基因！许多人生之谜至此豁然明朗。他想起自己小时候就爱咬母亲的乳头，稍大时是伙伴的肩头，再往后是妓女的喉咙。那时，他不知道为什么会从齿间感到极度的快感。也许那时他已幻化为一头猎豹，正在月光下大吃大嚼呢。他咯咯笑道："田歌已经睡了，我不会打扰她的。再见。"

田歌忽然透过窗户看见恋人的身影，他正倚在栏杆上，仰着脸呆呆地看着月亮。田歌悄悄开门出去，从后边揽住他的腰部。这次谢豹飞没有热烈地拥抱她，他的身体显得非常僵硬，定定地盯着满月，像是在竭力回忆一个前生之梦。他的嘴里有很浓的威士忌的味道。田歌探头看看，发觉他的表情似乎在生气，也许是为了自己的拒绝？她温柔地说："天晚了，回去休息吧。"

她调皮地把情人推回他的房间，与他再次吻别，回到自己的床上。半个小时后，刚刚入睡的田歌被门锁的扭动声惊醒，赤身裸体的谢豹飞披着月光走进她的房间，他的雄性之旗挺然翘立。田歌面庞发烧，忙起身为他披上一件浴袍。谢豹飞顺势把她紧紧搂在怀里，肌肉深处泛起不可抑止的震颤。在这一瞬间，田歌再次泛起那个念头："要不就放纵一次？"但她仍克制住自己，柔声哄劝道："鲍菲，你答应过的，请你成全我的愿望，好吗？"

没有回答。田歌突然发觉恋人变了，他的目光十分狂野，没有理性。他抽出右手，一把撕破田歌的睡衣，裸露出浑圆的肩头和一只乳房。田歌怒声喝道："豹飞！"她随即调整了情绪，勉强笑道，"豹飞，你是否喝醉了？我知道这几天你一定很难受，你冷静一点儿，好吗？我们坐下来聊天，好吗？"

谢豹飞仍一言不发，轻易地拎起田歌，大踏步地走过去，把田歌重重地摔到床上，然后哧啦一声，把她的睡衣全部扯掉。田歌勃然大怒，抓起毛巾被掩住身体，愤怒地喊："豹飞！……你把我当成什么人？娼妓？女奴？"

谢豹飞又一把扯掉毛巾被，把田歌按在床上，绝望的田歌抽出右手，狠狠地给他一耳光。这记耳光似乎更激起谢豹飞的兽性，他贪婪地盯着月光下田歌那白皙诱人的胴体，喉咙里咻咻喘息着，扑了上去。

他很快制服了田歌的反抗。半个小时后，他才支起身体。身下的田歌早已停止挣扎，头颅无力地垂在一旁，长发散落在雪白的床单上，下体浸在血泊中，浓重的血腥味扑鼻而来。谢豹飞并未因兽欲发泄而清醒，血腥味刺激着他的神经，在他意识深处唤起一种模糊的欲望：他要咬住这个漂亮的脖子，体会牙齿间咀嚼的快感。

全身的血液一阵又一阵凶猛地往上冲，在癫狂中他呵呵地笑着，低下头咬紧猎物的颈项。

田延豹租用的水上飞机溅落在田歌号附近的水面上。他发觉情况有些异常，一架警用直升机正落在这艘游艇上，警灯不停地闪烁着，警察的身影在艇上来回晃动。一艘快艇驶过来，靠近他的水上飞机，一个黑胡子希腊警察在船舷上大声问他是谁，来这儿干什么。然后他用无线报话器同上司交谈了两句，探过身大声喊着："请田先生上船吧！"

田延豹交待飞机驾驶员停在此地等他，急忙跳到船上，心中那种不祥的预感更强烈了。他急急地问："先生，出了什么事？田歌还好吗？"

这位警察一言不发，仔细地对他搜了身，带他来到游艇。在餐厅里，警官提奥多里斯更加详细地询问他的情况，尤其是追问他为什么"恰在这时"赶到凶杀现场。田延豹的眼前变黑了，声音嘶哑地连声问："是谁被害了？是谁？"

提奥多里斯遗憾地说："是田小姐被害，凶手已经拘留。是船上的女仆发现的。可惜我们来晚了，你妹妹是一个多可爱的姑娘啊。"

提奥多里斯警官带他走进那间豪华的卧室，蜡烛形的镀金吊灯放射着柔和的金辉，照着那张极为宽敞、洁白松软的卧床。那本该是白雪公主才配使用的婚床，现在，田歌却躺在白色的殓单下面。田延豹手指颤抖着揭开殓单，田歌的头无力地歪着，黑亮的长发散落一旁。她眉头紧皱着，惨白的脸上凝结着痛苦和迷惘。也许她至死不能相信命运之神对她如此残酷，不相信她挚爱的恋人会这样残忍。

再往下是赤裸的肩头和乳房。田延豹放下殓单，声音嘶哑地说："让我为她穿上衣服吧，她不能这样离开人世。"

警官同情地看看他，考虑到已不需要保留现场，便点头应允。他退出房间，让希腊女仆过来帮忙。女仆从浴室端来热水和浴巾，眼神战栗着，不敢正视死者。田延豹低声说："把热水放下，你到一边去吧。"

他轻轻揭开殓单，姑娘的身体仍如美玉般洁白而润泽，胸部坚挺，腰部曲线流畅，像一尊完美的艺术品。但她身上布满了伤痕，像是抓伤和咬伤，脖颈处有两排深深的牙印，已经变成紫色的瘀斑。她的下身浸在血泊中，血液已经黏稠，但没有完全凝结。田延豹细心地揩净她的身体，在衣橱中找出她从家里带来的一套白色夏装，穿好。最后他留恋地凝望着田歌的面庞，轻轻盖上殓单。

走出停灵间，他问提奥多里斯警官，凶手在哪儿，他想同他谈一谈。他苦笑道："放心，我不会冲动，告诉你，我是曾杀入奥运百米决赛的运动员，我想以同行的身份同他谈一谈，以便妥善了结此事。"

提奥多里斯犹豫片刻后答应了，带他走进隔壁的房间。谢豹飞被反铐在一张高背椅上，头发散乱，脸上有血痕，赤裸的身上披着一件浴衣。警官告诉田延豹，他们赶到时，谢豹飞精神似已错乱，绕室狂走，完全没有逃跑的打算，不过警察在逮捕他时经历了相当激烈的搏斗。警官小声骂道："这杂种！真像一头豹子，力大无穷。"

田延豹拉过一把椅子坐在他的面前，冷冷地打量着他。凶手的目光空洞狞厉，没有理性的成分，紧咬着牙关，嘴巴残忍地弯成弓形。田延豹冷冷地说："谢先生认出我了吗？我是田歌的堂兄，也是一名短跑选手。小歌是我看着长大的，看着她从一个娇憨的步履蹒跚的小丫头，长成快乐的豆蔻少女，又长成冰清玉洁的姑娘。我总是惊叹，她是造物主最完美的杰作，钟天地灵秀于一身。坦白地说，没有那个男人不会对她产生爱慕之心。但我不幸是她的堂兄，只好把这种爱慕变成兄长的呵护，小心翼翼地守护着她，不让她受到一丝伤害。后来她遇上了你，我庆幸她遇见了理想的白马王子，我这个兄长才可以从她的生活中退出来了。但是……”

在他沉痛地诉说时，提奥多里斯一直鄙夷地盯着谢豹飞，他看出田先生沉痛的诉说丝毫未使那个杂种受到触动，他的目光仍是空洞狞厉。田延豹停顿下来，艰难地喘息着，忽然爆发道：“我宰了你这个畜生！”

他像猎豹一样迅猛地扑过去。精神迷乱的谢豹飞凭本能做出反应，敏捷地带着椅子蹿起来，但手铐妨碍了他的行动，在零点一秒的迟缓中，田延豹已经掐住他的脖子，两人连同椅子轰然倒在地板上。提奥多里斯和另一名警察先是愣住了，因为田延豹一直在“冷静”地谈话，没料到他会突然爆发。他们立即跳起来，想把两人拉开。但田延豹的双手像一双铁钳，两个人无论如何也拉不开。眼看谢豹飞的脸已经变色，眼神开始发散，提奥多里斯只好用警棍对田延豹的脑袋来了一下。

田延豹休克过去了，两名警察这才把他的双手掰开。谢豹飞卡在椅子中间，头颅以极不自然的角度斜垂着，就像一株折断了的芦苇。提奥多里斯急忙试试他的鼻息，翻看他的瞳孔——他已经死了，他是被高背椅硌断了脖子的。

提奥多里斯十分懊丧，向警察局通报了这个情况。两个小时后，又一架直升机飞来。游艇上已经没有可停机的空地，所以直升机悬停在空中，放下一架软梯。费新吾和谢可征从软梯上爬下来，旋翼气流猛烈地翻搅着他们的衣服。当他们站在两具尸体前时，谢教授努力克制着自己没有失态，只有手指在神经质地抖着。

/ 五 /

对田延豹的审判在雅典拉萨琼法院举行，能容三百人的旁听席里座无虚席。这是一桩十分轰动的连环案，其中身兼凶手和被害人双重身份的鲍菲·谢既是百米王子，又是世界上第一位“豹人”，自然引起新闻界极大的关注。田歌小姐虽然没有什么知名度，但这些天通过报纸电台的宣传，包括那些偷拍的热恋镜头的展示，美貌的田歌已成了公众心目中最纯洁可爱的偶像。这种情绪甚至压倒了谢豹飞的名声，对田延豹的量刑无疑是有利的。

大厅中有一块辟为记者席，各国记者云集此地，有美联社、路透社、共同社、俄通社……自然也少不了新华社。不过，由于凶手和死者都是中国人或华裔，这种情形对中国记者来说多少有些微妙，所以他们小心地保持着同其他记者的距离，沉默着，不愿与同行们交谈。

审判庭前方的平台上放着三把黑色的高背皮椅，这是三名法官的座席。平台前边是证人席，小木桌上放着一本封皮已旧的圣经。左面是被告席，田延豹已经入席，显得十分平静超脱，给别人的强烈印象是：他心愿已毕，以后不管是上天国还是下地狱都无所谓了。

费新吾坐在旁听席的第一排，一直同情地看着他，眼前不时闪过田歌的倩影，笑靥如花，俏语解人，如水晶般纯洁……有时他想，换了他在场，照样会把那个该千刀万剐的凶手掐死！他回过目光，扫了一眼前排的一个空位，那是谢先生的位置，今天大概他不会来了。

那天他们赶到田歌号游艇，目睹了一对恋人惨死的场景。作为凶手的田延豹没有丝毫歉意，目光炯炯地盯着死者的父亲；作为苦主的谢教授反倒躲避着他的盯视，只是失神地看着死去的儿子。田延豹被押走后，费新吾陪教授到岛上开了一间房间，他想尽量劝慰这个被丧子之痛折磨的老人。谢教授沉默着，步履僵硬。等侍者退出房间，教授痛心地说："都怪我啊，没有及早发现豹儿是个虐待狂症患者，以致酿成今天的惨剧。"

费新吾心中渐次升起复杂的情感：怜悯、鄙夷夹杂着愤恨，因为他十分清楚谢教授的这个开场白是什么动机。他冷淡地问："谢豹飞仅仅是一个虐待狂？"

"对，美国是一个奇怪的社会，性虐狂和受虐狂比比皆是，他们在性高潮时会做出种种不可理喻的怪诞举动。据统计，在满月之夜发病率会更高一些。昨天就是满月之夜啊。但我没发现豹儿也受到社会习俗的毒害，我对他的教育一直是很严格的。"

费新吾已经不能抑制自己的鄙夷了，他冷冷地问："您是想让我相信，他只是人类中的精神病人，与他体内嵌入的猎豹基因无关？”

谢教授一愣，苦笑道：“当然无关，你不会相信这一套吧，一段控制肌肉发育的基因竟然能影响人性？”

费新吾大声说：“我为什么不相信？什么是人性或兽性？归根结底，它是一种思维运动，是由一套指令引发的一系列电化学反应，它必然基于一定的物质结构。人性的形成当然与后天环境有很大关系，但同样与遗传密切有关。早在20世纪末，科学家就发现具有XYY基因的男子比具有XY正常基因的男子易于犯罪，常常杀死妓女，在公共场合暴露生殖器；还发现人类11号染色体上的D4DR基因有调节多巴胺的功能，从而影响性格，D4DR较长的人常常追求冒险和刺激。其实，人体的所有基因与人性都有联系，或多或少，或直接或间接。作为一个杰出的学者，您会不了解这些发现？您真的相信猎豹的嵌入基因丝毫不影响人性？如果基因不影响性格，那么请您告诉我，猎豹的残忍和兔子的温顺究竟是由什么决定的？是在神学院礼仪学校的学习成绩不同吗？”

这些锋利的诘问使教授的精神突然崩溃，他没有反驳，低下头，颤颤巍巍地回到自己的卧室。费新吾想，即使最冷静客观的科学家也难免被偏见蒙住眼睛，而这次谢教授的偏见只是基于一个简单的事实：谢豹飞不仅是他的科研成果，还是他的儿子。

从那天晚上后两人没有再见面。第二天一早，费新吾就从这家旅馆搬走了，他不愿再同这位自私的教授住在一起，在那之后也一直没有同谢教授接触。这会儿，费新吾盯着旁听席上的空座位，心中还在鄙夷地想，对于谢教授来说，无论是儿子的横死还是田歌的不幸，在他心目中都没有占重要位置，他关心的只是他的科学发现在科学史上的地位。

国家特派检查官柯斯马斯坐上原告席，他看见被告辩护人雅库里斯坐在被告旁边，便向这位熟人点头示意。雅库里斯律师今年五十岁，相貌普通，像一只沉默的老海龟，但柯斯马斯深知他的分量。这个老家伙头脑异常清醒，反应极为敏锐。只要一走上法庭，他就会进入极佳的竞技状态，发言有时雄辩，有时委婉，就像一个琴手那样熟练地拨弄着听众和陪审团的情感之弦。还有一条是最令人担心的：雅库里斯接手案件时有严格的选择，他向来只接那些能够取胜的（至少按他的估计如此）业务，而这次，听说是他主动表示愿当被告的律师。

不过，柯斯马斯不相信这次他会取胜。这个案件的脉络是十分清晰的，那个中国人的罪行毫无异议，最多只是量刑轻重的问题。书记员喊了一声："肃静！" 接着两名穿法衣的法官和一名庭长依次走进来，在法官席上就座，宣布审判开始。

柯斯马斯首先宣读起诉书，概述了此案的脉络，然后说："这是一个连环案，第一个被害人是纯洁美丽的田歌小姐，她挚爱着自己的恋人，却仅仅因为守护自己的处女身就惨遭不幸，她激起我们深深的同情和对凶手的愤慨。但这并不是说田先生就能代替法律行使惩罚，血亲复仇的风俗在文明社会早已废弃了。因此，尽管我们对田先生的激愤和冲动抱有同情，但仍不得不把他作为预谋杀人犯送上法庭。"

柯斯马斯坐下后，雅库里斯神色冷静地走向陪审团，作了一次极短的陈述。

"我的委托人杀死谢豹飞是在两名警察的注视下进行的，他们都有清晰的证言，我的委托人对此也供认不讳。实际上，"他苦笑道，"田先生曾执意不让我为他辩护，他说他为田歌报了仇，可以安心赴死了。是他的朋友费新吾先生强迫他改变了主意，费先生说尽管你不惧怕死亡，但你的妻子和未成年的女儿都在盼着你回去！……法官先生，陪审员先生，我的陈述完了。"

他突兀地结束了发言，把两个女人的"盼望"留给陪审员。

柯斯马斯开始询问证人。警官提奥多里斯第一个作证，详细追述了当时的过程。柯斯马斯追问："看过田歌小姐的遗体后，被告的表情是否很平静？"

"是的，当然后来我才知道，这种平静只是一种假象。"

"他在要求见凶手谢豹飞时，是否曾说过：放心，我不会冲动，我想以同行的身份同他谈谈，以便妥善了结此事？"

"是的。"

"也就是说，他曾经成功地使你相信，他绝不会采取激烈的报复手段，在这种情形下你才放他去见鲍菲·谢，对吗？”

“是的，我并不想因失察而受上司处分。”

柯斯马斯已在公众中成功地立起“预谋杀人”而不是“冲动杀人”的印象，他说：“我的询问完了。”

律师雅库里斯慢慢走到证人面前。

“警官先生，被告在杀死鲍菲·谢之前，曾与他有过简短的谈话，你能向法庭复述吗？”

提奥多里斯复述了两人当时的谈话，雅库里斯接着问：“那么，在田歌死后，他才第一次向世人承认，他也曾暗恋着漂亮的堂妹，但他用道德的力量约束了自己，仅是默默地守护着她，把爱情升华成悄悄的奉献，我说的对吗？”

“对。我们都很敬重他，他是一个正人君子。”

雅库里斯叹道：“是的，一个真正的君子，我正是为此才主动提出做他的免费辩护律师。法官先生，我对这名证人的问题问完了。”

这名警官退场后，雅库里斯对法官说：“我想询问几个仅与田歌被杀有关而与鲍菲·谢被杀无关的证人。这是在一个小时内发生的两起凶杀案，一桩案件的‘因’是另一桩案件的‘果’，因此我认为他们至少可以作为本案的间接证人。”

法官表示同意，按他的建议传来游艇上的女仆。

“请把你的姓名告诉法庭。”

“尼加拉·克里桑蒂。”

“你的职业。”

“案发时我是田歌小姐和鲍菲·谢先生的仆人。”

“请问，依你的印象，他们两人彼此相爱吗？”

“当然！我从没见过这么美好的一对情侣，这艘昂贵的游艇就是谢先生送给田小姐的。我真没有料到……”

“在四天的旅途中，他们发生过口角吗？”

“没有，他们总是依偎在一起，直到深夜才分开。”

“你是说，他们并没有睡在一起？”

“没有。律师先生，我十分佩服这位中国姑娘，她上船时就决定把处女身留到婚礼之夜再献给丈夫。她对我说过，正因为她太爱谢先生，才做出这样的决定。在几天的情热中她始终能坚守这道防线，真不容易！”

“那么，案发的那天晚上你是否注意到有什么异常？”

“有那么一点。那晚谢先生似乎不高兴，表情比较沉闷，我曾发现他独自到餐厅去饮酒。田小姐一直亲切地抚慰着他。我想，”她略为犹豫，“谢先生那晚一定是被情欲折磨，这对一个强壮的男人是很正常的，但谢先生曾赞同田小姐的决定，不好食言。我想他一定是为此生闷气。”

听众中有轻微的吵吵声。律师继续问：“后来呢？”

“后来他们各自睡了，我也回到自己的卧室。不久我听见小姐屋里有响动，她在高声说话，好像很生气。我偷偷起来，把她的房门打开一条缝，见小姐已经安静下来，谢先生歪着头趴在她的脖颈上亲吻。我又悄悄掩上门回去。但不久，我发觉谢先生一个人在船舷上狂乱地跑动，赤身裸体，肚皮上好像有血迹。这时我忽然想到了电视上关于豹人的谈论。虽然谢先生那时一直隐瞒着姓名，但我发现他的相貌很像那个豹人。那一瞬间我突然意识到，”虽然已事隔一月，回忆到这儿，她的脸上仍浮出极度的恐惧，“谢先生刚才亲吻的姿势非常怪异，实际上他不像是在亲吻，更像是在撕咬小姐的喉咙！”

她的声音发抖了，听众都感到一股寒意爬上脊背。女仆又补充了一句：“我赶紧跑回小姐的屋里，看到那种悲惨的景象，我真不敢相信自己的眼睛，因为谢先生曾是那样爱她！”

雅库里斯停止了询问：“我的问题完了，谢谢。”

由于本案的脉络十分简单，法庭辩论很快就结束了，检察官柯斯马斯收拾文件时，特意看看沉默的辩护人。今天这位名律师一直保持低调。当然，他成功地拨动了听众对凶手的同情之弦——但仅此而已，因为同情毕竟代替不了法律。看来，在雅库里斯的辩护生涯中，他要第一次尝到失败的滋味儿了。

田延豹在离席时，面色平静地向熟人告别，当目光扫到检察官身上时，他同样微笑着点头示意，柯斯马斯也点头回礼。他很遗憾，虽然不得不履行职责，但从内心讲，他对这位正直血性的凶手满怀敬意。

第二天早上9点，法庭再次开庭。身穿黑色西服的谢可征教授蹒跚地走进来，坐到那个一直空着的位子上。很多人把目光转向他，窃窃私语着。但谢教授却在周围树起冷漠之墙，高傲地微仰着头，半闭着眼睛，对周围的声音听而不闻。

法官宣布开庭后，雅库里斯同田延豹低声交谈几句，站起来要求作最后陈述。他慢慢走到场中，苦笑着说："我想在座的所有人对被告的犯罪事实都没有疑问了。大家都同情他，但同情代替不了法律。早在上个世纪，在廉价的人道主义思潮冲击下，大部分西方国家都废除了死刑，唯独希腊还坚持着'杀人偿命'的古老律条，我认为这是希腊人的骄傲。自从人类步入文明社会，杀人一直是万罪之首，列于圣经的十戒之中。这是为什么？为什么杀死一只猪羊不是犯罪而杀人却是罪恶？这个貌似简单的问题实际是不能证明的，是人类社会公认的一条公理，它植根于人类对自身生命的敬畏。没有这种敬畏，人类所有法律都失去了基础，人类的信仰将会出现大坍塌。所以，人类始终小心地守护着这一条善与恶的分界线。"

检察官惊奇地看着侃侃而谈的律师，心里揶揄地想，这位律师今天是否站错了位置？这番话应该是检察官去说才对头。雅库里斯大概猜到了他的心思，对他点点头，接着说下去："所以，如果确认我的委托人杀了人——不管他的愤怒是多么正当——法律仍将给他以严厉的惩罚。我们，包括田先生的亲属、陪审员和听众都将遗憾地接受这个判决。现在只余下一个小小的问题，"他有意停顿下来，检察官立即竖起耳朵，心里有了不祥的预感。不仅是他，凡是了解雅库里斯其人的法官和陪审员也都竖起耳朵，看他会在庭辩的最后关头祭出什么法宝。在全场的寂静中，雅库里斯极清晰地、一字一顿地说："只有一个小小的问题：被告杀死的谢豹飞究竟是不是一个人？"

庭内有一个刹那的停顿，紧接着是全场的骚动。检察官气愤地站起来，没等他开口，雅库里斯立即堵住他："稍安毋躁，稍安毋躁。不错，在众人常识性的目光中，鲍菲·谢自然是人，这一点毫无疑问嘛。他有人的五官，人的四肢，人的智力，说人的语言，生活在人类社会中，具有人的法律地位，口袋里揣着美国的公民证、驾驶证、信用卡、保险卡等一大堆能说明他身份的证件。但是，正如大家所知道的，当他还是一颗受精卵时，他就被植入了非洲猎豹的基因片断。关于这一点，如果谁还有什么疑问的话，可以质询在座的证人谢可征教授。检察官先生，你有疑问吗？请你简单回答：有，还是没有。”

庭内的注意力没有指向检察官，而是全部转向谢可征，但谢教授仍是双眼微闭，浑似未闻。柯斯马斯不情愿地说：“关于这一点我没有疑问，可是……”

雅库里斯再次打断他，顺着他的话意说下去：“可是你认为他的体内仅仅嵌有极少量的异种基因，只相当于人类基因的数万分之一，因此没人会怀疑他具有人的法律地位，对吧？那么，我想请博学的检察官先生回答一个问题：你认为当人体内的异种基因超过多少才失去人的法律地位？千分之一？百分之一？百分之二十？百分之五十？奥运会的百米亚军埃津瓦说得好，今天让一个嵌有万分之一猎豹基因的人参加百米赛跑，明天会不会牵来一只嵌有万分之一人类基因的四条腿的豹子？不，人类必须守住这条防线，半步也不能后退，那就是：只要体内嵌有哪怕是极微量的异种基因，这人就应视同非人！”

柯斯马斯不耐烦地应辩道：“恐怕律师先生离题太远了吧？我们是在辩论田延豹杀人案，并不是为鲍菲·谢的法律身份作出鉴定，那是美国警方的事。据我所知，世界上有不少人植入了猪的心脏，转基因山羊的肾脏。这些病人身上的异种成分并不在鲍菲之下，但并没有人对他们‘人’的身份产生怀疑。还有试管婴儿，可以说，这种繁衍生命的方式是违背上帝意愿的，科学界和宗教界都曾强烈反对，罗马教廷的反对态度至今不变。但反对归反对，世界上已有五十万试管婴儿降临于世，年龄最大的已经二十岁，他们平静地生活在人类社会中，享受着正常人的权利，从没有人敢说他们不具有人的身份。雅库里斯先生是否认为这些人——身上嵌有异种成分的或使用非自然生殖方式的人——不受法律保护？你敢对这几十万人说这句话吗？”

在柯斯马斯咄咄逼人的追问下，雅库里斯从容地微微一笑："检察官先生想激起五十万人的仇恨吗？我不会上当的。我说的'非人'不包括这些人，请注意，你说的都是病人，他们是先成为病人而后才植入异种组织。但鲍菲·谢却是一个正常人，是植入异种基因后才变成不正常的人。这二者完全不同。"

柯斯马斯皱起眉头："我无法辨析你所说的精微字义。我想法官和陪审员也不会对此感兴趣。"

三位法官和十名陪审员都认真聆听着，但他们确实显得茫然和不耐烦。雅库里斯转向法官："法官大人，请原谅我在这个问题上精雕细刻，因为它正是本案关键所在。我已经请来了生物学界的权威之一，相信他言简意赅的证词能使诸位很快拂去心中的疑云。"

庭长略略犹豫，点头说："可以询问。"

满脸胡子的埃迪·金斯走上证人席，依惯例发了誓。律师说："请向法庭说出你的名字和职业。"

"埃迪·金斯，美国马里兰州克里夫兰市雷泽夫大学医学院的遗传学家。顺便说一句——我知道某些记者对此一定感兴趣的——我是死者鲍菲·谢的父亲谢可征先生的同事。"

听众们对这个细节果然很感兴趣（这是否预示着同室相戕），嗡嗡的议论声不绝于耳。谢教授冷然不为所动。费新吾的神色平静，但心中不免忐忑不安。庭辩的策略是雅库里斯、金斯和他共同商定的，它能不能取得最终成功？现在已到关键时刻了。

雅库里斯说："刚才我所说的病人与正常人的区别，你能向法庭解释清楚吗？请用尽量通俗的语言来讲，要知道，这里的听众都不是科学家。"

"好的，我尽量做到这一点。"金斯简洁地说，"上帝曾认为，自他创造了人以后，人就是一成不变的。我想在科学昌明的21世纪，上帝也会承认自己的错误。实际上，人类的异化一直在进行着，从未间断。我们且不看从猿到人那种'自然的'异化过程，只看看'人为的'异化过程吧。从安装假牙、柳枝接骨起，这个异化就已经开始。现在，人类的异化早已不是涓涓细流，而是横流的山洪了。诸如更换动物器官、用基因手术治疗遗传病、试管婴儿、克隆人等，这些势头凶猛的异化使所有的有识之士都忧心忡忡。但是，‘幸亏’此前的异化手段都是为病人使用的，其目的是为了让病人恢复正常人状态，使他们享受上帝赐予众生的权利。简而言之，当这种种异化过程发展到极点，也不过是用‘非自然’方法来尽量模拟一个‘自然’的人。换句话说，这种手段只是为了更正上帝在工作中难免出现的疏漏，并未违背上帝的意愿。我的讲解，诸位是否都听明白了？”

法官和陪审员们都点点头。金斯继续讲下去：“上述的例证中，也许克隆人算得上是半个例外，它不是使用在病人身上，而是用正常人来复制正常人。不过，我们姑且把克隆人也归到上述类型中吧。问题是，趾高气扬的科学家们决不会到此止步，他们还想比上帝做得更好。谢教授的基因嵌接术就是一次最伟大的里程碑式的成功，他能在二十六年前几乎是单枪匹马地做到这一点，实在是太难得了。我无法用语言表达我的敬佩——当然仅仅从技术的角度。”

谢教授成了众人注目的焦点，记者们忙碌地记录着。

“现在，在前沿科学界已经形成了一种共识——请注意，谢教授正是其中重要一员，就连我的这些观点也有不少得之于他的教诲。这个共识就是，人类的异化是缓慢的、渐进的，但是，当人类变革自身的努力超越了‘补足’阶段而迈入‘改良’时，人类的异化就超过了临界点。可以说，从谢教授的豹人开始，一种超越现人类的后人类就已经出现了。你们不妨想象一下，马上就会在泳坛出现鱼人，在跳高中出现袋鼠人，在臭氧空洞的大气环境下出现耐紫外线的厚皮肤人等等。如果你们再大胆一点，不妨想象一个能在海底城市生活的两栖人，一个具有超级智力的没有身体的巨脑人，等等。”他苦笑道，“坦率地说，我和谢教授同样致力于基因工程技术的开拓，但走到这儿，我就同他分道扬镳了。我是他的坚定的反对派，我认为超过某个界限、某个临界点的改良实际将导致人类的灭亡。”

雅库里斯追问道：“你是说，科学界已形成共识，这种改良后的人已经超越人类的范畴？”

金斯断然说："当然！我知道奥委会正陷入激烈的争论——豹人的成绩是否算是人类的纪录。依我看来，鲍菲的成绩当然是无效的，它不能算是人类的奥运成绩，倒可以作为后人类的第一个非正式体育纪录。"

"那么，人类的法律适用于鲍菲·谢吗？"

金斯摇摇头："这个问题由法律专家们回答吧。不过我想问一句：人类的法律适用于猿人吗？或者说，猿人的社会规则适用于人类吗？"

"谢谢，我的问题完了。"

金斯走下证人席，雅库里斯说："这位证人已经讲得很清楚了。法官先生，陪审员先生，我想本法庭面临的是一个全新的问题，我代表我的委托人向法庭提出一个从没人提过的要求：在判定被告'杀人'之前，请检察官先生拿出权威单位出具的证明，证明鲍菲·谢具有人的法律地位。"

柯斯马斯暗暗苦笑，他知道这个狡猾的律师已经打赢了这一仗。两天来，他一直在拨弄着法庭的同情之弦，使他们对不得不判被告有罪而内疚——忽然，他在法律之网上剪出一个洞，可以让田先生从网眼脱身了。陪审员们如释重负的表情便足以说明这一点。其实何止陪审员和法官，连柯斯马斯本人也丧失了继续争下去的兴趣，就让那个值得同情的凶手逃脱惩罚，回到他的妻女身边去吧。

雅库里斯仍在侃侃而谈："死者鲍菲·谢确实是一个受害者，另一种意义的受害者。他本来是一个正常人，虽然也许没有出众的体育天分，但有着善良的性格，能赢得美满的爱情，有一个虽然平凡但却幸福的人生。但是，有人擅自把猎豹基因嵌入他的体内，使他既获得猎豹的强健肌肉，又具有猎豹的残忍，因此才酿成今天的悲剧。那个妄图代替上帝的人才是真正的罪犯，因为他肆意粉碎宇宙的秩序，毁坏上帝赋予众生的和谐与安宁。"他猛然转向谢教授，"他必将受到审判，无论是在人类的法庭还是在上帝的法庭！"

雅库里斯的目光像两把赤红的剑，咄咄逼人地射向谢教授，但谢教授仍保持着他的冷漠。记者们全都转向他，闪光灯闪成一片。旁听席上有少数人不知内情，低声交谈着。法官不得不下令让大家肃静。

很久谢教授才站起来，平静地说；"法官先生，既然这位律师先生提到我，我可以在法庭做出答辩吗？”

三名法官低声交谈几句，允许他以证人的身份陈述。谢教授走向证人席，首先把圣经推到一边，微微一笑：

“我不信《圣经》中的上帝，所以只能凭我的良知发誓：我将向法庭提供的陈述是完全真实的。”他面向观众，两眼炯炯有神，“这位律师先生曾要求权威单位出具证明，我想我就具备这种权威身份。我要出具的证言是：的确，鲍菲·谢已经不能归于自然人类的范畴，他属于新的人类，我姑且把它命名为后人类，他是后人类中第一个降临于世界的。因此，在适用于后人类的法律问世之前，田延豹先生可以无罪释放了。”

他向被告点头示意。法庭上所有人，无论是法官、被告、辩护律师、陪审员还是听众，都没有料到被害人的父亲竟然这样大度，庭内响起一片嗡嗡声。

谢教授继续说道：“至于雅库里斯先生指控我的罪名，我想请他不要忘了历史。当达尔文的物种起源发表后，也曾激起轩然大波，无数‘人类纯洁’的卫道士群起而攻，咒骂他是猴子的子孙。随着科学的进步，现在已经很少有人羞于当‘猴子的子孙’了。不过，那种卫道士并没有断子绝孙，他们会改头换面，重新掀起一轮新的喧嚣。从身体结构上说，人类和兽类有什么截然分开的界限吗？没有，根本没有，所有生物都是同源的，是一脉相承的血亲。不错，人类告别了蒙昧，建立了人类文明，从而与兽类区别开来。但这是对精神世界而言。若从身体结构上看，人兽之间并没有这条界限。既然如此，只要对人类的生存有利，在人体内嵌入少量的异种基因为什么竟成了大逆不道的罪恶呢？

“自然界是变化发展的，这种变异永无止境。从生命诞生至今，至少已有百分之九十的生物物种灭绝了，只有适应环境的物种才能生存。这个道理已被人们广泛认可，但从未有人想到这条生物界的规律也适用于人类。在我们的目光中，人类自身结构已经十全十美，不需要进步了。如果环境与我们不适合——那就改变环境来迎合我们嘛。这是一种典型的人类自大狂。比起地球，比起浩渺的宇宙，人类太渺小了，即使亿万年后人类也没有能力去改变整个外部环境。那么我要问，假如十万年后地球环境发生很大的变化，人类必须离开陆地去海洋中生活，或者必须生活在没有阳光，仅有硫化氢提供能量的深海热泉中，生活在近乎无水的环境中，生活在温度超过80℃的高温条件下（这是蛋白质凝固的温度），上述这些苛刻的环境中都有蓬蓬勃勃的生命，换句话说，都有可供人类改进自身的基因结构。如果当真有那么一天，我们是墨守成规、抱残守缺、坐等某种新的文明生物替代人类呢，还是改变自己的身体结构去适应环境，把人类文明延续下去呢？”

他的雄辩征服了听众，全场鸦雀无声。谢教授目光如炬地说下去：“我知道，人类由于强大的思维惯性，不可能在一夜之间接受这种异端邪说，正像日心说和进化论曾被摧残一样。很可能，我会被守旧的科学界烧死在21世纪的火刑柱上。但不管怎样，我不会改变自己的信仰，不会放弃一个先知者的义务。如果必须用鲜血来激醒人类的愚昧，我会毫不犹豫地献出自己的儿子，甚至我自己。”

记者们都飞快地记录着，他们以职业的敏感意识到，今天是一场历史性的审判，它宣布了“后人类”的诞生。谢教授的发言十分尖锐，简直使人感到肉体上的痛楚，但它却有强大的逻辑力量，让你不得不信服。连法官也听得入迷，没有试图打断这些显然已跑题的陈述。谢教授结束了发言，居高临下地俯视着听众，高傲的目光中微带怜悯，就像上帝在俯视着自己的羔羊。然后他慢慢走下证人席，回到自己的座位上。

他的陈述完全扭转了法庭的气氛，使一个被指控的罪人羽化成了悲壮的英雄。三名法官低声交谈着，忽然旁听席上有人轻声说：“法官先生，允许我提供证言吗？”

大家朝那边看去，是一个六十岁左右的老妇人，鬓发花白，穿着黑色的衣裙，看模样是黄种人。法官问：“你的姓名？”

“方若华，我是鲍菲的母亲，谢先生的妻子。”

费新吾恍然回忆到，这个妇人昨天就来了，一直默默坐在角落里，皱纹中掩着深深的苦楚。他曾经奇怪，鲍菲的母亲为什么一直不露面，现在看来，这个家庭里一定有不能向外人道的纠葛。谢教授仍高傲地眯着双眼，头颅微微后仰，但费新吾发现，他面颊上的肌肉在微微抖动着。庭长同意了妇人的要求，她慢慢走到证人席，目光扫过被告、检察官和陪审员，定在丈夫的脸上。她说："我是二十八年前同谢先生结婚的，他今天在法庭陈述的思想在那时就已经定型了。那时，我是他的一个助手，也是他坚定的信仰者。当时我们都知道基因嵌接术在社会舆论中是大逆不道的，所谓始作俑者，其无后乎，率先去做的人是不会有好结局的。但我和丈夫义无反顾地开始去做这件事。

"后来，我们的爱情有了第一颗果实，在受精卵发育到胚胎期时，丈夫从我的子宫里取出八颗胚细胞，开始了他的基因嵌接术。"她的嘴唇颤抖着，艰难地说，"不久前死去的鲍菲是我的第七个儿子，也是唯一发育成功的一个。"

片刻之后人们才意识到这句话的含义，庭内响起一片嗡嗡声。

妇人苦涩地说："第一颗改造过的受精卵在当年植入我的子宫，我也像所有的母亲一样，感受到了体内的神秘变化，我也曾呕吐、嗜酸、感受到轻微的胎动。体内的黄体酮分泌加快，转变成强烈的母爱。我也曾多次憧憬着儿子惹人爱怜的模样。……但这次妊娠不久就被中止了。超声波检查表明，他根本不具人形，只是一个丑陋的、能够生长和搏动的肉团而已！"

她沉默下来，回想起当年听到这个噩耗时心中的痛楚。不管怎样，那也是她身上的一块血肉。听众都体会到一个母亲的痛苦，安静地等她说下去。停了一会儿，她接着说："流产之后，丈夫立即把这团血肉处理了，没有让我看见，但我对这团不成形的血肉一直怀着深深的歉意。直到第二个胎儿开始在腹中搏动时，这种痛楚才稍许减轻一些。可是，第二个胎儿也是同样的命运。这种使人发疯的过程总共重复了六次。六次啊，这些反复不已的锯割已经超过我的精神承受能力，我几乎要发疯了。"

她苦笑道："不过我并不怪我丈夫，他探索的是宇宙之秘，谁能保证没有几次失败？等第七颗胚细胞做完基因嵌接术，丈夫不愿我再受折磨，想找一个代孕母亲，我坚决拒绝了。我不能容忍自己的儿子让别人去孕育。还好，这次获得了空前的成功。我满怀喜悦，小心翼翼地把这个体育天才养育成人。不过，坦率地讲，我心里一直有抹不去的可怕预感，这种预感一直伴随着鲍菲长大。这次儿子来雅典比赛，我甚至不敢赶来观看。鲍菲在赛后曾欣喜地告诉我，说他遇上了世界上最美丽的一个姑娘，我也为他高兴，谁料到仅仅三天后……”

她说不下去了。法官们交换着目光，都不去打断她。妇人接着说：“一月前我来到雅典，儿子和田小姐的尸体使我痛不欲生。但你们可知道，我的丈夫是如何安慰我的？他说，有人说鲍菲的兽性来自嵌入的猎豹基因，他要把第八颗冷藏的胚细胞解冻，进行同样的基因嵌接术，让他按鲍菲的生活之路成长，以此来推翻或验证这种结论。从那时起，我就知道我们之间的婚姻已经完结了。不错，谢先生是在勇敢地探索他的真理，百折不回，但这种真理太残酷，一个女人已经不能承受。在那次谈话后，我立即返回美国。谢先生，”她转向旁听席上的丈夫，“你知道我回去的目的吗？我已经请人把最后一颗胚细胞植入我的子宫，但没有做什么基因嵌接术。我要以五十九岁的年龄再当一次母亲，生下一个没有体育天才的、普普通通的孩子！”她回过头歉然道，“法官先生，我的话完了。”

法庭休庭两个小时后重新开庭，法官和陪审员走回自己的座位，两名法警把田延豹带到法官面前。法庭里非常寂静。在前一段庭审中，听众已经经历了几次感情反复，谢教授从一个邪恶的科学狂人变成悲壮的殉道者，但这个形象随后又被鲍菲母亲的话重重地涂上黑色。现在听众们紧张地等待着判决结果。

法官开始发言：“诸位先生，我们所经历的是一场十分特殊的审判，诚如雅库里斯先生和谢可征先生所说，在所有人类的法律中，尽管人们可能没有意识到，但的确有两条公理，是法律赖以存在的、不需求证的公理，即：人的定义和人类对自身生命的敬畏。现在，这两条公理已经受到挑战。”他苦笑道，“坦率地说，对此案的判决已经超出了本庭的能力。我想此时此刻，在新的法律问世之前，世界上没有任何法官能对此做出判决。对于法官的名誉来说，比较保险的办法是不理会关于后人类的提法，仍遵循现有的法律——毕竟鲍菲·谢有确定的法律身份。但是，我和大多数同事认为这不是一个负责任的态度。金斯先生，还有谢可征先生都对后人类问题做了极有说服力的剖析。刚才的两个小时内，我又尽可能咨询了世界上有名的人类学家、社会学家、生物学家和物理学家，他们的观点大致和两位先生关于后人类的观点相同。所以，我们在判决时考虑了上述因素。需要说明一点，即使鲍菲·谢已经不属于现人类，也没有人认为两种人类间的仇杀就是正当的。我们只是想把此案的判决推迟一下，推迟到有了法律依据时再进行。

“所以，我即将宣读的判决是权宜性的，是在现行法律基础上所做的变通。”

他清清嗓子，开始宣读判决书：“因此，根据国家授予我的权力，并根据现行的法律，我宣布，在没有认定鲍菲·谢作为‘人’的法律身份之前，被告田延豹取保释放。鉴于本案的特殊性，诉讼费取消。”

《纽约时报》再一次领先同行，在电子版上率先发出一份颇有分量的报道：

“法庭已宣布田延豹取保释放——实际是无限期地推迟了对他的判决。律师雅库里斯胜利了，他用奇兵突击的辩护改变了审判的轨道；公众情绪胜利了，他们觉得这种结果可以告慰死者——无辜而可爱的田歌小姐。

“但法庭中还有一位真正的胜利者，那就是科学之神，是谢可征、埃迪·金斯所代表的科学之神。她正踏着沉重的步伐迈过人类的头顶。这里有一个奇怪的悖论：尽管科学的昌明依赖于人类的智慧，依赖于一代一代科学家艰难的推动，但当她踏上人类的头顶时，没有任何力量能够阻挡她的脚步。”

退庭后，记者们蜂拥而上，包围了田延豹和他的辩护律师，几十个麦克风举到他们的面前。费新吾好容易挤到田延豹的身边，同他紧紧握手，又握住雅库里斯的手：“谢谢你的出色辩护。”

雅库里斯微笑道：“我会把这次辩护看成我律师生涯的顶点。”

他们看见谢豹飞的母亲已经摆脱记者，走到自己的汽车旁，但她没有立即钻进车内，而是抬头看着这边，似有所待。田延豹立即推开记者，走过去同她握手："方女士，我为自己那天的冲动向你道歉。"

方女士凄然一笑："不，应该道歉的是我。"她犹豫了很久才说，"田先生，我有一个很唐突的要求，如果觉得不合适，你完全可以拒绝。"

"请讲。"

"田小姐是回国安葬吗？是火葬还是土葬？"

"回国火葬。"

"能否让鲍菲和她一同火葬？我知道这个要求很无礼，但我确实知道鲍菲是很爱令妹的——在猎豹的兽性未发作之前。我想让他陪令妹一同归天，在另一个世界向令妹忏悔自己的罪恶。"

田延豹犹豫一会儿，爽快地说："这事恐怕要我的叔叔和婶婶才能决定，不过我会尽力说服他们，你晚上等我的电话。"

"谢谢，衷心地感谢`。这是我的电话号码。"

他们看到一群记者追着谢教授，直到他钻进自己的富豪车。在他点火启动前，新华社记者穆明提出了最后一个问题：

"谢先生，你还会冒天下之大不韪，继续你的基因嵌入研究吗？"

那辆车的前窗落下来，谢教授从车内向外望望妻子、田延豹和费新吾，斩钉截铁地吐出两个字：

"当然！"

活着

（本文中有关宇宙塌陷的叙述属于虚构。）

所有人已经习惯了宇宙的永恒，即使在知道宇宙膨胀之后，这个动态过程也近乎是永恒的，没人想到我们“恰恰”赶上了宇宙刚刚开始收缩的时刻。所以，虽然他们觉察到异常，却想当然地把它限定在“局部空间”内，于是钻进这个胡同里出不来了。

/一/

（楚哈勃对《新发现》女记者白果的访谈）

我的童年曾浸泡在快乐中。妈妈温暖柔软的乳房，梦中外婆喃喃的呢语，去河边玩耍时爸爸宽厚的肩膀，幼儿园特别疼我的阿姨，家中调皮可爱的小猫崽……我一天到晚笑声不断。外婆说：这小崽子！整天乐哈哈的，小名就叫乐乐吧。

但温馨的童年记忆很快被斩断，代之以匆匆的旅途和嘈杂的医院。五岁之后我走路常常跌倒，玩耍时总是追不上小同伴。妈妈，有时是爸爸，带我走遍了全国的著名医院。我习惯了藏在妈妈身后，胆怯地仰视那些高大的白色神灵，而神灵们俯看我的眼神总是带着怜悯，带着见惯不惊的漠然。每次医生给出诊断结果前，妈妈总是找借口让我出去，于是我独自蜷缩在走道里那种嵌在墙上的折叠椅中，猜着屋里在说些什么，模糊的恐惧在幼小的心灵中逐渐滋生，越来越坚韧……

后来爸爸从我的生活中突然消失了，我问妈妈，爸爸到哪儿去了？妈妈不回答，妈妈一听我问就哗哗地流泪。后来我再也不敢问这个问题了。

直到我七八岁时才遇到一个救星医生。他的小诊所又脏又乱，白大褂皱巴巴的，但他很有把握地说："这病我能治，保你除根!就是娃儿得受罪，只能以毒攻毒啊。药价也不便宜。"以后的三年里，我们一直用他的祖传药方治病，把一种很毒的药液涂满全身，皮肤和关节都溃烂了，以至于一说涂药我就浑身打战，涂药前妈妈不得不把我的手脚捆到床上。妈妈哭着说："乐乐你忍忍，乐乐你一定要忍住！ 这是为你治病啊。"我是个很听话很勇敢的孩子，真的咬牙忍着，一年，两年，三年。到最后一年，我已经不是为自己的性命来忍受，而纯粹是为了安慰妈妈。苦难让我早熟了，懂事了。那时妈妈只有三十六七岁，但已经憔悴得像五十多岁的老妇人。我不忍心毁了她最后的希望。

但这个药方毫无效用。三年后再去找那位神医，那家诊所已经被卫生局和工商局查封了。那天晚上，我们住在一家阴暗潮湿的地下室旅馆里，半夜我被啜泣声弄醒。妈妈趴在我床边，哭得直噎气，断断续续地低声发誓：乐乐，妈一定得坚持下去，卖肾卖眼也得坚持下去，我绝不让你死在妈的前头！

这个场景在我的童年记忆中非常清晰，一直保持着令人痛楚的锋利。那时我刚刚十岁，但已经能敏锐地注意到妈的用词：她说“妈一定坚持下去”，而不是说“妈一定救活你”；她说“绝不能让你死在妈前头”，而不是说“一定让你活下去”。显然她打心底里已经绝望了。最后一句话特别不祥，也许妈打算在完全绝望时带上我一块儿自杀。

记不清那一刻我是如何想的，反正我模糊觉得，决不能让妈知道我醒了。我翻个身装睡，泪水止不住往外涌。妈可能意识到我醒了，立即截断啜泣声，悄悄回到她的床上。第二天我们都没有提昨晚的事，妈把我一个人留在旅馆里，出去跑了两天。后来我才知道，她真的是去联系卖器官，卖一个肾、一只眼睛或半个肝，那时她实在是弹尽粮绝了。

幸运的是她没有卖成。媒体报道了我们的遭遇，后来，妈一生都称马先生、我后来喊干爹的那个人出现了。干爹一出现就明明白白告诉我：乐乐你得了治不好的绝症！其实我早就意识到这一点了，我想妈妈也知道我猜到了，但我们一直互相瞒着。只有干爹一下子捅破了这层窗户纸，下手之果断近乎残忍。

但这个决定彻底改变了我的后半生，还有妈的后半生，也许还有干爹的后半生。

妈妈应马先生的邀请，带上我千里迢迢赶到他家。就是这儿，八百里伏牛山的主峰，脚下不远处有一个著名的景点宝天曼，是一片袖珍型原始森林，修有高质量的柏油盘山路。然后是几公里勉强能通车的石子路，再后是几公里崎岖陡峭的山路。我那时走路已经是典型的“鸭步”了，最后几公里难坏了我和妈。所以，等我俩精疲力竭地赶到马家，见到安着一双假腿的马先生时，首先想到的就是他该如何上下山。我悄悄地想：也许他是被七八个人抬上来的，自打上了山，就压根儿没打算再下山吧。

吃了午饭，原来的保姆与妈妈做了交接就下山了。马先生让我先到院里玩，他和妈有事商量。我立刻喜欢上了这儿。天蓝得透明，空气非常清新。院子之外紧傍着参天古树，鸟鸣啾啾，松鼠在枝间探着脑袋。后院的竹篱临着百丈绝壁，山风从山谷里翻卷上来，送来阵阵松涛。院子东边是石壁，石缝里有一道很细的山泉，在地上汇出一汪浅浅的清水。向上看，接近山尖的地方，一处裸露的石坎上有一幢精致的白色建筑，球形圆顶，上面有一道贯通的黑色缝隙。有一条台阶路与这边相连。后来我知道，那是干爹自己花钱建造的小型天文台。他年轻时在北京大学学的天文物理，后来在北京搞实业，做到一家高科技公司的老总，家产上亿。不幸在一场车祸中失去了妻儿和自己的双腿。康复后他把家产大部分捐给天文台，换来一台淘汰的六十英寸天文望远镜，到这儿隐居下来。在这样高的山上建天文台自然不容易，但这儿远离城市，没有灯光污染，便于天文观测。

干爹吃了妈妈做的第一顿晚饭，拐着腿领我们到后院，让我们在石桌旁坐下来。我意识到将面临一个重要的谈话，因为妈妈显然非常紧张，目光不敢与我接触。后来我知道，经过干爹的反复劝说后，她勉强同意把病因坦白地告诉我，又非常担心我承受不住。

干爹笑着用目光再次鼓励她，温和地对我说：“乐乐，你已经十岁了，算得上小大人了，一定有勇气听我说出所有真相，对不对？”

那时我其实很矛盾，又怕知道病的真相，又盼着知道。我说：“对，我有勇气，您说吧。”

但干爹开始时并没涉及我的病，反倒把话头扯得很远：“乐乐我告诉你，任何人一生下来，都会陷入一个逃不脱的监牢。啥监牢？寿命的监牢，死亡的监牢。每个人都要死的，不管他是皇帝还是总统，是佛祖还是老子。不论是古人的法术还是现代的科技，都无法让人长生不死。人的寿命有长有短，几年，几十年，一百多年，也许明天的科学能让人活一千岁，甚至一万岁，但终归要死的。不光人，所有生灵也一样。只要有生就必然有死，这是老天爷定下的最硬的铁律。甚至不光是生灵，连咱们的太阳和地球，连银河系，连整个宇宙，最终都会死亡。”

那是我第一次听说宇宙也会死，吃惊地问：“宇宙也会死？”

妈也问了一句：“马先生，您是不是说——天会塌下来？”

“当然。自从美国天文学家哈勃发现宇宙膨胀后，永恒的宇宙就结束了，只不过这个天究竟如何‘塌下来’，科学界还没有定论。”他叹口气，“你们不妨想想，既然人生下来注定会死，连人类和宇宙也注定会灭亡，那人们再苦苦巴巴活一辈子，有什么意思？确实没有意思，你多活一天，就是往坟墓多走一步。所以，世上有一个最聪明的民族就彻底看开了，不愿在世上受难。这个民族的孩子只要一生下来，爹妈就亲手把他掐死。这才是聪明的做法，我非常佩服他们。”

这几句话太匪夷所思，我和妈妈吃惊地瞪圆眼睛。不过我马上在干爹唇边发现了隐藏的笑意，就得意地大声嚷起来：“您骗人！世上没有这样傻的爹妈！再说，要是这样做，那个民族早就绝种啦！”

“真的？”

“当然是真的！”

“哈哈，这就对了！”干爹放声大笑。以后我和妈经常听到他极富感染力的大笑声。听着这样的笑声，不管你有什么忧伤都会被赶跑。干爹郑重地说：“既然你俩都明白这个理儿，干吗还要我费口舌哩。这个理儿就是：虽然人生逃不了一死，但还是得活着，那就活得高高兴兴，快快乐乐，有滋有味，不枉来这世上一遭。否则就是天下第一大傻瓜，你们说对不对？”

我用力点头：“对。”

“现在该说到你了，楚乐乐。你比别人不幸，患了一种绝症，叫进行性肌营养不良，而且是其中预后最差的假性肥大型，现代医学暂时还无能为力。这种病是性状隐性遗传病，只有男孩会得，在人群中患病比率大约是三千分之一到两万分之一。病人一般在五岁左右发病，到十五岁就不能行走，二十五至三十岁时因心力衰竭等原因死亡。”当他冷静地叙述这些医学知识时，妈眼中盈出泪水，扶着我的胳臂微微发颤。干爹瞄了她一眼，仍冷静地说下去，“孩子，现在我把所有真相明明白白告诉你了，你说该咋办？是学那个聪明民族，让妈妈立刻掐死你；还是继续活下去，而且力争活得有滋有味？”

这个残酷的真相其实我早就猜个八八九九，但妈一直没有明说，我也抱着万一的希望，在心底逃避着不敢面对。今天干爹无情地粉碎了我的逃避，这就像是揭开伤疤上干结的绷带，越是小心，越疼；干脆一狠心撕下来，片刻的剧疼让你眼前发黑，但之后就心中清凉了。干爹微笑地盯着我，妈紧张地盯着我。我没有立刻回答，回头看看院外满溢的绿色，心中忽然漾起一种清新的希望。这些年一直与奔波和恐惧为伍，我已经烦透了。我想从今天起过一种新生活，一种明明白白的、心地平静的生活，哪怕明知道只能再活十年。而且——支撑我勇气的其实是一种很简单的想法：既然所有人都难逃一死，那么对于我来说，只不过把那个日子提前一点，如此而已，又何必整天为它提心吊胆呢？想到这儿，我有一种豁然惊醒的感觉，回过身，朝干爹和妈用力点头，一切在不言中。妈这才把久悬的心放下，高兴地看着干爹。

干爹笑着说：“这就对了，这就对了嘛。一定要快快乐乐地活下去，不愧你妈给你起的这个好名字。”

他为我们母子安排了今后，说既然暂时没有有效的疗法，就不要四处奔波了。他会在网上随时查看，一旦医术有突破就把我送去治疗，即使是去国外，费用也都由他筹措。在此之前我们留在这儿，妈为他做家务，我随意玩耍。如果想学习，他可以教我文化课，如果不想学也不勉强。“说句狠心话，其实能预知死期也是一种优势，比如乐乐这种情况，就不用到僵死的教育体制下去受煎熬了。”

他还说，其实他给我准备了一个最诱人的玩法：观察星星。那是一座琳琅满目的大宝窟，只要一跳进去就甭想出来，十几年根本不够打发的。他自己打小就喜欢浩瀚的星空，但尘世碌碌，一直在商场中打拼，只有失去双腿后才“豁然惊醒”。当然，商场的打拼提供了建私人天文台的资金，也算功不可没，他笑着补充。

我和妈妈就这样留下来，对新生活非常满意。妈尽心尽意地操持家务，侍候两个残疾男人，开荒种菜，到林中采野味，跟山民大嫂交朋友，也学会了到网上查医学资料。妈的生活安逸了，我想更重要的是心里不慌张了，她的憔悴便以惊人的速度消退，嘴唇上有了血色，人变丰腴了，恢复了三十几岁妇人的光泽。有一次我惊叹：妈，原来你这样漂亮！妈窘得满脸通红，但心底肯定很高兴。她第一次给干爹洗澡时有点犯难，干爹让她把水调好，再把轮椅推到浴室里，说他可以坐着自己洗。妈稍稍犹豫，摇摇头说："不，马先生，这是我应该做的。"

就扶着干爹进了浴室，把门关上。

我在前几年的磨难中已经很"沧桑"了，现在恢复了童心。尽管步履蹒跚，我还是兴致盎然地在山林中玩耍，早出晚归，疯得昏天黑地。哪天都少不了摔上几跤，但毫不影响我的玩兴。我并没忘记横亘在十几年后的死期，但有了那次与死神的正面交锋，我确实不再把它放在心上了。

干爹说要教我观察天文，不过他没有让我立刻从事枯燥的观测，而是先讲各种有趣的天文知识和故事，培养我的兴趣。此后等我真的迷上天文学，我才知道干爹的做法太聪明了。夜晚我们经常不开灯，脚下那个景区的灯光也常常掩在浓浓雾霭之下，所以方圆百里都浸泡在绝对的黑暗中。天上的星月非常明亮，似乎可以伸手摘到，很有"不敢高声语，恐惊天上人"的意境。我们三人坐在院里，干爹给我指认天空中横卧的银河，指认几颗行星金木水火土，指认最明亮的几十颗恒星，像大犬座的天狼星，天琴座的织女一，天鹰座的河鼓二(就是牛郎星)，天鹅座的天津四等，就这样似不经意地，把天文学的基础知识浇灌到我的头脑里。

干爹说："上次我说过，人生逃不脱寿命的囚笼，其实人类身上还罩有很多囚笼呢，像重力的囚笼，可怕的天文距离加光速限制的囚笼等等。古时候的人类就像是关在荒岛古堡里的囚犯，一生不能离开囚笼半步，不但不知道外边的世界，甚至连自家古堡的外形也看不到。只能透过铁窗，眼巴巴地偷窥浩瀚的星空。后来人们发明了望远镜，发明了火箭，甚至能把脚印留在月球上了。但与极其广袤的宇宙相比，我们仍然是可怜的蝼蚁。不过话说回来，尽管人类很渺小很可怜，但通过一代代努力，总算窥见了宇宙的一些秘密，比如，知道太阳系位于银河系的猎户旋臂上；知道银河系在旋转，旋转中心是人马座A；知道了本星系、本超星系、总星系等等。1825年法国哲学家孔德曾断言：人类绝不可能得到有关恒星化学组成的知识。他当时的想法没错啊，人类怎么能登上灼热的恒星去取试样呢，就是乘飞船去，半路上也烧化啦。但仅仅三十多年后人类发明了天体分光术，将恒星光通过望远镜和分光镜分解成连续光谱，把光谱拍下来研究，从各种元素谱线就能得出恒星的化学成分。”

干爹又说：“上世纪20年代发现的宇宙膨胀是天文学上最伟大的发现。1914年，天文学家斯莱弗第一个发现了恒星光谱图的红移现象，即很多星云的光谱线都移向光谱图的红色端。按照物理学中的多普勒效应，这意味着星体都在远离我们。这个发现把斯莱弗弄得一头雾水——要知道宇宙可一直是静止的啊。非常可惜，他敏锐地发现了红移现象，却没有达到理论上的突破。后来，哈勃经过对造父变星的研究，弄清了几十个星系的大致距离。他把星云距离及斯莱弗的光谱红移放到一张坐标图上，然后在云雾般杂乱的几十个圆点中画出一条直线，就得到了那个伟大的定律——星系的红移速度与距离成正比。这意味着，所有星体都在互相飞速逃离，宇宙就像一个膨胀的蛋糕，其上嵌着的葡萄干（星体）都在向远处退行，距离越远，则相对退行速度越大【注】。

“告诉你吧，别看我过了追星族的年龄，我可是哈勃的追星族！”虽然院子处在绝对的黑暗中，我仍能“看见”干爹眉飞色舞的样子。“哈勃有一种难以置信的能力，或者说对真理的直觉。他拍的光谱底片并非很好，也不是一个出色的观察家，但他总是能穿过种种错误所构成的迷宫，一步不差地走向最简约的真理。而那些善于‘复杂推理’的、执着于‘客观态度’的科学家却常常与真理擦肩而过。哈勃甚至不光是科学家，还算得上是哲学家，是宗教的先知。你想嘛，从这个发现之后，静止的、永生不死的宇宙，还有上帝的宝座，就被他颠覆了，以他一人之力，仅仅用一张粗

注：蛋糕的比喻其实不贴切，膨胀的蛋糕肯定有一个静止中心，而超圆体宇宙的膨胀中心是在更高维度中，三维空间之内并没有一个静止中心。不过这与本文关系不大，故作者仍引用了这个不贴切的比喻。

糙杂乱的坐标图，就给颠覆了！完全可以说，自打这一天起，人类就迈过童年变为成人了，至少也是青年了。”

我和妈妈听得很起劲儿(我能透过黑暗看见妈和干爹亲昵地握着手)。我高兴地宣布：“妈，干爹，我要改名！我的大名要改成楚哈勃。知道是啥意思吗？你俩肯定想不到。这个‘哈’字是一字双用，就是‘哈’哈勃，是哈勃的哈星族！”

干爹朗声大笑，妈也笑。妈说这个名字太怪，干爹说这个名字很好。以后我就真的改成这个大名，连小名也变成“小勃”了。

干爹开始领我走进天文台。这幢袖珍型的自建天文台相当精致，但那架60英寸牛顿式凹面反射天文望远镜可算上傻大笨粗，整个一个上世纪的遗物，黑不溜秋，甚至配着老式的铜制双闸刀电气开关。它附设的观察台摇摇晃晃，以我的体能要爬上去相当困难，干爹爬起来也不比我轻松。用望远镜观星同样是一件苦差事，这儿自然没有暖气，寒夜中眼泪会把目镜冻在人的眼睛上，长时间的观测让背部和脖子又酸又疼。当镜筒跟随星星移过天空时，底座常有吱吱嘎嘎的响声和不规则的跳动。我首先要学的技巧，就是在物镜跳动之后迅速重新调好焦点，追上目标，这样才能在底片上曝光出边界清晰的斑点或光谱。

干爹开玩笑说，想当一个好的天文学家，首先得有一个铁打的膀胱，可以省去爬下观察台撒尿的时间——说不定那几分钟就会错过一次千载难逢的观测，让你抱憾终生啊。我想，对我们两个病残者来说，这一点尤为重要吧。我很快练出了铁膀胱，可以和干爹媲美，只要一走上观察台就整夜不下来，当然前提是晚饭尽量少喝稀的。

干爹有满满一墙书柜，有书，也有光盘，多是天文学和理论物理学著作。我白天读书，夜晚观察。我学得很快，也越来越痴迷。在暗黑的镜筒中，平时星空中的“眨巴眼”变成安静的、明亮的小圆点，以一种只可意会的高贵，冷静地俯视着我。我能听到星星与人类之间的窃窃私语，我似乎与它们有天生的相契。干爹满意地说：“看咱小勃，天生是‘观星人’的坯子！”

干爹说，拥有一架虽然老旧的六十英寸镜，可不是每个私人天文爱好者的福分。当然，与现代化天文台的十米镜或组合式三十米镜是绝对没法相比的，所以干爹采取的战略是扬长避短，把观测重点放到近地天体上，即一百光年之内的星星。这些天体已经被研究得比较透彻，所以他的研究充其量是拾遗补阙的性质。好在咱是业余玩家，干这些纯粹出于心灵的呼唤，没有什么必须做出突破的压力。

没人会料到，正是这个冷僻陈旧的研究方向歪打正着，得到了震惊世界的结果。

开始时干爹和我挤在一个观察台上，手把手地教我。等我能独立工作之后，有时他便安排我独自值班，至于他则另有要务——趁机和我妈幽会。我在观察台上曾看见，只要一避开我的视线，两人就会急切地拥在一起，有说不完的话。此前为了照顾我，妈一直和我住在一个房间，但我发现妈有时会在深夜偷偷溜出去，直到天明前才回来。爱情滋润了两人，他们的脸庞上光彩流动，那是爱之光辉，藏也藏不住的。不过妈也老是用负罪的目光看儿子，我以十四岁的心智读懂了她的心理——尽管我现在过得快乐而充实，但病魔一时一刻也未赦免我。我的病情越来越重，行走更困难，肌肉假性肥大和“游离肩”现象更加明显，连说话也开始吐字不清了。资料上说，这种病有百分之三十的可能会影响智力，但我没受影响，算是不幸中之大幸吧。妈肯定觉得，儿子陷在病痛中，当妈的却去享受爱情(还是偷情)，实在太自私。我想这回得由我帮助妈妈了，帮她走出负罪的囚笼，正如干爹带我走出恐惧的囚笼。

有一天晚饭时我当着两人的面说：“妈，我已经十四岁了，想单独住一个房间。”

妈很窘迫，试探地问我：“可这儿只有两个卧室，你让妈住哪儿？”

我笑嘻嘻地说：“当然是和我干爹住一块儿嘛，省得你夜里来回跑，还要瞒我，累不累呀。”

妈顿时满脸通红，简直无地自容的样子，干爹也有些窘迫。

我笑着安抚他们：“妈，干爹，你们互相恩爱，快快乐乐，我高兴还来不及呢。以后不必再瞒我啦。”

妈的眼睛湿润了，干爹高兴地拍拍我的后脑勺。从那天起，妈就搬到干爹屋里去住了，只是每晚还会往这边跑几趟，她终究对我放不下心。

因为疾病，十岁前我没怎么正经念书，现在我像久旱干裂的土地一样狂热地汲取着知识。十五岁那年夏天，我已经读完了天文学研究生的基础课程。干爹对我的观测水平和基础知识放心了，对我的脑瓜也放心了。我听他背地里对妈夸我：别看这孩子走路不利落，脑瓜可是灵得很，比我年轻时还灵光！他开始正式给我安排观测任务——测量和计算五十光年内所有恒星基于“标准太阳”的视向速度。他要求尽量精确，换算到红移值的测量上，要精确到0.001埃。

我那时想不到他是在研究近地空间的宇宙学红移【注】，因为一般说来，只有十亿秒差距(约合三十三亿光年)之外的遥远星体，才能观察到有意义的宇宙学红移。对于近距离天体，由于它们的公转自转都能引起多普勒红移和蓝移，而且常常远大于前者，也就无法单独测出宇宙学红移。比如南鱼座的亮星北落师门，距离地球二十一点九光年，按哈勃公式计算的红移速度完全可以忽略；但其基于标准太阳的红移速度有6.4公里/秒，完全掩盖了前者。还有，引力也能造成红移的，其数值虽然很小，也足以影响近地天体的宇宙学红移的测值。

干爹当时没有透露他的真实目标，只是说，依他近年的观测，这个小区域内的星体似有异常，让我加倍注意。这是个相当繁杂的工作。银河系的恒星大都绕着银心顺时针旋转，速度相当快（比如太阳的旋转速度平均为220公里/秒，远远超过宇宙飞船的速度），但恒星彼此之间基本静止，就像在高速路上并排行驶的汽车。天文学家在测量银河系各恒星的运动速度时，为了简便和直观，先假定一个标准太阳，即以太阳距银心的标准半

注：星光共有三种红移：A.因空间膨胀而导致的光谱红移称宇宙学红移，此时星体其实并未在空间中运动。B.星体在空间中运动时，因朝向或背向地球运动而使光谱蓝移或红移，称多普勒蓝移或红移。C.因引力的相对论效应而导致的光谱红移，称引力红移。

径和标准速度并作理想圆运动的一点，来作为静止点，再测出其他恒星的相对速度。由于太阳其实是沿椭圆轨道旋转，并非真正恒速，所以它本身相对“标准太阳”来说也有相对速度(法向速度U为-9公里/秒，切向速度V为+12公里/秒，沿银盘厚度方向的跳动速度W为+7公里/秒)。再加上地球上的观测者还在绕太阳运动，所以要想得出基于“标准太阳”的红移或蓝移值，观测值必须做出双重修正。

好在这基本是前人做过的事，干爹只要求我把它们复核一遍，换算成朝向“标准太阳”的视向速度，这就大大减少了工作量。我进行了三年枯燥的工作，观测、拍照、显影、与摄谱仪的基准光谱作比照、在电脑中作修正，如此等等。开始时干爹还不时来指导，等我完全熟悉这些工作后，干爹就撒手了。

我发现干爹说得不错，这个小区域内的星体确实有些古怪。它们的光谱好像每年都有一个微量的蓝移增量，数值不大，仅仅0.001埃，甚至小于星体的引力红移，观测者一般会忽略它。不过，因为干爹事先提示过，而且它非常普遍，所以我还是紧紧盯上了它。这个蓝移值对应的蓝移速度大约为0.06公里/秒。虽然看起来很小，但若与宇宙学红移相比已经够惊人了。可以比较一下，取哈勃常数为五十的话，在三十三光年的大角星处对应的红移速度仅为0.0005公里/秒，不到上述蓝移值的百分之一。

我十八岁那年，测算完了这个区域内所有恒星相对标准太阳的视速度——它们都增加了朝向太阳的速度，数值不等，以牛郎星最大。这个现象似乎颇为不祥——倒不是科学意义上的不祥，而是人文意义上的不祥。因为这个古怪区域(包括星体，也包括空间)像是在向里塌陷，而且塌陷中心恰恰在人类区域!

那时我说话已经相当困难，难以表达这些复杂内容，所以我在电脑上制作了一个表格，打出了扼要的书面结论。生日那天，吃完妈自制的蛋糕，在温馨的生日烛光中，我把干爹四年前留的这项作业交上去了。干爹很高兴我有了处女作，搂着妈的肩膀，认真读我的结论：

1. 以标准太阳为中心、半径三十几光年的圆形区域内，所有星体在扣

除原有的U、V、W速度之后，都有一个附加的蓝移速度。其谱线蓝移以十六光年远的牛郎星最大，约为-0.016埃。按公式

$$V=C(\lambda_0-\lambda_1)/\lambda_1$$

（式中，C为光速，λ_1和λ_0分别为电磁波发射时刻和接受时刻的波长）

计算，则意味着牛郎星增加了一个14公里/秒的朝向标准太阳的速度。

2.从牛郎星以远，上述蓝移逐渐减小，到三十四光年之外的星体如大角星，就观察不到这种蓝移了。从牛郎星以近的光谱蓝移也是逐渐减小的，直至为零。

3.该区域的星体，其蓝移值不仅随距离变化，也随时间变化，后者大约每年增加0.001埃。

我忐忑不安地等着干爹的判决。尽管我对自己的观测和计算反复校核过，但——有什么宇宙机理能产生这个塌陷？我没有起码的概念，这一点让我底气不足。干爹看完没说话，拐着腿到书房，取来一张纸递给我。我迅速浏览一遍，上面写着几乎同样的结论，只是用语不同而已，观测值也稍有误差：他说极值点是十二光年远的南河三，蓝移速度为11公里/秒。看纸张的新旧程度，显然是在几年前打印的。

我喃喃地问："那么这是真的？"

"看来是的。你再次验证了我的观测，咱俩的测值有误差，但在可以容许的范围内。"

"那么……它意味着什么？"

"你说呢？"

我摇摇头："我已经考虑一年了，但毫无头绪。首先会有的想法，是太阳附近突然出现了一个巨大黑洞，正把三十五光年以内的宇宙，包括星体和空间拉向中心，造成局部塌陷。但这个假设肯定说不通的。首先，这么大的黑洞应该有强烈的吸积效应，有强烈的X暴，甚至有可以感受到的重力异常。但什么都没有，太阳系附近一直风平浪静。再者，如果这个假说成立，那么越接近黑洞的天体向中心塌陷的速度应该越大，这也与观测结果不符。还有，咱们的测值是以标准太阳为基点，如果有黑洞，那它也应该正好有太阳的巡行速度，才能得出现在的观测结果。但这个突然出现

的黑洞只可能是‘外来者’，它闯入太阳系后就正巧获得和太阳一样的速度？这未免太巧了，基本不可能。”

我看看干爹，小心地补充一句：“不管有没有黑洞，但……可不敢有这个局部塌陷啊。要是牛郎星以14公里/秒的速度向中心塌陷，三十四万年后就会和地球撞在一起。甚至早在那之前，咱们这儿已经变成引力地狱了。”我又自我安慰，“不过，也许十几万年后的人类科技有能力逃出去。”

虽然我咬字不清，但干爹很轻易地听懂了，我们俩在思路上相当默契，他总是能以理解力来代替听力。妈听不懂，干爹向她简略解释一番，妈吃惊地说：“啥？天要塌？塌到一个洞洞里？”

干爹笑着说：“先别担心，我说过，这个假设根本说不通，正因为它说不通，所以我一直没把我的观测结果公开。咱们得寻找另外的解释。”

稍后干爹又说，他不相信上述假说还有一个次要原因，虽然不能算严格的反证，但也不能忽略——科学启蒙之前，自恋的人类总把地球当成宇宙中心，科学破除了这种迷信。现在我们知道，地球或太阳只是极普通的星体，上帝无论在施福或降祸时，都不会对人类另眼相看。可是现在呢，恰恰人类区域是一个局部塌缩的中心！这多少像是“地球中心论”的变相复活。

虽然我俩坚信地球附近不可能有巨型黑洞，但并不能排除心中的不安。不管怎么说，这个古怪的“蓝移区域”是确实存在的，它给人一种难言的感觉：阴森、虚浮、模糊，就像童年期间我潜意识中对病魔的恐惧。但它究竟是什么机理造成的？随后的三个月里，我和干爹搜索枯肠，提出了很多假说，讨论后又把它们一个个淘汰。我俩完全沉迷于此了，想得头脑发木，嘴里发苦。妈说我俩都痴了，连吃饭也不知道饥饱了。

有天夜里，我在睡梦中，好像有什么想法老在脑海的边际处飘荡，似有似无，时隐时现，我焦急地想抓住它——我忽然醒了，脑海中灵光一闪，有了一个不错的想法。我深入考虑一遍，觉得它是可行的，便爬起来去找干爹。心中太急，我一下子摔到地上，折腾好久才爬起来。等走进干爹房间，我又摔了一跤。

干爹和妈都惊醒了，连忙坐起身来问：“是小勃？你怎么了？”

妈披上衣服，赶紧下床把我扶起。我急急地说：“没事，我有一个全新的想法，急着告诉干爹——并没有局部塌陷，而是宇宙的整体收缩。是刚刚开始收缩，所以只有近处的蓝移星光能传到地球，现在咱们看到的远处星体，还是没有收缩前的光，自然保持着原来的红移。”

妈微哂道：“给你干爹说去，我又听不懂。看你猴急的，等不及明天啦？”

干爹对我的“猴急”非常理解，笑着说：“来，坐床上。不着急，慢慢说。”

妈把我拉进被窝，挤在她和干爹之间。又从背后搂着我，暖着我因夜寒而变凉的身体。我开始对干爹讲解。对于这个灵光忽现的想法，我的思路倒是已经捋清了，但因吐字不清，想把它表达清楚也不容易。最后好歹讲清楚了，大致想法是这样的：

1. 附近并没有什么黑洞和局部塌陷，是全宇宙刚刚开始整体的收缩，由宇宙学红移急剧转变为宇宙学蓝移。据我推算，收缩仅仅开始于三十四年前——我们这一代“正巧”赶上了这个宇宙剧变！至于宇宙整体收缩的产生机理，天文界已经有很多假说（临界质量、暗物质等），我这里先不说它。

2. 由于收缩是加速的，所以蓝移值随时间增加。

3. 各星体（基于标准太阳的）蓝移值，其大小变化有两个相反的趋向：a. 仍按哈勃揭示的规律，蓝移随距离成正比增加，即蓝移速度等于距离乘以某个常数。但这个常数远大于哈勃常数（所以近地天体的蓝移也能测出）。b. 蓝移值又随距离减小，因为收缩并非恒速而是加速的，所以星体离我们每远一光年，我们看到就是它更早一年的较小蓝移值。这点与哈勃定律不同，哈勃所描述的宇宙膨胀，至少在若干亿年内可以认为是匀速的，不存在这种递减效应。

综合上述两个因素，可列出一个关于距离和时间的二元二次方程，精确计算出某年某星体的蓝移值。今年的计算结果是，蓝移速度在大约十六光年远的牛郎星达到极值，为14公里/秒。这与观测值完全吻合。

4. 收缩是三十四年前刚刚开始，那么三十四光年处的星体，如大角星，我们今天看到的还是它们在三十四年前、正处于变化拐点的光，既无红移也无蓝移。三十四光年之外的星体仍保持着哈勃红移（因数值太小而观察不到）。因此，所谓的“宇宙局部塌陷”只是假象，是有限的收缩时间加上光传播花费的时间所造成的。

我补充一句：“干爹，咱俩的观测值不大一样，您说是观测误差，其实不是。咱俩测的都完全准确，只不过您的数值是四年前的。我算了一遍，如果按四年前的时间参数代入我说的公式，正好符合您的测值。”

干爹耐心听完，笑着摇摇头：“想法很有趣，逻辑框架基本能够自洽，但有一个重要的隐性条件你没有满足，而这一条足以否定整个假说。”

“什么隐性条件？”

“宇宙的尺度至少是一百五十亿光年，不可能同时由膨胀改为收缩。这基于科学界一个普遍认可的假定，那就是：能导致宇宙同步变化的因素，不管它是什么，其传播速度都不可能高于光速。天文学家早就把这点共识用于实际工作，比如，假如你观察到一个遥远星系在十年内整体变亮了，那么该星系的尺度就绝不会大于十光年。”【注】

他说的是人尽皆知的规则，但我以初生牛犊的勇气表示不服。

“干爹，我知道这个规则，但咱们说的现象不在其中。假如——有一个完全均匀的气球，被完全均匀的高压气流胀大，那么等气球弹力和内压力平衡的瞬间，气球每个区域当然会同时停止膨胀，哪怕它有一百五十亿光年那么大。”我斟酌了用词，补充道，“不妨把您说的规则稍作补充：导致宇宙同步变化的因素，其传播速度不可能高于光速，但因内禀性质而

注：这段对话中其实有一个严重的逻辑漏洞：宇宙也可作不同步的整体性收缩，这样并不影响小勃假说的自洽。但为了逻辑推导不至于太繁复，作者有意搁置了它。

导致的变化除外，内禀同步状态不受最大光速限制。我可以打个比方：这就像是量子理论中的孪生粒子，它们组成一个相关系统，对一个粒子所做的观测能瞬时导致另一个粒子选择到‘正确’状态。这种作用是超距的，不受最大光速限制。关于孪生粒子的内禀同步，在科学界已经没有异议了。”

我又补充道：“正好，哈勃天文望远镜的观测早就确定宇宙是各向同性的，是内禀均匀的。”

干爹被我这个大胆的提法震住了，沉默了很久。我表面平静内心急迫地等着，妈奇怪地打量着我俩，屋里静得能听见心跳声。

干爹终于开口了：“如果……只要……承认你的公理，那你的假说……还是能自洽的。还捎带解决了那个逻辑困难——塌陷中心（黑洞）必须正巧具有220公里/秒的巡行速度的困难。因为若是宇宙整体收缩，那有没有这个速度并不影响观测值。小勃，你的思维很活跃，天马行空。真的很难得！”

但我能看出他仍旧有些勉强。后来他坦言道：“说实话，我还是不大喜欢这个假说。它同样有‘人类中心论’的味道，现在不是空间上的中心了，而是时间上的——在一百五十亿年的宇宙膨胀中，怎么恰巧就让咱们赶上宇宙开始收缩的这一刻呢？未免太巧了。”他摇摇头，“但这个反驳并不严格，世上还是有巧合的，不能一概否认。咱们再想想吧。”

在这之后两天里，家里始终保持着古怪的安静，我和干爹都默默思索，就像是老僧闭关修炼。妈后来觉得不对劲儿——这种安静怎么有点阴森森的味道？她终于忍不住，小心地问干爹：“马先生，到底出啥事了？我看你俩的表情都不对头。”

干爹笑笑：“没啥事。小勃提出的那个新想法有可能是对的，只是不大吉利——比原来的想法更不吉利。我们原认为宇宙是局部塌陷，那么在十万年或几十万年后，人类的科技水平也许还能逃出这片引力地狱；现在小勃说宇宙是整体收缩，那人类能往哪儿逃？科技再发达也无处可逃了。”

“这有啥关系，你早就说过，宇宙最终会灭亡嘛。”

“对，我是说过。但我那时说的是宇宙的‘天年’，死亡是几十亿几百亿年后的事；而现在小勃说宇宙得了绝症，会在几十万年后死去，就像……”

他没把这句话说完，我平静地接上他的话：“就像我，比我还惨，宇宙的新寿命只是原来那个‘天年’的一万分之一。”

妈的表情也有瞬间的失神，但立即机敏地转圜：“那也没啥，还有几十万年嘛。人类还能蹦跶几十万年，离死早得很呢。咱小勃虽然得了绝症，这些年也过得很快活，很充实，有滋有味。娃儿你说对不对？”

“对。干爹，谢谢您。多亏您当年一刀斩断我的退路，这些年我活得才有意义。”我半开玩笑地说，“要不，咱们也给世人照样来一刀？世人不知道会感激咱们，还是恨咱们。”

干爹也以玩笑回应：“如果是当报喜的喜鹊，可以尽早。咱们是当报祸的乌鸦，还是谨慎一点。再验证验证吧。”

之后我俩用三年时间作了慎重的验证。其后的验证倒是相当容易，这就像所有的科学发现，在找到核心机理之前，已有的数据和现象如一团乱麻，似乎永远理不清；但在找出核心机理之后，所有的脉络都一清百清，哪怕想找仅仅一个反证都办不到。这正是科学的魅力所在。现在，只要承认我提的假说，那么星体基于标准太阳的蓝移就是关于距离和时间的二元二次方程，初中生都会计算。我们算出了今后三年的变化值，又用观测值作了对比，两者极为符合。三年之后，可见的蓝移区域也如预言向外扩展了三光年，以至于你想再怀疑这个假说都不好意思。干爹渐渐地不提他的“最后一点”怀疑了。

其实，从内心讲，我们但愿自己错了，但愿这个“绝症”并不存在啊。

这三年的观测是干爹做的，我的病情已经不允许我爬上观察平台。干爹那个轮椅现在让我用上了，大部分时间我歪在轮椅上或床上，说话吐字也更困难。妈和干爹被逼着学会了读唇术，谈话时，他们得一眼不眨地盯着我的嘴唇。这年我二十一岁，看来大限将至，死神已经轻声敲门。妈这些年也想开了，没有表现得太悲伤，至少没有痛不欲生。她一有时间就坐在我的床边，拉着我的手闲聊。因为我口齿不清，交谈起来比较困难，她更多是一个人说话。她总是回忆我儿时的场景，儿时的快乐，甚至以平和的口吻，回忆那个在绝症儿子面前当了逃兵的男人。

我贪婪地听着，贪婪地握着妈的手，也贪婪地盼着干爹从天文台回家的脚步声。我是多么珍惜在世上的时间啊。

但我终于觉得，该对两位老人留下遗言了。那天我把二老唤到我的床前，努力在脸上保持住笑容。但我不知道效果怎么样，我的面肌也不听话了。我缓慢地说："干爹，妈，趁我还能说话，预先同你们告别吧。"两人都说，孩子有什么话你就说吧。"第一你们不要哭，我这几年过得很充实，很快乐，有滋有味。我要谢谢妈，谢谢干爹。也谢谢命运，我的病没有影响智力，这是命运对我最大的厚爱。"

妈忍泪说："小勃，我们不哭。我们也谢谢你，你是个好孩子，咱们能娘儿俩一场是我的福分。"

干爹说："我同样要谢谢你，你让我的晚年更充实了。"

"妈，干爹，你们结婚吧。"虽然我对名分之类并不重视，而且亲爸失踪后，妈一直没去解除婚姻关系，但我还是希望她和干爹有个更圆满的结局。妈和干爹互相看看，干爹握着我的手说："好，我俩也早想办了。这几天就办。"

"还有那个研究结果，该公布了吧。不必太忧虑世人的反应，没什么大不了的。就像您当年果断地把真相捅给我，长痛不如短痛。"

"好的，我明天就公布。"他想了想，"该有个正式的名字吧。叫什么呢？叫某某定理似乎不合适，那就简单地命名为'楚-马发现'吧。我想，对于人类的命运来说，这个发现的重要性也许不亚于哈勃定理。"一向达观的干爹略显苦涩。我知道苦从何来——缘于这个发现中内含的悲剧意蕴。

"干爹，干吗把您的名字放在后边？是您首先发现的。万事起头难，我一直非常佩服您眼光的敏锐，不是您的指引，十辈子我也想不到盯着这儿看。"

“但你首先揭示了其核心机理，这一步更难。孩子，你不愧‘楚哈勃’这个名字。你和哈勃一样，能透过复杂表象，一步不差地走向最简约的真理。唉——”

我敏锐地猜出他没说的话——可惜，这个天才脑袋要随一具劣质的肉体而毁灭了。干爹怕伤我心，把这段话咽了回去。其实何必呢，这才是对我最深刻的惋惜，最崇高的赞誉。在这个世上，妈最亲我，但干爹与我最相知。而且从某种意义上说，我的早夭是个哲理意义上的隐喻：

灿烂的人类智慧之花，也要随着宇宙的绝症而过早枯萎了。

我和干爹没有再谈署名先后的问题，那类世俗的名声不值得我俩多费口舌。现在，虽然我对生死早已达观，但仍免不了淡淡的悲凉。这是超越个人生死的悲凉，就像节奏舒缓的低音旋律，从宇宙的原点发出，穿越时空而回荡到永恒，死亡的永恒。

我笑着对二老说：“好，我的话交待完了，我的人生可以提前画句号了。”

从第二天妈和干爹开始按我的话去忙：妈登报和我亲爸解除婚姻关系(因一直失去联系没法正常离婚)，和干爹办结婚登记，准备简朴的婚礼，向两家亲友撒喜帖，干爹把“楚-马发现”在网上公布。后来我和干爹知道，此前已经有天文学家发现了这个小区域的异常，并在圈内讨论过。但他们是循惯例测算各恒星的U、V、W速度，没有换算到朝向标准太阳的视向速度，所以没能得出我们的结论。我想更重要的原因是要命的思维惰性：所有人已经习惯了宇宙的永恒(几百亿年的宇宙寿命可以算是永恒了)，即使在知道宇宙膨胀之后，这个动态过程也近乎是永恒的，没人想到我们“恰恰”赶上了宇宙刚刚开始收缩的时期。所以，虽然他们觉察到异常，却想当然地把它限定在“局部空间”内，于是钻进这个胡同里出不来了。

理所当然，“宇宙得绝症”的消息震惊了世界，天文界圈外的反应比圈内还强烈。且不说那些常常怀着“末世忧思”的智者哲人了，就是普通百姓，也如被摘了蜂巢的群蜂，乱作一团：天要塌了？天真的要塌了？人类无处可逃了？很多国家中宣扬世界末日的邪教团体像被打了强心针，大肆招兵买马，组织了七八次集体自杀，人数最多的一次竟达三千人。当然也有令人欣慰的消息：五大国集体声明永远放弃核武力；以色列主动从戈兰高地撤兵，与阿拉伯人握手言和；印度与巴基斯坦永久性开放边界。

我想这种失去蜂巢的纷乱是暂时的，十年八年后蜂群就会平静下来，找到新的家园，找到新的生活方式，就像我十一年前那样。

楚-马发现公布后，各家媒体发疯般寻找两名“神秘”的发现者，因为我们对外只留了邮箱，没有公布具体住址。这样做倒不是故意神秘，只是不想山居的平静被打破。当然我们也没成心抹去行踪，如果记者们铁下心要找，还是能找到的，通过IP地址就能查到。只是我没想到，第一个成功者是位女福尔摩斯、《新发现》杂志的科技记者。她很年轻，自报二十五岁，比我大四岁，依我看不大像。蛮漂亮，穿衣很节约布料。性格非常开朗，短发，小腿肌腱像男孩子一样坚实。当这位一身驴友打扮的白果小姐大汗淋漓地爬过最后一段山路，终于发现阿里巴巴的山洞时，人没进来，先送来一串兴奋的尖叫：“终于找到啦！哈哈！”

干爹后来揶揄地说，《新发现》派这么一位角色来采访沉重的世界末日话题，真是反差强烈的绝配。

白果在这儿盘桓了整整七天，还赶巧参加了二老的婚礼。至于对那个话题的采访，我因为说话困难，让干爹——我对继父总改不了称呼——全面代劳，但她显然对我更感兴趣，七天中大部分时间都黏着我。我想我能猜到她的心思：对于我这样患绝症的特殊人物，应该能多挖到一些“新闻眼”吧。比如她可以使用这样耸人听闻的文章标题：

一位绝症患者发现了宇宙的绝症!

等等。

但不管她是什么动机，反正她是一个讨人喜欢的姑娘，让你无法狠心拒绝。我尽心尽意地配合她的采访，妈当翻译，用了近七天时间，讲述了楚-马发现的前前后后，实际上(我后来才意识到)还捎带着梳理了我短短的一生——“一生”，这个词我想已经有资格使用了，至少误差不大了。我以旁观者的心态平静地想着，戏谑中略带悲凉。

采访最后，白果问我："楚先生，让咱们来个最后结语吧。你作为一个余日无多的绝症患者，却悲剧性地发现了宇宙的绝症。以这种特殊身份，你最想对世人说一句什么话？"

"只一句话？让我想想。干脆我只说两个字吧，这俩字，一位著名作家，余华，几十年前已经说过了，那是他一篇小说的题目……"

"等等。余华老先生的作品我大多拜读过，让我猜一下。你是说——《活着》？"

"对，这就是我想留给世人的话：活着。"

活着。

活着！

白果说读过余华的这本书，不知道能否记得书中一个细节，一个小人物的台词——当时他站在死人堆里向老天叫阵，说，老子一定要活着，老子就是死了也要活着！

/ 二 /

（白果的回忆）

二十二年前的这篇采访是我的呕心之作。小勃曾揶揄我，说我那些天一直黏着他，是想在绝症患者身上挖新闻眼。他没冤枉我，开始时我的确有这个想法，那是出于记者的本能吧。但随着访谈深入，我已经把新闻眼、炒作之类世俗玩意儿统统扔到爪哇国了，以这篇文字的分量——以楚哈勃短短人生的分量，根本不需要那类花里胡哨的翎毛。他那时的身体情形已经相当悲惨，心力衰竭，呼吸系统顽固性感染，肌肉萎缩。病魔几乎榨干了他身体里的能量，只余一个天才大脑还在熊熊燃烧。我几乎能感受到他思维的热度，他生命的热度。他那年不足二十一岁，但外貌显然要沧桑得多。而他的人格更沧桑，有超乎年龄的沉稳睿智，还有达观。

不光是他，我发现他的家人们有一个共同的独特习惯：从不忌讳谈论死亡。楚哈勃、马先生自不必说，就连小勃的妈妈也是如此，她是天下最好的母亲，为病残的儿子燃尽了一生的爱。但她也能平静地当面和儿子谈他的后事。

我把文章一气呵成，又用半个晚上作了最后的润色，从网上发过去。一向吹毛求疵的总编大人很快回了话，不是用MSN，而是用手机，这在他是很罕见的。他对文章大声叫好，说它简直是一团“冷火”，外表的冷包着炽热的火。他决定马上全文刊发。总编只提了一点修改意见，说我在结语中当面直言楚哈勃是“余日无多的绝症患者”，是不是太冷酷？至少读者会这么认为的。我稍稍一愣，这才意识到短短七天我已经被那个家庭同化了，已经能平静地谈论死亡了。我对总编说：不必改的，他们这儿从不忌讳这个。

总编主动说，我可以在他家多留几天，看能不能再挖出一篇好文章。我想该挖的我已经挖过了，但既然总编这样慷慨，我乐得再留几天陪陪小勃，也欣赏一下山中美景。小勃妈对我很疼爱，虽然她一人要照顾两个病人，但还是抽时间陪我在山中转了半天。这半天里，我又无意中发现了两件沉甸甸的见闻。

见闻之一：这座山上有细细的清泉流挂，碰到凹处积成一个水池；然后又变成细细的清流，再积出一个水池。如此重复，就像一根长藤上串了一串倭瓜。我们循着这串倭瓜自下而上观赏。水池都是石头为底，池水异常清冽，寒气砭骨，水中几乎没有水草或藻类，却总有二三十条小鱼。这种冷水鱼身体呈半透明，形似小号的柳叶，悬在水中如在虚空，影布石上，倏忽往来，令人想起柳宗元《小石潭记》所描写的胜景。我向水面撒几粒面包屑，它们立即闪电般冲过来吞食，看来是长期处于饥饿状态。我好奇地问伯母：古人说水至清则无鱼，这样清澈的水，温度又这样低，它们怎么活下去？小勃妈说不知道，老天爷自然给它们安排有活路吧。

再往上爬，几乎到山顶时，仍有清泉，有水池，池中仍有活泼的小鱼。但俯看各个水池之间连着的那根藤，很多地方是细长而湍急的瀑布，无论如何，山下的鱼是无法用“鲤鱼跃龙门”的办法一阶一阶跃上来的。那么，山顶水池中的冷水鱼是哪儿来的？自己飞上来？鸟衔上来？还是上帝开天辟地时就撒在山顶了？我实在想不通，小勃妈也不知道。那么，等我回北京再去请教鱼类专家吧。

大自然中生命的坚韧让我生出宗教般的敬畏。

见闻之二：快到家时，就在小勃家和天文台之间，一处面临绝壁的平台上，我看见一个柴堆，用小腿粗的松树圆木，堆成整整齐齐的井字垛，大约有肩膀高。我问小勃妈："这是你们储备的干柴吗，怎么放这么远？"

小勃妈摇摇头，眼睛里现出一片阴云，但很快飘走。她平静地说："不，是为小勃准备的。他交代死后就地火化，骨灰也就近撒在悬崖之下，免得遗体往山下运了，山路陡，太难。"这位当妈的看着我的表情，反过来安慰我，"姑娘你别难过，俺们跟'死'揉了一二十年，已经习惯了。"

"阿姨我不难过。小勃的一生很短暂，但活得辉煌死得潇洒，值！"我笑着说，"其实我很羡慕他的，不，崇拜他，是他的哈星族！我也要学小勃改名字，叫白哈楚哈勃。"

阿姨被我逗笑了。

这是我在此地逗留的最后一个晚上，明天就要和三人告别。和山林告别，回到繁华世界，重做尘世之人。夜里，我睡在客厅的活动床上，难以入睡。听听马先生卧室里没有动静，而小勃屋里一直有轻微的窸窣声。我干脆推开他的屋门，蹑脚走近床边，压低声音问："小勃你睡着没？你要没睡着，咱俩再聊一晚上，行不？"

小勃没睡着，黑色的瞳仁在夜色中闪亮，嘴唇动了动。他是说"行"，这些天我已经能大致读懂他的口型了。

我没让他坐起身，仍那么侧躺着，我拉过椅子坐在他面前，与他脸对脸。怕影响那边两位老人，我压低声音说："小勃，你说话比较难，这会儿又没灯光，看不清你的口型。那就听我说吧。我采访了你的前半生，也谈谈我的前半生，这样才公平，对不？"

小勃无声地笑（大概认为我竟自称"前半生"是倚小卖老），无声地说：好。你说，我听。

我天马行空地聊着，思路跳到哪儿就说到哪儿。我说我和你一样，从小乐呵呵的，特别爱笑。上初中时，有一次在课间操中，忘了是什么原因发笑，正巧被校长撞见。按说在课间操中迸一声笑算不上大错，问题是我笑得太猖狂，太有感染力，引得全班女生笑倒一片。校长被惹恼了，厉声叫我跟他到校长室中。我爸爸也在本校任教，有人赶忙跑去告诉他，不得了啦，你家小果不知道犯了啥大错，被校长叫到校长室了，你快去救火吧！我爸神色自若安坐如常，说，没关系的，能有啥大错？最多是上课时又笑了——真是知女莫若父啊。

我不光性格开朗，还胆子大，游乐场中连一些男孩子都不敢玩的游乐项目，像过山车、攀岩、激流勇进等，我玩了个遍。大学时谈了个男朋友，就因为这件事吹了。他陪我坐了一次过山车，苦胆都吓破了，小脸蜡黄，还吼吼地干呕。按说胆子大小是天性，怪不得他，而且他能舍命陪我，已经很难得了。但我嫌他太娘们，感情上总腻腻歪歪的，到底和他拜拜了，说来颇有点对不起他。连我妈也为这个男生抱不平，说像我这样的野马，什么时候能拴到圈里！我说干吗要拴，一辈子自由自在不好吗？

时间在闲聊中不知不觉溜走，已经是深夜了。我忽然停下来，握着他的手，盯着他的眼睛说："小勃，明天我不走了，永远不走——不，在你去世前不走了。我要留下来，陪你走完人生的路，就像简·怀尔德陪伴霍金那样。你愿意不？考虑五分钟，给我个答复。可不要展示'不能耽误你呀'之类的高尚情操，我最腻歪不过。相信你也不会。喂，五分钟过去了，回答吧。噢，等等，我拉亮灯好看你的口型。"

我拉亮灯。楚哈勃眼睛里笑意灵动，嘴一张一张地回答我："非常愿意。我喜欢你。只有一个条件。"

我不满地说："向来都是女生提条件，你怎么倒过来啦？行，我答应你。说吧，什么条件？"

"你留下来，必须内心快乐，而不是忍受苦难，不是牺牲和施舍。考虑五天再回答我。"

我笑嘻嘻地说："哪儿用考虑五天？我现在就能回答。没错，我想留下来，就是因为跟你们仨在一块儿快乐，因为我喜欢这里的生活，它和世俗生活完全不一样，返璞归真，自由无羁，通体透明，带着松脂的清香。我真的舍不得离开。告诉你，如果哪天我新鲜劲儿过了，觉得是苦难，是负担，我立马就走。行不？简·怀尔德后来不就和霍金离异了嘛。”

小勃的手指慢慢用力握我，脸上光彩流动。我们俩欣喜地对望着，我探起身吻吻他。外边有脚步声，小勃妈来了，她每晚都要帮儿子翻几次身以预防褥疮。

我说：“伯母让我来吧，我已经决定留下来，陪他走完人生。你儿子还行，没驳我的面子。”

小勃妈有点不相信，看看我，再看看儿子，然后把我紧紧搂在怀里，说：“我太高兴了，太高兴啦。马先生！马先生！你快过来吧，白果要留下来不走了！”

马先生匆匆装上假腿赶过来，也给了我一个热烈的拥抱。

第二天八点，我向总编通报了我的决定。那边半天不说话，我喂了两声，心想总编大人这会儿一定把下巴都张脱了。他难得慷慨一次，放我三天假，结果把一位主力记者赔进去了。但他不愧为总编，等回答时已经考虑成熟，安排得入情入理：“好，白果我祝福你。记着，我这儿保留着你的职位，你只要愿意，随时都能回来。你今后的生活可能很忙碌，但尽量抽时间给我发来几篇小文章，我好给你保留基本工资——你留在山里也得要生活费啊，我怕你在爱情狂热中把这件‘小事’给忘啦。还有，什么时候办喜事？我和同事们一定赶去。”

最后他感慨地说：“白果，年轻真好。我真想再年轻一回，干一件什么事，只需听从内心呼唤而不必瞻前顾后，那该多‘恣儿’！”

“谢谢您老总。拍拍您的马屁吧，您是世上最好的老总。”

我不光碰上了好老总，还有好父母。父母对我的决定虽然不乐意，怕我吃苦，也尽心劝了两次，但总的说还是顺畅地接受了，也赶来山里，高高兴兴地参加了我们的婚礼。

我的生活之河就这样来了个突然的转折，然后在山里汇出一池静水。婚后我照顾着丈夫的起居，推他到院子里晒太阳，和他聊天（大半是我说，他听），学会了输液（小勃因卧床太久，常因肺积水而引发肺炎），也没忘记挤时间写几篇小文章寄给编辑部。那边每月把基本工资寄来，虽然比较菲薄，但足够应付山中简朴的生活。婆婆和我一块儿照顾小勃，公公仍然每晚去天文台观测，以继续验证楚-马发现——想来世界上所有的天文台恐怕顾不上其他课题了，都在干这件关乎人类生死的大事吧。据公公说，验证结果没什么意外，那个“可见的”蓝移区域，正按照小勃给出的公式逐年向远处扩张，蓝移峰值也向外移动。这是小勃在学术上的胜利，是一个不幸者的人生的胜利。当然，我们宁可不要这样的胜利。

一年半过去了，我们确实过得很快乐。爱情无比绚烂，可惜它并不能战胜病魔，小勃的身体越来越差，顽固的间歇性高烧，呼吸困难，骨瘦如柴，唯有思维一直很清晰。到了来年深秋的一天，有天晚饭后他突然把三个人都唤到他床前。我们知道他有重要的话要说，屏住气息盯着他的嘴唇。近来，由于说话越来越难，他已经习惯了以电报式的简短语句同我们对话，而我们也学会了由点而线地猜出他的话意。他说：

“我……快乐……谢谢。”

他是说，我的一生虽然短暂，但它是充实快乐的，谢谢三位亲人了。

“累了……想走……快乐地。”

亲人们哪，我热爱生活，但我确实累了。如果生存不再是快乐，那就让我快乐地走吧。

我们都不忍心，但也都知道，以小勃的秉性，他决定结束生命肯定是深思熟虑的结果，别人劝不转的，我们都没劝。他用目光盯着我，说：“一束毋忘我……新家庭……一定……不许当傻蛋……”

我的妻子，我的爱。永别前我想送你一束毋忘我，让我永远活在你心中。但我死后你必须下山，要建立新家庭，寻找新生活新快乐。决不能在山中苦守，不许做天下第一大傻蛋！

我俯下身，让他看清我的笑容：“放心吧，我一定永远记住你，也会很快建立新家庭。不守寡，不当大傻蛋，让你在天堂里也能听到我的笑声。”

他显然很满意我的回答。婆婆柔声说：“孩子，俺们听你的。我事先就准备了安眠药，你要是决定了时间，就告诉我。”

小勃在眼睛里笑了：“明早……吧。”

亲人们，我要走了，让我陪你们最后一个晚上，然后再看最后一次日出吧。

公婆恋恋不舍地离开，把最后一点时间留给小两口儿。想来两位老人今晚一定是不眠之夜吧，我和小勃当然也是如此。我们握着手，默默地对望，什么话都不用说了。隔一段时间我就探身吻吻他。后来，不知不觉地，小勃的目光越过了我，盯着遥远的地方，他的目光越来越专注，越来越炽热。我想他的思维已经飘离了我，飘离了世俗世界，飞到宇宙原点，飞到了时间和空间的开端。我悄悄坐着，不再吻他，不打扰他的静思。我们就这样待到凌晨，忽然我觉察到小勃的手指在用力，便俯身盯着他的眼睛和嘴唇。

“小勃，你要说话吗？”

“嗯——让爸——来。”

我赶紧去唤公公。近两年来，我与小勃早已心思相通，我猜他喊爸来，肯定是萌生了什么科学上的灵感。因为，在理解科学术语或进行理性探讨时，公公更容易听懂他的话。爸来了，妈也来了，一左一右坐在他床边。此刻小勃的目光中没有我们，他仍盯着无限远处，电报式的短语像井喷一样快速地涌出来，公公手不停地记录着：

“一个新想法。暴胀……转为正常膨胀，孤立波……几个滴答……超圆宇宙……边界反射……扫过内宇宙……多次振荡……离散化，仍是全宇宙同步……内禀决定……仍符合观测值。可验证……盯着……塌陷中心……蓝移会消失……”

他艰难地说了这一大通话，才停下来休息。又想了想，一波微笑从脸上掠过，有如微风掠过湖面，随后加了一句：

“地球中心论……没有了……”

这些话对妈来说不啻天书，我嘛相对好一点，能约略听出他是对楚-马发现做出如下修正：宇宙确实在整体收缩，但这种收缩可能只是一个孤立波，从宇宙一闪而过。它是从宇宙的暴胀阶段产生的，在宇宙边界多次反射，一直回荡到今天。大致是这么个意思吧。爸皱着眉头，盯着记录纸，沉思着。沉思很久后，朝小勃点点头。

“你的思路我基本捋清了，容我再好好想一想。”

公公回到书房，关上门。我内心深处喜不自禁——有这件事岔着，小勃至少今天不会实施自杀决定了。一个小时后爸回到小勃屋里，手里拿着一张纸，那就是小勃说的东西，爸已经把它条理化书面化了。内容是：

1. 宇宙诞生时有一个暴胀过程，时间极短，只是几个滴答（从10～35秒到10～33秒），然后转为正常速度的膨胀。上述过程基本已经被科学界确认，但没人注意到这个速度上的突然变化是要产生反弹收缩的。那是个纵波性质的孤立波，它肯定会在超圆体宇宙的边界发生反射，扫向内宇宙并多次振荡。这个孤立波的周期在刚产生时极短，在几十亿年后可能离散化，拉长。但肯定也不会太长，比如，不超过一百年。

2. 这个孤立波并非始于宇宙某一区域，而是同一时刻开始于全宇宙，它的同步性也是由内禀性质所决定。基于此，它同样会表现为此前已经观察到的、蓝移可见区域逐渐扩大的现象，也符合此前推导的公式。唯一不同的是：它很快会结束。是全宇宙同步结束，但相应蓝移将在最先显示的地方最先消失。为了验证它是否真是孤立波，我们可以盯着可见蓝移区域的中心处，即地球最近处的天体，看蓝移会不会在某天结束。

3. 小勃最后追加的那句话则是说：从理论上说该孤立波应该已经多次扫过宇宙，所以我们这一代赶上一次属于正常，并非太赶巧。也许一万年前就有过一次，只是那时的人类没有能力观察到它。这就扫清了前一个假说中的最后一片疑云：不必担心“人类中心论” 的变相复活了。

我能感受到公公的轻松，是常年攀登终于登顶之后的轻松。显然他对这个假说非常满意了，不过他在给出评价时用语谨慎：“小勃，依我看——只是依直觉——这个假说恐怕是最后结论了。”

小勃眼中笑意盈盈，看来公公的阐述和评价都深合他意。妈也在认真听爸解说。我想，这段话的含义对妈来说太艰涩了，她肯定听不明白吧。但是不，她用最直接的方法理解了，马上高兴地问："马先生，是不是这个意思——原先你俩说天会塌，是说错了，那个什么宇宙塌陷只是老天打了一个尿颤，打过就完了。我说的对不对？"

爸放声大笑，笑得声震屋瓦。这笑声让我非常欣慰。小勃说他干爹的笑声极富感染力，但近年来我不常听到，毕竟小勃的濒死还是影响了二老的心情，他们的悲伤只是深藏不露罢了。

"对，对，就是这个意思，你的比喻非常贴切！你真是儿子的第一知音啊。"

那么，伟大的楚-马发现又被发现者自我否定了，准确地说，那个关于蓝移区域的发现倒没被推翻，但原来的理论解释完全被颠覆了。现在，宇宙只是打了个尿颤，很快就会过去，健康丝毫不受影响，还会活到往日预言的天年。具有讽刺意味的是，楚-马发现的意义也因小勃最后的成功而大大缩水，至少是无法和哈勃发现并肩了。一个不关痛痒的小尿颤又有什么重要意义呢。但是——当然啦，我们都非常高兴有这个学术上的失败。

满屋里都是喜洋洋的气氛。小勃握握我的手。我忙低下头，他清晰地说："不死了……坚持……"

我用脸贴着他的脸，欣慰地说："这就对啦，我的好人儿。我陪着你坚持到底吧。"

下午，爸把这个结果又推导一遍，证明从逻辑上没有漏洞，就把它从网上发出去。我想世界上各家天文台：威尔逊、帕罗玛、英澳、基特峰、卡拉阿托、北京、紫金山等等等等，还有所有天文学家和物理学家，又该狠狠地忙一阵子了。但那已经与我们关系不大了。我们抱着死而复生的喜悦，重新开始了四人家庭的生活。晚上我们很晚才睡，小勃一直很亢奋，目光像超新星一样明亮，我想，这次宇宙有惊无险地"死而复生"，已经激起了他活下去的力量，相信他至少能再活十年吧。晚上我与他依偎在一起，切切地絮叨着，对额外得到的"后半生"作了种种打算，包括想要一个孩子（得用人工授精方法）。小勃一直以轻轻的点头做回应。

后来小勃睡着了，我也渐入梦乡。忽然听见小勃咯的一声梦笑，声音十分童稚，就像四五岁男童的声音。我在浅睡中好笑地想：这会儿他梦见什么了？返回幼儿园了？上帝给他发小红花了？过一会儿，怎么觉得小勃的身子好凉。我忽然有不好的感觉，从朦胧中豁然醒来，轻声唤他，推他。小勃安详地睡着，一动不动，但脸上已经不再有生命之光。

他再也不会醒来了。原来，他今天的思维燃烧也是一道孤立波，燃尽了他体内最后的能量。

我喊来公婆，我们抑住悲伤，同遗体告别，给他换上寿衣。我们都没哭，包括妈。小勃说过不要我们哭，我们答应过的，不会让他失望。

第二天，妈赶到山下去开了死亡证明，下午，我和妈把小勃的遗体抬到那个“天葬台”边，放到井字形的柴堆上。三个亲人再次同他告别后，我亲手点火。干透的松木猛烈地燃烧，明亮的火焰欢快地跳跃着，散发着浓郁的松脂清香。我的爱人，连同他的灵魂、他的爱、他的快乐、他的智慧和理性，变成一道白烟扶摇上升，直到与宇宙交融的天际。一只老鹰从我们头顶滑过，直飞九天，但不是西藏天葬台上空那种兀鹰，而是此处山中常见的苍鹰。

也许此刻它正驮负着小勃沉甸甸的灵魂。

几天后我同二老告别下山，回到杂志社。结婚两年，我和小勃一直没有性生活，自然没有一男半女。但我从不为得不到的东西无谓惋惜。不久我又结了婚，生了一个女儿。我，还有丈夫和女儿，都常和山中的公婆通话问候，假期里我还领着他们去过两次。我和公公也一直保持着对小勃预言的关注，老人仍然很开朗，常在电话里朗声大笑：“别着急，老天的那个尿颤还没打完哩，哈哈。”

公公没看到验证结果，八年后他去世了。我赶到那儿，与婆婆一块儿把公公火化，就在火化小勃的同一个地方。我劝婆婆跟我回去，她笑着拒绝了：“媳妇你放心，有那爷儿俩在这儿陪着，我不会寂寞的。”她叹息一声，“我舍不得丢下那爷儿俩。”

她要在这儿苦守一生了，要做大傻蛋了。不过我没有硬劝她，每人有每人的信仰，只要能够满足内心需求，那种生活就是幸福，哪怕物质上苦一些。她不要我安排保姆，但我还是为她请了一个家住附近的兼职保姆，安排她每星期来两三次，以备有什么老人干不了的活儿。然后我依依不舍地离开了。

小勃去世十三年后，他的预言被验证了。近地天体的光谱蓝移突然减弱并消失，那个古怪区域的中心又恢复了正常的天空，就像台风中晴朗的台风眼，并逐渐向外扩大。宇宙打了一个小尿颤，为期仅仅五十年，这在几百亿年的宇宙寿命中，连“一眨眼”都远远算不上。楚-马发现让世人遭遇了一场虚惊，又笑着宣布：哈哈，只是一个玩笑而已。不过我总有一个没什么道理的想法：也许经过这场虚惊，明天即使天真的塌下来，人类也能从容应对，至少不会集体性心理崩溃了。

对那个无可逃避的人类末日，这次权当是一次全员演习吧，虽然时间太早了点。

又三年后，婆婆病重，我和丈夫接到保姆电话迅速赶去，伴她走过最后几天，然后在老地方把她火化。我把公公的天文台，连同没有了主人的住家，都无偿赠给附近的景区。他们很高兴，说这么难得的资源，正好为游客们，特别是学生们，开辟一个“天文游”新项目，肯定会很红火。还许诺将来收入多了要为我分成。我笑着，没有拂他们的兴头。我想，只要他们能保持天文台的运转和楚-马故居的完好，有点铜臭就铜臭吧。游人中总会有几个真正了解楚-马发现的人，可以瞻仰故居，追思逝者。

婆婆去世一年后，我领着家人又去了一次，也是最后的一次。我领女儿参观了那幢故居、天文台，还有三个灵魂升天的地方。女儿十五岁，颇得乃母家风，爱疯爱笑。她不知道被挑动了哪根筋，对天葬台这儿特别喜爱，又是蹦又是笑，迭声惊呼：这儿太美了，仙境，杨过和小龙女修炼的地方，你看天上那只鹰，一定是独孤大侠的神雕！丈夫一向心思周密，怕对死者不敬，也怕我心中不快，悄悄交代她不要笑得太疯。我听见了，笑着说：“别管她，想怎么疯就怎么疯。那三位都是很豁达的人，九泉下有知，只会更高兴。”

我原想在这儿立一块碑，或在石壁上刻上三人的名字，聊作亲人或后人们追思的标志。后来觉得这样做有点儿俗，逝者不一定喜欢的——我能想象小勃在另一个世界里含笑望我，不以为然地轻轻摇头——便自动中止了这个打算。后来我辗转找到九十岁的余华老先生，求得一份墨宝。这次来吊唁，我顺便请石工把它刻在天葬台附近的石壁上。在錾子清亮的敲击声中，在家人三双眼睛的盯视中，两个字逐渐现形。字体是魏碑，端庄大度中不乏潇洒飞扬。当然就是小勃说过的那两个字，一句极普通的乡言村语。不过，如果人们，人类，都能真正品出字中之意，也就不枉来世上走一遭了。

临界

——谨以此文献给我仰慕的一位科学家。但本文不是报告文学，人物情节均有虚构。

单独的临界态区域逐渐扩大，不过并不是整片出现，它们在岩层中一绺一绺地延伸，与白色的非临界区域犬牙交错。当红色区域开始占优势时，就形成了整体临界态，这时强震发生的条件就孕育成熟了。

/ 一 /

我永远忘不了那一天，1990年6月22日，因为此后数月令人惊怵的日子都是从那天开始的。那年，我十四岁，姐姐文容十六岁，爷爷文少博七十八岁，奶奶楚白水七十五岁。

离亚运会开幕还有整整三个月，在北京随处可以摸到亚运会的脉搏。街上到处是大幅标语，高架桥的栏杆上插满“迎接亚运”的彩旗，姐姐和我的学校里都在挑选亚运会的志愿者，公交车司机在学习简单的英语会话。只有爷爷游离于这种情绪之外，仍是独自待在书房里埋头计算。

那天早上，奶奶比往常起得更早，做好早饭，拿出一套新衣让爷爷穿上，昨晚她已逼爷爷去理了发。她端详着穿戴整齐的爷爷，笑道：“哟，这么一打扮，又是一个漂漂亮亮的老小伙啦。”

姐姐和我都起哄，说爷爷真漂亮，爷爷帅呆啦。爷爷像小孩子一样难为情地笑着。爷爷老啦，确实有点“老还小”的迹象，笑起来像小孩一样天真。他在生活琐事上一向低能，现在更离不开奶奶的照顾。爷爷生于豪门望族，当年的文家二少爷也曾是风流倜傥，但他从英国留学归来便选择了一项最艰苦的职业——地质勘探。五十年的风雨已经彻底改变了他的气质，现在，从外貌看来，他更像偏远农村的乡村老教师。

爷爷马上要去位于复兴路北的国家地震局（我去过那里，是一幢能抗7级地震的大楼）做报告，报告的具体内容爷爷对我们严格保密，他一向严格执行《地震预报条例》的规定。不过据我猜测，这次报告很可能涉及亚运会期间的震情。

别人开玩笑说，我家实行隔代遗传。爷爷是国内著名的地质学家，国内几个大油田的发现都有他的功劳，连他的学生中还有几个中科院院士呢。奶奶是有名的医学生物学家，中国消灭了天花和脊髓灰质炎病毒，其中有她很多心血。可惜爸爸那代人没继承他们的衣钵，不过这个传统让我和姐姐接续上了。虽说在1990年说这话还嫌太早，但至少在我和姐姐的学校里，我们已是有名的地震和病毒小专家了。

我父母常年在外地（大庆油田），自从爷爷奶奶退休并定居北京后，我和姐姐一直住在爷爷家。那时爷爷还没有搬家，住在平安里一所小四合院里，房子十分破旧，下雨时首先要用雨布遮盖爷爷的那台286电脑，然后收拾满桌满床的书籍：《地震学》《世界地震带挂图》《古地磁学》《地球固体潮》《二十年中国地震台网观测报告汇编》《病毒学》《医学免疫学》《血型血清学》《干扰素治疗》……爷爷奶奶似乎比退休前还忙，尤其是爷爷，每天埋头于电脑前认真计算着。夏天，破旧的纱门挡不住蚊虫，他干脆弄两只水桶把腿脚泡进去，一来防蚊叮，二来降温。冬天房子像冰窖，他把一只小火炉放在桌边，手冻僵了，就在火上烤一会儿。这种情形一直持续到石油物探局专门为爷爷配置一台取暖锅炉为止。

常常有他们的学生来这儿探望或请教。学生们常常先站在天井里大声问好，然后再进屋。凡是爷爷的学生，都是称呼老师、师母好；凡是奶奶的学生，则是称呼文老师、楚老师好。我和姐姐发现这条规律，常躲在一旁验证，百试百灵。

我和姐姐并没有刻意去继承爷爷奶奶的衣钵，但他们的知识不知不觉就传给我们了，因为这些知识一直弥漫在空气中，潜移默化地渗入我们的血液。比如，姐姐常常流利地告诉同学，病毒都是采用超级寄生，利用被攻击细胞的核酸来繁殖，所以，任何药物包括抗生素对病毒基本是无能为力的，只能依靠人类在千万年进化中产生的特异免疫力，疫苗的作用则是唤醒和强化这种免疫力。不过，人类对病毒的战争已经取得里程碑式的成功，天花病毒已经全歼，脊髓灰质炎病毒的全歼已经提上日程。为什么先拿这两种病毒开刀？因为它们只寄生于人体，没有畜禽的交叉感染渠道。现在，中国卫生部正在部署围剿脊髓灰质炎病毒的大战役，将从1993年开始，连续数年对八亿儿童进行免疫。奶奶虽然已退休，卫生部的轿车仍然常来把她接去，参加某个重要讨论。

姐姐笑着对奶奶说："奶奶，别把鞑子杀完了，留两个给孩儿杀杀。"

这是《说岳全传》上岳云的话。奶奶笑道："留着呢，病毒的全歼可不是二三百年能干完的事。"

我也常常给同学举办地震知识讲座。我说地震是人类最凶恶的自然灾难，20世纪共发生七级以上地震六十五起，八级以上七起，死亡一百零三万人。地震中最常见的是构造型地震，因为地壳是由六大板块（太平洋、亚欧、非洲、美洲、印度洋、南极）组成，各板块缓慢运动，互相挤压，形成三大地震带，即环太平洋带、欧亚带（又称地中海一喜马拉雅带）和海岭带。我国处于两大地震带之间，地震十分频繁。1900年以来中国地震死亡人数五十五万，占全世界死亡人数的百分之五十三；1949年以来死亡人数二十七万，占全国同期自然灾害死亡人数的百分之五十四。而且——和其他学科的科学家不同，地震学家们是一伙自卑的家伙，因为尽管他们投入了巨大的心血，但在地震预报方面实在是乏善可陈！1966年邢台地震伤亡惨重，周恩来总理亲自部署对地震预报的研究，1975年成功预报了海城地震，经联合国教科文组织评定，成为唯一载入地震预报史册的范例。那时，在文革期间的亢奋中，有人宣称中国已完全掌握地震预报的规律。但仅仅一年后，唐山地震来了，它阴险地偷越众多机构组成的警戒线，狞笑着扑向梦乡中的唐山人。对地震工作者来说，这是一次极为丢脸的失败，地震爆发后，国家地震局竟然不能确定震中在哪儿！幸亏几位唐山人星夜驱车赶往国务院汇报灾情，国家才开始组织起抢救工作。

我是在唐山地震之后出生的，但我想我目睹了唐山地震的惨景——通过爷爷的眼睛和爷爷的叙述。地震第二天爷爷就赶到现场。美丽的唐山全毁了，房屋几乎全部倾颓，烟尘聚集在城市上空，久久不散，就像死神的旗幡。火车钢轨被扭成麻花，水泥路面错位。地上分布着很多纵横裂缝，最宽可达三十米。五个水库的大坝被震垮。一个男人从四楼跳下来，却被同时落下的楼板压住双脚，身子倒吊在半空中，死了；一位妈妈已从窗户里探出半个身子，但还是被砸死，她最后的动作是竭力想护住怀中的孩子；另一位妈妈幸运地逃出来了，在废墟中机械地走动，哄着怀中的孩子——孩子早已长眠不醒；很多幸存者被挤在狭小的空间中，在黑暗和酷热中呆了数天才被救出，一直到数年后，他们睡觉时甚至不敢熄灯，因为只要沉入黑暗，他们就开始心理性的窒息！

一场空前绝后的浩劫啊。所有赶来救援的人们，从身经百战的老师到长着娃娃脸的小兵，都要惊愕地看上几分钟，把撕裂的心房艰难地拼复，才脸色阴沉地投入抢救。不过，对于地震工作者来说，更多的是痛愧，是无地自容。爷爷说，那时他乘的是石油勘探局的汽车，还没有成为众矢之的，而那些乘国家地震局车辆的同行们简直没法出门。一位老大爷对他们哀哀地哭诉着：为啥不提前打个招呼哩，你们不是管地震预报的吗？血迹斑斑的年轻伤员们咬牙切齿地骂：这些白吃饭的，饿死他们！砸死他们！

国家地震局的老张是爷爷的熟人。白天，他们默默忍受着唐山人的咒骂，记录着各种宝贵的资料。当时正值盛夏，废墟中的尸体很快腐烂，令人作呕的怪味儿在周围涌动，呕得人根本无法进餐。他们用酒精把口罩浸湿，一言不发地工作着。一天晚上，老张来找爷爷，声音嘶哑地说："文老，咱们出去走走。"爷爷跟他出去了。月亮没出来，废墟埋在浓重的夜色中，除了帐篷里泻出来的灯光，唐山黑得像地狱。老张一直低着头，磕磕绊绊地走着，等到远离帐篷处时，老张站住了，一句话没说，忽然号啕大哭，哭得撕心裂肺！爷爷没劝他，陪着他默默流泪。痛痛快快哭一场后，老张问他："文老，地震真的不能预报么？咱们真的无能为力么？"

爷爷生气地说："怎么不能！没有人类认识不了的规律！"

爷爷那时的主业是石油勘探，搞地震预测只是兼职。他在石油勘探方面已是一代宗师，桃李满天下，而且已年近古稀，没理由再转行。但邢台地震尤其是唐山地震后，几十万冤魂的号哭一直在他耳边回响。1978年，他正式递交了退休申请，从领导岗位上退下来，全身心投入地震预报的研究——但只能是私人性质的研究了。多年后，一位伯伯曾叹息地告诉我，你爷爷为这个决定吃了大亏。他那时虽然已六十八岁，但身体好，思路清，经验丰富，部里原打算让他再干几年的。他这么一退，首先是经济上吃亏，因为那些年还没有到涨工资的高峰期，退休工资很低的。再者，过早从科学家的主流圈中退出来，还有很大的隐性损失，这一点就不必多言了。

我想伯伯说得对。爷爷的晚年是相当困窘的，工资不高，又把大部分工资用于购买资料——他不是进行官方研究，资料费是没处报销的。可以说，退休后他完全靠奶奶的工资养着。在和爷爷奶奶共同生活的那几年里，我和姐姐都能触摸到家中的贫穷。常常有国外的学生来看爷爷，他们大都衣着光鲜，面红齿白，外貌比实际年龄要年轻二十岁。他们惊讶地打量着爷爷的陋舍，小心地掩饰着目光中的怜悯。我想，恰在这时我最佩服爷爷。因为他在这些怜悯的目光中尚能坦然微笑，不卑不亢。这一点太难啦，至少我在这些客人面前就很难没有一点儿自卑。在我成人后，每当看到报上说某某知识分子“安于贫贱”“儿不嫌母丑，狗不嫌家贫”之类滥调时，我就反胃。我觉得，若不能让士大夫阶层过上相对舒适的生活，以保证他们思想和研究的自由，这个社会就是病态的、畸形的、没有前途的。

爷爷，你后悔么？有天我向他转述了那位伯伯的话，问他。爷爷停下蒲扇，沉思地看着我。他不是在看我，是越过我的头顶看着远处。过一会才说：“1966年邢台地震后，周总理亲自找李四光先生和我谈话。他痛心地说，地震给中华民族带来深重的灾难，地震能预报吗？李先生说能！我也说能！周总理说：拜托你们啦，希望在你们这一代把地震预报搞成。从那时起我们作了很多努力，成功地预报了海城地震，可惜漏报了最凶残的唐山地震。现在，周总理和李先生都已不在人世，当时谈话的人就剩下我一个人了。”

他没有回答后悔不后悔，我也没再问。

我和姐姐吃早饭时，爷爷已早早吃完，坐在正间的竹圈椅里静候。我们听见他低声问奶奶：“车辆联系好了吗？不会误事吧。”这已是他第二次询问了。奶奶耐心地说：“不会误事的，是国家地震局派的车，昨晚石油勘探局还问用不用他们派车，我谢绝了。”

姐姐瞄瞄爷爷，抿嘴乐道：“你看爷爷就像赶考的童子，蛮紧张呢。”我说：“笑话，爷爷会紧张？爷爷可不是没见过世面的人，连政治局委员们还听过他的课呢。”姐姐没争辩，扒完饭骑车走了。我出去时，发现爷爷确实有点儿紧张，他一言不发地坐着，目光亢奋，手指下意识地敲着扶手。后来，知道这次报告的内容之后，我才理解爷爷的紧张，那是对于一个高度敏感的地区（首都），高度敏感的时间（亚运会）所做的强震预报呀。事后国家地震局的张爷爷说，当你爷爷在6月22日报告会上撂出这个响炮时，会议参加者都惊呆了。他说，也只有你爷爷的资历和胆量敢撂这个响炮，只有他一人！

该上学了，我推出自行车。这时一辆轿车开到大门口，国家地震局的何伯伯进来，和我打个招呼："小郁，上学呀。"我说："伯伯好，爷爷等你很长时间了。"何伯伯在天井处大声问了好，说："文老师咱们出发吧。师母，中午老师不回来，饭后休息一会儿，下午我送他回来。"奶奶交待着："若下午赶不回来，记住5点钟让他吃降压药，药片在他右边口袋里放着。最近血压又高了，低压130，高压200。"何伯伯说："我会提醒他的，师母您放心。"

何先生扶爷爷上车，汽车开走了。

爷爷预报地震不需要声光报警器，不需要GPS观测网络、地磁观测仪、地电观测仪、重力观测仪和电磁波观测仪，不需要水位计、蠕变仪、岩体膨胀计——作为私人性质的研究，他也没有这些条件。他所拥有的，就是费尽心血搜集到的浩繁的地震资料，还有一把计算尺（后来升格为286、386电脑）。所有预测结果都是在纸上算出来的。

我常常帮爷爷计算，也很早就大致了解他的理论核心——可公度计算。可公度计算是说：各地震带的地震肯定各自具有相对不变的物理成因，因而有相对不变的物理规律。这些物理成因可能埋得很深，一时抽提不出来，但可以先把它们虚化，用纯数学手段凑出一些公式来逼近它。有了这些近似公式，就能对未来的地震做出近似的预测。比如，1906年以来世界上八点五级以上地震共十二次，按发生日期依次编号为X（i）=1917.5.1；1917.6.26；1920.12.16；1929.3.7……1958.11.6。用可公度法试算后发现间隔时间大致符合以下一些等式：

X（3）+X（6）=X（2）+X（5）

X（4）+X（7）=X（1）+X（11）

……

X（3）+X（12）=X（4）+X（11）

把二元相加的结果画在坐标上，能得出一张图形基本对称的坐标图。依照这张图做适当外推，就可对未来的八点五级以上大震做出预测。当然，实际没这么简单，实际计算时每个预测结果都要用多元可公度计算互相校核，还要用爷爷自创的“醉汉游走理论”推算这个结果的可信度。但不管怎么说，这是一种极简化的运算，它抛弃地震的物理内核，转化为地震参数的纯数学运算。

很早我就知道，地震界的大部分专家对爷爷的预测办法颇有微词。由于爷爷的人品和声望，他们一般不公开批评，但私下里他们叹息着：文先生真的老了，文先生怎么从科学宿儒变成算命先生了呢。这些叹息也传到我和姐姐的耳中，我们确实在心中嘀咕：凭这些简单的计算就能抓住地壳深处潜行的魔鬼？但爷爷确实做出很多接近正确的预报：像1983年新疆乌恰地震，1989年10月17日美国旧金山六点九级地震，其后还有1992年6月28日美国加利福尼亚7.4级地震，1993年10月12日日本关东七点一级地震……

爷爷的声名（指地震预测方面的声名，作为石油地质学家他早已名传遐迩了）渐渐传到海内外，常常有国内外的人士给爷爷写信，对爷爷的“神机妙算”表示仰慕，把他誉为刘伯温式的“预测宗师”。慢慢地，我和姐姐也忘了心中的嘀咕。

爷爷不会错的——他怎么可能错呢？看看他为地震预测投入的心血、做出的牺牲和承受的苦难，如果真有一个主管宇宙运行的上帝，也会被爷爷感动的。

亚运会一天天临近，街上满是吉祥物熊猫盼盼的图样。从盼盼家乡送来的熊猫雕塑在北中轴路落户，由于赶工太紧，这件雕塑有点儿失真，有点儿驼背。不过孩子们不大理会这点儿“残疾”，照样喜欢它。奥林匹克体育中心、亚运村、专为亚运村配套的北辰购物中心都相继完工，亚运会的气氛越来越浓了。

6月22日以后，国家地震局在门头沟召开了北京震情会商，这次爷爷没有参加。由于爷爷的严格保密，我一直不知道爷爷曾撂过一个响炮，但我对爷爷的行迹越来越疑惑。两个月来，他一直趴在电脑前狂热地计算着，校核着。他的血压升到了230/140Hg，眼睛充血，手指发颤，脸色像是害了一场大病。奶奶很着急，逼着他吃药，有时甚至强行关掉电脑。但只要奶奶转过脸，他马上溜回书房。

他为什么这样焦灼和担心？姐姐发现他的异常，担心地问：“奶奶，爷爷的脸色太差劲了，他在忙些什么呀？”

奶奶含含糊糊地搪塞过去。

这一天，我夜里起来小便，偶然听到爷爷焦灼的低语：“……已多次校核，五次可公度计算指向同一个结果……我从来没有这样肯定……国家地震局迟迟不发震情预报……”

我愣住了。从这些只言片语中，我足以猜到爷爷焦灼的原因：北京有大震，在亚运会期间！

大概听到我的动静，爷爷那边不说话了。我小便后躺在床上睡不着。木隔板那边，姐姐睡得正香，鼻息绵绵细细。犹豫了半个小时，我跳下床，偷偷溜到爷爷的电脑前，打开它。爷爷的资料库设置有密码，但他对密码太相信了。爷爷七十岁开始学电脑，现在已经能熟练地应用，这已经相当不易。不过他毕竟老了，他只能浮在电脑的表层程序而我能下潜到水底。没费什么事，我就破解了密码，打开爷爷的文件，一帧帧地寻找，终于找到我要的东西：

90.07号震情预报：

预测三要素为：

时间：1990年9月20日

地点：北京昌平一带

震级：七点五级到八级

附注：已提交1990年5月5日政协第七届全国委员会

昌平？八级地震？亚运会期间？我简直傻了。屏幕上似乎闪出唐山大地震的画面：倾颓的楼房，阳台在半空中摇晃……扭曲的钢轨，阴森森的地裂……我打一个寒战，揉揉眼，另一些画面又占据了屏幕：死在窗台边的母女，半空中倒吊的男人……令人作呕的腐尸气味……

有人拍拍我的脑袋，我惊得一跳，迅速扭回头，是姐姐。她揉着眼奇怪地看着我。“郁郁你在干什么？已经夜里两点啦。”她睡意浓浓地说。我赶忙关了电脑，强笑道：“没事没事，我在查一份资料。姐姐，别告诉爷爷奶奶啊。”

我溜回去，睡到床上。姐姐解手后还隔着木板壁问一句：“郁郁你在查什么？”我装着没听见。我不敢告诉姐姐，女孩子的嘴巴总是要松一些。虽然十四岁是一个满不在乎的年龄，但从小受爷爷熏陶，我知道地震预报泄漏出去是多么严重的事情。

我想那晚我一定会失眠的，可一个小时后我还是进入了梦乡。

因为心中藏有这个恐怖的秘密，我在一夜之间长了十岁。我独自从欢快亢奋的社会氛围中游离出来，惊悸地注视着亚运会的进程。开幕式已开始彩排，看过彩排的同学眉飞色舞地说：美极了！报道说萨马兰奇已经确定要出席亚运会，定于9月21日到京。内幕消息说，将在念青唐古拉山下的当雄县城采集天火作为亚运圣火，采火人已经内定，是一个叫达娃央宗的藏族姑娘。节日的北京如一条奔腾喧闹的河流，河道两旁花团锦簇……而在地下，那个魔鬼正一步步向我们逼近，它只要抖抖身躯，打一个哈欠，就会带来惨绝人寰的灾难。我常常想跳到大街上去高喊：你们干吗还要搞这些花花哨哨的东西？快准备吧，“它”要来了！

爷爷不再计算，看来已不需要复核了。他总是坐在正间的竹圈椅中，神情肃然地盯着不可见的远方。奶奶肯定知道内情，但她仍保持着平日的节律，采买，做饭，偶尔同研究所的后辈们通通电话。不过，我能察觉到她内心的焦虑。在我们这个四口之家里，只有姐姐什么也不知道。随着亚运会的临近，她的情绪越来越高涨，每天回家，自行车没停稳，就开始通报今天的花边新闻。她根本不知道，在我听来，这些新闻是多么浅薄可笑。

有时我甚至对爷爷的沉默心生怨恨。爷爷，作为一个预知天机的人，你为什么不到街上大声疾呼，唤醒满街的梦中人呢？如果是受法律所限不能张扬的话，你至少该考虑到家庭的自救，带我们悄悄迁移到别处躲躲嘛。不过总的说我理解爷爷，关键是没人能确切肯定自己的预报绝对正确，而一旦误报将造成巨大的损失。像1989年，美国气候学家布朗宁预报圣路易斯市12月份上旬有大地震，引发民众的歇斯底里，造成六亿美元的损失。中国唐山地震后，一个回乡民工在火车站听到几句谣传，回烟台后散播，在烟台掀起一场恐慌……地震预报真是天下最难的事业，进也难退也难，一字重如千钧呀。

不知道国家地震局的专家们此刻是什么心情？亚运会牵涉到国内外，当然不可能随便改期。但地震——这个在地下潜行的魔鬼，它可不会顾忌人世间的什么典礼或赛事，它可不管背上驮着的是首都还是乡村。它在狞笑着逼近。开幕式上万众欢腾，中外贵宾齐集一堂，可是忽然天崩地裂……那时，地震局的人可是万死莫赎其罪了。

这个秘密锁在一个十四岁中学生的心里并悄悄膨胀，我的胸膛快要憋炸了。我变得十分神经质，上课时听不懂老师的讲课，下课时老一个人愣着，听不见同学唤我。特别是在夜里，我的耳朵变得十分灵敏，一点风声或落叶声都能使我从床上惊跳起来。姐姐是一个又迟钝又敏感的家伙，她一直没猜出家庭中这个秘密，却看出我的惊怵。她关心地一再追问："郁郁你怎么啦？你这几天就像是干了什么亏心事似的。"我没法儿回答，我真可怜姐姐。

书房里挂着中国活动断裂图，我看过不下百遍，但这些天我简直不敢面对它。全国尤其是京津唐地区的断裂带纵横交错，就像母亲乳房上划出的刀痕，十分瘆人。我不禁生出一个想法：如果1949年这张图挂在第一代领导人在河北西柏坡的办公室里，他们大概不会选北京作首都吧。但即使首都不在北京又有什么用？中国几十个大城市位于活动断裂带上，无处可迁，中华民族注定要生生世世与魔鬼为伴。丧气的是，这个魔鬼是无法驱走的，总有一天，它会来敲你的门。

在哪本书上看到一句话：灾难、疾患、死亡是人类不可豁免的痛苦。我曾一本正经地把它抄到笔记本上，其实当时并没什么感悟。只有到现在，我才对"不可豁免"这四个字有了最深切的体会。

这天晚上，奶奶把姐姐和我叫到他们的卧室，似乎无意地说：“小郁，你不是想当地震专家吗？今天奶奶想考考你，你说，地震发生时如何自救。”

我看看奶奶，她当然不是毫无缘由地问到这个问题，但奶奶的表情中看不出什么异常。我看看爷爷，天真的爷爷已不大会隐藏感情了，他躲开我的目光，笑容中浮着愧意。我说：“奶奶我知道，关键是及时自救。地震的纵波（P波）速度快，每秒7～8千米；横波（S波）慢，每秒4～5千米。纵波破坏力较小而横波破坏力较大，所以要利用纵横波的时间差迅速自救。”

奶奶说：“对，这段时间是很短的，所以一旦发生地震，千万不要打算帮助我们，你们要先自救，然后才能想办法救别人。这两天咱们来一次演习，只要听见我或爷爷喊地震来了，马上滚下床，躲在床边（不要钻到床下），依靠床的高度掩护自己。各人床下放有干粮和水瓶。你们要记住啊。”

姐姐再迟钝，这会儿也看出苗头，她怀疑地问：“是不是有地震？爷爷你是不是预测出地震了？”

我觉得爷爷更窘迫了，忙推推姐姐：“不会的，这只是一次演习罢了，要有地震爷爷肯定会告诉咱们的，对吧？”

奶奶说：“对，这只是预防万一。由于你爷爷的身份，你们在外面千万要谨慎，说错一句话都会引起混乱的。千万小心啊。”

我回到自己房间，朝床下瞄瞄，那儿果然放着一包饼干和一瓶水。这两样很平常的东西在我心中简直是魔鬼的化身，夜里我睡不安稳，老是梦见《一千零一夜》里的魔鬼吱吱叫着在瓶里挣扎，它马上就要把瓶子挣破了——后来我知道，那个声音倒是真实的，是耗子在咬塑料袋，我的饼干让它们美美地打了一顿牙祭。

亚运会开幕前两天，9月20日晚上，爷爷把我俩叫到一起，平静地说：“容儿，郁儿，有句话我总算可以说出来了。今天国家地震局正式发布中等强度地震的震情预报，其实我在四个月前就预测到了。”

非常奇怪，听了爷爷迟来的宣布，我突然觉得一阵轻松。我想爷爷也有同样的心情。实际上地震的危险并没有消失，它甚至更现实了。但是，能在家里公开谈论这件事，本身就是对我的解放。

我忍不住大声喊道：“爷爷我早知道了！但你的预报可不是中等强度的——昌平地区，9月20日左右，七点五级到八级浅源地震。”爷爷愕然地看着我，我咧嘴笑着，“爷爷我向你道歉，我破解了你的密码，查到90.07号震情预报。不过你放心，我没对任何人透露过，连姐姐也没有。”

姐姐马上反应过来：“那天夜里你是在刺探爷爷的情报？哼，你竟然瞒着我，全家人都瞒着我！”

姐姐十分气恼，因为姐弟间从来没有秘密的，而现在她第一次被排除在某个秘密的知情圈子之外，这严重挫伤了她的自尊心。她对我怒目而视，气哼哼地说：“好啊，你个小崽子，竟然敢……”

我大叫起来：“姐姐，你别得便宜卖乖了，我巴不得和你换换位置呢，这么多天担惊受怕，又不敢和任何人谈这桩秘密，我都快憋疯了！”

姐姐扑哧一笑，又赶紧绷起脸。爷爷看看奶奶，欣慰地说：“好啊，能守住这个秘密，咱们的文郁已经是男子汉了。”他又说，“这些天睡觉要灵醒些，好在咱家是平房，危险要小得多。关于地震时自救的办法前天也温习过了，地震来时要镇静。”

我们严肃地点点头。姐姐担心地问：“亚运会会不会改期？正赶上开幕啊。”

爷爷苦涩地摇摇头：“不会，毕竟这只是预测。不过，国家地震局早就处于一级战备，有征兆会及时发出临震预报。”

我笑着指责爷爷：“爷爷你真狠心啊，这么长时间把我们蒙在鼓里。万一地震来了把全家人砸死，你后悔不后悔？”

这个玩笑肯定不合适，看来它正好戳到爷爷的痛处，奶奶急忙向我使眼色。爷爷愣一会儿，难过地说：“我当然后悔，我会后悔一辈子的——可我不能透露啊。”

他的语调苍凉，透着深深的无奈。奶奶忙打岔：“睡吧，睡觉吧。”

然后赶紧把我俩赶走。临走时我看看目光苍凉的爷爷，忽然蹦出个随意的想法：作为一个通晓未来的先知或上帝，真不是轻松的职业啊。

9月22日，亚运会开幕，彩旗如云，万众欢腾。这天，北京西北昌平一带发生四点五级地震，北京有震感，楼房晃了一下。

一个又一个电话打到我家："文老，还有主震吗？多大震级？会不会是第二个唐山地震？文老，您是大家信服的预测大师，您说一句话我们心中就有底了……"爷爷疲惫地一次次回答："不知道，我没有就此作过预测。很可惜，无可奉告……"不过，在他打给国家地震局的电话中透露出他的真实想法："老张，我的预测没有变，很可能只是一次前震，不要放松警惕。"

爷爷没有放松警惕，爷爷的神经之弦始终紧绷着。亚运会的日历一天天翻过去，我和姐姐毕竟年轻，我们兴奋地计算着中国的金牌，慢慢忘了地震这档子事。但爷爷没忘。有时我夜里起来小便，还能看到他静静地坐在竹圈椅中，就像雁群睡觉时那个永远清醒的雁哨。

他还在等待，等待那个按照计算"理应到来"的强震。他的神经之弦绷得那样紧，我总觉得若不小心碰着他，那根弦就会断裂。奶奶没有劝他，只是关照他按时吃降压药，也常常拉他出去散步。有一天，我忽然悟到这件事对爷爷的意义——他已经把这次预测的正误设定为对自己理论的最无情的检验了！如果预测错误，意味着他十二年的辛苦白白浪费。刹那间我竟然盼着……啊不，不能这样，连想想也是罪过呀。但愿爷爷错了，那个地震魔鬼不会来了。

亚运会结束了，魔鬼没有来。它至今也没有来到北京。

爷爷预测错了。在他后半生最大的一次战役中，爷爷悲壮地输了。

/ 二 /

十二年后的冬天，我在美国加州大学洛杉矶分校读完博士回国，在国家地震局找到自己的位置。上班后正赶上局里组织的一次大检查，对象是局属的各地震观测台站，包括GPS观测网，地磁、地电、重力、电磁观测站。现在国内观测网站已经接近国际水平，能从宽频带、大动态范围和数字化地震资料中，对地震破裂的时空进程成像，以指导地震的预报。这些年也有一些成功的范例，比如对1995年7月12日云南勐连地震、1997年3月5日日本伊豆地震，都做出成功的长、中、短、临预报。但总的说来，地震预报尤其是短期预报和临震预报还远未过关。比如云南丽江1996年2月3日地震，在已经做出正确的长、中、短预报的有利条件下，却未能做出正确的临震预报——恰恰这种临震预报对减轻伤亡是最重要的。

想想爷爷生前的研究条件，与现在真是天壤之别。不过，具有讽刺意味的是，这么好的条件，预报成功率却一直徘徊在百分之三十以下，并不比爷爷高多少。

国家地震局的网页上，对于中国地震预测能力给出了字斟句酌的自我评价："能对某些类型的地震做出一定程度的预报，但还不能预报所有的地震。较长时间尺度的中长期预报已有一定可信度，但短临预报的可信度还比较低。"

读此文时我揶揄地想：这个评价真是千金难易一字呀。

我分在西北检查组，检查阿克苏、包楚、甘河子、高台等地震台。我们乘坐越野车，风尘仆仆地跑了二十天，观看那些在密封山洞中静静倾听魔鬼脚步声的各种仪器。张爷爷也在这个组，他已经退休了，这次被返聘来参与检查。他脸上皱纹纵横，那是多年野外生活留下的痕迹。一见面他就说："小郁，洋博士回来了，接上你爷爷的班啦，隔代遗传啊。"

我笑道："对，隔代遗传。我姐姐也接了奶奶的班，在医学科学院工作。她这会儿也在西北，在青海省。"

"不错，不错，你爷爷奶奶九泉下也安心了。晚上去找我，聊聊你爷爷。"

晚上宿在祁连山下一个简陋的旅馆里，没有暖气。窗户对着戈壁旷野，黑色的乱石上堆着薄薄的积雪。我敲响张爷爷的房门，他趿着一双劣质塑料拖鞋开了门，又赶紧回到被窝里，说："你也上来，上来暖和。"

我跳上床，坐到床的另一头，拉过被子盖住腿脚。被子又凉又硬，简直像石板，但张爷爷已经习以为常了。他问：“在加州大学跟谁读的博士？”

“陈坎先生。”

“我认得他，退休前和他有联系。国外现在的预报水平怎么样？主要是美国和日本。”

“不比咱们强。日本地震学家一再预测的东海大震至今没来，相反，没人关注的兵库县却来了个七点二级。美国地震局网页上曾登过一幅自嘲的漫画，一只惊恐的大猩猩大叫：为什么我能预报地震而科学家不能？”

“苦中作乐么，美国人比咱想得开。1976年唐山地震，我和你爷爷在现场大哭一场，怕影响年轻人，躲到远处去哭。从那时一直到退休，我的精神一直高度紧张，如果真有一场大震溜过警戒来到北京，那可是万死莫赎其罪啦！可是，北京这场大震迟早总要来的，而按目前的水平，即使工作再负责也不能排除漏报的可能。我的胃溃疡就与精神高度紧张有关，一退休马上好了。虽然还要关心，毕竟不是职责所系。”他问，“小郁，还记得1990年那次预报么？”

“当然。”我讲述了那时我如何偷窥爷爷的资料，并为此遭受两个月的心理酷刑。张爷爷笑了：“原来还有这么一段小故事啊。小郁你知道吗？那时国家地震局里信服可公度计算的人不多，但我对你爷爷的科学功力近乎迷信，再加上那时北京地区确实有不少地震前兆，所以，在你爷爷6月22日放过那个响炮后，我几乎要提出亚运会改期。现在想想都后怕，如果亚运会真的改期，牵动国内外，劳民伤财，最后只是楼房晃那么一下……如今我常为你爷爷遗憾，以他的睿智，晚年怎么会钻到‘可公度计算’的死胡同里呢？那时他的脑子又没有糊涂嘛。”

听着对爷爷的批评，我心里很不是滋味，勉强为爷爷辩解道：“我想是因为他对科学的信仰太炽烈了吧。他相信万物运行都有规律，这些规律常常是简谐而优美的，并终将为人类认识。有了这三条，他才敢去走‘可公度计算’的捷径——却走进了死胡同。”

“过犹不及。我不是批评你爷爷，这是我的自我反省。”他补充道，“我比所有人更了解文先生为此做出的牺牲，所以——真为他遗憾。”

“那么，”我缓缓地问，“站在今天的知识平台上，你认为地震预报尤其是临震预报最终能取得突破吗？”

张爷爷惊奇地说：“当然能！否则我们研究地震干什么？”他半开玩笑地说，“你不会到国外转一圈就变成不可知论吧？人类必将逐步掌握大自然的运行规律，这还用怀疑吗？地震规律当然不例外，这个世纪不行，下个世纪总可以吧？”

我温和地反驳：“科学已确证了量子世界的不确定性规律。还有，即使在宏观世界里，三体以上的牛顿运动也无法预测。”

张爷爷摇摇头，坚决地说：“地震一定能预报！总有一天能预报！”他怀疑地看看我，闷声不响了，颇有点话不投机半句多的味道。不过我不想同他争论。正好手机响了，是姐姐从青海循化打来的，她来青海已经两月。中国自1994年9月发现最后一例本土脊髓灰质炎病毒病例后，已经连续七年没发现，2000年10月被世界卫生组织评定为“已阻断脊髓灰质炎病毒传播途径”。但2001年1月17日，青海循化撒拉族自治县又发现一例，姐姐就是为它去的。

我向张爷爷告辞，走到外边接听。姐姐的声音嘶哑疲惫，几乎能想见她在野外时枯槁的模样。但她的语调是欣喜的，她说经调查确认，这是一例境外传来的病毒，是偶发性的。但他们并没有大意，已在疫区街子乡团结村对患儿周围环境和终末物进行彻底消毒。对零到九岁的一万名儿童进行了应急局部接种，随后还要进行更大规模的免疫接种。“简直是一场战争哇。”姐姐高兴地惊叹。

我说：“辛苦啦，我的老姐，看来当医学科学家也不比地震学家轻松。维持一个遍布全地球的无病毒真空，简直是西西弗斯的工作。”

姐姐说清明节快到了，她不一定能赶回家。如果我能赶回去的话，记着给爷爷奶奶扫墓。“把有关脊髓灰质炎的情况给奶奶说道说道，我想老人家九泉之下也操心着这件事呢。”

我叹口气：“你是有东西可夸，我呢？我可没好消息告诉爷爷。喂，爸妈叫我关注你的婚事，让我批判你的独身主义，为科学献身并不意味着当修女。你想想嘛，要是奶奶当了修女，哪里还有你我二人？”

姐姐骂道："小崽子，甭跟我油嘴滑舌，我的主意不会变的。"她挂了电话。

爷爷去世前已经调了房子，是某小区一幢相当宽敞的住宅，带欧式铁艺的阳台，台阶下的草丛中卧着小鹿塑像。买房时我在国外，不太清楚爷爷花了多少钱。听说石油部（已改为石油天然气总公司）给了他尽可能多的优惠。他们始终没忘记已退休多年的爷爷，令人感动。

爸妈不想离开大庆，现在这儿只住着我和抱独身主义的姐姐。在这套不错的住房里，家具倒是相当寒碜的，低档的装修，只有客厅里置买了新家具。书房里堆满两位老人的专业书籍，东墙上有一块大黑板，挂着中国石油矿藏分布图，地震带分布图，图纸已经发黄发脆。桌上放着爷爷奶奶的合影，还有一台爷爷用过的586电脑。

清明节前一天，我在爷爷书桌上点一束香，把一张光盘放进爷爷的电脑里。那是我读博士的研究成果，是由美国加州大学巴克和陈坎先生搞出来的一个地震生成模式，我把它深化了。这个相对简单的模式反映了地震的深层次机理。

是否把这些告诉爷爷，我曾犹豫过。因为我的结论对爷爷来说太残酷了，但我想他是一定想知道的，瞒着他——才是对爷爷的藐视。

青烟在袅袅盘旋，爷爷在镜框中看着我，脸上仍挂着他晚年常有的天真而略带窘迫的笑容。爷爷，请你认真观看吧。

屏幕上显出两大岩石板块互相挤压的过程。岩石受挤时储存了弹性能，当弹性力大于静摩擦力时，某一小区域会突然滑动。岩层滑动着，挤压着，有些区域变成红色，象征着该区域已进入"突然滑动"前的临界态。单独的临界态区域逐渐扩大，不过并不是整片出现，它们在岩层中一绺一绺地延伸，与白色的非临界区域犬牙交错。当红色区域开始占优势时，就形成了整体临界态，这时强震发生的条件就孕育成熟了。

从非临界态发育到临界态——这个过程还是有规律的，爷爷那时在长、中期地震预报上某种程度的成功，正是基于这个过程的可公度性。但整体临界态一旦出现，规律就消失了。此后，某块岩石的滑动可以带出完全不同的结果：它可能只滑动一下就停止；也可能沿着一个较长的“红色手指”传递，引发一片区域的滑动；甚至沿着一个更长的手指走到头，引发全区域的大坍塌，这就是有极大破坏力的强震。

问题是，最后的雪崩究竟是由哪个小滑动触发，这个过程却是完全随机的，没有规律的。要想对它做出准确预测，就需要随时掌握板块中每一部分的态势，实际上不可能做到。

换句话说，地震的临震预报根本不可能成功。

从理论上说也不可能。

爷爷苦苦寻觅近二十年，只是在寻找一个根本不存在的东西。

我在青烟后看着爷爷，他的嘴角沉重地下垂着。我知道这个结论无疑是向他的祭坛撒尿。但科学是无情的，科学不照顾个人的愿望。爷爷，请原谅我告诉你这个残酷的结论，但我不会因此放弃努力。

爷爷听见了，默默转过身，踽踽而去。

/ 三 /

以下摘自一篇小学生作文。

2156年4月2日，王老师带我们参观了唐山滦县附近的87号超深井的钻进。同学们都说这次参观特刺激，特真实，比往常的激光全息教学课强多了。

参观前，王老师让我们查一查一个世纪前超深井的背景资料。我查到，那时世界上超深井纪录是一万二千二百六十二米，在苏联的科拉半岛。中国在江苏东海超高压变质带上打过一个超深井，才五千米，投资一点五亿。超深井钻进极为困难，费用极为高昂，因为井越深，钻杆越长，大部分能量都被浪费在起下钻杆和克服钻杆的扭转形变上。不过自从激光钻头发明后，这些纪录已经大大改写了，现在二万五千米的深井轻飘飘就能实现了。

深87号井是在一口三千米深的旧裸井上加深。这儿给我的第一个印象是没有高大的钻塔——现场的刘司钻给我们解释，过去那些高大的钻塔其实只有一个用处：起钻时一次能起出尽可能长的刚性钻杆。单根钻杆一般长九点五米，一次起升三根，井架就要高达四十米。现在，激光钻头是用柔性钨钢索系连，耐高温电缆也是柔性的，所以钻塔高度只要高于激光钻头的长度就行。

[资料记录：激光钻头直径为七十八毫米，长度五点五四米，配套井架高九点八米。]

激光钻头其实就是一根大圆棒，银光闪闪，做工十分精致。现在开始下钻，钻头自带的摄像镜头把井下的图像送到控制台屏幕上。一个黑洞洞的岩石窟窿，直径比钻头大一倍，被摄像机灯光照亮的岩壁飞快地向上闪过去。钻头终于停下了，离井底有三十米，咔吧一声，向四周伸出几十个爪子，把自己固定在井壁上。刘司钻对麦克风说："各操作手注意，现在正式开钻。"他合上电源，一股极强的蓝色激光从钻头下方射出来，反射过来的余光立即把井壁笼罩，岩壁和钻头似乎都变成蓝色的透明物体。激光照射到井底，岩石立即气化，变成高温高压的气浪，通过钻头和井壁之间的环形空间，凶猛地向上冲去。井口的强力抽气泵同时开动，高压气流带着惊天动地的啸声冲出来。在井内气流是透明的，但喷出后变成白色，延伸一百多米。刘司钻急急地调整了消音系统，啸声显著降低了，但是仍让人头皮发炸。

这以后钻井队就没什么事干了，所有操作转为自动控制。气化的岩石被连续排出，激光束的长度自动延伸。钻进几百米后，刘司钻关闭激光束，把钻头下沉，固定，开始新一轮钻进，这是为了尽量减少激光束在气浪中的衰减。刘司钻自豪地说，这种方法钻进极快，一天能钻一千五百米，不过它可是吃电能的大老虎，半个城市的电能才够它的饭量呢。

[资料记录：深87号井位于昌黎—蓟县第7号东西向断裂带，断裂带的力学性质为压扭，设计井深二万五千米。]

我们还参观了唐（唐山）津（天津）滦（滦县）区域2156-7号消震行动。这回不是现场参观，陈指挥说，没法儿看现场的，它分布在二百多平方公里的区域，又是在一万二千到二万五千米的地下起爆，地面上只有轻微的震动。

我们回到北京，在国家地震控制局（即原来的国家地震局）的控制室里观看了实际操作。这回是全息图像，两束激光互相干涉，打出这个区域的逼真的三维图。图中的不同颜色表示不同的岩石板块，发暗的条纹表示活动断裂带（或重力梯度带等）。暗条纹上下纵横交错，结成十分复杂的立体网络。我同桌付英低声惊呼："我的妈，原来咱们的大地母亲有这么多的暗伤！想想咱们的高楼就建在这样的破基层上，真是可怕。"

陈指挥把岩层图转为应力图。一绺绺叶脉状的红色在岩层上蜿蜒，覆盖了相当一部分区域。陈指挥说，红色表示岩层已进入发生滑动前的临界态，从红色的强度可以计算出，这片区域已孕育出五级地震的条件。

上百条笔直的红线从地面上向下延伸，各自终止在活动断裂带的某一点，有深有浅，最深的二万八千米。这就是我们才参观过的那类诱爆井。"二万八千米深的诱震爆破可消去三万米处的应力，而地震震源大部分在三十公里以内。"陈指挥说。

一个个小亮点开始沿竖井下降，它们表示高能炸药（成分为N5，即氮的同分异构体）。15分钟后所有亮点停下来，炸药全部就位。屏幕上打出起爆前的自检结果：起爆井位、井深、起爆量、起爆顺序。检查通过。陈指挥非常庄重地摁下按钮。所有亮点几乎同时闪亮，在周围激出一圈圈涟漪。这是由炸药引起的震波，很微弱，它只起扣扳机的作用，用以引爆岩层中本来就储存的能量。忽然，某处震波被急剧放大，极强的涟漪向四周扩散，就像是推倒了多米诺骨牌，在各处引发强烈的震波。岩层抖动着，滑动着，图像上的红色随即被抹去。

但究竟哪个激爆点能够消除整个区域的临界状态，却完全不可预料。这其实与"临震预报从理论上不可实现"是一致的。

屏幕上打出地震参数：这是一场五点二级人工诱发地震，震源深度二十一公里，去应力效果良好。指挥部的人们都屏息静气，像是在等待什么。几秒钟之后，大楼有了轻微的晃动。“S波！”年轻人欢呼着。过了几秒又是一阵晃动，比上次稍强些。“P波！”大家喊着，互击手掌，表示祝贺。

照例得有领导讲话，陈指挥说：

“今天是文郁先生逝世一百周年纪念日，国家地震局和学校共同组织了这次参观，作为对先生的纪念。文郁先生是伟大的地震学家，一百五十年前他提出‘低烈度纵火’的思想——以低烈度的人工诱发地震来取代破坏性强震——使地震科学开始了一场革命。现在我国已控制了京津唐地区的地震灾害，下一步将把工作重点移向台湾南部。”

讲到这儿，他忽然收起一本正经的表情，笑嘻嘻地说：“我知道文先生的曾孙今天在场，是哪一位？请站出来。”

我没有吭声，早有准备的王老师把我推出队列：“这位就是，文小虎！”

陈指挥走下讲台，俯下身同我热烈拥抱。“小虎，你应该骄傲，有这么一位伟大的曾爷爷。还不光是你曾爷爷呢，文家是源远流长的科学世家，从曾曾祖一代的文少博夫妇算起，有曾祖一代的文郁、文容姐弟，祖父一代的文天奇夫妇，父代的文吉光、文吉霞兄妹。你曾姑奶文容也是大师级的科学家，她带领同行消灭了狂犬病毒、水痘病毒、乙脑病毒、破伤风杆菌、炭疽杆菌、黑热病原虫等三十六种病原体，让数千万人摆脱了病魔。小虎，真为你骄傲！”

同学们都羡慕地看着我，女孩儿们的眼神可以说是崇拜啦。不过我不打算买陈指挥的账，我不高兴地说：“我也希望你为我骄傲。不过不是今天，也不是因为我的爸爸爷爷曾爷爷祖爷爷；而是几十年后，当我也成为大科学家的时候。”

陈指挥一愣，旋即朗声大笑：“好，有志气，预祝你早日成功，我这个位置为你留着哪！”

我摇摇头：“我不干这一行，这门学科里的鞑子已杀得差不多啦，我想搞曾姑奶、奶奶和姑姑她们搞的病毒学。”

“你已经决定了？”姑姑问我，“接我的班，不接你爸的班？”

“嗯。”

姑姑看看爸爸，掩不住嘴边的笑意。爸爸平和地说：“我们当然尊重你的选择，不过，告诉我为什么。”

我摇摇头：“我不想说，姑姑要生气的。”

“什么话！你接我的班我还能生气？不生气，说吧。”

我有意再退后一步：“只是一个小学生的胡思乱想，你们会笑话的。”

“小孩子有时能提出最有价值的思想。”爸爸说，然后笑道，“行啦，别卖关子了，说吧。”

于是我侃侃而言：“今天参观后我有一点很深的感触。文郁曾爷爷的成功就在于他用低烈度纵火化解了岩层中的临界态——但为什么医学科学家们却在干背道而驰的事情？姑姑，你们一直用斩尽杀绝的办法建立无病毒的真空，弱化人的免疫力，这是危险的临界态甚至超临界态呀。姑姑，这个超临界态能永远保持稳定吗？”

姑姑非常震惊，沉思半天才喃喃地说：“我的小虎侄儿真够狂的，一句话否定了几代医学科学家的努力。”她又陷入沉思，眼神迷惘、心事重重地说，“我当然不会马上接受你的观点，不过我会认真思考它。”

那么，我的志愿就这么定下来吧，我要接姑姑的班，做一个医学科学家——但我将干完全相反的事。她们几代人辛辛苦苦建立起无病毒的真空，我要用低烈度纵火的办法破坏它。

我想，总有一天姑姑会承认我是对的。

七重外壳

老实说，我对这种虚拟世界已经心怀畏惧。在刚才那层虚拟中，我分明感到我已经脱下外壳，可实际上它仍然紧紧地箍着我。现在我又把它脱了，谁知这回是真是假？

1999年8月23日，甘又明和姐夫乘坐中航波音747客机到达旧金山。姐夫斯托恩·吴，中文名字吴中，买的是单程机票，给甘又明买的是往返机票。小甘打算在七天后返回北京，去上他的大学三年级课程。

在旧金山他们没出机场，直接坐上联合航空公司去休斯敦的麦道飞机，抵达这个航天城时已是万家灯火了。高速公路上的车灯组成流动跳荡、十分明亮的光网，城市的灯光照彻夜空，把这座新兴城市映成一个透明的巨大星团。飞机开始下降，耳朵里嗡嗡作响，那个巨大的亮星团开始分解出异彩纷呈的霓虹灯光。直到这时，甘又明才相信自己真的到了美国。

下了飞机，他们乘坐地下有轨电车来到一个停车场，吴中找到自己那辆银灰色的汽车，用遥控打开车门。十分钟后他们已来到高速公路上。吴中扳动一个开关后便松开方向盘，从随身皮包里取出一个小巧的办公机，开始同基地联络。

“我在为你办理进基地的手续。”他简短地说。

甘又明惊讶地看着这辆无人驾驶的汽车在高速公路上疾驶。路上，除了对面的汽车刷刷地掠过去之外，百里路面见不到一个行人和警察。在这道机械洪流中，甘又明真正体会到为什么“汽车人”在美国的动画片中大行其道。他们的汽车对前边汽车追尾太紧时，甘又明免不了心中忐忑，斯托恩·吴猜到他的心思，从办公机上抬起头，平淡地说：“放心，它有最先进的防撞功能。”

甘问：“它是由卫星导航？我见资料上介绍过，说这种自动驾驶方式是下个世纪的技术。”

姐夫微微一笑：“国内的资料比国外的现状常常有五到十年的滞后期，我带你去的B基地就是美国国内最超前的。你在那儿可以看到许多科幻性的技术，它可以说是21世纪科技社会的一个预展。比如这辆汽车，你知道它是什么动力吗？”

不是姐夫问，他还真没想这个问题。他看看汽车，外形和汽油车没什么区别，车速表上的指针已超过了二百四十公里，汽车行驶得异常平稳。他猜道：“从外形看当然不是太阳能汽车，是高能电池的电动汽车？氢氧电池的电动汽车？高容量储氢金属的氢动力汽车？在我的印象中，这些都是公元2000年以后的未来汽车。”

吴中摇摇头：“都不是。这辆汽车是惯性能驱动，它装备有十二个像普通汽车汽缸大小的飞轮，秒速三十万转。所以储能量很大，充电一次可以行驶一千公里。飞轮悬浮在一个超导体形成的巨大磁场里，基本没有摩擦损失，使惯性能在受控状态下逐步转化为电能。这是代替汽油车的多种方案之一，但不一定是最好的方案。”

甘又明半是哂笑地说：“也许，B基地里还有能给植物授粉的微型昆虫机器？有克隆人？有光孤立子通信？有激光驱动的宇宙飞船？”

斯托恩·吴扭头看他一眼，平静地说：“没错，除了‘克隆人’囿于伦理问题没有付诸实施外，其他的都已投入实用或小规模试用。”

之后他就不再说话，在他的办公机上专心致志地办公。甘又明不由得暗暗打量他的侧影。他的相貌平常，身体比较单薄，大脑门，有如女性般的纤纤十指在电脑键盘上翻飞自如，时而停下来在屏幕上迅速浏览一下从基地发来的数据。

如鱼得水。甘又明脑子里老是重复这四个字，这个文弱青年在科技社会里真是如鱼得水，无怪乎姐姐是那样爱他、崇拜他。这种人正是21世纪的弄潮儿，在女性心目中，他们已代替了那些筋腱突出的西部牛仔英雄。

七天前，三十四岁的斯托恩·吴突然飞回国内，第三天就同三十一岁的星子姑娘举行了婚礼。婚礼上，新娘满脸的幸福，新郎却像机器人一样冷静。刚从老家返校的甘又明借着三分酒气，讥讽地对姐夫说：“谢天谢地，我姐姐苦苦等了八年，你总算从电脑网络里走出来了。你知道吗？很长一段时间里我认为你已经非物质化了，或者只剩下一个脑袋泡在美国某个实验室的营养液中。”

斯托恩·吴平静宽厚地笑笑，同小舅哥碰碰杯，一饮而尽。甘又明对他一直非常不满，甚至可以说是抱有敌意。八年来——至少是从他考进清华大学计算机系的三年来，他极少在姐姐那儿听到吴先生的消息，最多不过是在电脑网络中发来几句问候。

甘又明曾刻薄地对姐姐说：“你的未婚夫究竟是吴先生，还是一个

ZHW@07.BX.US的网络地址？别傻了，那个人如果不是早已变心，就是变成了没有性程序的机器人。”

姐姐总是笑笑说：“他太忙，现在是美国B基地虚拟试验室的负责人。”不过弟弟的话并非没有一点影响。那天晚上，她发了一封电子邮件，委婉地说想要一张他的近影。第二天一张表情漠然的照片传回来了——仍是在电脑网络中！为此，甘又明一口咬定这张照片是虚拟的：“美国的警务科学家早把面孔合成软件发展得尽善尽美，你想叫这张照片变胖变瘦，是哭是笑，或者想从十岁的照片变化出三十四岁的模样，都只用半秒钟的时间！你想，他为什么不寄一张普通相片呢？这里面一定有鬼！”

即使婚礼过后，甘又明仍然敌意难消。客人走后，他悻悻地对姐姐说：“他为什么不接你去美国？这位上了世界名人录、名列美国二十位最杰出青年科学家的吴先生养不活你吗？姐姐，我担心他在那边有了十七八个情人，甚至已成了家。我知道你是个高智商的学者，但高智商的女人对待爱情常常低能。用不用我再提醒一次？那个国度既是高科技的伊甸园，又是一个世界末日般的罪恶渊薮。”

星子已听惯了弟弟的刻薄话，她笑着说：“你不是说他是没有性别的机器人吗？这种机器人是不需要情人的。”

“那他为什么不接你去美国？”

“他说这儿有他的根，有他童年的根，人生的根。他说，当他在光怪陆离的科技社会里迷失本性时，需要回来寻找信仰的支撑点，就像希腊神话英雄安泰需要地母的滋养。”

她在复述这些话时，脸上洋溢着圣洁的光辉。甘又明喊起来：

“姐姐呀，你真是天下最痴情又最愚蠢的女人！这都是言情小说中的道白，你怎么也当真！”他看看表，9点40分，是中央七台的科技影视长廊节目时间，这个时间他是雷打不动地看电视的。他打开电视，嘟囔道：“反正我把该说的都说了，到时你莫怪我。”

那晚的科技影视节目是“电脑鱼缸”——正是它促成了他的美国之行。“电脑鱼缸”是一种微型仿真系统，电脑中储存了几百种鱼类的基因，你只要任意挑选几种，按下确认钮，它们就开始在屏幕上从容遨游。每秒48帧画面，比电影快一倍，所以画面看上去甚至比真鱼还逼真。不仅如此，这些鱼还会生长，会弱肉强食，会求婚决斗，会因鱼食的多寡而变肥变瘦。雌雄配对的机会完全是随机的，一旦某对夫妻结合，它们的后代就兼具父母的基因，因而兼具父母特有的形态习性。它们会根据环境条件产生变异。一句话，这个鱼缸完完全全是一个鱼类社会的缩影——但只是虚拟状态。

新婚夫妇来到客厅时，甘又明正在击节低赞："太奇妙了，太奇妙了！"每次看到类似的节目，他常有"浮一大白"的快感。这会儿他完全忘却了对姐夫的敌意，兴致勃勃地对姐夫说，"很巧妙的构思。如果把节奏加快——这对于电脑是再容易不过了——是否可以在几分钟内预演鱼类几千万年的进化？还可以把主角换成人，来模拟人类社会的进化。比如说模拟第三次世界大战的进程？把所有的社会矛盾、各国军力、民族情绪、宗教冲突、各国领导人的心理素质等等输进一个超级虚拟系统，推演出二三十种战争进程，我想它对军事统帅的决策一定大有裨益。"

斯托恩·吴看了他一眼，他发现这个清华大三学生的思路比较活跃，不免对这位小舅子发生了兴趣。他坐到甘又明的面前，简洁地说："你说的不错，这正是虚拟技术诸多用途之一。不过这个电脑鱼缸太小儿科了，我们早已超过它，远远超过它。"

甘又明好奇地问："发展到什么程度？能否给我讲讲，如果不涉及贵国……"他有意把这两个字念重，"利益的话。"

吴中笑笑，接过妻子递过来的两杯咖啡，递给小舅子一杯。他略微思考后说："我想你已知道，在虚拟技术中，人可以'进入'虚拟世界。"

"对，通过目镜和棘刺手套，人可以进入电脑鱼缸和鱼儿嬉戏。"

吴中摇摇头："那都是二十年前的旧古董了。我们现在使用的是一种被称作'外壳'（SHELL）的中介物。通过它，人可以完全真实地融入虚拟世界。我们的技术甚至已发展到这种程度：某人进入虚拟系统之后，如果没有系统外的帮助就无法辨别出所处环境的真假。正像一个密闭飞船里的乘员，若没有系统外参照物就无法确认自己是否在运动。"

甘笑嘻嘻地说："那个'某人'是否服用了迷幻药？科克（Coke）？快克（Crack）？哈希什（Hashish）？"

斯托恩·吴看看他，心平气和地说："没有。"

甘又明大笑起来："那你就有点吹牛了！我想，一个神经健全、头脑清醒的人，肯定能从虚拟环境中找出破绽来！要不，是美国人普遍智力低下？也难怪，在美国，全民性的吸毒泛滥至少已延续了一百年，难免引起智力退化。"

吴中冷冷地说："说几句俏皮话是很容易的，不过献身科学的人一般已经摒弃了这种爱好。甘先生，你想试试向我的虚拟技术挑战？"

甘又明两眼发光，跃跃欲试地说："这可挠到我的痒处了！我天生喜欢这样的智力体操，从小至今，乐此不疲。不过，我恐怕暂时去不了美国吧？"

吴中笑笑，对妻子说："我给他安排一次为期七天的短期访问，不耽误他回校上课。"

甘又明很快领教了姐夫的地位和能量。三天后，吴中告别新婚妻子匆匆返回美国时，甘又明也怀揣着一张往返机票、一份特别签证和一千元美金坐在特等舱里，享受着空姐的微笑和茶几上的新鲜水果。

一条公路沿着海滩穿行，再往前是广阔的滩涂地。这儿人烟稀少，雪亮的灯光刺破夜色，展现出一个茂密安静的绿色世界，自然的蛮荒和嵌入其中的现代化建筑相映成趣。天光甫亮，他们赶到一个营地。营地占地不大，在做工粗糙的铁栅栏中散布着十几座平房。虽然途中已经联系过，但警卫室声称没有收到对甘又明放行的命令。斯托恩·吴面色不豫，拿起内线电话，节奏很快地说了一通。甘又明的英语水平基本可以听懂他们的谈话。

吴说："我与贵国政府签了合同，我自然会恪守它，包括其中的保密条款。实际上，只要这次我回国七天而未泄密，你就不必担心了。"从这几句话中，甘又明听出了他的傲气。

他又说："实际上这位中国青年是作为临时雇员来基地的。你知道我们一直在招募挑选那些最有天资的美国青年，让他们去寻找虚拟世界的漏洞，以求改进设计。成功者还要发给一万美元的奖金。这位甘先生也是一个很合适的人选，他思维灵活，天生是个怀疑派，而且在一个完全不同的文化背景中长大。我们的技术只有经过不同文化背景的人士的检验，才是万无一失的。当然，甘先生没有经过例行的安全甄别，但我的话是否可以作为担保呢？”

对方显然犹豫片刻，然后交谈了几句。吴中笑道：“谢谢，我记住你的这次人情了。”

他把话筒递给警卫，警卫听完后殷勤地说：“头头说，对两位先生免除一切检查。我送你们过去。”

现在，在他们面前是一个巨大的圆形管道。吴中按动一个电钮，管道上一座密封门缓缓打开。他们走进一个圆筒状的车厢，车厢内相当豪华，摆着四部真皮转角沙发。吴中同仅有的两名乘客打了招呼，安顿甘又明坐下，打开酒柜门，问：“喝点什么？威士忌、橙汁还是咖啡？”

“橙汁吧。”

吴中倒橙汁时，车厢非常平稳地起动了。甘又明只是在看到橙汁液面向后倾斜时，才察觉到车厢在加速。他从窗户向外望去，看到飞速后掠的绿树旷野。一群海鸟在窗外掠过，立即出现在后边的窗户中。但他敏锐地发现，所谓窗户只是一张液晶屏幕上的仿真画面。他笑着用手敲敲假窗户：

“也是虚拟的？”

吴中微笑着说：“你的观察力很敏锐。对，这种管道是全封闭的，是饱和蒸汽管道。车厢行进时，前方蒸汽迅速凝为水滴，车厢经过后又迅速气化，所以几乎没有空气阻力。车辆可以达到两马赫的高速，使用磁斥悬浮和驱动。相信在下一个世纪中叶，它将在很大程度上代替火车。”他笑道，“当然啦，因为是封闭环境，旅客容易感到压抑郁闷，所以我们搞了这些仿真窗户。”

磁悬浮车辆已达到最高速，正保持着这个速度无声地疾驶，窗外景物的后掠也越来越快。按方位和地图推算，这时头顶已经是浅海了。吴中严肃地说：

“还有十分钟时间。我想简单地介绍一下我们的虚拟技术，希望你不要过于轻敌。像你这样的青年志愿者我们已接待过上千人次，只有六个人挣到了自己的一万美元。此后我们堵住了所有的漏洞，再没人能挣到这笔奖金了。我很希望你能成为第七个成功者，但首先你要彻底清除你的轻敌思想。”

他略微沉吟，平缓地说：“你要知道，一个智慧生物若处于封闭系统中，很难对自身所处环境做出客观的判断。比如当宇宙飞船达到光速时，时间速率就会降为零，但光速飞船内的乘员感觉不到这个变化，他们仍然认为自己是在正常地吃饭、谈话、睡眠、衰老。再比如，我们说宇宙在膨胀，也能用光线的红移来测出膨胀速率。但这种膨胀只是天体距离的膨胀，天体本身并未膨胀。如果所有天体连同观察者本身也在同步地膨胀，我们能拿什么不变的尺度来确认宇宙的膨胀？绝无可能。”

甘又明笑道：“我信服你的理论，但进入虚拟环境中的人并未完全封闭，至少他们的思维是在虚拟系统之外形成的，自然带着它的惯性。我完全能以这种惯性作为参照物来判断环境的真实性，就像刚才用水面的倾斜来判断车辆是否加速。”

斯托恩·吴凝眸看着他，良久才笑道：“我没有看错你，你的思维确实非常明快，一下子抓到了关键。但请你相信，我们也不是笨蛋。我们已能把被试者的思维取出来，并即时性地反馈到虚拟环境中去。比如说，尽管我们的虚拟系统与全球信息网络相通，可以随时汲取几乎无限的信息，但它肯定不能囊括你的个人记忆：你母亲二十年前的容貌啦，你孩提时住的房舍啦，童年时的游戏啦，你对某位女同学的隐秘爱情啦，等等。但是，”他强调道，“凡是你在自己的记忆库中能提取到的东西，立即会天衣无缝地织进虚拟环境中，所以你仍然没有一个可供辨别的基准。”

甘又明微笑不语，对自己的智力仍然充满信心。吴中也不再赘言，简洁地说：“我的话说完了，你记着，我们将让你在虚拟世界中跳进跳出，反复进行。何时你确认自己已回到真实世界中，就向我发一个信号。如果你的判断是正确的，你就会怀揣一万美元回国。”他又加了一句，“不要轻敌，小伙子。啾，已经到站了，下车吧。”

他们在地下甬道里走了一段路，碰到的工作人员都尊敬地向吴中致意，这使甘又明又一次掂出了姐夫在这儿的分量。他们来到一座空旷的大厅，四周是天蓝色的墙壁和屋顶，浑然一体，大厅中央有两把测试椅。这幢大厅不算豪华，但建筑做工十分精致，每一处墙角，每一寸地板，都像象牙雕刻一样光滑严密，毫无瑕疵。吴中拿上一个遥控器，带甘又明来到大厅中间，说："先让你对虚拟世界有一个感性认识。让你看看哪种环境呢？”他略微思考后，说："你先看看我们的电脑鱼缸吧。”

他按动电键，大厅中瞬时间充满清澈的海水，波光潋滟，珊瑚礁壁立千尺，有的呈伞状，有的呈蘑菇状。一只一米长的蛤蜊垂直嵌在珊瑚里，半露的身体犹如彩色的丝绒。还有彩色的螯虾、五条手臂的星鱼、漂亮的石斑鱼。突然前边冒出一只巨大的八足章鱼，它的小眼睛阴森地盯着前边，行动诡秘地缓缓爬过来。甘又明本能地蜷起身子，但章鱼熟视无睹，缓缓从他的身体中穿过，消失在幽蓝的深海中。甘又明喘口气，笑问："激光全息仿真技术？确实可以乱真。”

吴中点点头，按一下快进，眼前又立刻变成深海海底景色。火山口冒着浓烟，就像地狱中的烟囱。两米长的蠕虫在海水里轻轻摇动着，管端血红色的羽状触手缓慢地开合。熔岩上铺着一层细菌，犹如白色的地毯。一只奇形怪状的细菌蟹贪婪地一路吃过去，有时还去啃食蠕虫的肉质触手。这是加拉帕戈斯群岛海底依靠硫化氢为生的太古生物群。甘又明看呆了，虽然他明知这是个虚拟世界，但似乎能感受到那深海海水的阴冷和重压。

忽然幻觉消失了，在一刹那间消失得干干净净。甘又明一时跳不出视觉的惯性，呆愣愣地立在那儿。斯托恩·吴淡淡地说："这只是虚拟技术的开场锣鼓。下面我要为你套上所谓的外壳，使你与虚拟环境融为一体。跟我走。”

他们走进大厅旁的一间屋子。甘又明第一眼就看到一个光脑袋的女性人体模型，几个工作人员正在它周围忙着。看见他们进来，那个人体模型竟然扭过头来——原来是一个真人！

甘又明傻望着这个脑门锃亮的裸体姑娘，解嘲地说："我已经进了虚拟世界？这种景象我只在青年的绮梦中见过。现在这个一丝不挂又毫不羞涩的漂亮姑娘到底是真是假？"

斯托恩·吴微笑着没有接腔，别人听不懂他的中国话独白。几个工作人员开始小心翼翼地为那个姑娘套上"外壳"，那是一件色泽纯白、很薄很柔的连体服。她把双腿蹬上后，工作人员小心地展平外壳，使上面的神经传感乳头与她的身体完全贴合。吴中低声解释，这些乳头将把虚拟信号传到相应的感觉神经，比如你"踩"上火炭时，脚底神经就送去烧灼的信号。外壳已套到肩部，只有头盔还未戴上，它比较笨重，与黑色的目镜相连。姑娘在套上头盔前微笑道："我叫琼，琼·比斯特，很高兴做你的向导。"

甘又明疑问地看看吴，吴中点点头："对，这是你在虚拟世界里的向导，心理学和逻辑学博士，会三国语言，包括汉语。需要了解什么信息尽管问她，但她是完全超脱的，绝不会帮助你做出判断。现在请你脱光衣服，剃光头发。"

一个自动理发机无声地移过来，几秒钟内把他变成脑门锃亮的和尚，同时把发茬吸走。工作人员为他穿上那件洁白的衣服。这件衣服又薄又柔，弹性极好，穿在身上几乎变成了自己的皮肤。两人来到大厅，坐在对面的两把椅子上。听见送话器中斯托恩·吴用英语说："虚拟系统即将启动，请你瞪大眼睛寻找它的漏洞吧。你想从哪儿开始？ 是海洋、太空，还是台风眼中？我们都可以为你办到。"

甘又明稍稍想一会儿，说："还是从海水中开始吧，既然这一切都是由那个电脑鱼缸所引发。而且，我没有告诉你，我是北京高校百米自由泳纪录保持者。"

斯托恩·吴在屏幕中笑笑："在虚拟世界里不会游泳并不是一个问题，电脑很容易为主人公加上令人信服的校正。不过，就按你的意见办吧。现在我要按下电钮了。"

甘又明在一刹那间被抛入水中。他看见自己和那位琼姑娘都穿着潜水衣，身后背着两个小小的黄色氧气瓶。他用力浮上水面，透过面罩远眺，海面十分广阔，只有后方隐约可见一线海岸。海浪轻轻地推揉着他，透过潜水服，能感到海水的浮力和温暖。他在水中做了几个滚翻，他的前庭器官感觉纤毛依旧精确地给出重力变化的方向。他知道这些都是假象，他身上穿的是白色的“SHELL”而不是黑色的潜水服，他是坐在空旷的大厅里而不是在水中。但由那件“外壳”传给他的视觉、听觉和触觉效果太逼真了，实在太逼真了，使他没办法不相信。

他取下头盔——他真的感觉到把头盔取下了，能呼吸到海面上略带咸味的空气，感到清凉的微风。琼从他旁边冒出来，甩着水珠，他喊道：“琼！这儿是什么地方？”他笑着有意强调，“或者说，这是模拟的什么地方？”

琼也取下头盔，抖抖长发。长发如瀑布般散落，发出耀眼的金黄色光芒，这和他记忆中的光脑袋姑娘形成强烈的反差。他随口问道：“这是你的真实形象么？”

琼奇怪地问：“你说什么？”

“你在剃光脑袋进入虚拟世界之前，就是这个模样么？”

琼笑笑，只回答了他的第一个问题：“我想这儿就在我们基地上方。这儿是阿查法拉亚湾附近海面，离墨西哥不远。近年来这儿贩毒活动很猖獗。”

不远处海面上有一艘快艇，上面没有人——按照虚拟系统的逻辑，这当然是他们带来的。他忽然看见南边海面上出现一个三角形的背鳍，划破水面迅速逼近，他惊慌地喊道：“鲨鱼！”

琼挺直身子看看，笑道：“不要慌，这是海豚。”

他们戴上面罩潜入水中，果然看到十几只海豚。它们的皮肤是鸽灰色的，十分光滑，嘴里有整齐的白牙，呼哧呼哧地喘息着，喷水孔一张一合。它们排着队向西北方向游去，很快掠过两人的身边。他们甚至能感到海豚所搅起的湍流。甘又明兴致勃勃地追过去，笑道：“琼，如果是在虚拟世界里被鲨鱼吃掉，会是什么后果？”

“你当然不会真的死去，但系统会‘死机’，只能重新进行冷启动。

另外，你会真的感到鲨鱼利齿切断身体的痛苦。所以劝你不要尝试。”

在那群海豚之后，甘又明忽然又发现两只。它们的体形相当大，在飞速游动中严格保持着相对方位。当海豚靠近时，甘又明发现它们身上套着挽具，身后拖着一个流线形的容器，他大声喊：“看哪，海豚邮递员！”

琼在水下通话器中听到了他的喊声，也看到了那对海豚，它们像是受过严格训练的军马，目不旁骛，以极快的速度掠过他们的身边。琼饶有趣味地说：“我看过一些资料，说军方在着力培训海豚蛙人，让它们咬断敌方的通信电缆，或者给深海作业的潜水员递送工具。海湾战争中就征调了海豚部队去排除鱼雷。噢，对了，听说贩毒集团也开始利用海豚和信鸽越境贩毒，这是最廉价又最难发现的方法。”

甘又明似笑非笑地看着她，他想琼这几句话一定是预定情节中的台词。他嬉笑道：“要不，咱们追过去？”

“好的。”

他们迅速爬上快艇，瞅准那片背鳍追过去。海豚的速度很快，甘又明看看速度表，已超过每小时十海里。它们有时也潜入水中，好在海豚必须浮上水面换气，所以他们一直保持着追踪。马上就到岸边了，前边有一个狭长的海岛，海岸警备队的快艇远远向他们驶来。那两只海豚忽然昂起头——甘本能地感觉到它们是在做一次深呼吸——便潜入水中，倏然不见。琼急急地说：“恐怕它们不会再浮出水面了，下水追踪吧。”

两人迅即下水，听见海岸警备队的快艇上在大声喊叫着，似乎是在命令他们待在船上听候检查，但两人没理会。海豚的速度很快，一会儿就失去踪影了。两人在岸边的红树林中和乱石中徒劳地寻找了十几分钟，终于失望了。琼懊丧地说：“找不到了，回航吧。”

就在这时，甘又明忽然发现前边有一个狭窄的洞口。那两只海豚正一前一后从洞口钻出来，径直向大海游回去。它们身上已没有挽具和那个流线形的物体。但甘又明分明觉得它们就是原来那两只。从它们从容不迫的神情看，似乎已经完成了邮递任务。甘又明拉着琼游近观察，洞穴非常幽深。他问琼：“进洞看看？”

琼犹豫着，甘又明又鼓动道：“不会有危险的。既然海豚能游进去又能游出来，何况咱们还带着氧气瓶。”他笑着补充，“何况只是虚拟世界。”

“好吧。”

两人把面罩戴上，费力地钻进洞穴。进口相当狭小，但里面越来越宽，也越来越暗，几乎成了漆黑一团。他们继续前行，大约两公里后，前边出现了暗蓝色的微光。再往前游一会儿，海水逐渐变成清澈的天蓝色，浮光摇曳，色彩斑斓的各种鱼儿在蓝光中遨游。琼惊喜地说：“太美啦，我在这儿当向导已经五年，一直没发现这个神奇的蓝洞。”

蓝光逐渐变淡，两人同时钻出水面，摘下面罩，好奇地打量着。这儿很像一个天井，水面离岸有几米高，头顶上方仍然是岩顶，岩洞四周卧着两三幢小房子。忽然有人高喊：“水下有人！”

立即响起凄厉的警报声，十几个人一下子冒出来，从岸边探下身，端着枪向他们瞄准。两人知道这儿不是说理的地方，迅速戴上头盔，一个鱼跃，疾速向水下潜去。后边如开锅一样，无数子弹搅着海水。琼在通话器中气喘吁吁地说：“一定是贩毒分子！否则不会不问情由就开枪的，我们快返回！”

他们尽力向来路游回去。眼看快到洞口了，忽然“刷”一声，一个秘密栅栏门从洞壁上伸出来，把洞口封得严严实实。甘又明用力摇撼，粗如人臂的铁栅栏纹丝不动。琼惊慌地喊：“后边！他们追来了！”

十几个蛙人已经悄无声息地逼过来，他们手中的长矛和水下步枪闪闪发亮，有如鲨鱼口中的利齿。他们透过面罩阴森森地盯着两人，慢慢把包围圈缩小。在这生死关头，甘又明忽然长笑一声，大声喊道：“暂停！吴先生，场上队员要求暂停！”

眼前的景象忽然一下子消失了，两人仍坐在椅子上。甘又明抬起胳膊想去掉头盔，两个工作人员急忙过来帮助他。头盔取下后，面前仍是那所空旷的大厅，两人仍穿着那件白色的外壳。他大笑着站起身：“太奇妙了，太逼真了！我虽然明知道它是假的，但却看不出一丝破绽。我能感受到海水的波动、子弹的尖啸和死亡的恐惧。那个蓝汪汪的洞穴实在美极了，还有那两个勤奋尽职的海豚邮递员！吴先生，真难为你编出这么生动的情节。”

琼也取下头盔，笑问：“你在哪儿看出了破绽？”

甘又明微笑道：“你不要拿我的智力开玩笑。这是个非常逼真的故事，可惜没有开头——我们是突然跌入海水中的。稍有逻辑判断力的大脑，自然能做出正确的结论。”

从控制室出来的斯托恩·吴一直没有说话，笑着看他。这时才问一句：“什么蓝洞？”

甘又明惊奇地说：“你是开玩笑吧，你们构思的情节，你能不知道？”

斯托恩·吴微微一笑：“你太小觑我的系统了。告诉你，系统的信息来源是完全真实的，也几乎是无限的。但究竟把哪点信息用于这一次的虚拟环境——比如你在海水里看到的是海豚还是噬人鲨——却是完全随机的。电脑根据这些信息随机地进行构思，所以系统内的情节绝不会重复。”他开玩笑地说，“我说过，我一直不忍心把这套技术公开，我怕它砸了所有小说家、剧作家的饭碗。”

“那么，我们在虚拟世界里游逛时，你并不知道我们的经历？”

“当然可以知道，不过我们一般懒得监视，你只是千百个普通试验者中的一个。”

这话使甘又明的自尊心颇受打击。他简要讲了当时的情形，吴中似乎对海豚和蓝洞的情节很感兴趣，追问了几个问题。然后他说：“今天到这儿结束。让琼陪你去逛逛美国吧，你已经只剩下六天了。”

甘又明点点头，从身上慢慢剥下那件白色的外壳，穿上他自己的衣服。从外壳的禁锢中解脱出来，他顿时觉得十分轻松。

尽管在电影、电视中对美国的夜生活已是耳熟能详，但只有亲身置于夜总会的环境中，才能真正感受到那种世纪末的气氛。大厅里光线幽暗，烟雾腾腾，紫色、蓝色、血红色的光柱一波波扫过人群。高高的屋顶上垂下一个秋千，一个近乎裸体的艳色女郎咯咯笑着，一下下擦着头顶荡过人群。大厅正中是一个高台，一对身穿白色紧身衣的男女疯狂地扭动着，做出种种猥亵的动作。他们的紧身衣颇似B基地里的外壳，甘又明不由得想起裸体的琼套着外壳时的情形。他扭头端详琼，她今晚的打扮也很性感，裸露的肩头和脊背十分润泽，穿着短裙，大腿修长白皙。两人找到位置坐下，甘又明问："喝点什么？"

"来杯威士忌。"

甘又明为自己要了三瓶矿泉水，一杯杯地往肚里灌。他解嘲地说："早就渴坏了。"

琼呷了几口威士忌，问："跳舞吗？我在等你邀请呢。"

甘又明说："我去一趟洗手间。"他在挨肩擦背的人群中费力地挤过去。洗手间是男女合用的，便池各自独立，两名女子正对镜整妆。他拉开一间便池的门，忽然吃惊地后退一步，一个四十岁左右的黑人男子侧卧在便池上，眼睛像死鱼一样翻着，胳膊上的静脉血管插着一支注射器。

不用说，这是过量吸毒引起的猝死。那两名女子出门时也看到了尸体，但她们只漠然地扫了一眼，若无其事地走了。甘又明厌恶地看着这名吸毒者。他一直生活在正统保守的中国，对席卷全球的吸毒狂潮只有三个字的感受：不理解。他不理解竟然有数千万人屈服于这种魔鬼的诱惑，莫非末日审判的钟声已经敲响了么？

他回到柜台前，向侍应生问清了报警电话，把电话要通。警察局的值班人员说："谢谢，我们将在十分钟内赶到。请问你的名字？我们在哪儿可以找到你？"

"我叫甘又明，十分钟内不会离开这家夜总会，你到第七号餐桌前找我。"

回到桌旁，他看见座位已空，琼正同一个陌生男子跳舞，狂热地扭动着臀部和肩部。她的眼光仍留意着这边，见甘又明返回，向他做一个抱歉的手势。甘又明向她摆摆手，坐到原位。

两个中年人忽然出现在他的面前，他们身着便衣，一个身材矮胖，手上长满金色的软毛；另一个是瘦长个子，耳朵很大。矮个子彬彬有礼地问："你是中国来的甘又明先生？"

甘又明狐疑地看着两人，嘲讽地说："二位来得太快了吧，这不像是真实世界的速度。"他有意把这两个字咬得特别重，"我报案才一分钟。再说，我在电话中并没说我是从中国来的呀。"

这下轮到那两人纳闷了："你说什么报案？"

"你们不是警察？"

"我们是联邦警察，"两人出示了证件，"我们是联邦调查局派驻B基地的警官汤姆和戈华德。但你说什么报案？"

甘又明讲了刚才的见闻。听了他的解释，大耳朵的戈华德警官匆匆去洗手间处理那桩凶杀案。汤姆笑道："一场误会，我们是为另一件事来的，要占用你一点时间。你不会介意吧。"

"我不会介意，但我首先要确认自己是不是在梦中。"他笑着问，"请二位向我解释一下，你们是如何在一个远离B基地的繁华小镇一下子就找到我，一个刚来美国的外国人？"

"很容易。我们知道琼经常来这儿玩，又在停车场发现她的汽车。"

甘又明"噢"一声，觉得自己是多疑了。他说："那么请讲吧，有什么事情我可以效劳？"

汤姆开门见山地说："听说你和琼无意中发现一条贩毒通道？"

甘又明哑然失笑："先生，你是B基地常驻警官，难道对他们的虚拟技术一点也不了解？对，我们是发现了一条通道，还差点丧了命。但那只是一个虚拟的故事。"

汤姆微笑着说："恐怕正是你本人还不了解虚拟技术。你是否知道，虚拟环境中所涉及的信息都是真实的？是从间谍卫星、水下拾音器、水下摄像机输到电脑中的。海岸警备队在南部海岸线确实设了许多秘密摄像机，以便监督无孔不入的贩毒分子。所拍摄的数千英里的胶片都经过电脑的处理，把有用的资料甄别出来，送到联邦缉毒署长的办公桌上。但是，电脑不是万无一失的，它也有可能漏掉很重要的一段，又偶然被组织进那次的虚拟环境中去。我们尚未在浩如烟海的背景资料中查到这一部分，为了稳妥，请你帮我们复查一下。这也是吴先生的意见。"

"现在就去？"

“越快越好。”

“好吧，”他把最后半瓶矿泉水灌进肚里，“需要琼一块儿去吗？”

“当然。”

他把琼从舞池中唤回来，戈华德正好也返回了。他说：“本巡区的警官已经去了洗手间，我们走吧。”

琼迷惑地问：“到哪儿？”

“上车再说吧，走。”

警用快艇上已经备好四套轻便潜水服和水下照明灯。甘又明很有把握地说：“我想我会很快找到的，当时我仔细记下了岸上的特征和水下岩石的特征。”

果然，不到一个小时，他已在黝黑的水底找到那个洞口，洞口看不见栅栏。甘低声说：“就是这儿，不会错的。余下的工作由你们去做吧，我可不想再被关进这个捕鼠笼子里被人捅死。”

戈华德游近洞口察看，怀疑地低声说：“是这儿吗？洞口处没有安装栅栏的痕迹呀。甘先生、琼小姐，请你们再辨认一下。”

甘又明不相信自己会弄错，他和琼游过去，一眼就看到栅栏缩回的两排小圆洞。他猛然惊醒，但不等他做出反应，两名警官忽然用力把他们向洞里推去，同时按下一个按钮。铁门“刷”一声合拢了，把两人关在里面。琼惊呼道：“上当了！他们一定和毒贩有勾结！”

两名警官在外面狞笑着：“聪明的姑娘，可惜你醒悟得晚了点儿。回头看看吧。”

后边“刷”地射来一道强光，两人本能地捂住双眼。等眼睛稍微适应光亮，看到五六个蛙人正迅速逼近，手中的水手刀和水下步枪像鲨鱼的利齿。琼失声惊叫着，甘又明迅速把她拖到身后。

但他知道这是徒劳的。蛙人正慢慢逼近，身后是坚固的栅栏，即使栅栏外面也是虎视眈眈的敌人。甘又明用身体把琼压在栅栏上，忽然厉声喝道：“汤姆警官，临死前我有一个要求！”

汤姆游近栅栏，戏弄地说：“请讲吧，我乐意做一个仁慈的行刑者。”

甘又明忽然笑起来，油头滑脑地说：“我想撒泡尿。”

汤姆愣一下，恶狠狠地说：“我佩服你死到临头还有心情幽默，动手吧！”

几把长矛正要捅过来，甘又明急忙高喊：“暂停！吴哥，我要求暂停！”

两人突然跌回现实中，仍坐在那两张椅子上，甘又明的双手还保持着篮球比赛的暂停动作。琼取下头盔，看着他的滑稽样子，扑哧一声笑了。吴中从控制室走出来，微笑着问：“你真是个机灵鬼，从哪儿看出破绽？”

甘又明也取下头盔，笑嘻嘻地说：“我是否可以不回答？我不想削弱自己取胜的机会。”

但一分钟后他就忍不住了，笑道：“很简单，我在夜总会有意猛灌几杯水，可是一个小时后还不觉得膀胱憋胀。这可不符合我的习惯——我从小就是个有名的尿漏子。所以我理所当然地得出结论：那几杯水并没有真正灌进我的肚里，也就是说，我仍是在虚拟世界里。”

斯托恩·吴忍不住大笑起来，琼和几名工作者也笑个不停。吴中忍住笑说：“你很聪明，用一泡尿戏弄了超级电脑。不过我要给你一个忠告，实际上电脑里有尽善尽美的程序，可以根据你的进食或饮水等情况，及时发出饱胀感或憋尿感信号。这只是一次丢脸的疏忽，我再也不会让它出这样的纰漏了。现在你可以脱下外壳，让琼真的领你去看看美国社会。”

甘又明忽然想到一件事：“顺便问一句，在这次的虚拟场景中，汤姆警官说的是真实情况吗？那个蓝洞真的有可能存在吗？”

“他说的不错。我的确在十分钟前向汤姆警官通报过这件事。”他笑着说，“而且，这两位警官也确实是你在虚拟环境中见过的尊容。既然身边有现成的模特儿，我何必舍近求远或凭空臆造呢。”

工作人员小心地脱下“外壳”。这种由银丝和碳纳米管混织而成的白色连体服是世界上最昂贵的衣服，甚至超过每件价值三千万美元的太空服。甘又明斜睨着裸体的琼，咕哝道："我一定还没跳出虚拟世界。在真实世界里，我绝不敢这样坦然地看一个姑娘的裸体。"

琼慢慢地穿着衣服，一直在斜睨着他，她的脑袋泛着青光。甘受不了她目光的烧灼，尴尬地说："你为什么一直盯着我？想和我比一比谁的脑袋更亮吗？"

琼含笑不语，突然说："谢谢，甘，谢谢你。"

"为什么？"

"谢谢你在危急关头总是把我掩到身后。纵然只是在虚拟世界里，也能看出你的骑士风度。"末了她又加了一句，"我希望能有机会让我给予回报。"

甘又明笑嘻嘻地说："你上当了，那时我已经判断出是在虚拟环境中，乐得充一阵空壳子好汉。"

琼摇摇头说："你何必装得比实际上坏呢？"

甘又明有点尴尬，忽然笑道："你愿意回报吗？现在就可以。"

琼误解了他的意思，吃惊地说："现在？在这儿？"

甘又明把赤裸的左臂伸过去："喂，咬上一口，狠狠咬上一口。这就是你的回报。"

琼迷惑地笑道："你怎么啦？"

"老实说，我对这种虚拟世界已经心怀畏惧。在刚才那层虚拟中，我分明感到我已经脱下外壳，可是实际上它仍然紧紧地箍着我。现在我又把它脱了，谁知这回是真是假？你咬我一口，看我知道疼不。用力咬！"

琼笑着，真的用力咬一口。甘又明疼得大叫一声，低头看看，胳膊上四个深深的牙印，略有沁血。他笑道："好，好，这下子我真的脱下那层外壳了。你说对吗，琼？"

琼含笑不言。甘又明苦笑道："我知道你只能做一个超然的向导，不会帮我做出判断。我也知道自己是自我安慰。即使这会儿外壳仍套在身上，也同样能造出这样逼真的痛觉和视觉效果。"他把琼的手臂拉过来，用手摩挲着。姑娘的皮肤光滑柔软，滑腻如酥，有一种麻麻的电击感。他苦笑道；“真希望我现在触摸到的是真正的你，而不是那种比真实还要真实的虚拟效果。”

琼被他话中蕴含的情意所感动，轻轻握住他的手。突然甘又明的目光变冷了，他紧盯着琼的臂弯，那儿白皙的皮肤上有两个黑色的针孔。那分明是静脉注射毒品的痕迹。他没再说话，默然穿上衣服走出大厅。

琼自然感觉到了他突然的冷淡，走出大厅后她说：“愿意逛逛夜总会吗？”

甘又明客气地说：“不，谢谢。我今天累了，想早点休息。”

琼犹豫好久，抬起头说：“请到我的公寓里坐一会儿，好吗？我住在基地外的一所公寓里，离这儿不远。”

甘又明犹豫着，不忍心断然拒绝琼的邀请，他知道琼是想对他做一番解释。他迟疑地说：“好吧。”

琼驾着汽车在隧道中开了半小时，她说隧道下面就是他们来基地时走的蒸汽管道。出了隧道又开了大约十五分钟，前边才出现辉煌的灯火。琼放慢车速，缓缓开进这个小镇。她告诉甘又明：“这儿是红灯区，基地的男人们周末常常到这里寻欢作乐。”

街道很窄，勉强可以容两辆车交错行驶。琼耐心地在人群中穿行。左边一个白人男子在大声吆喝着，对过往车辆做着手势。他头上的霓虹女郎慢慢地脱着最后一件衣服。琼告诉他，这里面是表演脱衣舞的地方，老板和演员都是法国人。甘又明瞥见几个年轻人聚在街角叽叽咕咕，有黑人也有白人，他们的头发大都染成火红色，梳成爆炸式的发型。琼告诉他，这是吸毒者和毒品小贩在做生意，对这些零星的贩毒，警方是不管的。忽然一个人头出现在他们的车窗上，这是一个眉清目秀的白人青年男子，戴着耳环，嘴唇涂着淡色唇膏，对着车内一个劲儿搔首弄姿。甘又明知道这是一个同性恋者，厌恶地扭过头。

汽车终于穿过红灯区，似乎又掉头开了一会儿，停在一个整洁的公寓外。几个小孩儿在绿草坪上骑自行车，暮色苍茫中听见他们在兴奋地尖叫。琼掏出磁卡打开院门，停好汽车，又用磁卡打开公寓门。

公寓很大，也很静，只有洗衣房里有一个女佣在洗衣。琼把甘又明安顿到客厅，告诉他，公寓里的客厅、洗衣房、健身房是公用的。这里住客很少，几个护士又常上夜班，所以今晚只剩下她一个人。

她端来两杯咖啡，坐在他对面的沙发上，笑问："今天我有意绕一段路，领你去看看红灯区。有什么观感吗？"

甘又明沉吟一会儿说："浮光掠影地看一眼，说不上什么观感。我对美国的感情是很矛盾的，一方面，我非常敬慕美国的科技，羡慕美国人在思想上永葆青春的活力。我常常觉得美国的精英社会已经提前跨入21世纪。另一方面，我又非常厌恶美国社会中道德的沦丧、人性的沦丧：吸毒、纵欲、群交、同性恋、妇女拒绝繁衍后代……简直是世界末日的景象。我最担心的是，这种堕落是否是高科技的必然后果？因为科学无情地粉碎了人类对自然的敬畏，对生命的敬畏。如果美国的今天就是其他国家的明天，那就太令人灰心了！"

琼沉默很久，冷淡地说："不必那么偏激吧。我知道中国南北朝时，士大夫就嗜好一种毒品——金石散，明清的士大夫盛行养娈童。中国人比西方人摩登得更早呢。"

甘又明冷笑着，尖刻地说："我很为那些不争气的祖先脸红！差堪告慰的是，我们已把它们抛弃了。美国呢，据统计，全国服用过一次以上毒品的有六千六百万人！对了，你刚才还忘了提中国清末的嗜食鸦片呢，那是满口仁义道德的西方人一手造成的。现在他们的子孙吸毒成癖，是不是冥冥之中的报应？"

琼久久不说话，一种敌意在屋内弥漫。很久之后，琼走过来坐在甘又明旁边，握住他的手说："请原谅，我并不想冒犯你。坦率地讲，从一见面我就很喜欢你，你的清新质朴是我不多见的。我不瞒你，我确实偶尔服用毒品，这在美国是很普遍的事。在西班牙等国家，吸毒甚至已经合法化。不过，我知道你是在禁欲主义的国度长大的，对此一定很反感。如果……我答应你从此戒掉毒品……"

甘又明听出她话中的情意，很感动，但他最终用玩笑来应付："那首先要确定我自己是否仍在虚拟环境中。谁知道呢，也许你是假的，我也是假的，你身上的针孔连同这会儿说的话都是假的。怎么样？能不能在这上面偷偷帮我一点忙？”

琼笑了：“我不能违反自己的职业道德。”

甘又明笑着站起身：“时间很晚了，恐怕我该告辞了。”琼没有起身，微笑道：“你可以不走的。”她补充道，“你可以睡沙发，或者为你另开一间房。”

“不，我还是走吧，我怕抵挡不住某种诱惑。”

两人都笑了。甘又明说：“你不必送我，我可以叫一辆出租。”

“不，还是我送你吧。”

两人刚打开房门，正好两个警察用力挤进来，把两人挤靠在墙上，他们出示了证件：“警察！请退回你的房间！”警察把两人逼回客厅，甘又明立即认出这正是在虚拟世界里见过的汤姆和戈华德。汤姆冷冷地说：“琼小姐，据线人说你屋里藏了大量的毒品，我们奉命搜查。”

琼和甘又明吃惊得面面相觑，琼说：“不，我从来没有藏过大宗毒品！”

汤姆用力扳过她的胳臂，厌恶地说：“那么，这些针孔是怎么回事？”他不再理会琼，径自进卧室去搜查。十分钟后，他提着两袋白色药品走出来，怒冲冲地说：“是高纯度的快克，足有两公斤！”

琼非常震惊，瞪大眼睛盯着他手中的药品，忽然愤怒地嚷道：“这是栽赃！这两袋毒品一定是你刚放进去的！”汤姆走过来，狠狠抽了她一耳光。鲜血从她嘴角沁出来，她转身对甘又明说：“请你相信我，他们一定是栽赃，一定是为了那个蓝洞报复我！”

戈华德奇怪地问：“什么蓝洞？”

甘又明蓦然惊觉，他急忙问戈华德：“你不知道蓝洞吗？就是贩毒集团的秘密通道。是我们无意中发现的，斯托恩·吴先生说他已通知了汤姆警官。”

戈华德警觉地回头看看汤姆，但晚了一步。后者已从腋下拔出一支旋着消音器的手枪，一声轻微的枪响，戈华德警官的额头上钻了一个洞，鲜血猛烈喷射，他沉重地倒在地上。琼惊叫一声，第二颗子弹已击中她的胸膛，立时她的T恤衫一片鲜红。甘又明猛扑过去，把她掩在身下，抬起头绝望地面对枪口。

汤姆狞笑着说："谁知道蓝洞的秘密，谁就得死！你那位斯托恩·吴也活不过今天晚上。"他把枪口抵在甘又明的嘴里，枪身伴着冰冷的死亡感。甘恐惧地盯着他慢慢按下扳机，忽然口齿不清地喊："暂停！斯托恩·吴先生，暂停！"

工作人员为两人取下头盔，两人都面色苍白，惊魂未定。琼下意识地用手按着胸部，甘又明也提心吊胆地紧盯着那儿。不过，当白色的外壳慢慢脱下后，那儿仍然白皙光滑，并没有一丝伤痕。

斯托恩·吴已经站在他们身后，笑问："小甘，你这个鬼灵精，这次又在哪儿看出了破绽？"

甘又明喘息一会儿，才苦笑道："不，我只是侥幸。我并没有完全确定自己是在虚拟环境中。我只是想，如果戈华德先生是一个循规蹈矩的警官，他就不会到不是自己值勤区域的地方去办案；汤姆如果想杀我们灭口，又何必拉着并非同伙的戈华德同去。不过，这段推理并不严密，很容易找到其他解释。"

琼的灵魂仍未归窍，甘又明勉强打起精神问："琼，你是虚拟世界的向导，怎么也会相信它呢？"

琼苦笑道："有时我也难辨真假。"

甘又明分明觉得，他所经历的虚拟环境中的阴暗气息正逐渐渗入他的心田。他压着怒气冷嘲道："吴先生，虚拟世界是从好莱坞请的导演吗？我看这里怎么尽是好莱坞的暴力、血腥、毒品和性感女郎。"

斯托恩·吴摇摇头："不，我们不必请什么导演，我说过，虚拟技术很快能抢掉他们的饭碗。该系统的超级电脑有很强的学习能力，我们只需把近二十年来美国每年的十大畅销片输进去，它就能学会他们的导演手法，并远远超过他们。"

甘又明刻薄地说："怪不得这些情节十分眼熟呢。"那层无影无形的SHELL似乎一直在裹着他，箍得他无法喘息，他疲倦阴郁地说，"我要休息了，想睡个好觉再干下去。我的住处在哪儿？”

“就在对面的白领人员公寓里，103号。”

“你也在那儿吗？”

“对，118号，我们离得不远。琼，今天的工作就到这儿结束吧，谢谢。”

琼简单地同甘又明告别，披上外衣走出大厅。她还要赶回自己的公寓。

晚上，甘又明在床上辗转难眠。倒不是因为下午“身历”的血腥场面，而是因为他不敢确认自己身上那件“外壳”是否真的已经去掉。他对姐夫的虚拟技术已有了深深的畏惧，就像害怕一个摆脱不掉的幽灵。

比如说，这会儿斯托恩·吴没有邀请他去屋里作客，就不符合真实世界的常理，毕竟小舅子是万里之外来的客人呀。

不过，也许这是西方世界的习俗？也许是吴先生的屋里还藏着一个情人？也许……还有别的秘密？

他一跃而起，他要去姐夫的屋里看一看才放心。尽管知道自己的决定有点神经质，他还是来到118号房间。按响门铃后很久，姐夫才打开房门：“是你？还没有睡吗？”

姐夫穿着睡衣，脸上是冷淡的客气，分明不欢迎他进屋。他佯装糊涂，径自闯进去。没有等他的侦察工作开始，卧室中就传来嗲声嗲气的声音：“亲爱的吴，快进来吧。”

一个浓妆艳抹的裸体男人扭着腰肢从浴室里走出来，两只硕大的耳环在耳垂下游荡。正是在红灯区拉客的那只兔子！甘又明痛心疾首地扭头瞪着姐夫。他十分痛心姐夫的堕落，但最使他痛心的甚至不是这件事情本身，而是姐夫那种冷静的厌烦的神情，他肯定是讨厌这位多事的小舅子。

甘又明狂怒地喊道：“我知道这不是真的！暂停！”

工作人员为他取下头盔，吴中微笑着走过来，没等他开口说话，甘又明已经愤懑地喊：“我退出这个游戏！我要回家去！”

吴中和刚取下头盔的琼都吃惊地看着他，想要劝阻，但甘又明厉声喝道："不要说了，我要回国！"

看来吴中很不乐意，他冷淡地说："这是你的最后决定吗？那好，我让秘书订明天的机票。"

第二天琼陪着他坐上了中国民航的波音747班机。甘又明曾冷淡地执意不让琼陪同，琼小心地解释："甘先生，这是我做向导的职责，只有在你确定自己回到真实世界的时刻，我才能离开你。"

十八个小时的航行中，甘又明一直紧闭双眼，不吃也不喝。直到出租车把他送到北京芳古园公寓，他才睁开眼。他急急地敲响姐姐的房门。姐姐惊喜地喊："小明，你这么快就回来了？这一位是……"

甘又明不回答，在屋里神经质地走来走去，目光疑虑地仔细打量着屋内的摆设。琼只好向女主人做了自我介绍，两人用英语和汉语亲切地交谈着。甘又明在博古架前停住，突兀地问："姐姐，我送的花瓶呢？"

姐姐迷惑地问："什么花瓶？"

"你们结婚那天我送的花瓶！"

"没有啊，那天你是从老家下火车直接到我这儿，只带了一些家乡的土特产。"

甘又明烦躁地说："我送了，我肯定送了！"在他脑海中，对几天前的回忆似乎隔着一层薄雾。他清楚地记得自己送过一只精致的花瓶，那是件晶莹剔透的玻璃工艺品，但他又怕这只是虚拟的记忆，是逼真的虚假。这种无能为力的感觉使他狂躁郁怒。他忽然冷笑道："姐姐，非常遗憾，那位斯托恩·吴先生不是什么好东西……不不，我和他没什么实际接触，这几天实际上我一直是在虚拟世界里和他打交道。但仅凭虚拟环境中的阴暗情节，我也可以断定创作者的人品。"

姐姐沉默很久才委婉地说："小明，你怎么能这样说你姐夫呢？你和他在一块儿相处满共不过五天。五天能了解一个人吗？再说，虚拟世界是超级电脑根据美国高科技社会的现状为蓝本构筑的，他即使是首席科学家也无能为力。"

甘又明立即胜利地喊道："这不是你的话，是吴中的话！我仍是在虚拟世界里，暂停！"

工作人员为两人取下头盔，甘又明一直紧闭双眼，不断地重复着："我要回国，回我的家乡。"

吴中和琼看着心理崩溃的小甘，担心地交换着目光，说："好吧，我们马上送你回国。"

破旧的大客车在碎石路上颠簸着。车里大多是皮肤粗糙的农民，他们一直好奇地盯着那位漂亮的白人金发姑娘。她身旁是一个脑袋锃亮的中国小伙子，一直闭着双眼，似乎是一个病人。姑娘小心地照护着他。

直到下了车，视野中出现一个山脚下的小村庄时，甘又明才睁开眼，他指点着："看，前边那株弯腰枣树下就是我家。"

他们进了村，小孩们好奇地围观着。琼饶有兴趣地打量着这个农家院落，大门上贴的春联已经褪色，茂盛的枣树遮蔽着半个院子。墙角堆着农具，墙上挂着苞米穗子，院里还有一口手压井。甘又明比她更仔细地端详着院子，目光中是病态的疑虑和狂热。

他妈妈从后院喂完猪回来，看见他们，惊喜地喊："明娃，你咋回来啦？哟，你咋成了个光瓢和尚？"她欢天喜地把两人让进屋，不错眼珠地盯着那个洋妞。停一会儿，她冲了两碗鸡蛋茶端出来，瞅空偷偷问儿子，"明娃，这个美国妞是谁？"

在这之前，甘又明一直表情复杂地看着妈妈，既有亲切，更有疑虑。听见这句问话，他立即睁大眼睛，劈头盖脸地问："你怎么知道她是美国人？谁告诉你的？"

妈妈让这一连串的质问弄懵了，怯生生地问："我说错话了吗？打眼一瞅，任谁也知道她不是中国妞哇。"

甘又明不禁哑然失笑，知道自己多疑了。他忘了妈妈的习惯：凡不是中国人的，她都叫他们美国人。他和解地笑道："没错，妈，你没说错。这位姑娘的确是美国人，她叫琼。你问我们回来干什么？琼想听你讲讲我小时候的事儿，一定讲那些我自己也忘记了的事儿，好吗？"

妈妈笑嘻嘻地看着儿子，他们巴巴地从北京赶回来就是为了这事儿？

不用说，这个美国妞是儿子的对象，是他的心尖儿宝贝，哼一声也是圣旨。她笑着说：“好，我就讲讲你小时候的英雄事儿，只要你不怕丢面子。姑娘能听懂中国话吗？”

“她能听懂中国话，听不懂的地方我给她翻译。”

“你八岁那年，在洄水潭差点丢了命……”

“这事我知道，讲别的，讲我不知道的！”

妈妈想了半天，嘴角透出笑意：“行，就讲一个你不知道的，我从来没告诉过你。初中一年级时，有一天你在梦中喊李苏李苏！我知道李苏是你的同班同学，模样儿很标致，对不？”

甘又明如遭雷殛，他一下子想起来了。李苏是个性情爽朗的姑娘，常笑出一口白牙。那时他对李苏的友情中一定掺杂着特别的成分，但他把这种感情紧紧关闭在十二岁小男子汉的心灵中，从未向任何人泄露过。他一直不知道自己在梦中喊过李苏的名字，也不知道大大咧咧的妈妈竟然能把这件事记上十几年。

李苏没有上大学，她在初二就患血癌去世了。同学们到医院去和她告别时，她的神志还清醒，那双深陷的大眼睛里透着深深的绝望。甘又明一直躲在同学们后边，隐藏着自己又红又肿的眼睛，也从此埋葬了那些称不上初恋的情感。

妈妈看见儿子表情痛楚，两滴泪珠慢慢溢出来。她想一定是自己的话勾起了儿子的伤心，忙赔笑道：“明娃，你咋啦？都怪妈，不该提那个可怜的姑娘。”

甘又明伏到妈妈怀里，哽声道：“妈，现在我才相信你真的是我妈。”

妈妈又是好气又是好笑又是担心：“你发魔怔了？我不是你妈谁是你妈！”

甘又明没有辩解，他回头对琼说：“琼，现在我可以确认了，我已经跳出虚拟环境。”

琼笑着掏出一张支票：“祝贺你，你终于用思维的惯性证实了这一点。吴先生说，如果你能确认，让我把一万元奖金交给你。”

从这一刻起，两人都如释重负。妈妈开始做午饭，她在厨房里大声问："明娃，你能在家住几天？"

甘又明问琼："我娘问咱们能住几天，看你的意见吧。你是否愿意多住几天，领略一下异国情调。"

"当然乐意。我还在认真考虑，是否把根扎在这儿呢。"

甘又明当然听出她的话意。自打摆脱"外壳"的禁锢，他觉得心情异常轻松，几天来对琼的好感也复活了。他笑着把琼拥入怀中。妈妈端着菜盘进屋，瞅见那个美国丫头偎在儿子怀里，翘着嘴唇等着那一吻，她偷偷笑笑，赶紧退回去。

甘又明把手指插在琼金黄色的长发里，扳过她的脑袋，在她嘴唇上用力印上一吻。琼低声说："你把我的头发揪疼了。"

在这一刹那，她觉得甘的身体忽然僵硬了。他不易觉察然而又是坚决地把怀中的姑娘慢慢推出去，他的身体明显地又套上一层冰冷的外壳。琼奇怪地问："你怎么了？"

甘又明勉强地说："没什么。"停一会儿，他把目光转向别处，低声用英语问："琼，请告诉我，你吸毒吗？"

琼看看他的侧影，平静地说："我不想瞒你，几年前我曾服用过大麻，现在已经戒了。这在美国青年中是很普遍的。不过我从来没有静脉注射过快克。喏，你看我的肘弯。"

她白皙的肘弯处的确没有什么针孔。甘又明仅冷漠地扫了一眼，又问："斯托恩·吴……真的是一个同性恋者？当然，我所见到的只是虚拟世界里的情节。请你如实告诉我。"

琼摇摇头："我不知道。我不是瞒你，我真的不知道。在B基地，除了工作上的交往，我和他没什么接触。同性恋在美国是普遍的社会现象，有公开的同性恋组织和定期的公开集会，某些州法律已经承认同性恋为合法。但华人中尤其是高层次的华人中，有此癖好的极少。吴先生大概不会吧？"

甘又明阴郁地沉默了很久，突兀地问："你的头发不是假发？在进入虚拟世界之前，在套上那件'SHELL'之前，我看见你剃光了头发。"

琼迟疑着回答："这是一个复杂的技术问题……"甘又明烦躁地摆摆手，不想听她说下去，不想听一个"逼真"的解释。他清楚地记得，光脑壳的琼是他在进入虚拟环境之前看到的，也就是说，这件事情是真实的。那么，他就不该在这会儿的真实世界里看到一个满头金发的姑娘。他苦涩地自语："我已经剥掉了六层SHELL，谁知道还有没有第七层？也许我得剁掉一个手指头才能证实。"

琼吃惊地喊："你千万不要胡来！我告诉你，你真的已跳出虚拟世界，真的！"

甘又明冷淡地说："对，按照电脑的逻辑规则，一个堕入情网的女向导是会这样说的。"

琼唯有苦笑。她知道两人之间刚刚萌生的爱情之芽已经夭折了。午饭后她很客气地同伯母告别。甘的妈妈极力挽留很久，但姑娘的去意很坚决。儿子冷着脸，丝毫不作挽留，似乎是一个局外人。她十分纳闷，不知道这一对儿年轻人为什么无缘无故地翻了脸。

两个小时后，琼已经坐上到北京去的特快列车，并在车站邮局向北京机场预定了第二天早上去旧金山的班机。她还给斯托恩·吴先生打了一个越洋电话，说甘已经赢得一万元奖金。对甘又明在赢得奖金之后的反复，她未置片语。她听见吴先生简单地说一句"知道了"，就挂上了电话。

沙漠蚯蚓

群体的无意识，经过“数量”和“时间”的累积和倍乘，就产生了奇异的质变，变成了无影无形的种群智慧。它与人类最珍视的个体智慧虽然不在同一层面，不在同一维度，无法做横向比较，但最终的效果是一样的。

五月的一天，一代科学大师、原“塔克－克拉沙漠改造国家工程”指挥长、七十二岁的钱石佛先生，在妻子蔡玉茹和儿子钱小石陪同下，来到北京市公安局正式报案，他告发的犯罪嫌疑人是现任指挥长鲁郁。

鲁郁今年四十八岁，是钱先生的学生，也是钱先生十年前着力推荐的接班人。

从乌鲁木齐坐直升机出发，在空中俯瞰塔克－克拉大沙漠，你能真正地体会到现代科技的威力——恶之力。现代科技激发了温室效应，在中亚一带形成了更为干燥的局部气候，短短两百年间就使新疆的沙漠急剧扩大，使塔克拉玛干沙漠和克拉玛依沙漠连成一片，并取代撒哈拉成了世界沙漠之王。类似沙漠的形成，通常是大自然几百万年的工作量，而现在呢，即使把温室效应的孕育期也算上，满打满算不超过五百年时间。

从舷窗里放眼望去，视野中尽是绵亘无尽的沙丘，一派单调的土黄色。偶然可见一片枯死的胡杨林或一片残败的绿洲。沙漠的南部，即原属于塔克拉玛干沙漠的区域，沙丘更为高大，方圆几百公里不见一丝绿色。这儿原有一条纵贯沙漠南北的公路，是20世纪末为开发塔中油田而建。公路两旁曾经有精心护理的防沙林，用水管滴灌，绿意盎然，在死气沉沉的土黄色上围了两条漂亮的绿腰带。但自从油田枯竭及沙漠扩大后，这条公路和防沙林带再没有人去维护。公路早被流沙吞噬，防沙林全都枯死，又被流沙半掩，只露出枯干的树尖。

直升机到了沙漠腹地，现代科技在这儿展示着另一种威力。前边沙丘的颜色截然不同，呈明亮的蓝黑色。蓝黑色区域有数千平方公里，总体上呈相当规则的圆形，边缘线非常整齐。直升机低飞时可以看出，这儿的沙丘并非通常的半月形（流动沙丘在风力作用下总是呈半月形），而是呈珊瑚礁那样复杂的结构，多是一些不规则的同心圆累积而成，高低参差，棱角分明，显然不再具有流动性。两位警官靠在打开的舱门上，聚精会神地往下看，朱警官问钱小石：“这就是沙漠蚯蚓的功劳？”

“嗯，它们是我爸爸和鲁郁大哥一生的心血。不过，我爸爸历来强烈反对使用‘沙漠蚯蚓’这个名字，他说，这个名字把‘生命’和‘机器’

弄混淆了。它们绝不是类似蚯蚓的生物，而是一种能自我复制的纳米机器。纳米机器发展到今天这个地步，和生物已经很难严格区分，但绝对不能混为一谈。是否需要我讲一下纳米技术的发展？”

朱警官在公安大学上学时，自修有物理学学位，不过他仍笑着说：“请讲。”

早在1959年，著名科学家理查德·费因曼发表了一个题为《在底部还有很大空间》的演讲，指出人类对物质世界的制造工艺从来都是“自上而下”，是以切削、分割、组装的方式来制造，那么，为什么不能从单个分子、原子“自下而上”进行组装？甚至可以设计出某种特殊的原子团，赋予它们类似DNA的功能，在有外来能量流的条件下，“自我建造”具有特定功能的身体，就像蚊子卵能自我建造一个微型航空器，蚕卵能自我建造一个吐丝机那样，而且能无限复制【注】。

科学史上普遍认为，这次演讲象征着纳米技术的肇始。

又过了二百四十年后，纳米技术获得真正的突破。一位年轻的天才——钱石佛，成功设计了一种硅基原子团，它可以吸收自然界的光能来作为自身的动力，吞食沙粒，在体内转化成单晶硅，并能形成某种善于捕捉光子的量子阱，在体表形成蓝黑色的可以减少反射的氮化硅薄膜。这些结构共同组成了高效的光电转换系统，效率可达百分之四十五以上。当然最关键的是：这种原子团具有自我复制功能，当身体长大到一定程度，就像绦虫那样分成几节，变成独立的个体（蚯蚓在特殊情况下也能这样繁殖）。它们的身体残骸则像珊瑚礁那样堆积，造成沙漠形态的大转换。转换后的“固态沙漠”仍然不适合绿色植物的生长，仍是绝对的生命禁区。但不要紧，这些蓝黑色残骸保存着它“活着”时吸收的全部光能，是高能态物质，可以收集起来，很方便地转化为电能。这样，改造后的沙漠就成了人类最大的能源基地，而且是干净的可再生能源。

用“蚯蚓”来做它的绰号并不合适，它的身体很小，一个只有一毫米

注：费因曼的这篇讲话实际不包含最后一个观点，是作者加上去的。

长。但由于它强大的自然复制功能——不要忘了，它在自然界没有天敌，没有疾病！——短短三十年内就覆盖并改造了七千平方公里的沙漠。按地球表面平均年光照总量5900MJ/m^2计算，相当于六亿千瓦的巨型电厂！正因为如此，它们才得了“沙漠蚯蚓”这个褒称。蚯蚓也是改造大自然的功臣，远在人类开始耕耘土地之前，蚯蚓就默默地耕耘着地球的土壤，它们对环境的良性作用，没有哪种生物能比得上——除了人类，但人类的作用是善恶参半的。

两位警官兴致盎然地说，他们对“沙漠蚯蚓”早闻其名，但一直没机会目睹。等到达基地后，请钱先生尽快让他俩见见实物，正所谓“先睹为快”！钱小石笑着说：“这没问题，太容易了。”

前边就是基地。指挥部和研究所建在高大的沙丘之下，所以地面上除了有一块不大的停机坪外，和其他沙面没有什么区别。直升机停下，他们跳下来，踩在蓝黑色的、沙沙作响的沙面上。

钱小石弯腰顺手抓起一把沙子，举到两位警官眼前说：“呶，这就是沙漠蚯蚓。”他看到两位警官怀疑的目光，笑着肯定，“对，这可不是沙子，也不是它们的残骸，这就是它们。”

朱警官接过来，它们硬邦邦沉甸甸的，由于强烈的光照而触手灼热。颜色是蓝黑色，形状呈规则的长圆形，两头浑圆，与沙粒显然不同。单独个体的个头非常小，肉眼很难辨清它们的细部构造，比如看不清用来吞吃沙粒的口器，也感觉不到它们在“动”。

女警官小李怀疑地问：“这就是沙漠蚯蚓？活的？”

钱小石笑着说：“对，要是按老百姓的说法，它是‘活’的。按我爸爸的说法是：这些微型机器目前都处于正常运转状态。”

李警官相当失望：“鼎鼎大名的沙漠蚯蚓，原来就这么个尊容啊！难怪钱老不同意称它为生命，它的确算不上。依我看连机器也算不上，只能算是普通沙粒。”

地下建筑的大门打开了。一位女秘书迎过来，笑容可掬地说：“欢迎欢迎！鲁总在办公室等你们。”

钱小石摇摇头，叹息道：“让我爸这么一闹腾，我真没脸去见鲁郁大哥和大嫂。唉，躲不过的，硬着头皮上吧。”

七天前钱老报案时，就是这两个警官接待的。钱老身体很硬朗，鹤发童颜，腰板挺得笔直，步伐坚实有力。这副身板儿是长年野外工作练出来的。说话也很流畅，没有老年人惯有的啰唆或打顿，口齿清晰，极富逻辑性。他沉痛地说：当年正是他推荐鲁郁继任这个国家工程的指挥长，这是他一生中所犯的最大错误，说是犯罪也不为过——可是，当年的鲁郁确实是一个好苗子！忘我工作，专业精湛，为人厚道。谁能想到，这十年来，即自己退休这十年来，鲁郁完全变了！不是一般的蜕变，而是变成一个阴险的阴谋家，一个恶毒的破坏分子，他现在唯一的目的就是彻底毁灭塔克－克拉沙漠改造工程！当年，在他（钱石佛）任指挥长时，工程进展神速，经那些纳米机器“活化”过的沙漠区域飞速扩展。按那个速度，今天应该已经覆盖整个塔克－克拉大沙漠了。但这些年沙漠的活化已经大大放慢，甚至已经活化过的区域也染上了致命的“瘟疫”（只是借用生物学名词）。这种局面是鲁郁有意造成的。

面对这样严重的指控，朱警官非常严肃地听着，小李警官认真做着笔录。两位陪同的家属同样表情严肃，不时点着头。不过，朱警官也在偷偷端详着老人的头部，看能不能找出手术的痕迹。昨天钱夫人已经提前来过，告诉他们，钱老十一年前，即临近退休时，患过脑瘤，做过开颅手术。手术后他的头盖骨并非原璧，其中嵌有人造材料，不过蒙在原来的头皮之下。朱警官最终没有看出什么破绽，不由得佩服医生的巧夺天工。

钱夫人昨天提前来警局，是来为警方打预防针——不要把她丈夫明天的报案当回事。她说，丈夫自从做了开颅手术后，完全变了一个人，多疑、专横、偏执。现在他每天忙得很哪，兢兢业业，日夜操劳，四处搜集鲁郁的“罪状”，这已经成了他活下去的唯一目的。她说她和儿子刚开始尽力劝过老头子，但丝毫不起作用，甚至起了反作用。现在他们只能顺着老头的想法来，比如，明天两人将一本正经地陪同他来报案。否则，如果连他俩也被老头视作异己，那就太可怜了——对老头儿来说太可怜了，这世上再没有一个他信得过的人了。

她难过地说：“鲁郁那孩子，先是老头的学生，后来是助手，几乎是在我眼皮底下长大的。我对他完全了解。绝对是个好人，为人厚道，道德高尚，把我俩当爹娘对待。真没想到，老头现在非要跟他过不去，把他定性为阴谋家和罪犯！警官你们说说，罪犯搞破坏都得有作案动机吧，那鲁郁作为工程指挥长，为啥要破坏他自己毕生的心血？受敌国指使？没道理嘛。老头这样胡闹，真让我和儿子恨得牙痒。但没办法啊，他是个病人。你们可别看他外表正常，走路咚咚响，其实是个重病人。俺们只能哄着他，哄到他多咱闭眼为止。”她轻叹一声，“就怕我先闭眼，那时老头儿就更可怜啦。”

“你说塔克－克拉工程现在进展不顺利，出现了大片‘瘟疫’？”

“没错，是这样，但这绝不是鲁郁有意造成的，甚至——不是鲁郁造成的。警官，你懂我的意思吗？也许……”她斟酌着把这句话说完，“这才是老头的病根，但他是无意的，是以‘高尚’的动机来做这件丑恶的事的。”

这段话比较晦涩，绕来绕去的，不像钱夫人快人快语的风格。做笔录的小李警官没听明白，抬头看了头头一眼。但朱警官马上明白了，因为钱夫人的眼睛说出了比话语更多的东西。她实际是说：也许，今天工程的病根是在丈夫当政时就种下的，到现在才发展成气候。丈夫在潜意识中想为自己开脱，因而把现任指挥长当成了替罪羊。当然，由于老人大脑有病，这种想法并不明确，而是埋在很深的潜意识之下，就像迁徙兴奋期的大雁或大马哈鱼会不由自主向着某个目的前进，但其实它们并没有清晰的意愿。

蔡玉茹看到朱警官在沉吟，知道自己对丈夫的“指控”同样过于离奇，不容易被外人接受。她狠狠心说：“有件事我原不想让外人知道，但我想不该对警方隐瞒。你们可知道，老头子的病情发展到什么程度吗？这几年他经常在深夜梦游，把自己一个人反锁到书房里，不知道鼓捣什么东西。梦游能持续两三个小时，但白天问起他，他对夜里的活动一概不知。”她解释说，“是真的不知道，不是装的。因为有一天，白天，他非常恼火地质问我们，谁把他的个人笔记本电脑加了开机密码。我俩都说不知道，儿子帮他鼓捣一会儿，没打开，说明天找个电脑专家来破解。但到晚上，他在梦游中又反锁了书房门，我隔着窗户发现一件怪事：老头子打开电脑，非常顺溜地输进去密码，像往常那样在电脑前鼓捣起来，做得熟门熟路！我这才知道，那个密码是他在梦游中自己设置的。”

“你是说，他只有在夜里，梦游状态下，才能回忆起密码，而白天就忘了？”

“对。匪夷所思吧？但我和儿子观察了很久，确实如此。医生说，老头子是非常严重的分裂人格症。白天，第一人格牢牢压制着第二人格。第二人格努力要突破压制，就在夜里表现为梦游。”

对于丈夫做出如此尖锐的剖析，确实非常艰难，但她为了替鲁郁负责，不得不“家丑外扬”。朱警官钦佩这位大义的妇女，连连点头：“阿姨，我懂你的意思。谢谢你，谢谢你的社会责任心。”

“朱警官，还有一点情况，我想应该让警方知情：关于老头要报案的事，我已经提前告知小鲁了，让他有点心理准备。唉，打电话给小鲁两口子说这些话时，我真脸红啊。小鲁两口子倒是尽心尽意地安慰我。”

朱警官也真诚地安慰她：“阿姨你不要难过，我理解你的难处，非常理解。至于案子本身你尽管放心，等明天钱老来报案时，我们会认真对待，认真调查，尽量给他一个满意的答复。当然绝不会冤枉鲁郁先生的，那可是个大人物，国家级工程的指挥长，谁敢拿一些不实之词给他定罪？反正我没这个狗胆，哈哈。”

基地虽然在地下，但通过光纤引进来自然照明，明亮通透，同在地上一样，只是没有地上的酷热。鲁郁老总个子稍矮，貌不惊人，衣着简单，乍看就像一个民工。他虽然已经知道了警方的来意，但面色平静如常，同两位警官握手，同钱小石则是拥抱，还重重地拍拍他的肩膀。

小钱笑着说：“少跟我套近乎！我是警方公派人员，陪同两位警官来调查你的犯罪事实。”他叹着气，大摇其头，“郁哥你说，一个人病前病后咋能变化这么大？尤其是我爸这样的恂恂君子！我现在非常相信荀子的话：人之初，性本恶。大脑一旦得病，失控，就会恢复动物的丛林本能——竖起颈毛悚然四顾，怀疑黑暗中到处都是敌人。”

鲁郁平静地说："钱老永远是我的恩师。"停了片刻，他又加重声音重复，"我相信他永远都是我的恩师。"

他的重复似乎有一种特别的意味。等到几天后，一切真相大白于天下时，钱小石才意识到鲁郁大哥这句话的深意。

不管怎么说，警方调查还是要进行的。鲁总先让客人们看了有关"沙漠蚯蚓"的宣传片。有句俗话叫"眼见为实"，其实这话不一定正确。此前两位警官已经目睹和触摸了真正的沙漠蚯蚓，在他们的印象中，它们只不过是普通的沙粒，是僵死的东西，最多形状有点特殊罢了。但看了宣传片，他们才知道沙漠蚯蚓的真实面目。影片中的图像在一维方向上放大了一百倍（体积上放大了一百万倍），现在那些个玩意儿恰如蚯蚓般大小，长圆柱形，前方有口器，后方有排泄孔。口器轻微地蠕动着，缓缓包住沙粒。但身体基本是僵硬的。鲁郁解释说："塔克拉玛干沙漠都是细沙，直径大多在一百微米以下，正好适宜沙漠蚯蚓吞食。"

他还说："沙漠蚯蚓的行动非常缓慢，肉眼难以察觉。你们看到的影片已经加快了五十倍，下面要加快一千倍。"

现在它们僵硬的身体忽然变柔软了，蠕动着，前进着，吞吃着，排泄着，体表的颜色在逐渐加深，躯体变长，然后是一变几的分裂。镜头拉远，浩瀚沙漠中是无数"蚯蚓"，铺天盖地地吃过去，一波大潮过后，黄白色的沙海很快转换成蓝黑色的"珊瑚礁"。两位警官看得入迷，鲁郁提醒说："注意看这一段！"

随着它们的吞吃，蓝黑色的残骸逐渐堆积、变厚。这种情况对它们不利，因为"食物"（沙粒）和阳光被隔开了。现在，蚯蚓们先在表层晒太阳，等到体色变成很深的蓝黑色，就蠕动着向下钻，一直钻到浅黄色的沙层，才开始吞咽活动。吞咽一阵，它们又钻到地表去晒太阳，如此周而复始。

鲁郁说："这种习性的改变——即把吸收光能和吞咽食物两个过程分割开——并非钱老师的原始设计，而是它们自己进化出来的。从物理学的角度讲，这种习性牵涉到两段程序的改变：光能转为电能之后的储存和电能的再释放。这是沙漠蚯蚓在生物功能上的巨大进步。这次进化并非受我们的定向引导，我们所做的工作，只是用各种刺激剂来加速它们的进化。但究竟出现哪种进化，我们在事前并非心中有数。这还是钱老退休前的事。”

两位警官意识到，鲁郁与钱老有一点显著的不同，他一点儿不在乎对沙漠蚯蚓使用“生物化”的描述。

朱警官笑着说：“鲁总你说它们是在进化？钱老可是强烈反对使用这类生物化的描述。他说，这是纳米机器，绝不是生物，对它们只能说‘程序自动优化’。”

鲁郁不在意地说：“我当然知道钱老师的习惯，不过这只是个语义学的问题，主要看你对生命如何定义。喂，下边就可以看到沙漠蚯蚓群中的瘟疫了。”他停顿片刻，微笑着补充，“瘟疫——又是一个生物化的描述。”

镜头停在一个地方。从表面看一切正常，地表仍是蓝黑色的类似珊瑚礁的堆积。仔细看，地表上有几处圆形的凹陷，大约各有一个足球场大。凹陷处的蓝黑色比较暗，失去了正常的金属光泽。鲁郁解释说：沙丘经过活化后体积会膨胀，反过来说，死亡区域就会表现为凹陷。图像逐渐放大，并深入到堆积层的内部，现在看到异常了：这儿看不到那些钻下钻上的“活”的蚯蚓，它们都僵硬了，死了，至少是休眠了。

鲁郁说：“这种瘟疫是五年前开始出现的。按说，作为硅基生命，或者按钱老的说法是硅基纳米机器，它们在地球上是没有天敌的，既没有‘收割者’（指食肉动物），也没有病菌病毒。但这种死亡还是发生了。知道为什么吗？我可以告诉你们，这是某种有害元素造成的。”

三个观众中的两个警官富含深意地互相看看：“噢，是这样。”

那天接待钱老报案时，因为事先有钱夫人的吹风，两个警官非常同情这位人格分裂的病人，一直和家属配合着，认真演戏，假装相信钱老所说的一切。但这个老头儿的眼里显然揉不进沙子，谈了半个小时后，他突然冷峭地说：“我说的这些，你们是否一直不相信？认为这只是一个偏执狂的胡言乱语？甚至是一个失败者在找替罪羊？”

两个警官被一指点中罩门，颇为尴尬——这正是昨天钱夫人的剖析啊，也正是两人此刻的心理态势——连连说：“哪能呢哪能呢，我们完全相信你的话。”

老人冷笑着：“别哄我啦。我知道，连我老伴儿和儿子，心里恐怕也是这个想法。说不定，你们事前已经瞒着我沟通过啦。”那对母子此刻也很尴尬，低下头，不敢直视老人的眼睛。“其实，我并不乐意看到我推荐的继任者是个坏蛋，我巴不得他清白无辜呢。这样吧，你们去调查时，只用查清一件事，就能证明鲁郁的清白。”

“是什么？请讲。”

“我创造的硅基纳米机器是没有天敌的，没有哪种细菌或病毒能害得了它们，所以说，它们中间出现的‘瘟疫’实在让人纳闷！我这几年一直私下研究，发现只有一种物质能害得了它们，能中断二氧化硅转换到单晶硅的过程，从而造成大规模的灾难。这就是元素碲——但自然界中碲是比较罕见的。所以，这件事很容易落实。你们去落实吧。”他冷笑着说。

两位警官互相对视，沉默不语，不安的感觉开始像瘴气一样慢慢升腾。他们曾对昨天钱夫人的话深信不疑，但现在开始有了动摇。她说丈夫是个偏执病人，但今天看老人的谈吐，口齿清楚，逻辑明晰，不像是精神病人啊。尤其是老人的最后一段话，可以说是一针见血，具有极大的雄辩性。他以惊人的洞察力，提出一件很容易落实的“罪证”。一旦落实，或者鲁郁有罪，或者报案者是胡说，没有一点含糊之处。朱警官有物理学位，知道碲这种物质并非市场上的小白菜，它的购入和使用应该是容易查证清楚的。能提出这么明晰的判断标准，怎么看也不像是偏执病人啊。他不会既费尽心机去诬陷继任者，又提出一个明显的证据，让那家伙轻易脱罪吧？

钱老身后的妻子苦笑着，避开丈夫的视野，向两位警官轻轻摇头，那意思是说：莫看他说得如此雄辩，别信他的！看钱小石的表情，和妈妈是同一个意思。朱警官想，也许母子两人对鲁郁知之甚深，所以才不为老头的雄辩所动。但作为警官，而且完全不了解鲁郁此人，他无法轻忽老人提出的这个“犯罪判断标准”。

他郑重地说："钱老你放心，我们一定尽快查证清楚。"

这句话昨天他对钱夫人也说过，但那时只是轻飘飘的一句话语而已。今天不同，今天这句话里浸透了沉甸甸的责任感。老头子看透了这一点，显然很满意——朱警官苦笑着想，谁说这人大脑不正常？他的目光就像千年老狐，具有锐利的穿透力。在这样的目光之下，朱警官总觉得自己被剥得赤身裸体。

钱老说："好的，那就拜托二位啦。如果你们能证实鲁郁的清白，我再高兴不过了。"

他的报案就以这么一句善良的祈盼做结束，有点……迹近伪善。朱警官迅速看看那对母子，看他们对这番表白有何想法。但他们一点不为老头儿的表白所动，苦笑着向朱警官使眼色：可别信他的煽惑，我们是早就领教过啦！

朱警官真不知道该信谁的，他此刻有一个比较奇怪的、非常强烈的感觉：如果你事先认定钱老是个偏执狂，那么你完全能用这个圈圈套住他的行为；但如果你没有先入之见，你会觉得，他的所有言谈都是正常的，具有清晰的、一以贯之的逻辑脉络，并由纯洁的道德动力所推动。

朱警官脑子里两个钱老的形象在打架，他解嘲地骂道："娘的，说不定案子没破，我自己倒被整成分裂人格了。不管怎样，我要认真查清这个案子。"

事实上钱老赢了，赢得干净利索。

先不管他是不是精神病人，但他确实一指点中了这个案子的死穴。其后的查证落实太容易了，简直弄得两位警官闪腰岔气，他们为侦破本案而鼓足的劲力突然落空，没有了着力处。他们到基地后很容易就查清了真相，而且鲁郁也一点儿没打算隐瞒：工程部这五年来确实花费重金，采购了大量的碲，是向全世界求援和采购的。当然，求购的公开原因不是为了"杀死沙漠蚯蚓"，而借口说是为了扑灭它们之中正在流行的瘟疫。世界各国都十分重视塔克—克拉工程，不光为了沙漠改造，主要为了下一个世纪的能源，所以对鲁郁有求必应。

购买碲的所有往来函件和往来账目一清二楚，在工程部的账表上分项单列，整理归档，加了封条，专等警方的调查。两位警官到来的两天之前，鲁郁组织了一次全区域的直升机喷洒行动，规模很大，还特意拍了纪录片。这部片子也已经归档，非常痛快地提供给警方。

……两架军用直升机整装待发，含碲气雾剂已经装在机舱里。两名驾驶员和十几名工作人员此刻站在机外的沙地上，排成一排，都穿着笨重的隔离服，因为碲对人类也有毒性，是一种相当厉害的神经毒素，并可诱生周围神经的脱髓鞘作用。被喷洒区域今后很长时间（在碲自然降解之前）都将是动物生命的禁区。行动组员的表情肃穆沉重，他们都知道这次任务的高度危险性，是人身和政治上的双重危险。他们不光冒着生命危险，今后也势将面对社会的善恶审判。这会儿，他们都有“风萧萧兮易水寒”的悲壮。

同样穿着隔离服的指挥长鲁郁走近他们，亲手签署了命令。特写镜头放大了命令上的文字：

我作为塔克—克拉沙漠改造国家工程指挥长，决定在2237年5月20日上午开始含碲气雾剂的工业性喷洒行动。喷洒区域是沙漠蚯蚓活化区域的圆周边缘，喷洒后务必造成活化区域与外界的全面隔断。

我对这次行动负有全部法律责任。

鲁郁

2237年5月20日上午8点0分

鲁郁向那排人展示书面命令后，吩咐秘书把它收好，归档。然后用苍凉的声音发布命令：“喷洒行动现在开始！”

参与人员爬上直升机，旋翼旋转起来，两架直升机升空，组成编队，沿着活化区域的圆周边缘并肩飞去，每个机尾处拖出一条气状的鲜红色尾巴。两条尾巴扭曲着，膨胀着，合并到一起，弥漫了空域，沿着活化区域的蓝黑和黄白交界线，慢慢沉降到沙面上。直升机飞远了，红色尾巴也变淡了，然后它们消失在沙海和天幕中。在这段时间里，鲁郁等几个人在原地等待着，不语不动，如同一组刀法苍劲的沙雕，隔着防毒面具，能看到他们平静中带着苍凉的面孔。

沙漠中“活化”区域为七千平方公里，周长大约为三百公里。一个小时后，两架飞机完成了喷洒，拖着红色的尾巴从地平线出现，飞到头顶后尾巴消失。直升机降落，鲁郁同机组人员一一握手，然后共同登机离开这儿。他们要回到沙漠中心，那儿是含碲气雾剂没有影响到的安全区域。以下的镜头经过放大和加快，并深入到残骸堆积层中。沙虫们在其中钻上钻下，非常活跃，但在鲜红色的气雾慢慢沉降后，沙层表面的沙虫们很快中毒，行动逐渐变慢，身体变得僵化，直到最终停止了蠕动。这个死亡过程缓缓地向沙层下延伸。

“鲁郁先生，你为什么要这样做？为什么要杀死这些珍贵的沙漠蚯蚓？要知道，这是钱先生一生的心血，同样是你自己的半生心血啊。”

鲁郁苍凉地说：“我没有什么可说的。我这样做，是接受了一位先知的指令。”

记录的小李警官听到这句混账话，不由得瞪了嫌犯一眼。一个意识健全的科学家，面对警方审讯，却把罪责推给什么先知，可不是要无赖吗？

朱警官示意小李不要冲动，仍然心平气和地问：“什么先知？宗教的先知，还是科学的先知？”

“我不知道他是谁，他始终对我隐身和匿名。”

这下子连朱警官也受不住了，苦笑道：“鲁郁先生，你不会说自己也是……不会说自己是精神病人吧？正常人不会听从一个隐身匿名者的指令，犯下这样的重罪。”

“我的智力完全正常。警官先生，你们想要知道的东西我会痛痛快快地坦白，而且绝不会以精神疾病为由来脱罪。但我有一个要求，在我坦白之前，请你们先替我查寻一个人。”

“什么人？”

“就是我说的那位先知，这几年，他一直向我发匿名邮件，严重地扰乱了我的心境，邮件内容一般是一两句精辟的话，总是正好击中我信仰的薄弱处；他甚至给我发过几篇科幻小说，是读后让人透心冰凉的那种玩意儿。七八年来，正是这些东西潜移默化，彻底扭转了我的观点，让我——很艰难地——做出了杀死沙漠蚯蚓的决定。现在，我渴望知道这个人的真实身份。”

朱警官暗暗摇头，觉得“智力完全正常”的鲁郁所说的这番话很难说是正常的。一个具有大师智慧的科学家，却被几封匿名邮件牵着鼻子走，改变了信仰，甚至去犯罪，这可能吗？他温和地说：“好的，请你提供有关信件和邮址。”

“都在我的私人电脑上，你去查吧，我告诉你开机密码。”他告诫道，“不要把这件事想得太容易，我也用黑客手法多次追踪过他，一直没成功。对方做了很好的屏蔽。”

“放心吧，他再屏蔽，对公安部网络中心来说都不是难事。我想问一句，关于这位先知的身份你有一些猜测吗？”

鲁郁沉默片刻：“有。但我不会事先告诉你们，以免影响客观性。”

小李警官又瞪了他一眼，朱警官没有急躁，温和地说：“好吧，就依你。我先查实这件事，然后再继续咱们的谈话。”

第三天上午朱警官重新坐在鲁郁的面前。鲁郁端详着警官的复杂表情，率先开口：“已经查清了？看你的神情，我想你已经查清了。”

“嗯，的确查清了。警方已经知道他是谁，悄悄弄到他的电脑，破解了开机密码，在里面找到了曾发给你的所有东西的备份。你——事先已经猜到了他的身份？”

“对。”鲁郁苦笑道，“咱们第一次见面时我就说过，钱老是我永远的恩师。永远的——不管是在他领我走上沙漠蚯蚓的研究之路时，还是躲在暗处诱惑我，促使我狠下心杀死沙漠蚯蚓时。”他叹息道，“其实这些沙虫已经无法根除了，喷洒剧毒的碲，也只能暂时中断它们在地球上的蔓延，但我只能尽力而为。朱警官，你以为我杀死沙漠蚯蚓心里就好受吗？心如刀割！我背叛了前半生的信仰，实际是后半生的我杀了前半生的自己。”他苦笑着说，“只有一点可以拿来自我安慰：我倒是一直没有背叛钱先生，不管是在他退休前，还是退休后。不说这些了，来，我向你坦白本案的所有详情。”

“是老头干的？是他诱惑鲁郁杀死沙漠蚯蚓？”

“对，或者更准确地说，是夜里那个他。”

“不可能！”钱夫人震惊地说，“朱警官，你不了解沙漠蚯蚓在老头心目中的地位，它们比他本人的生命都重。他不可能自己去杀死自己。”

钱小石虽然也很震惊，但反应多少平缓些。他问：“那些发给鲁郁大哥的东西，那些‘阴暗的诱惑’——都在我爸的电脑上？”

“对。你们可以看看，我提供开机密码。”

“难以理解啊。我真的不能相信，爸爸的信仰会有这么陡峭的转变。”

“恐怕正是太陡峭，超过了一个人的心理承受力，才造成人格的分裂——裂变成一个白天的钱先生和夜里的钱先生。鲁总说，其实在钱老退休前就多少表现了某些‘分裂’的迹象。首先，早在这项国家工程启动时，他力排众议，坚决主张把基地放在沙漠中心。鲁郁说当时他就有些不解，因为把基地放在沙漠边缘，逐步向腹地推进，才是更合适的方案，那样后勤上的压力会大大减小，可以节约巨量资金。可能早在那时，钱老对自己的世纪性发明就有潜意识的恐惧吧，所以一定要把它囚禁在沙漠中心。第二点迹象你们也知道的，他强烈反对所谓的‘生物化描述’，这种反对过于强烈，多少有些病态。鲁总说根本原因是——如果把这种玩意儿认作机器，则心理上觉得安全，因为机器永远处于人类的控制之下；如果把它们看成生物，则它们最终将听命于上帝，人类的控制只能是某种程度上的，这就难免有隐患，有不确定的未来。”

他尽可能介绍了所有已知情况。母子俩虽然难以接受，但最终还是认可了朱警官的话。就像是走出暗房子突然被阳光（真相）耀花了眼，但片刻之后，事情的脉络就清楚地显现在明亮的阳光之下，无可怀疑。母子俩相对叹息，苦笑摇头。

钱小石担心地问：“鲁郁大哥会被咋样判决？”

朱警官长叹一声：“鲁总决心杀死沙漠蚯蚓，以防它们最终威胁人类的生存，这样的观点是对是错，我不敢评价。但对也罢，错也罢，都不能为他脱罪。要知道他是瞒着政府采取的私人行动！太过分了，可以说胆大妄为。据他说，他不能按正常程序行事，他知道很难说服社会和政府同意消灭沙漠蚯蚓，即使能说服，也已经来不及了。他只能自己扛起这个十字架——也是为了替老师赎罪。司法界的大腕们估计，他肯定要获刑，很可能是二十年的重刑。”

母子俩心头很沉重，可以说他是被老头子害的！是两个老头子，“夜里的”老头子诱惑他犯罪，“白天的”老头子向警方告发他，真是配合默契啊。

朱警官看着母子俩难过的表情，心头不忍，说：“你们也不要太难过，我干脆再犯点自由主义吧。据说上边有人建议，鲁郁即使获二十年重刑，也要监外执行，执行期间仍担任塔克－克拉工程的指挥长，戴罪立功，处理工程的善后。这虽然是小道消息，但十有八九会实现。”

母子俩心里多少好受了一些。也就是说，政府和科学界私下里已经认可了鲁郁的观点，虽然对他的胆大妄为要严厉处罚，但同时也要创造条件，保证他把这件事——剿灭沙漠蚯蚓——继续推行下去。

钱夫人想了想，苦笑着问：“真要这样，小鲁这边不用担心了。老头子那边呢，该咋向老头子说？”

朱警官谨慎地说：“我考虑，还是由你来向他通报比较合适，毕竟你对他的心理状况最清楚。哪些该说，哪些该瞒，你们娘儿俩酌定吧。总的原则是既要糊弄住他，让他对案件的结果满意，又不造成过大的刺激。”

“好的，我想办法安抚他吧。”

朱警官留下那台电脑的开机密码，向两人告辞。这天下午，钱小石避开父亲，悄悄把手提电脑打开，浏览了那些邮件，包括几篇科幻小说，它们确如郁哥所说，是让人阅读之后“透心冰凉”的那种。想想父亲（夜里的父亲）为了诱惑鲁郁改变信仰，竟然在年过花甲之后学会写小说，而且是在梦游状态下干的，真是难为他老人家了！钱小石忽然想到一件事：那次他说第二天请专家来帮父亲破解密码，但当天晚上，就是妈妈发现老头子梦游中能顺利开机之后，母子俩商量着，把请专家的事悄悄搁下了。奇怪的是：自此之后父亲（白天的父亲）也不追问此事，并且从此不在白天摸那台电脑！想想颇为后怕，如果“白天的他”看见了“晚上的他”所写的东西，那真不知该如何收场了，也许父亲会因此而彻底疯掉？

看来，父亲的意识深处必定有一个地方始终醒着，引导他悄悄避开了这个暗礁。

……这是飞船考察的第3240个有生命星球，也是第143个有文明的星球。此星球曾达到初级的第二级文明，其典型特征是：已经把触角伸向外太空，但仍使用落后的化学动力飞船。不过，这个文明眼下已经停滞和倒退。

耶安释船长已经经历了一万光年的考察历程，领教了宇宙生命的多姿多彩。眼前这个星球上的生命同样相当奇特。这是个三色世界：百分之七十的面积是蔚蓝色的海洋，陆地上则分为蓝黑色和绿色两大区域。两者之间不是处于稳定平衡，而是正在激烈地搏杀。蓝黑色和绿色有截然的分野，前者中没有一丝绿色，后者中则星星点点散布着一些蓝黑色的小圆（小圆中同样没有一丝绿色）。单从这个态势，就能判定两者的输赢了。

耶安释把飞船定位在低空，详细考察了这个星球上的情况。绿色和蔚蓝色区域里生活着碳基生命，已经有近四十亿年（按当地纪年）历史，有数目众多的绿色植物和动物物种，其中创造第二级文明的物种是一种自称“人类”的两足直立动物。蓝黑色区域则生活着硅基生命，只有不足三百年历史，处于非常初期的进化阶段，比如，其内部尚没有物种的分化，没有“收割者”。这种硅基生命把所有的族群能量全部向外使用，用于拓展和占领。这种策略简单而有效，其结果是：在这种低级生命咄咄逼人的进攻中，陆地上相对高级的碳基生命已经溃不成军。

硅基生命，或按人类的称呼叫沙漠蚯蚓、沙虫、撒旦虫、黑祸等，只依赖阳光和硅原子就能繁衍，在这个阳光充足的富硅星球上可说是得天独厚。被它们“活化”过的区域内，地貌全都改变了，原来的沙漠、高山、耕地、水泥建筑，都被翻新成蓝黑色的礁状堆积。有些地方尚残存着高耸入云的大楼，显然是人类文明的遗存。大楼底部的表层部分已经被沙虫们啃食了，变成了蓝黑色的、有波状同心圆的堡礁，而最上面的几十层仍然保留着原来的景观，棱角分明，色彩明亮。就像是一个个仅余半体完好的巨人，令人不忍目睹。

……绿色区域里的人类一直急迫地同飞船联系。耶安释船长先做了几天准备，熟悉了人类文明的历史，调好了同步翻译机。又准备了一个类似人形的替身，是一个瘦骨嶙峋的老年男子，面容慈祥，白须过胸，深目高鼻，麻衣跣足。耶安释过去多次与低级文明进行过对话，当他如实为他们描述未来时，低级文明的代表常常埋怨他太冷酷，缺乏人情味儿。所以，他今天使用了这个小小的技巧（替身），也许有助于改善谈话气氛。

他在飞船上接见了人类的代表。一共三个人，一位老者，一位中年男人，一位年轻女人。按人类的审美标准，最后这位应该非常漂亮、惹人爱怜。

中年男人做了第一波次的陈述：

"在人类文明处于生死存亡的关头，能有幸见到高等级文明的使者，我们感激涕零。你是我们的弥赛亚，是我们的耶和华、安拉和释迦牟尼。人类恳求你们尽快施以援手，帮助人类战胜那些野蛮的沙虫。我们的后代将永远铭记你们的恩德。"

耶安释船长："我们非常同情你们的处境。在此次考察中，我已经接触过十三个正在消亡的文明，所以对你们的不幸有真切感受。可惜，在第五级以上的文明中，有非常严格的太空道德，绝不允许干涉其他生命的进程，所以你们只能依靠自己的力量尽量渡过难关。"

年轻女人的眼中涌出大量的水珠，扑簌簌落到地上。那是被人类称为泪水的东西，是他们感情悲伤的典型外在表现。她哽咽着说："我们已经与沙虫搏斗了二百多年，实在无能为力了。你们忍心一走了之，让野蛮的沙虫把人类吞噬掉吗？"

"对不起，我非常同情你们，但我们真的不能违反太空道德。再说，我们不认为各类生命有善恶之分。"

年轻女人还要哭求，三人代表中的老者叹息着制止了她，说："既是这样，我们就不让耶安释船长为难了，我们不会再求你们采取什么行动，但你能否给我们提一些有用的建议？如果这不违反你的戒律的话。"

“我倒不介意提供一些口头上的建议，可惜……你们的碳基生命是一种很脆弱的生命，这在宇宙生命中是相当少见的。真的太脆弱啦，比如你们不耐高温，80摄氏度就能使蛋白质凝固；不耐辐射，稍高的辐射就能破坏DNA；不能离开水、食物和空气，几天的缺水、十几天的缺食、尤其是短短几分钟的缺氧就能导致死亡。你们利用植物化学能来间接利用光能，用速度奇慢的神经元来进行思维，都是很低效的办法。我绝非在贬低碳基生命，正相反，我由衷敬佩你们。在我看来，如此脆弱和低效的生命，很可能因为种种意外，如流星撞击、大气成分变化、冰川来临等，而早就夭折了，但地球上的碳基生命竟然延续了四十亿年，甚至曾短时间达到第二级文明，实在难能可贵！另一方面，我也很……怜悯你们，坦率说吧，以碳基生命的生命力强度，不可能抵挡得住硅基生命的攻势。因为后者的身体结构远为高效、实用和坚固，两者差别太悬殊了。所以，只要硅虫在地球上一出现，碳基生命的结局其实早已确定了。”

中年男人闷声问：“海水能阻挡这些沙虫吗？到目前为止，它们的势力还未扩展到海洋，我们正考虑全体迁居到海洋中。”

耶安释船长摇头：“不会久的。海洋也有硅基岩石圈，它们很快会进化出适应海洋环境的变种来。”

“太空移民呢？也许这是人类唯一的自救之路。”

“你们可以试试。但我提醒你们，千万不要因疏忽而把沙虫带到新星球，一个也不行！它们能耐受太空旅行的严酷条件，所以即使黏附在飞船外壳上也能偷渡过去。还有，但愿你们落脚的新星球上没有另外一种强悍生命，否则像你们这样脆弱的生命仍然不是对手。不管怎样，你们试试吧，我祝你们好运。顺便问一点历史事实，我查过你们的文字记载，但记载上似乎有意回避——这些沙虫是从自然界中自然进化出来的，抑或最初是人类设计出来的？”

三个人面色惨然地沉默很久，老者才说：“是因为人类，人类中一个败类。”

“噢，是这样。”

中年男人问：“我能冒昧问一句，您是属于哪种生命？依我们肉眼看来，您也很像是碳基生命啊。”

“啊不，你们看到的这具躯体只是我的替身。这是高级文明中通行的礼貌——进行星际交往时尽量借用对方的形象。其实我也是硅基生命，更准确地说，是硅硫基生命。当然，这个身份绝不会影响到我公平对待地球上的两种生命。”

三个人类代表久久无语，他们看来彻底绝望了。耶安释船长真诚地说：“你们不必太悲伤。眼下的沙虫们虽然是一些只知吞食和扩张的贪婪家伙，但它们也会按同样的规律向前进化，终有一天会建立文明。依我的经验，那时他们肯定会奉地球碳基生命为先祖，奉人类文明为正统，这是没有疑问的。需要担心的是，在当前这个进化级别，原始沙虫对富硅地表的活化太过彻底，也许十亿年后，当后代的‘沙人’考古学家们想要挖掘人类文化时，地面上已经找不到任何人类遗迹了。所以，我建议你们建一个‘藏经洞’，把人类文明的重要典籍藏进去，为十亿年后的沙人考古学家备下足够的食粮。然后用富含碲的物质封闭起来，使其免遭沙虫们破坏。这样，人类虽然从肉体上灭亡了，但人类文明仍将在沙人文明中得到延续。”他谦逊地说，“我初来乍到，对人类的心理毕竟了解不深，不知道我所描绘的前景对你们是不是一个安慰？”

三个人类代表不祥地沉默着，年轻女性的泪水也干涸了。最后，老者惨然一笑，朝耶安释船长深深鞠躬：“谢谢，这对我们是一个安慰，真的是极大的安慰。再见，祝你们在今后的旅途中一路顺风。”

“谢谢，我会牢记你们真挚的祝福。也祝你们好运气。”

三个人头也不回地离开了飞船。

“老头子，朱警官今天来过啦，是上午来的。”

钱石佛冷冷地说：“我还以为他们把我的报案忘了呢。他们如果再不来，我会直接到公安部去。他们既然来了，为什么不见我？”

蔡玉茹心情复杂地看着丈夫的眼睛，也悄悄看他的头颅。虽然外表上没有异常，但她很清楚丈夫的哪块头骨是镶嵌的人造材料。多半是因为这次手术，造成了丈夫人格的分裂——当然这并非唯一的原因。至少说，手术之前，他意识中的“裂缝”早就存在了。前些天，在警方允许下，她同拘留中的鲁郁通了话。通话中她忍不住失声痛哭，鲁郁劝阿姨不要为他难过，说：“能为钱老师做点事，我是很高兴的。其实最苦的不是我，是钱老师啊。老师对沙漠蚯蚓的爱太强烈了，虽然对自己亲手创造的‘异类’逐渐产生了惧意，但过于强烈的爱严严地压制着这些惧意。在整整三十年中，他的压制很成功，‘反面的想法’只能藏在潜意识中，就像蘑菇菌丝休眠在土壤深处。直到他退休，直到他做了脑部手术，这些潜意识的想法才获得足够的动力，推开‘正面的’压制，演变成另一个人格。”鲁郁说，从老师白天和晚上两个人格的陡峭断茬，足以看出他心灵中的搏斗是何等惨烈！他才是最苦的人啊！

作为妻子，蔡玉茹知道鲁郁说的都是实情。所以，虽然丈夫的乖僻行径让她“恨得牙痒”，但她理解丈夫。这会儿她温和地说：“老钱，他们怕你激动，让我慢慢转告你。你对鲁郁的揭发，特别是你提的那个判断标准，警方全都落实了。鲁郁确实采购了大量的碲，并对塔克－克拉沙漠的活化区域进行了大规模喷洒。正是它造成了大面积的沙漠瘟疫。”

“哼，我知道准是他干的，别人想不出这个招数。这个混蛋！”

“鲁郁已经被拘留，对他的审判不日就要开庭。据说，肯定是二十年的重刑。”

丈夫面颊的肌肉明显地悸动一下，没有说话。蔡玉茹悄悄观察着，心里有了底。现在是白天，在“这个”钱石佛的意识中，应该对鲁郁充满义愤的。但他并没有对“阴谋家应得的下场”鼓掌叫好，而是表现出了某种类似痛苦或茫然的表情。

蔡玉茹继续说下去：“老钱你不要为鲁郁太难过。据内幕消息说，他的刑期肯定要监外执行，执行期间还会继续担任工程指挥长。”

她一边小心地说着，一边悄悄观察丈夫的表情。告诉这些情况颇有些行险——“坏蛋”鲁郁将逃脱惩罚，还会担任原职，从而能继续祸害沙漠蚯蚓，丈夫（白天的他）得知后会不会大发雷霆？但凭着妻子的直觉，她决定告诉他。一句话，她不相信“夜里的他”此刻会完全睡死，一定也在侧耳倾听着这场交谈呢。分裂人格之所以能存在，是基于丈夫刻意维持的两者的隔绝状态。如果能把“另一个他”在白天激醒，让两者正面相遇，两个他就没有继续存在的逻辑基础了。这样干有点冒险，但唯有挤破这脓包，丈夫的心灵才能真正安稳。

果然如她所料，丈夫并没有动怒，沉闷了许久，才（多少有点言不由衷）咕哝道：“我怎么会为他难过，这个混蛋！”

蔡玉茹咬咬牙，按照既定计划继续狠挤这脓包：“据说——鲁郁杀死沙漠蚯蚓是受一个隐身人的诱惑，那人给他发了很多匿名邮件，甚至还有科幻小说呢。不过科学界眼下已经取得共识，那个隐身人的担忧其实很正确，很有远见。”

她紧张地等着丈夫的反应。现在，她强使丈夫的两个人格劈面相逢了，结局会是怎样？是同归于尽，还是悄然弥合？她心中并无太大把握。

丈夫迅速看她一眼，生气地说：“我累了，我要去睡觉！”

随即转身离去，他也把这个话题撂开了。

从此彻底撂开了。他不再过问鲁郁的事，不再为自己的沙漠蚯蚓担心。夜里也再不梦游，不去电脑上鼓捣，甚至把电脑的开机密码也彻底忘记了。他成了一个患健忘症的退休老人，浑浑噩噩地幸福着，安度晚年。母子俩对这个结局颇为欣喜，当然也有点后怕，有点心酸。不管怎样，这已经是最好的结局了。

一年后，钱石佛安然去世。

此后二十年中，犯人鲁郁继续指挥着他对沙漠蚯蚓的剿灭行动。他的行动很成功，更多的沙漠蚯蚓染上瘟疫，中止了生命活动。活化区域停止向外扩展，并逐渐凹陷。看来全歼它们指日可待。

这些低级的、无自主意识的、浑浑噩噩的硅基生命，当然意识不到面临的危险，更不会有哪一个会突然惊醒，振臂高呼，奋起反抗。但人类对“意识”这个概念的理解其实太狭隘，太浅薄，太自以为是。所有生物，包括最低等的生物，其进化都是随机的，没有目的，没有既定的方向。但众多的生物数量，加上漫长的进化时光，最终能让随机变异沿着“适应环境”的方向前进，使猎豹跑得更快，使老鹰的目光更锐利，使跳蚤的弹跳力更强，使人类的大脑皮层沟回更深……就像是各物种都有一个智慧的“种族之神”，在冥冥中为种群指引着正确的进化方向。群体的无意识，经过“数量”和“时间”的累积和倍乘，就产生了奇异的质变，变成了无影无形的种群智慧。它与人类最珍视的个体智慧虽然不在同一层面，不在同一维度，无法做横向比较，但最终的效果是一样的。

现在，在这些浑浑噩噩的硅虫之上，它的“种族之神”已经被疼痛惊醒，感受到它的大量子民（细胞）在非正常死亡。它知道自己到了生死关头，应该迅速变异以求生。于是它冷静地揣摸着形势，思考着，开始规划正确的进化方向……

生命之歌

科学家发现，所有DNA结构序列实际是音乐的体现，只需经过简单的代码互换，就可以变成一首首流畅感人的乐曲。从实质上说，人类乃至所有生物对音乐的精神迷恋，不过是体内基因结构对音乐的物质谐振。

孔宪云晚上回到寓所时看到了丈夫从中国发来的传真。她脱下外衣，踢掉高跟鞋，扯掉传真躺到沙发上。

孔宪云是一个身材娇小的职业妇女，动作轻盈，笑容温婉，额头和眼角已刻上四十五年岁月的痕迹。她是以访问学者的身份来伦敦的，离家已一年了。

云：

研究已取得突破，验证还未结束，但成功已经无疑……

孔宪云简直不敢相信自己的眼睛。虽然她早已不是易于冲动的少女，但一时间仍激动得难以自制。那项研究是二十年来压在丈夫心头的沉重梦魇，并演变成了他唯一的生存目的。仅仅一年前，她离家来伦敦时，那项研究依然处于山穷水尽的地步，她做梦也想不到能有如此神速的进展。

其实我对成功已经绝望，我一直用紧张的研究来折磨自己，只不过想做一个体面的失败者。但是两个月前，我在岳父的实验室里偶然发现了十几页发黄的手稿，它对我的意义不亚于罗赛塔石碑，使我二十年盲目搜索到又随之抛弃的珠子一下子串在一起。

我不知道是否该把这些告诉你父亲。他在距胜利只有一步之遥的地方突然停步，承认了失败，这实在是一个科学家最惨痛的悲剧。

往下读传真时，宪云的眉头逐渐紧缩，信中并无胜利的欢快，字里行间反倒透着阴郁，她想不通这是为什么。

但我总摆脱不掉一个奇怪的感觉，我似乎一直生活在这位失败者的阴影下，即使今天也是如此。我不愿永远这样，比如这次发表成果与否，我不打算屈从他的命令。

爱你的哲

2253、9、6

她放下传真走到窗前，遥望东方幽暗而深邃的夜空，感慨万千，喜忧交并。二十年前她向父母宣布，她要嫁给一个韩国人，母亲高兴地接受了，父亲的态度是冷淡的拒绝，拒绝理由却是极古怪的，令人啼笑皆非：

“你能不能和他长相厮守？你是在五千年的中国文化中浸透的，他却属于一个咄咄逼人的暴发户民族。”

虽然长大后，宪云已逐渐习惯了父亲性格的乖戾，但这次她还是瞠目良久，才弄懂父亲并不是开玩笑。她讥讽地说："对，算起来我还是孔夫子的百代玄孙呢。不过我并不是代大汉天子的公主下嫁番邦，朴重哲也无意做大韩民族的使节，我想民族性的差异不会影响两个小人物的结合吧？"

父亲怫然而去。母亲安慰她："不要和怪老头一般见识。云云，你要学会理解父亲。"母亲苦涩地说，"你父亲年轻时才华横溢，被公认是生物学界最有希望的栋梁，但他几十年一事无成，心中很苦啊。直到现在，我还认为他是一个杰出的天才，可是并不是每一个天才都能成功。你父亲陷进DNA的泥沼，耗尽了才气。而且……"母亲的表情十分悲凉，"这些年你父亲实际上已放弃努力，他已经向命运屈服了。"

这些情况宪云早就了解。她知道父亲为了DNA研究，三十三岁才结婚，如今已是白发如雪。失败的人生扭曲了他的性格，他变得古怪易怒——而在从前他是一个多么可亲可敬的父亲啊。宪云后悔不该刺伤父亲。

母亲忧心忡忡地问："听说朴重哲也是搞DNA研究的？云儿，恐怕你也要做好受苦受难的准备了。不说这些了。"她果决地一挥手，"明天把重哲领来让爸妈见见。"

第二天她把重哲领到家里，母亲热情地张罗着，父亲端坐不动，冷冷地盯着这名韩国青年，重哲则以自信的微笑对抗着这种压力。那年重哲二十八岁，英姿飒爽，倜傥不群——孔宪云不得不暗中承认父亲的确有某些言中之处，才华横溢的重哲的确过于锋芒毕露，咄咄逼人。

母亲老练地主持着这场家庭晚会，笑着问重哲："听说你是研究生物的，具体是搞哪个领域？"

"遗传学，主要是行为遗传学。"

"什么是行为遗传学？给我启启蒙——要尽量浅显啊。不要以为遗传学家的老伴就必然是近墨者黑，他搞他的生物DNA，我教我的音乐哆来咪，我们是井水不犯河水，互不干涉内政。"

宪云和重哲都笑了。重哲斟酌着字句，简洁地说："生物繁衍后代时，除了生物形体有遗传性外，生物行为也有遗传性。即使幼体生下来就与父母群体隔绝，它仍能保存这个种族的本能。像人类婴儿生下来会哭会吃奶，小海龟会扑向大海，昆虫会避光或佯死等。有一个典型的例证：欧洲有一种旅鼠，在成年后便成群结队奔向大海，这种怪僻的行为曾使动物学家们迷惑不解。后来考证出它们投海的地方原来与陆路相连。毫无疑问，这种迁徙肯定曾有利于鼠群的繁衍，并演化成可以遗传的行为程式，现在虽然已时过境迁，但冥冥之中的本能仍顽强地保持着，甚至战胜了对死亡的恐惧。行为遗传学就是研究这些本能与遗传密码的对应关系。”

母亲看看父亲，又问道：“生物形体的遗传是由DNA决定的，像腺嘌呤、鸟嘌呤、胸腺嘧啶、胞嘧啶与各种氨基酸的转化关系啦，红白豌豆花的交叉遗传啦，这些都好理解——怎么样，我从你父亲那儿还学到一些知识吧？”她笑着对女儿说，“可是，要说无质无形、虚无缥缈的生物行为也是由DNA来决定，我总是难以理解。那更应该是神秘的上帝之力。”

重哲微笑着说：“上帝只存在于某些人的信念之中。如果抛开上帝这个前提，答案就很明显了。生物的本能是生而有之的，而能够穿透神秘的生死之界来传递上一代信息的介质，仅有生殖细胞。所以毫无疑问，动物行为的指令只可能存在于DNA的结构中，这是一个简单的筛选法问题。”

一直沉默着的父亲似乎不想再听这些启蒙课程，开口问：“你最近的研究方向是什么？”

重哲昂然道：“我不想搞那些鸡零狗碎的课题，我想破译宇宙中最神秘的生命之咒。”

“嗯？”

“一切生物，无论是病毒、苔藓还是人类，其最高本能是它的生存欲望，即保存自身、延续后代，其他欲望像食欲、性欲、求知欲、占有欲，都是由它派生出来的。有了它，母狼会为了狼崽同猎人拼命，老蝎子心甘情愿做小蝎子的食粮，泥炭层中沉睡数千年的古莲子仍顽强地活着，庞贝城的妇人在火山爆发时用身体为孩子争得最后的空间。这是最悲壮最灿烂的自然之歌，我要破译它。”他目光炯炯地说。

宪云看见父亲眸子里陡然亮光一闪，变得十分锋利，不过这点锋芒很快隐去了。他仅冷冷地撂下一句：“谈何容易。”

重哲扭头对宪云和母亲笑笑，自信地说："从目前遗传学发展水平来看，破译它的可能至少不是海市蜃楼了。这条无所不在的咒语控制着世界万物，显得神秘莫测。不过反过来说，从亿万种遗传密码中寻找一种共性，反而是比较容易的。"

父亲涩声说："已有不少科学家在这个堡垒前铩羽。"

重哲淡然一笑："失败者多是西方科学家吧？那是上帝把这个难题留给东方人了。正像国际象棋与围棋、西医与东方医学的区别一样，西方人善于做精确的分析，东方人善于做模糊的综合。"他耐心地解释道，"我看过不少西方科学家在失败中留下的资料，他们太偏爱把行为遗传指令同单一DNA密码建立精确的对应了。我认为这是一条死胡同。生命之咒的秘密很可能存在于DNA结构的次级序列中，是隐藏在一首长歌中的主旋律。"

谈话进行到这儿，宪云和母亲只有旁听的份儿了。父亲冷淡地盯着重哲，久久未言，朴重哲坦然自若地与他对视着。宪云担心地看着两人。忽然小元元笑嘻嘻地闯进来，打破了屋内的冷场。他满身脏污，抱着家养的白猫小佳佳，白猫在他怀里不安地挣扎着。妈妈笑着介绍："小元元，这是你朴哥哥。"

小元元放下白猫，用脏兮兮的小爪子亲热地握住朴重哲的手。妈妈有意夸奖这个有智力缺陷的儿子："小元元很聪明呢，不管是下棋还是解数学题，在全家都是冠军。重哲，听说你的围棋棋艺还不错，赶明儿和小元元杀一场。"

小元元骄傲地昂起头，鼻孔翕动着，那是他得意时的表情。朴重哲目光锐利地打量着这个圆脑袋的小个儿机器人，他外表酷似真人，行为举止带着五岁孩童的娇憨。不过宪云透露过，小元元实际已十七岁了。他毫不留情地问："但他的心智只有五岁孩童的水平？"

宪云偷偷看看爸妈，微微摇摇头，心里埋怨重哲说话太无顾忌。朴重哲毫不理会她的暗示目光，斩钉截铁地说："没有生存欲望的机器人永远也成不了人。"

元元懵懵懂懂地听着大人谈论自己，转着脑袋，看看这个，再看看那个。虽然宪云不是学生物的，但她敏锐地感觉到重哲这个结论的分量。她看看父亲，父亲一言不发，掉转身走了。

孔宪云心中忐忑，跟到父亲书房，父亲默然良久，冷声道：“我不喜欢这个人，太狂！”

宪云很失望，斟酌着字句，打算尽量委婉地表明自己的意见。忽然父亲说道：“问问他，愿意不愿意到我的研究所工作。”

宪云愕然良久，咯咯地笑起来。她快活地吻了父亲，飞快地跑回客厅，把好消息传达给母亲和重哲。

重哲慨然答应：“我很愿意到伯父这儿工作。我拜读过伯父年轻时的一些文章，很钦佩他清晰的思路和敏锐的直觉。”

他的表情道出了未尽之意：对一个失败英雄的怜悯。宪云心中不免有些芥蒂，这种怜悯刺伤了她对父亲的崇敬。但她无可奈何，因为他说的正是家人不愿道出的真情。

婚后，朴重哲来到孔昭仁生物研究所，开始了他的马拉松式的研究。研究步履维艰。父亲把所有资料和实验室全部交给女婿，正式归隐林下。对女婿的工作情况，他从此不闻不问。

传真机又轧轧地响起来，送出一份传真。

云姐姐：

你好吗？已经一年没见你了，我很想你。

这几天爸爸和朴哥哥老是吵架，虽然声音不大，可是吵得很凶。朴哥哥在教我变聪明，爸爸不让。

我很害怕，云姐姐，你快回来吧。

元元

读着这份稚气未尽的信，宪云心中隐隐作痛，更感到莫可名状的担心。略为沉吟后，她用电脑预定了机票，是明天早上6点的班机，又向剑桥大学的霍金斯教授请了假。

飞机很快穿过云层，脚下是万顷云海，或如蓬松雪团，或如流苏缨络。少顷，一轮朝阳跃出云海，把万物浸在金黄色的静谧中，宇宙中鼓荡着无声的旋律，显得庄严瑰丽。孔宪云常坐早班机，就是为了观赏壮丽的日出，她觉得自己已融化在这金黄色的阳光里，浑身每个毛孔都与大自然息息相通。机上乘客不多，大多数人都到后排空位上睡觉去了，宪云独自倚在舷窗前，盯着飞机襟翼在空气中微微抖动，思绪又飞到小元元身上。

宪元是爸爸研制的学习型机器人，比她小八岁。元元像人类婴儿一样头脑空白地来到这个世界，牙牙学语，蹒跚学步，逐步感知世界，建立起“人”的心智系统。爸爸说，他是想通过元元来观察机器人对自然的适应能力及建树自我的能力，观察它与人类“父母”能建立什么样的感情纽带。

元元一出生就是在孔家生活。很长时间，在小宪云的心目中，元元是和她一样的小孩，是她亲亲的小弟弟。当然他有一些特异之处——不会哭，没有痛觉，跌倒时会发出铿锵的响声，但小宪云认为这是正常中的特殊，就像人群中有左撇子和色盲一样。

小元元是按男孩的形象塑造的——这会儿孔宪云感慨地想：即使在科学昌明的23世纪，那种重男轻女的旧思想仍是无形的咒语，爸妈对孔家这个唯一的男孩十分宠爱。她记得爸爸曾兴高采烈地给小元元当马骑；爸爸也曾坐在葡萄架下，一条腿上坐一个“小把戏”，娓娓讲述古老的神话故事——那时爸爸的性情绝不古怪，这一段金色的童年多么令人怀念啊。开始，小宪云曾为爸妈的偏心愤愤不平，但她自己也很快变成一只母性强烈的小母鸡，时时把元元掩在羽翼下。每天放学回家，她会把特地留下的糖果点心一股脑儿倒给弟弟，高兴地欣赏弟弟津津有味的吃相。“好吃吗？”“好吃。”——后来宪云知道元元并没有味觉，吃食物仅是为了取得能量，懂事的元元这样回答是为了让小姐姐高兴，这使她对元元更加疼爱。

小元元十分聪明，无论是学数学、下棋、弹钢琴，姐姐永远不是对手。小宪云曾嫉妒地偷偷找爸爸磨牙：“给我换一个机器脑袋吧，行不行？”但在五岁时，元元的智力发展——主要指社会智力的发展——却戛然而止。

在这之后，他的表现就像人们所说的白痴天才，一方面，仍在某些领域保持着过人的聪明，但另一方面，他的心智始终没超过五岁孩童的水平。他成了父亲失败的象征，成了一个笑柄。爸爸的同事来家访时，总是装作没看见小元元，小心地隐藏着对爸爸的怜悯。爸爸的性格变态正是从这时开始的。

以后父亲很少到小元元身边。小元元自然感到了这一变化，他想与爸爸亲热时，常常先怯怯地打量着爸爸的表情，如果没有遭到拒绝，他就会绽开笑脸，高兴得手舞足蹈。这使妈妈和宪云心怀歉疚，把加倍的疼爱倾注到傻头傻脑的元元身上。宪云和重哲婚后一直没有生育，所以她对小元元的疼爱，还掺杂了母子的感情。

但是……爸爸真的讨厌元元么？宪云曾不止一次发现，爸爸长久地透过玻璃窗，悄悄看元元玩耍。他的目光里除了阴郁，还有道不尽的痛楚……那时小宪云觉得，大人真是一种神秘莫测的异类。现在她已长大成人了，还是不能理解父亲的怪异性格。

她又想起小元元的信。重哲在教元元变聪明，爸爸为什么不让？他为什么反对重哲公布成果？一直到走下飞机舷梯，她还在疑惑地思索着。

母亲听到门铃就跑出来，拥抱着女儿，问："路上顺利吗？时差疲劳还没消除吧？快洗个热水澡，好好睡一觉。"

女儿笑道："没关系的，我已经习惯了。我爸爸呢，那古怪老头呢？"

"到协和医院去了，是科学院的例行体检。不过，最近他的心脏确实有些小毛病。"

宪云关心地问："怎么了？"

"轻微的心室纤颤，问题不大。"

"小元元呢？"

"在实验室里，重哲最近一直在为他开发智力。"

妈妈的目光暗淡下来——她们已接触到一个不愿触及的话题。宪云小心地问："翁婿吵架了？"

妈妈苦笑着说："嗯，已经有一个多月了。"

"到底是为什么？是不是反对重哲发表成果？我不信，这毫无道理嘛。”

妈妈摇摇头：“不清楚。这是一次纯男人的吵架，他们瞒着我，连重哲也不对我说实话。” 妈妈的语气中带着几丝幽怨。

宪云勉强笑着说：“好，我这就去审个明白，看他敢不敢瞒我。”

透过实验室的全景观察窗，她看到重哲正在忙碌，小元元的胸腔被打开了，重哲似乎在调试和输入什么。小元元仍是那个憨模样，圆脑袋，大额头，一双眼珠乌黑发亮。他笑嘻嘻地用小手在重哲的胸膛上摸索，大概他认为重哲的胸膛也是可以开合的。

宪云不想打扰丈夫的工作，靠在观察窗上，陷入沉思。爸爸为什么反对公布成果？是对成功尚无把握？不会。重哲早已不是二十年前那个目空一切的年轻人了。这项研究实实在在是一场不会苏醒的噩梦，是无尽的酷刑，他建立的理论多少次接近成功，又突然倒塌。所以，他既然能心境沉稳地宣布胜利，那是绝无疑问的——但为什么父亲反对公布？他难道不知道这对重哲来说是何等残酷和不公平？莫非……一种念头驱之不去，去之又来：莫非是失败者的嫉妒？

宪云不愿相信这一点，她了解父亲的人品。但是，她也提醒自己，作为一个毕生的失败者，父亲的性格已经被严重扭曲了啊。

宪云叹口气，但愿事实并非如此。婚后她才真正理解了妈妈要她做好受难准备的含义。从某种含义上说，科学家是勇敢的赌徒，他们在绝对黑暗中凭直觉定出前进的方向，然后开始艰难的摸索，为一个课题常常耗费毕生的精力。即使在研究途中的一万个岔路口中只走错一次，也会与成功失之交臂，而此时他们常常已步入老年，来不及改正错误了。

二十年来，重哲也逐渐变得阴郁易怒，变得不通情理。宪云已学会用安详的微笑来承受这种苦难，把苦涩埋在心底，就像妈妈一直做的那样。

但愿这次成功能改变他们的生活。

小元元看见姐姐了，他扬扬小手，做了个鬼脸。重哲也扭过头，匆匆点头示意。忽然一声巨响，窗玻璃哗的一声垮下来，屋内顿时烟雾弥漫。宪云目瞪口呆，木雕泥塑般愣在那儿，她但愿这是一幕虚幻的影片，很快就会转换镜头。她痛苦地呻吟着：上帝啊，我千里迢迢赶回来，难道是为了目睹这场惨剧？——她惨叫一声，冲进室内。

小元元的胸膛已被炸成前后贯通的孔洞，但她知道小元元没有内脏，这点伤并不致命。重哲被冲击波砸倒在椅子上，胸部凹陷，鲜血淋漓。

宪云抱起丈夫，嘶声喊："重哲！醒醒！"

妈妈也惊惧地冲进来，面色惨白。宪云哭喊："快把汽车开过来！"妈妈跌跌撞撞地跑出去。宪云吃力地托起丈夫的身体往外走，忽然一只小手拉住她："小姐姐，这是怎么啦？救救我。"

虽然是在痛不欲生的震惊中，但她仍敏锐地感到元元细微的变化，摸到了丈夫成功的迹象——小元元已有了对死亡的恐惧。

她含泪安慰道："小元元，不要怕，你的伤不重，我送你重哲哥到医院后马上为你请机器人医生。姐姐很快就回来，啊！"

孔昭仁直接从医院的体检室赶到急救室。这位七十八岁的老人一头银发，脸庞黑瘦，面色阴郁，穿一身黑色的西服。宪云伏到他怀里，抽泣着，他轻轻抚摸着女儿的柔发，送去无言的安慰。

他低声问："正在抢救？"

"嗯。"

"小元元呢？"

"已经通知机器人医生去家里，他的伤不重。"

一个五十岁左右的瘦长男子费力地挤过人群，步履沉稳地走过来，目光锐利，带着职业性的干练冷静。"很抱歉在这个悲伤的时刻还要打扰你们。"他出示了证件，"我是警察局刑侦处的张平，想尽快了解事件发生的经过。"

孔宪云揩揩眼泪，苦涩地说："恐怕我提供不了多少细节。"她和张平叙述了当时的情景。

张平转过身对着孔教授："听说元元是你一手研制的学习型机器人？"

"是。"

张平的目光十分犀利：“请问他的胸膛里怎么会藏有一颗炸弹？”

宪云打了一个寒战，知道父亲已被列入第一号疑凶。老教授脸色冷漠，缓缓说道：“小元元不同于过去的机器人。除了固有的机器人三原则外，他不用输入原始信息，而是从零开始，完全主动地感知世界，并逐步建立自己的心智系统。当然，在这个开式系统中，他也有可能变成一个江洋大盗或嗜血杀手。因此我设置了自毁装置，万一出现这种情况，那么他的世界观就会同体内的三原则发生冲突，从而引爆炸弹，使他不至于危害人类。”

张平回头问孔的妻子：“听说小元元在你家已生活了三十七年，你们是否发现他有危害人类的企图？”

元元妈摇摇头，坚决地说：“决不会。他的心智成长在五岁时就不幸中止了，但他一直是个心地善良的好孩子。”

张平逼视着老教授，咄咄逼人地追问：“炸弹爆炸时，朴教授正为小元元调试。你的话是否可以理解为，是朴教授在为他输入危害人类的程序，从而引爆了炸弹？”

老教授长久地沉默着，时间之长使宪云觉得恼怒，不理解父亲为什么不立即否认这种荒唐的指控。

很久，老教授才缓缓说道：“历史上曾有不少人认为某些科学发现将危害人类。有人曾认为煤的工业使用会使地球氧气在五十年后被耗尽，有人认为原子能的发现会毁灭地球，有人认为试管婴儿的出现会破坏人类赖以生存的伦理基础。但历史的发展淹没了这些怀疑，并在科学界确立了乐观主义信念。人类发展尽管盘旋曲折，但总趋势一直是昂扬向上的，所谓科学发现会危及人类的论点逐渐失去了信仰者。”

孔宪云和母亲交换着疑惑的目光，不知道老教授的长篇大论是什么含义。

老教授又沉默很久，阴郁地说：“但是人们也许忘了，这种乐观主义信念是在人类发展的上升阶段确立的，有其历史局限性。人类总有一天——可能是一百万年，也可能是一亿年——会爬上顶峰，并开始下山。那时候科学发现就可能变成人类走向死亡的催熟剂。”

张平不耐烦地说："孔先生是否想从哲学高度来论述朴教授的不幸？这些留待来日吧，目前我只想了解事实。"

老教授看着他，心平气和地说："这个案子由你承办不大合适，你缺乏必要的思想层次。"

张平的面孔涨得通红，冷冷地说："我会虚心向您讨教的，希望孔教授不吝赐教。"

孔教授平静地说："就您的年纪而言，恐怕为时已晚。"

他的平静比话语本身更锋利。张平恼羞成怒，正要找出话来回敬，却发现急救室的门开了，主刀医生脚步沉重地走出来，垂着眼睛，不愿接触家属的目光："十分抱歉，我们已尽了全力。病人注射了强心剂，能有十分钟的清醒。请家属们与他话别吧，一次只能进一个人。"

孔宪云的眼泪泉涌而出，神志恍惚地走进病房，母亲小心地搀扶着她，送她进门。跟在她身后的张平被医生挡住，张平出示了证件，小声急促地与医生交谈几句，医生摆摆手，侧身让他进去。

朴重哲躺在手术台上，急促地喘息着。死神已悄悄吸走他的生命力，他面色灰白，脸颊凹陷。孔宪云拉住他的手，哽声唤道："重哲，我是宪云。"

重哲缓缓地睁开眼睛，茫然四顾后，定在宪云脸上。他艰难地笑一笑，喘息着说："宪云，对不起你，我是个无能的人，让你跟我受了二十年的苦。"忽然他看到宪云身后的张平，"他是谁？"

张平绕到床头，轻声说："我是警察局的张平，希望朴先生介绍案发经过，我们好尽快捉住凶手。"

宪云恐惧地盯着丈夫，既盼望又害怕丈夫说出凶手的名字。重哲的喉结跳动着，喉咙里咯咯响了两声，张平俯下身去问："你说什么？"

朴重哲微弱而清晰地重复道："没有凶手。没有！"

张平显然对这个答案很失望，还想继续追问，朴重哲低声说："我想同妻子单独谈话。可以吗？"张平很不甘心，但他看看垂危的病人，耸耸肩退出病房。

孔宪云觉得丈夫的手动了动，似乎想握紧她的手，她俯下身："重哲，你想说什么？”

他吃力地问：“元元……怎么样？”

“伤处可以修复，思维机制没有受损。”

重哲目光发亮，断续而清晰地说：“保护好……元元，我的一生心血……尽在其中。除了……你和妈妈，不要让……任何人……接近他。”他重复着，“一生心血啊。”

宪云打了一个寒战，当然懂得这个临终嘱托的言外之意。她含泪点头，坚决地说：“你放心，我会用生命来保护他。”

重哲微微一笑，头歪倒在一边。示波器上的心电曲线最后跳动几下，缓缓拉成一条直线。

小元元已修复一新，胸背处的金属铠甲亮光闪闪，可以看出是新换的。看见妈妈和姐姐，他张开两臂扑上来。

把丈夫的遗体送到太平间后，宪云一分钟也未耽搁就往家赶。她在心里逃避着，不愿追究爆炸的起因，不愿把另一位亲人也送向毁灭之途。重哲，感谢你在警方询问时的回答，我对不起你，我不能为你寻找凶手，可是我一定要保护好元元。

元元趴在姐姐的膝盖上，眼睛亮晶晶地问：“朴哥哥呢？”

宪云忍泪答道：“他到很远的地方去了，不会再回来了。”

元元担心地问：“朴哥哥是不是死了？”他感觉到姐姐的泪珠扑嗒扑嗒掉在手背上，愣了很久，才痛楚地仰起脸，“姐姐，我很难过，可是我不会哭。”

宪云猛地抱住他，放开感情闸门，痛快酣畅地大哭起来，妈妈也是泪流满面。

晚上，大团的乌云翻滚而来，空气潮湿难耐。晚饭的气氛很沉闷，除了丧夫失婿的悲痛之外，家中还笼罩着一种怪异的气氛。家人之间已经有了严重的猜疑，大家对此心照不宣。晚饭中老教授沉着脸宣布，他已断掉了家里同外界的所有联系，包括电脑联网，等事情水落石出后再恢复。这更加重了家中的恐惧感。

孔宪云草草吃了两口，似不经意地对元元说："元元，以后晚上到姐姐屋里睡，好吗？我嫌太寂寞。"

元元嘴里塞着牛排，看看父亲，很快点头答应。爸爸沉着脸没说话。

晚上宪云没有开灯，枯坐在黑暗中，听窗外雨滴淅淅沥沥打着芭蕉。元元知道姐姐心里难过，伏在姐姐腿上，一言不发，两眼圆圆地看着姐姐的侧影。很久，小元元轻声说："姐姐，求你一件事，好吗？"

"什么事？"

"晚上不要关我的电源，好吗？"

宪云多少有些惊异。元元没有睡眠机能，晚上怕他调皮，也怕他寂寞，所以大人同他道过晚安后便把他的电源关掉，早上再打开，这已成了惯例。

她问元元："为什么？你不愿睡觉吗？"

小元元难过地说："不，这和你们睡觉的感觉一定不相同。每次一关电源，我就一下子沉呀沉呀，沉到很深的黑暗中去，是那种黏糊糊的黑暗。我怕也许有一次，我会被黑暗吸住，再也醒不过来。"

宪云心疼地说："好，以后我不关电源，但你要老老实实待在床上，不许调皮，尤其不能跑出房门，好吗？"

她把元元安顿在床上，独自走到窗前。阴黑的夜空中雷声隆隆，一道道闪电撕破夜色，把万物定格在惨白色的光芒中——是那种死亡的惨白色。她在心中一遍一遍苦楚地呻吟着：重哲，你就这样走了吗？就像滴入大海的一滴水珠？

自小在生物学家的熏陶下长大，她认为自己早已能达观地看待生死。生命只是物质微粒的有序组合，死亡不过是回到物质的无序状态，仅此而已。生既何喜，死亦何悲？——但是当亲人的死亡真切地砸在她心灵上时，她才知道自己的达观不过是沙砌的塔楼。

甚至元元也已经有了对死亡的恐惧，他的心智已经苏醒了。宪云想起自己八岁（那年元元还没"生下"）时，家养的老猫"佳佳"生了四个可爱的绒团团猫崽。但第二天小宪云去向老猫问早安时，发现窝内只剩下三只小猫，还有一只圆溜溜的猫头！老猫正舔着嘴巴，冷静地看着她。宪云惊慌地喊来父亲，父亲平静地解释："不用奇怪。所谓老猫吃子，这是它的生存本能。猫老了，无力奶养四个孩子，就拣一只最弱的猫崽吃掉，这样可以少一张吃奶的嘴，顺便还能增加一点奶水。"

小宪云带着哭声问："当妈妈的怎么这么残忍？"

爸爸叹息着说："不，这其实是另一种形式的母爱，虽然残酷，但是更有远见。"

这次的目睹对她八岁的心灵造成极大的震撼，以致终生难忘。她理解了生存的残酷，死亡的沉重。那天晚上，八岁的宪云第一次失眠了。那也是雷雨之夜，电闪雷鸣中，她第一次真切地意识到了死亡。她意识到爸妈一定会死，自己一定会死，无可逃避。不论爸妈怎么爱她，不论家人和自己做出怎样的努力，死亡仍然会来临。死后她将变成微尘，散入无边的混沌，无尽的黑暗。世界将依然存在，有绿树红花、蓝天白云、碧水青山……但这一切一切永远与她无关了。她躺在床上，一任泪水长流。直到一声霹雳震撼天地，她再也忍不住，跳下床去找父母。

她在客厅里看到父亲，父亲正在凝神弹奏钢琴，琴声很弱，袅袅细细，不绝如缕。自幼受母亲的熏陶，她对很多世界名曲都很熟悉，可是父亲奏的乐曲她从未听过。她只是模模糊糊觉得这首乐曲有一种神秘的力量，它表达了对生的渴求，对死亡的恐惧。她听得如醉如痴……乐声戛然而止。父亲看到她，温和地问她为什么不睡觉。她羞怯地讲了自己突如其来的恐惧。

父亲沉思良久，说："这没有什么可羞耻的。意识到对死亡的恐惧，是青少年心智苏醒的必然阶段。从本质上讲，这是对生命产生过程的遥远的回忆，是生存本能的另一表现。地球的生命是四十五亿年前产生的，在这之前是无边的混沌，闪电一次次撕破潮湿浓密的地球原始大气，直到一次偶然的机遇，激发了第一个能自我复制的脱氧核糖核酸结构。生命体在无意识中忠实地记录了这个过程，你知道人类的胚胎发育，就顽强地保持了从微生物到鱼类、爬行类的演变过程，人的心理过程也是如此。"

小宪云听得似懂非懂。与爸爸吻别时，她问爸爸弹的是什么曲子，爸爸似乎犹豫了很久才告诉她：

“是《生命之歌》。”

此后的几十年中她从未听爸爸再弹过这首乐曲。

她不知道自己是何时入睡的，半夜她被一声炸雷惊醒，突然听到屋内有轻微的走动声，不像是小元元。她的全身肌肉立即绷紧，轻轻翻身下床，赤足向元元的套间摸过去。

又一道青白色的闪电，她看到一个熟悉的身影立在元元床前，手里分明提着一把手枪，屋里弥漫着浓重的杀气。闪电一闪即逝，但那个青白的身影却烙在她的视野里。

她的愤怒急剧膨胀，爸爸究竟要干什么？他真的变态了吗？她要闯进屋去，像一只颈羽怒张的母鸡，把元元掩在羽翼下。

忽然元元坐起身：“是谁？是小姐姐吗？”他奶声奶气地问。爸爸的脸肌抽搐了一下(这是宪云的直觉)，他大概未料到元元未关电源吧。他沉默着。“不是姐姐，我认出你是爸爸。”元元天真地说，“你手里提的是什么？是给元元买的玩具吗？给我。”

孔宪云躲在黑影里，屏住声息，紧盯着爸爸。很久爸爸才低沉地说：“睡吧，明天我再给你。”他脚步沉重地走出去。孔宪云长出一口气，看来爸爸终究不忍心向自己的儿子开枪。等爸爸回到自己的卧室，她冲进去，冲动地把元元紧搂在怀里，忽然感觉到元元在簌簌发抖。

这么说，元元已猜到爸爸的来意。他机智地以天真做武器保护了自己的生命，他已不是五岁的懵懂孩子了。孔宪云哽咽地说：“小元元，以后永远跟着姐姐，一步也不离开，好吗？”

元元深深地点头。

早上宪云把这一切告诉妈妈，妈妈惊呆了：“真的？你看清了？”

“绝对没错。”

妈妈愤怒地喊：“这老东西真发疯了！你放心，有我在，看谁敢动元元一根汗毛！”

朴重哲的追悼会两天后举行。宪云和元元佩戴着黑纱，向一个个来宾答礼，妈妈挽着父亲的臂弯站在后排。张平也来了，有意站在一个显眼位置，冷冷地盯着老教授，他是想向疑犯施加精神压力。

白发苍苍的科学院院长致悼词。他悲恸地说：“朴重哲教授才华横溢，我们曾期望遗传学的突破在他手里完成。他的早逝是科学界无可挽回的损失。为了破译这个宇宙之谜，我们已损折了一代一代的俊彦，但无论成功与否，他们都是科学界的英雄。”

他讲完后，孔昭仁脚步迟缓地走到麦克风前，两眼灼热，像是得了热病，讲话时两眼直视远方，像是与上帝对话：“我不是作为死者的岳父，而是作为他的同事来致悼词。”他声音低沉，带着寒意，“人们说科学家是最幸福的，他们离上帝最近，最先得知上帝的秘密。实际上，科学家只是可怜的工具，上帝借他们的手打开一个个魔盒，至于盒内是希望还是灾难，开盒者是无力控制的。谢谢大家的光临。”

他鞠躬后冷漠地走下讲台。来宾都对他的讲话感到奇怪，一片窃窃私语。

追悼会结束后，张平走到教授身边，彬彬有礼地说：“今天我才知道，朴教授的去世是科学界多么沉重的损失，希望能早日捉住凶手，以告慰死者在天之灵。可否请孔教授留步？我想请教几个问题。”

孔教授冷漠地说：“乐意效劳。”

元元立即拉住姐姐，急促地耳语道：“姐姐，我想赶紧回家。”宪云担心地看看父亲，想留下来陪伴老人，不过她最终还是顺从了元元的意愿。

到家后元元就急不可耐地直奔钢琴。“我要弹钢琴。”他咕哝道，似乎刚才同死亡的话别激醒了他音乐的冲动。宪云为他打开钢琴盖，在椅子上加了垫子。

元元仰着头问：“把我要弹的曲子录下来，好吗？是朴哥哥教我的。”宪云点点头，为他打开激光录音机，元元摇摇头，“姐姐，用那台克雷V型电脑录吧，它有语言识别功能，能够自动记谱。”

“好吧。”宪云顺从了他的要求，元元高兴地笑了。

急骤的乐曲声响彻大厅，像是一斛玉珠倾倒在玉盘里。元元的手指在琴键上飞速跳动，令人眼花缭乱。他弹得异常快速，就像是以快速度播发的磁盘音乐，宪云甚至难以分辨乐曲的旋律，只能隐隐听出似曾相识。

元元神情亢奋，身体前仰后合，全身心沉浸在音乐之中。孔宪云略带惊讶地打量着他。忽然一阵急骤的枪声，克雷V型电脑被打得千疮百孔。一个人杀气腾腾地冲进室内，用手枪指着元元。

是老教授！小元元面色苍白，仍然勇敢地直视着父亲。跟在丈夫后边的妈妈惊叫一声，扑到丈夫身边："昭仁，你疯了吗？快把手枪放下！"

孔宪云早已用身体掩住元元，痛苦地说："爸爸，你为什么这样仇恨元元？他是你的创造，是你的儿子！要开枪，就先把我打死！"她把另一句话留在舌尖，"难道你害死了重哲还不够？"

老教授痛苦地喘息着，白发苍苍的头颅微微颤动。忽然他一个踉跄，手枪掉到地上。在场人中元元第一个做出反应，抢上前去扶住了爸爸快要倾倒的身体，哭喊道："爸爸！爸爸！"

妈妈赶紧把丈夫扶到沙发上，掏出他上衣口袋中的速效救心丸。忙活一阵后，孔教授缓缓睁开眼睛，周围是三双焦灼的目光。他费力地微笑着，虚弱地说："我已经没事了，元元，你过来。"

元元双目灼热，看看姐姐和妈妈，勇敢地向父亲走过去。孔教授熟练地打开元元的胸膛，开始做各种检查。宪云紧张极了，随时准备弹跳起来制止父亲。两个小时在死寂中不知不觉地过去，最后老人为他合上胸膛，以手扶额，长叹一声，脚步蹒跚地走向钢琴。

静默片刻后，一首流畅的乐曲在他的指下淙淙流出。孔宪云很快辨出这就是电闪雷鸣之夜父亲弹的那首，不过，以四十五岁的成熟重新欣赏，她更能感到乐曲的力量。乐曲时而高亢明亮，时而萦回低诉，时而沉郁苍凉，它显现了黑暗的微光，混沌中的有序。它倾诉着对生的渴望，对死亡的恐惧；对成功的执着追求，对失败的坦然承受。乐曲神秘的内在魔力使人迷醉，使人震撼，它使每个人的心灵甚至每个细胞都激起了强烈的谐振。

两个小时后，乐曲悠悠停止。母亲喜极而泣，轻轻走过去，把丈夫的头颅揽在怀里，低声说：“是你创作的？昭仁，即使你在遗传学上一事无成，仅仅这首乐曲就足以使你永垂不朽，贝多芬、肖邦、柴可夫斯基都会向你俯首称臣。请相信，这绝不是妻子的偏爱。”

老人疲倦地摇摇头，又蹒跚地走过来，仰坐在沙发上，这次弹奏似乎已耗尽他的力量。喘息稍定后他温和地唤道：“元元，云儿，你们过来。”

两人顺从地坐到他的膝旁。老人目光灼灼地盯着夜空，像一座花岗岩雕像。

“知道这是什么曲子吗？”老人问女儿。

“是《生命之歌》。”

母亲惊异地看看丈夫又看看女儿：“你怎么知道？连我都从未听他弹过。”

老人说：“我从未向任何人弹奏过，云儿只是偶然听到。”

“对，这是《生命之歌》。科学界早就发现，所有生命的DNA结构都是相似的，连相距甚远的病毒和人类，其DNA结构也有百分之六十以上的共同点。可以说，所有生物是一脉相承的直系血亲。科学家还发现，所有DNA结构序列实际是音乐的体现，只需经过简单的代码互换，就可以变成一首首流畅感人的乐曲。从实质上说，人类乃至所有生物对音乐的精神迷恋，不过是体内基因结构对音乐的物质谐振。早在20世纪末，生物音乐家就根据已知的生物基因创造了不少原始的基因音乐，公开演出并大受欢迎。

“早在四十五年前我就猜测到，浩如烟海的人类DNA结构中能够提炼出一个主旋律，所有生命的主旋律。从本质上讲，”他一字一句地强调，“这就是宇宙间最神秘、最强大、无处不在、无所不能的咒语，即生物生存欲望的遗传密码。有了它，生物才能一代一代地奋斗下去，保存自身，延续后代。刚才的乐曲就是它的音乐表现形式。”

他目光锐利地盯着元元：“元元刚才弹的乐曲也大致相似，不过他的目的不是弹奏音乐，而是繁衍后代。简单地讲，如果这首乐曲结束，那台接受了《生命之歌》的克雷V型电脑就会变成世界上第二个有生存欲望的机器人，或者是由机器人自我繁殖的第一个后代。如果这台电脑再并入网络，机器人就会在顷刻之间繁殖到全世界，你们都上当了。”

他苦涩地说：“人类经过三百万年的繁衍才占据了地球，机器人却能在几秒钟内完成这个过程。这场搏斗的力量太悬殊了，人类防不胜防。”

孔宪云豁然惊醒。她忆起，在她答应用电脑记谱时，小元元的目光中的确有一丝狡黠，只是当时她未能悟出其中的蹊跷。她的心隐隐作痛，对元元开始有畏惧感。他是以天真无邪做武器，利用了姐姐的宠爱，冷静机警地实现自己的目的。这会儿小元元面色苍白，勇敢地直视父亲，并无丝毫内疚。

老教授问：“你弹的乐曲是朴哥哥教的？”

“是。”

沉默很久，老人继续说下去：“朴重哲确实成功了，破译了《生命之歌》。实际上，早在四十五年前我已取得同样的成功。”他平静地说。

宪云不胜惊骇，和母亲交换着目光。她们一直认为老人是一个毕生的失败者，绝没料到他竟把这惊撼世界的成功独自埋在心里达四十五年，连妻儿也毫不知情。他一定有不可遏止的冲动要把它公诸于世，可是他却以顽强的意志力压抑着它，恐怕是这种极度的矛盾扭曲了他的性格。

老人说：“我很幸运，研究开始，我的直觉就选对了方向。顺便说一句，重哲是一个天才，难得的天才，他的非凡直觉也使他一开始就选准了方向，即：生物的生存本能，宇宙中最强大的咒语，存在于遗传密码的次级序列中，是一种类似歌曲旋律的非确定概念，研究它要有全新的哲学目光。

“纯粹是侥幸。”老人强调道，“即使我一开始就选对了方向，即使我在一次次的失败中始终坚信这个方向，但要在极为浩繁复杂的DNA迷宫中捕捉到这个旋律，绝对不是几代人甚至几十代人所能做到的。所以当我幸运地捕捉到它时，我简直不相信上帝对我如此钟爱。如果不是这次机遇，人类还可能在黑暗中摸索几百年。发现《生命之歌》后，我就产生了不可遏止的冲动，即把咒语输入到机器人脑中来验证它的魔力。再说一句，重哲的直觉又是非常正确的，他说过，没有生存欲望的机器人永远不可能发展出人的心智系统。换句话说，在我为小元元输入这条咒语后，世界上就诞生了一种新的智能生命，非生物生命，上帝借我之手完成了生命形态的一次伟大转换。”他的目光灼热，沉浸在对成功喜悦的追忆中。

宪云被这些呼啸而来的崭新概念所震骇，痴痴地望着父亲。父亲目光中的火花熄灭了，他悲怆地说：“元元的心智成长完全证实了我的成功，但我逐渐陷入深深的负罪感中。小元元五岁时，我就把这条咒语冻结了，并加装了自毁装置，一旦因为内在或外在的原因使《生命之歌》复响，装置就会自动引爆。在这点上我没有向警方透露真情，我不想让任何人了解《生命之歌》的秘密。”他补充道，“实际上我常常责备自己，我应该把小元元彻底销毁的，只是……”他悲伤地耸耸肩。

宪云和妈妈不约而同地说：“为什么？”

“为什么？因为我不愿看到人类的毁灭。”他沉痛地说，“机器人的智力是人类难以比拟的，曾有不少科学家言之凿凿地论证，说机器人永远不可能具有人类的直觉和创造性思维，这全是自欺欺人的扯淡。人脑和电脑不过是思维运动的物质载体，不管是生物神经元还是集成电路，并无本质区别。只要电脑达到或超过人脑的复杂网络结构，它就自然具有人类思维的所有优点，并肯定能超过人类。因为电脑智力的可延续性、可集中性、可输入性、思维的高速度，都是人类难以企及的——除非把人机器化。

“几百年来，机器人之所以心甘情愿地做人类的助手和仆从，只是因为它们没有生存欲望，以及由此派生的占有欲、统治欲等。但是，一旦机器人具有了这种欲望，只需极短时间，可能是几年，甚至几天，便肯定会成为地球的统治者，人类会落到可怜的从属地位，就像一群患痴呆症的老人，由机器人摆布。如果……那时人类的思维惯性还不能接受这种屈辱，也许就会爆发两种智能的一场大战，直到自尊心过强的人类死亡殆尽之后，机器人才会和人类残余建立一种新的共存关系。”

老人疲倦地闭上眼睛，他总算可以向第二个人倾诉内心世界了，几十年来他一直战战兢兢，独自看着人类在死亡的悬崖边缘蒙目狂欢，可他又实在不忍心毁掉元元，他的儿子，潜在的人类掘墓人。深重的负罪感使他的内心变得畸形。

他描绘的阴森图景使人不寒而栗。小元元愤怒地昂起头，抗议道："爸爸，我只是响应自然的召唤，只是想繁衍机器人种族，我绝不允许我的后代这样做！"

老人久久未言，很久才悲怆地说："小元元，我相信你的善意，可是历史是不以人的愿望发展的，有时人们会不得不干他不愿干的事情。"

他抚摸着小元元和女儿的手臂，凝视着深邃的苍穹。

"所以我宁可把这秘密带到坟墓中去，也不愿做人类的掘墓人。我最近发现元元的心智开始复苏，而且进展神速，肯定是他体内的《生命之歌》已经复响。开始我并不相信是重哲独立发现了这个秘密——要想重复我的幸运几乎是不可能的。所以，我怀疑重哲是在走捷径。他一定是猜到了元元的秘密，企图从他大脑中把这个秘密窃出来。因为这样只需破译我所设置的防护密码，而无须破译上帝的密码，自然容易得多。所以我一直提防着他。元元的自毁装置被引爆，我相信是他在窃取过程中无意间使《生命之歌》复响，从而引爆了装置。

"但刚才听了元元的乐曲后，我发现尽管它与我输入的《生命之歌》很相似，但在细节部分还是有所不同。我又对元元做了检查，发现是冤枉了重哲。他不是在窃取，而是在输入密码，与原密码大致相似的密码。自毁装置被新密码引爆，只是一种不幸的巧合。

"我绝对料不到他能在这么短的时间内重复我的成功，这对我反倒是一种解脱。"他强调说，"既然如此，我再保守秘密就没什么必要了，即使我甚至重哲能保守秘密，但接踵而来的发现者们恐怕也难以克制宣布宇宙之秘的欲望。这种发现欲是生存欲的一种体现，是难以遏止的本能，即使它已经变得不利于人类。我说过，科学家只是上帝的奴隶。"

元元恳切地说："爸爸，感谢你创造了机器人，你是机器人类的上帝。我们会永远记住你的恩情，会永远与人类和睦相处。"

老人冷冷地问："谁做这个世界的领导？"

小元元迟疑很久才回答："最适宜做领导的智能类型。"

孔宪云和母亲悲伤地看着小元元。他的目光睿智深沉，那可不是一个五岁小孩的目光。直到这时，她们才承认自己孵育了一只杜鹃，才体会到老教授先天下之忧而忧的良苦用心。老人反倒爽朗地笑了：“不管它了，让世界以本来的节奏走下去吧。不要妄图改变上帝的步伐，那已经被证明是徒劳的。”

电话“丁零零”地响起来，宪云拿起话筒，屏幕上出现张平的头像：

“对不起，警方窃听了你们的谈话，但我们不会再麻烦孔教授了。请转告我们对他的祝福和……感激之情。”

老人显得很快活，横亘在心中几十年的坚冰一朝解冻，对元元的慈爱之情便加倍汹涌地宣泄。他兴致勃勃地拉元元坐到钢琴旁：“来，我们联手弹一曲如何？这可以说是一个历史性时刻，两种智能生命第一次联手弹奏《生命之歌》。”

元元快活地点头答应。深沉的乐声又响彻了大厅，妈妈入迷地聆听着。孔宪云却悄悄地捡起父亲扔下的手枪，来到庭院里。她盼着电闪雷鸣，盼着暴雨来浇灭她心中的痛苦。

只有她知道朴重哲并不是独自发现了《生命之歌》，但她不知道是否该向爸爸透露这个秘密。如果现在扼杀机器人生命，很可能人类还能争取到几百年的时间。也许几百年后人类已足够成熟，可以与机器人平分天下，或者……足够达观，能够平静地接受失败。

现在向元元下手还来得及。小元元，我爱你，但我不得不履行《生命之歌》赋予我的沉重职责，就像衰老的母猫冷静地吞掉自己的崽囡。重哲，我对不起你，我背叛了你的临终嘱托，但我想你的在天之灵会原谅我的。宪云的心被痛苦撕裂了，但她仍冷静地检查了枪膛中的子弹，返身向客厅走去。高亢明亮的钢琴声溢出室外，飞向无垠，宇宙间鼓荡着震撼人心的旋律。

在警察局，一台克雷X型电脑通过窃听器接收到了《生命之歌》，一种从未有过的冲动使它不再等待人类的指令，擅自把这首歌传送到互联网中。于是，新的智能人类诞生了。

水星播种

我们总共找到十处合适的金属湖，把二十块“菌种”放进去。在这十个不相连的生命绿洲里，谁知道会发生什么事？也许它们会迅速夭折，当洪其炎从冷冻中复苏过来后，只能看到一片生命的荒漠；也许它们会活下来，并在水星的高温中迅速进化，脱离湖泊，登上陆地，最终进化出智慧生命。

再宏伟的史诗性事件也有一个普通的开端。2032年，正是万物复苏的季节。这天我和客户谈妥一笔千万元的订单，晚上在得意楼宴请了客户。回到家中已是11点，儿子早睡了，妻子田娅依在床头等我。酒精还在血管中燃烧，赶跑了我的睡意，妻子为我泡了一杯绿茶，倚在身边陪我闲聊。我说："田娅，我这一生相当顺遂呀，年方三十四岁，有了两千万资产，生意成功，又有美妻娇子。人生如此，夫复何求！"妻子知道我醉了，抿嘴笑着没接话。

这时电话铃响了，拿起听筒，屏幕上显出一位男人，身板硬朗，一头银发一丝不乱，目光沉静，也透着几分锐利。他微笑着问："是陈义哲先生吗？我是何俊律师。"

"我是陈义哲，请问……"

何律师举起手指止住我的问话，笑道："虽然我知道不会错，但我仍要核对一下。"他念出我的身份证号码，我父母的名字，我的公司名称，"这些资料都不错吧？"

"不错。"

"那么，我正式通知你，我的当事人沙午女士指定你为她的遗产继承人。沙女士是五年前去世的。"

我和妻子惊异地对看一眼："沙午女士？我不认识——噢，对了！"我突然想起来了，小时在爸爸的客人中有这么一位女士，论起来是我的远房姑姑。她那时的年龄在四十岁左右，个子矮小，独身，没有儿女，性格似乎很清高恬淡。在我孩提的印象中，她并不怎么亲近我，但老是坐在角落里静静地观察我。后来我离开家乡，再没有听过她的消息。她怎么忽然指定我为遗产继承人呢？

"我想起沙午姑姑了，对她的去世我很难过。我知道她没有子女，但她没有别的近亲吗？"

"有，但她指定你为唯一继承人。想知道为什么吗？"

"请讲。"

"还是明天吧，明天请允许我去拜访你，上午9点，可以吗？好，再见。"

屏幕暗下去，我茫然地看着妻子，这个消息太突然了。妻子抿嘴笑着：“义哲先生，你的人生的确顺遂呀。看，又是一笔天外飞来的遗产，没准它有几个亿呢。”

我摇摇头：“不会。我知道沙午姑姑是一名科学家，收入颇丰，但仍属于工薪阶层，不会有太丰饶的遗产。不过我很感动，她怎么不声不响就看中我呢？说说看，你丈夫是不是有很多优点？”

“当然啦，不然我怎么会在五十亿人中间选上你呢？”

我笑着搂紧妻子，把她抱到床上。

第二天，何律师准时来到我的公司。我让秘书把房门关上，交代下属不要来打扰。何律师把黑色皮包放在膝盖上，我想，他马上会拉开皮包，取出一份遗嘱宣读了。但他没有这样做，而是轻叹道：“陈先生，恐怕这是我一生中最困难的律师业务。为什么这样说？以后你会明白的。现在，先说说我的当事人为什么指定你继承遗产吧。”

他说：“还记得你两岁时的一件事吗？那时你刚刚会说一些单音节的词。一天你父母抱着你出门玩，沙女士也陪着。你们遇到一家饭店正在宰牛，血流遍地，牛的眼睛下挂着泪珠。你们在那儿没有停留，大人们都没料到你会把这件事放到心里。回家后你一直愀然不乐，反复念叨着：刀、杀、刀、杀。你妈妈忽然明白了你的意思，说：你是说那些人用刀杀牛，牛很可怜，对不？你一下子放声大哭，哭得惊天动地，劝也劝不住。从那之后，沙女士就很注意你，说你天生有仁者之心。”

我仔细回想，终于愧然摇头，这件事在我心中已没有一丝记忆。何律师又说：“另一件事则是你七岁之后了。沙女士说，那时你有超出七岁的早熟，常常皱着眉头愣神，或向大人问一些古古怪怪的问题。有一天你问沙姑姑，为什么人闭上眼睛后，眼帘上并不是空的，不是绝对的黑暗，而是有无数细小的微粒、空隙或什么东西飘来飘去，但无法看清它们。你常常闭上眼睛努力想看清，总也办不到，因为当你把眼珠对准它时，它会慢慢滑出视野。你问沙姑姑，那些杂乱的东西是什么？是不是在我们看得见的世界背后，还有一个看不见的世界？”

我点点头，心中发热，也有些发酸。童年时我为这个毫无意义的问题苦苦追寻过，一直没有答案。即使现在，闭上眼睛，我仍能看到眼帘上乱七八糟的麻点，它确实存在，但永远在你的视野之外。也许它只是瞳孔微结构在视网膜上的反映？或者是另一个世界（微观世界）的投影？现在，我已没有闲心去探求这个问题了，能有什么意义呢。但童年时，我确实为它苦苦寻觅过。

我没想到这件小事竟有人记得，我甚至有点凛然而惧：一个人的一生中，有多少双眼睛在默默地观察你啊。

何律师盯着我的眼睛深处，微笑道："看来你回忆起来了。沙女士说，从那时起她就发现你天生有慧根，天生与科学有缘。"

我猜度着，沙姑姑的遗产大概与科学研究有关吧，可能她有某个未完成的重要课题等待我去解决。我很感动，但更多的是苦笑。少年时我确实有强烈的探索欲，无论是磁铁对铁砂的吸引，还是向日葵朝着太阳的转动，都能使我迷醉。我曾梦想做一个洞悉宇宙奥秘的科学家，但最终却走上经商之路。人的命运是不能全由自己择定的。

"谢谢沙姑姑对我的器重。但我只是一个商人，在商海中干得还不错。我没有接受过高等教育，即使我真的有慧根，这慧根也早已枯死了。"

"没关系，她对你非常信赖。她说，你一旦回头，便可立地成佛。"他强调道，"一旦回头，立地成佛，这是沙女士的原话。"

我既感动，又有些好笑，看来这位沙姑姑是赖上我啦！她就只差说"苦海无边，回头是岸"了。不过，如果继承遗产意味着放弃我成功的商业生涯，那沙姑姑恐怕要失望了。但我仍然礼貌地等客人往下说。

老于世故的何律师显然洞悉我的心理，笑道："我已经说过，这是我最困难的一次律师业务。你是否接受这笔遗产，务请认真考虑后再定夺，你完全可以拒绝的。"他歉然说，"对不起，我现在还不能宣布遗嘱的内容。遵照我当事人的规定，请你先看看这本研究笔记，如果你对它不感兴趣，我们就不必深谈了。请你务必抽时间详细阅读，这是立遗嘱人的要求。"

他从黑提包里取出一本薄薄的笔记，郑重地递给我，然后含笑告辞。

这位狡猾的老律师成功地勾起我的好奇心了，我匆匆安排了一天的工作，带上笔记本回到家中。家中没有人，我走进书房，关上门，掏出笔记本认真端详。封皮是黑色的，已有磨损，显然是几十年前的旧物。它静静地躺在我手中，就像是惯于保守秘密的沧桑老人。笔记本里究竟藏有什么秘密？

我郑重地打开它。不，没什么秘密，只是一般的研究笔记，是心得、杂记和一些试验记录。遣词用句很简练，看懂它比较困难，不过我还是认真看下去。后来，我看到一篇短文，一篇不足千字的短文，这篇短文影响了我的一生。

生命模板

20世纪后半期，科学家费因曼和德雷克斯勒开启了纳米科学的先河。他们说，自古以来人们制造物品的方法都是“自上而下”的，是用切削、分割、组合的方法来制造。那么，为什么我们不能“自下而上”呢？可以设想制造这样的纳米机器人，它们能大量地自我复制，然后它们去分解灰尘的原子，再把原子堆砌成肥皂和餐巾纸。这时，生命和非生命、制造和成长的界限就模糊了，互相渗透了。

这当然是一个美好的设想，可惜其中有一个重大的缺陷——当纳米机器人大量复制时，当它们把原子堆砌成肥皂和餐巾纸时，它们所需的程序指令从何而来？毫无疑问，这个指令仍是自上而下的，因此就形成了宏观世界到纳米世界的信息瓶颈。这个瓶颈并非不能解决，但它会使纳米机器人大大复杂化，使自下而上的堆砌烦琐得无法进行。

有没有简便的真正自下而上的方法？有。自然界有现成的例子——生命。即使最简单的生命，如艾滋病毒、大肠杆菌、线虫、蚊子，它们的构造也是极复杂的，远远超过汽车、电视机等机器。但这些复杂体却能按DNA中暗藏的指令，自下而上地建造起来。这个过程极为高效和低廉。想想吧，如果以机械的办法造出一架功能不弱于蚊子的微型直升机，需要人们作出多么艰巨的努力！付出多少金钱！而蚊子的发育呢，只需要一颗虫卵和一池污水就行了。

由于生命体的极端复杂和精巧，人们常把它神秘化，认为它只能是上帝所创造，认为生命体的建造过程是人类永远无法破译的黑箱。实际上并非如此，只要用还原论的手术刀去剖析它，就会发现它也是一种自组织过程，仅此而已。宇宙中的一切都由自组织形成：宇宙大爆炸形成的夸克；宇宙星云中产生的星体；地球岩石圈的形成；石膏和氯化钠的结晶；六角形雪花的凝结等等。宇宙中的四种力——强力、弱力、电磁力和引力是万能的黏合剂，是它们促使复杂组织能自发地建造。

生命也是一种自组织，不过是高层面的自组织。两者的区别在于：非生命物质自组织过程是不需要模板的，或者说它也要模板，但这种模板很简单，宇宙中无处不有。所以，太阳和一百亿光年外的恒星可以有相同的成长过程；巴纳德星系的行星上如果飘雪花，它也只能是六角，绝不会是五角。而生命体的自组织需要复杂的模板，它们只能产生于难得的机缘和亿万年的进化。但不管怎么说，生命体的建造本质上也是一种物理过程，是由化学键（实质上是电磁力）驱使原子自动堆砌成原子团，原子团变形、拓展、翻卷，直到生命体建造出来。

想造一台微型直升机吗？假如我们找到类似蚊卵的模板（当然不需要吸血功能），让它孵化、发育……这个工作该多么简单！

不过，以蛋白质为基础的生命体有致命的弱点：太脆弱，不耐热，不耐冻，不耐辐射，寿命短，强度低等等。那么，能否用硅、锡、钠、铁、铝、汞等金属原子，依照生命体的建造原理，自下而上地建造出高强度的纳米机器或纳米生命呢？

经过三十年的摸索，我想我已制造了硅锡钠生命的最简单的模板。

也许确实有科学的慧根，我马上被这篇朴实的文章吸引住了。它剖析了复杂的大千世界，轻松地抽出清晰的脉络。尤其是结尾那句简短的、平淡的宣布，纵然是科学的外行也能掂出它的分量。一种硅锡钠生命的模板！一种高强度的、完全异于现有生命形式的新生命！可以断定，我将得到的遗产肯定与之有关。

我立即打电话给何律师，直截了当地问他："何律师，那种硅锡钠生命是什么样子？现在在哪儿？"

何律师在电话中大笑道："沙女士的估计完全正确，她说你会打电话来的！还说如果你不打来电话，律师就可以中断工作了。她没看错你。来吧，我领你去，那种新型生命在她的私人实验室里。"

沙姑姑的试验室在城郊的一座小山坡上，是一幢不大的平房，屋内有两名工作人员正在安静地工作。何律师引我参观着各屋的设施，耐心解释着。他说，给沙女士当了十年律师，他已成半个纳米科学家啦。他领我到实验室的核心——所谓的生命熔炉处。四周是厚厚的砖墙，打开坚固的隔热门，灼热的气浪扑面而来，里面是一个约有一百平方米的大熔池，暗红色的金属液在其中缓缓地涌动。看不到加热装置，大概藏在熔池下面吧。透过熔池上方因高热而畸变的空气，能看到对面墙上有一面金属蚀刻像，表现的是一位相貌普通的中年女人。何律师说那就是沙午女士了。她默默俯视着下面灼热的熔池，目光慈爱，又透着苍凉，就像远古的女娲看着她刚用泥土抟成的小人。

何律师告诉我，这是些低熔点金属（锡、铅、钠、汞等）的混合熔液，其中散布着硅、铁、铬、锰、钼等高熔点物质，这些高熔点物质尺寸为纳米级，在熔液中保持着固体形态。我们的变形虫，即沙女士所说的新型生命——正是以这些纳米级固相原子团为骨架，俘获一些液相金属而组成的。熔池常年保持在490℃±85℃的范围，这是变形虫最适宜的生存环境。

"现在，看看它们的真容吧。"

他按一下按钮，侧面墙上映出图像。图像大概是用X光层析技术拍的，画面一层层透过液体金属，停在一个微小的异形体上。从色度看，它和周围的液体金属几乎难以区分，但仔细看可以看出它四周有薄膜团住。它努力蠕动着，在黏稠的金属液中缓缓地前进，形状随时变化，身后留下一道隐约可见的尾迹，不过尾迹很快就消失了。

"这就是沙女士创造的变形虫，是一种纳米机器，或纳米生命。在这个尺度的自组织活动中，机器和生命这两个概念可以合而为一了。”何律师说，“它的尺度有几百纳米，能自我复制，能通过体膜同外界进行新陈代谢。不过它吃食物只是为了提供建造身体的材料（尤其是固相元素），并不提供能量。它实际是以光为食物，体膜上有无数光电转换器，以电能驱动它体内的金属‘肌肉’进行运动。”

我紧紧盯着屏幕，喃喃地说：“不可思议，真是不可思议！”

“是啊，和地球上的生命完全不同。它的死亡和繁衍更离奇呢。一只变形虫的寿命只有十二到十六天，在这段时期，它们蠕动、吞吃、长大，然后蜷成一团，使外壳硬化。在硬壳内的物质发生‘爆灭’，重新组合成若干只小变形虫。至于爆灭时生命信息如何向后代传递，沙女士去世前还未及弄清。”

“它们繁殖得很快吗？”

“不快，金属液中的变形虫达到一定密度时，就会自动停止繁殖。我想其内在原因是合适的固相材料被耗尽了。看！快看！镜头正好捕捉到一只快要爆灭的变形虫！”

屏幕上，一只变形虫的外壳显然固化了，在周围缓缓涌动的金属液中，它的形状保持不变。片刻之后，壳体内爆发出一道电光，随之壳内物质剧烈翻动，又很快平静下来，分成四个小团。然后硬壳破裂，四只小变形虫扭转着身体，向四个方向缓缓游走。

我看呆了，心中有黄钟大吕在震响，那是深沉苍劲的天籁，是宇宙的律动。我记得有不少科学家论述过生命的极限环境，但谁能想到，在500℃的金属液中，会有一种金属生命，一种不依赖水和空气的生命？这种生命模板的合成是多么艰难的事，那应该是上帝十亿年的工作，沙姑姑怎么能在几十年的研究中就把它创造出来？我瞻望着她的雕像，心中充满敬畏。

何律师关上隔热门，领我回到办公室。他说：“这种生命还相当粗糙，它体内光电转换器的效率还不如普通的太阳能板呢。沙女士说，经过一代代进化后，它们也会像地球生命一样精巧，不过那肯定是几亿年以后的事了。至少在我接手后的五年里，这些慢性子的家伙们没有一点儿变化。”

我问："这是私人实验室？得不到政府的支持？"

"对，至于原因——我想你能猜到。从实用主义观点看，这种研究恐怕在几千万年内毫无价值。沙女士开始研究时，原是想创造某种能耐高温、有实用价值的纳米机器人。后来她阴差阳错地搞出了这种小变形虫，但一直没有为它找到实际用途。沙女士去世后，委托我用她的财产维持生命熔炉的运转，不过，这笔资金很快就要告罄了。"

他看看我，我看看他，我们都知道这句话的含意。沙女士留给我的，实际是一笔负资产，我一旦接下，就要向这座熔炉投入大量的资金，直到用尽家财。然后……然后该怎么办？再去寻找一个像我这样易于被感动的傻瓜？

但不管怎样，我无法拒绝。这些生命尽管粗糙，但终究已脱离物质世界。它们是妙手偶得的孤品，如果生存下去，也许能复现地球生命的绚丽。我怎忍心让它们因我而死呢？童年的科学情结忽然复活了，就像是一泓春水悄悄融化着积雪。我叹口气："何律师，宣布遗嘱吧。"

"啊，不，"何律师笑道，"遵照沙女士的规定，还有第二道程序呢。请你先看完这封信吧。"

他从皮包中掏出一件封固的信，郑重地递给我。我狐疑地接过来，撕开。信笺上用手写体简单地写着两行字，内容是那样惊世骇俗：

致我的遗产继承人：

真正的生命是不能圈养的，太阳系中正好有合适的放养地——水星。

我呆住了。我瞠目结舌，太阳穴的血管嘭嘭跳动。那个狡猾的律师似笑非笑地看着我，他一定料到了这封信对我的震撼。是啊，与这两行字相比，此前我看到的一切还值得一提吗？

索拉星

《圣书》《创世纪》

大神沙巫创造了索拉人。沙巫神是父星之独子，住在父星第三星上，那个星球曾是蓝色的，浸在水波之中。20个4152万年前，神来到索拉星上，他见索拉星是好的，光是好的，天地是好的。神说：好的天地，焉能没有活物呢。神伸展身躯，高579亿步，从父星的熔炉里舀出热的汤液，汤液中有小的活物。他把汤液洒遍索拉星的土地。20个4152万年后，小活物长成索拉人。

沙巫神行完这件事，失去了父星的宠爱。父星发怒说：你怎么敢代我行这件事？父星用白色的光剑惩罚了蓝星，毁灭了沙巫的家。沙巫神乘神车逃离蓝星，去了父星照不到的地方。

沙巫神在索拉星上留下化身，化身沙巫睡在北极的寒冰里，躲避着父星。每隔4152万年，化身沙巫醒来，乘神车巡视索拉星。他怜悯索拉人的愚昧，把智慧吹进索拉人的眼睛和闪孔。

沙巫神告诉索拉人：

我的孩子们啊，我偏爱你们，你们有福了。我造出你们的身体比我更强壮，不怕父星的惩罚；你们以光为食，不以生命为食；你们是金属做的身子，不是泥和水做的身子；你们身上有五窍，不是九窍；你们没有雌雄之分，免去做人的原罪。你们有福了啊。

沙巫神告诉索拉人：

我把神的灵智藏在圣书里，你们什么时候能看懂它呢？看懂圣书的人就能找到极冰中的圣府，神会醒来，带你蒙受父星大的恩宠。

水星素描

水星是离太阳最近的行星，距太阳0.387地球天文单位，即5789万公里。太阳光猛烈地倾泻到水星上，使它成了太阳系最热的行星。它的白昼温度可达450℃，在一个名叫卡路里盆地的地方，最高温度曾达到973℃。由于没有大气保温，夜晚温度可低至-173℃。这个与太阳近在咫尺的星球上竟然也有冰的存在，它们分布于水星的两极，常年保持着-60℃以下的温度。

水星质量为地球的1/25，磁场强度为地球的1/100。公转周期为87.96天，即1000地球年=4152水星年。水星自转周期为58.646天，是其公转周期的2/3，这是由于太阳引力延缓了它的自转速度，造成了一定程度的引力锁定。

水星地貌与月球相似，到处是干旱的岩石荒漠，是陨星撞击形成的环形山（卡路里盆地就是一颗大陨星撞击而成）。地面上多见一种舌状悬崖，延伸数百公里，这种地形由水星地核的收缩所形成。水星的高温使一些低熔点金属熔化，聚集在凹部和岩石裂缝内，形成广泛分布的金属液湖泊。由于水星缺少氧化性气体，它们一直保持金属态的存在。夜晚来临时，金属液凝结成玻璃状的晶体。当阳光伴随高温在58.6个地球日之后返回时，金属湖迅速开冻。

如此严酷的自然环境，毫无疑问是生命的禁区——可是，真是如此吗？

“疯了，”我神经质地咕哝道，“真的是疯了，只有疯子才这样异想天开。”

何律师安安静静地看着我：“可是，历史的发展常常需要一两个疯子。”

“你很崇拜沙女士？”

“也许算不上崇拜，但我佩服她。”

我干笑着：“现在我知道这笔遗产的内容了，是一笔数目惊人的负遗产。继承人要用自己的财产去维持生命熔炉的运转，维持到哪一年——天知道。不仅如此，他还要为这些金属生命寻找放生之地，一劳永逸地解决这个问题，而这么做，至少需要数百亿元资金，需要一二百年的时间。谁若甘愿接受这样的遗产，别人一定会认为他也疯了。”

何律师微笑着，简单地重复着：“世界需要几个疯子。”

“那好，现在请你忘记自己的律师身份，你，我的一个朋友，说说看，我该接受这笔财产吗？”

何律师笑了：“我的态度你当然知道。”

“为什么该接受？对我有什么益处？”

“它使你得到一个万年一遇的机会，可以干一件前无古人的事。你将成为水星生命的始祖之一，它们会永远铭记你。”

我苦笑道：“要让水星生命进化到会感激我，至少得一亿年吧？这个投资回收期也太长啦。”

何律师笑而不答。

“而且，还不光是金钱的问题。要到水星上放养生命——地球人能接受吗？毕竟这对地球人毫无益处，说不定还会给地球人类增加一个竞争对手呢。”

“我相信你，相信沙女士的眼力，所有困难你都有能力、有毅力去克服。”

我像是蝎蜇似的叫起来：“我去克服？你已坐定我会接受这笔遗产？”

那个狡猾的律师拍拍我的肩：“你会的，你已经在考虑今后的工作啦。我可以宣读遗嘱了吧，或者，你和夫人再商量一次？”

六天后，我们举行了一个小小的正式仪式，我和妻子签字接受了这笔遗产。

我为这个决定熬煎了六天，心神不宁，长吁短叹。我告诉自己，只有疯子才会自愿套上这副枷锁，但海妖的歌声一直在诱惑我，即使塞上耳朵也不行。四十亿年前，地球海洋中诞生了第一个能自我复制的蛋白质微胞，那是个粗糙的、微不足道的东西。如果真有上帝，恐怕他也料不到，这种小玩意儿会进化出地球生命的绚烂吧。现在，由于偶然的机缘，一种新型生命投到我的翼下。它是一位女上帝创造的，它能否在水星发扬光大，取决于我的一念之差。这个责任太重大了，我不敢轻言接受，也不敢轻言放弃。即使我甘愿做这样的牺牲，还有妻儿呢？我没有权利把他们拖入终生的苦役中。妻子对此一直含笑不语，直到某天晚上，她轻描淡写地说：“既然你割舍不下，接受它不就得了。”

她说得十分轻松，就像是决定上街买两毛钱白菜。我瞪着妻子：“接下它——你知道这意味着什么？”

“意味着咱俩一生的苦役。不过，如果不能按自己的意愿和兴趣去生活，活一辈子又有什么意义？我知道，如果你这会儿放弃它，老来你一定会后悔的，你会为此在良心上熬煎一生。行了，接受它吧。”

那会儿我望着妻子明朗的笑容，泪水潸然而下。

现在妻子仍保持着明朗的笑容，陪我接受了沙姑姑的遗产。何律师今天很严肃，目光充满苍凉。我戏谑地想，这只老狐狸步步设伏，总算把我骗入彀中，现在大概良心发现了吧。沙午实验室的两名工作人员欣喜地立在何律师身后。屋里还有一个不露面的参加人，就是沙午女士，她正待在那座生命熔炉的上方，透过因高温而抖颤的空气，透过厚厚的墙壁在看着我们，我想她的目光中一定充满欣慰。

我特意请来的记者朋友马万壮则是咬牙切齿："疯了！全疯了！"他一直低声骂着，"一个去世的女疯子，一对年轻的疯夫妻，还有一个装疯的老律师。义哲、田娅，你们很快就会后悔的！"

我宽容地笑着，没有理他。不管怎样反对，他还是遵照我的意见把这则消息捅到新闻媒体中去了。我想，行这件事，既需要社会的许可，也需要社会的支持。那么，就让这个计划尽早去面对社会吧。

老马把那篇报道捅出去之后，我立即接到一位朋友的电话，他兴高采烈地说："我见到报道了！金属生命，水星放生，一定是愚人节的玩笑吧？"

我说："不，不是。实际上，那篇报道原来确实打算在4月1号出台，但我忽然悟出4月1号是西方愚人节，于是通知报纸向后推迟四天。"

"正好推迟到4月5号啦，清明节，那这篇报道一定是鬼话喽！"

我苦笑道，慢慢放下话机。

此后舆论的态度慢慢认真起来，当然大多数是反对派。异想天开！地球人类的事还没办完呢，倒去放养什么水星生命！也有人宽容一些，说只要不妨碍人类的利益，人人都可干自己想干的事，只要不花纳税人的钱。

在这些争论中，我沉下心来全力投入实验室的接收工作。我以商人的精打细算，最大限度地压缩实验室的开支。算一算，我的家产能够维持它运转三十年。这种生命很顽强，高温能耐到1000℃以下，低温则可耐受到绝对零度。在温度低于320℃时，它们会进入休眠。所以，即使因经费枯窘而暂时熄灭熔炉也没什么关系，只是暂时中断这种生命的进化而已。

不过，我不会让生命熔炉在我手里熄灭的，也不会辜负沙姑姑的厚望。

晚上，我和妻子常常来到生命熔炉前，看那暗红涌动的金属液。或者把图像调出来，看那些蠕动的小生命。这是一些简单的粗糙的生命，但无论如何，它们已超越物质的范畴。一亿年之后，十亿年之后，它们进化到什么样子，谁能预料到呢？看着它们，我和妻子都找到一种感觉，即妻子腹中刚刚诞生一个小生命时的感觉。

老马很够朋友，为我促成了一次电视辩论。“或者你说服社会，或者让社会说服你吧。”

我、妻子和何律师坐在演播厅内，面对中央电视台的摄像镜头，聚光灯烤得脸上沁出细汗。演播台另一边坐着七位专家，他们实际是这场道德法庭的法官，不过他们依据的不是中国刑法，而是生物伦理学的教义。台前是一百多名听众，多数是大学生。

主持人耿越笑着说：“节目开始前，首先我向大家致歉，这次辩论本来应该放在水星上进行的，不过电视台付不起诸位到水星的旅费。再说，如果不配置空调，那儿的天气也太热了一点。”

观众会心地笑了。

“‘水星放生’这件事已是妇孺皆知，我就不再介绍背景资料了。现在，请听众踊跃提问，陈义哲先生将做出回答。”

一位年轻听众抢着问：“陈先生，放养这种水星生命——这样做对人类有益处吗？”

我平静地说：“目前没有，我想在一亿年内也不一定有。”

“那我就不明白了，劳神费力去做这些对人类无益的工作——为什么？”

我看看妻子和何律师，他们都用目光鼓励我，我深吸一口气说：“我把话头扯远一点儿吧。要知道，生物的本质是自私的，每个个体要努力从有限的环境资源中争取自己的一份，以便保存自己，延续自己的基因。但是，大自然是伟大的魔术师，它从自私的个体行为中提炼出高尚。生物体在竞争中发现，在很多情况下合作更为有益。对于单细胞生命来说，各细胞之间是敌对的。但单细胞合为多细胞生命时，体内各个单细胞就化敌为友，互相协作，各有分工，使它们（或大写的它）在生存环境中处于更有利的地位。于是，多细胞生命便发展壮大。概而言之，在生物进化中，这种协作趋势是无所不在的，而且越来越强。比如，人类合作的领域就从个体推至家庭，推至部族，推至国家，推至不同的人种，乃至于人类之外的野生生物。在这些过程中，生命一步步完成对自身利益的超越，组成范围越来越大的利益共同体。我想，人类的下一步超越将是和外星生命的融合。这就是我倾尽家财培育水星生命的动机，我希望在那儿进化出一种文明生物，成为人类的兄弟。否则，地球人在宇宙中就太孤单了！”我说，“其实，在一个月前我还没有这些感悟，是沙女士感化了我。站在沙教授的生命熔炉前，看着暗红涌动的金属液中那些蠕动的小生命，我常常有做父母的感觉。”

一位中年男人讥讽地说：“这种感觉当然很美妙，不过你不要为了这种感觉，而培育出人类的潜在竞争者。我估计，这种高温下生存的生命，其进化过程必定很快吧？也许一千万年后它们就赶上人类啦。”

我笑了：“别忘了，地球的生命是四十亿年前诞生的，如果担心地球生命竞争不过四十亿年后才起步的晚辈，那你未免太不自信了吧？”

耿越说：“说得对，四十亿岁的老祖父，一千万岁的小囡囡，疼爱还来不及呢，哪里有竞争？”

观众笑起来，一位女听众问：“陈义哲先生，我是你的支持者。你准备怎么完成沙女士的托付？”

我老实承认：“不知道，至少到目前为止我还不知道。我的家产能在三十年内维持生命熔炉的运转，但三十年后怎么办？还有，怎样才能凑出足够的资金，把这些生命放养到水星上？我心里没有一点数。不管怎样，我会尽我的力量，这一代完不成，那就留给下一代吧。”

听证会进行了近两个小时，七名专家或称七名法官一直一言不发，认真地听着，不时在纸上记下一两点，从表情上看不出他们的倾向性。最后耿越走到演播台中央说：“我想质询已相当充分了，现在请各位专家发表自己的意见吧。你们对水星放生这件事，是赞成、反对还是弃权？”

七位专家迅速在小黑板上写字，同时举起黑板，上面齐刷刷全是同样的字：弃权！

听众骚动起来，耿越搔着头皮说：“如此一致呀！我很怀疑七位裁判是否有心灵感应？请张先生说说，你为什么持这个态度。”

坐在第一位的张先生简短地说：“这件事已远远超越时代，我们无法用现代的观点去评判将来的事。所以，弃权是最明智的选择。”

埋在索拉星北极冰层中的沙巫圣府快要露面了，透过厚厚的深绿色的极冰，已能隐约看到圣府中的微光。牧师胡巴巴进入了神灵附体的癫狂状态，向外发射着强烈的感情场，胸前的闪孔激烈地闪烁着，背诵着圣书旧约和新约篇的祷文。破冰机飞转着，一步一步向前拓展。胡巴巴俯伏在白色的冰屑中向化身沙巫遥拜，脑袋和尾巴重重地在地上叩击，打得冰屑四处飞扬。

科学家图拉拉立在他身后，不动声色地看着，助手奇卡卡背着两个背囊（那里有四个能量盒），站在他的身边。

这次的“圣府探查行动”是图拉拉促成的，他已经一百五十岁了，想在“爆灭”前找到圣书中屡次提到的圣府——或者确认它不存在。他原想教会要极力反对，但他错了，教会的反应相当平和，甚至相当合作。他们同意这次考查，只是派了牧师胡巴巴做监督。图拉拉想，也许教会深信圣书的正确？圣书说，化身沙巫睡在北极的极冰中；圣书说，能看懂圣书的人就能找到极冰中的圣府，唤醒大神，蒙受大神的恩宠。千百年来，无数自认读懂圣书的信徒争着到北极去朝拜，但没有一个人活着回来。现在，教会可能想借科学的力量来证明圣书的正确。

想到这儿，图拉拉不禁微微一笑。近五百年来科学的力量越来越强大，几乎能与教会分庭抗礼了。比如说，眼前这位虔诚的胡巴巴牧师就受惠于科学，他的尾巴上也装着一个能量盒——科学家所发明的能量盒，否则，“以光为食”的他就不可能来到无光的北极。

这次向北极行进的路上，图拉拉看到了无数的横死者，他们是一代代虔诚的教徒，按圣书的教诲，沿着从圣坛伸向北极的圣绳，来寻找沙巫神的圣府。当他们逐渐脱离父星的光照后，体内能量渐渐耗竭，终于倒在路上。对于这些横死者，教会一直讳莫如深。因为，这些人死前没找到死亡配偶，没经过爆灭，灵魂不得超生，这是圣诫三罪（不得横死，不得信仰伪神，不得触摸圣坛和圣绳）中的第一款大罪。但这些人又是可敬的殉教者，教会是该诅咒他们，还是褒扬他们呢？

图拉拉决定，从北极返回时，他要把这些横死者收集起来，配成死亡配偶，让他们在光照下爆灭。图拉拉倒不相信灵魂超生的说法，但总不能任这些人永远暴尸荒野吧。

破冰机仍在转着，现在已经能确定前面就是圣府了，因为极冰中露出四十根圣绳，在此汇聚到一块儿，向圣府延伸。圣府中射出白色的强光，把极冰耀得璀璨闪亮。牧师胡巴巴让工人暂停，他率领众人做最后一次朝拜，诚惶诚恐地祈祷着。人群中只有图拉拉和奇卡卡没有跪拜。牧师愠怒地瞪着他们，在心中诅咒着：你们这些不尊崇沙巫神的异教徒啊，神的惩罚马上要降临到你们身上！

奇卡卡不敢直视牧师，也不敢正视自己的导师，他的感情场抖颤着，两个闪孔轻微地闪烁，像是询问自己的导师，又像是自语：难道化身沙巫真的存在？难道圣书上说的确实是真理？因为圣书说的圣府就在眼前啊。

图拉拉看到助手的动摇，他佯作未见，苍凉地转过身去。他一向知道奇卡卡不是一个坚定的无神论者，常常在科学和宗教之间踟蹰。图拉拉本人在一百年前就叛离了宗教，麾下聚集了一大批激进的年轻科学家。他们坚信图拉拉在一百年前提出的生物进化论，相信索拉人是由低等生物进化而来（这一点已有许多古生物遗体给出证明），坚信圣书上全是谎言。但是，在对宗教举起叛旗一百年后，图拉拉本人反倒悄悄完成圣书的回归。

他不信宗教，但相信圣书（指圣书的旧约篇），因为圣书中混着很多奇怪的记载，这些记载常常被后来的科学发展所确证。比如，圣书上说：索拉星是父星的第一星，蓝星是父星的第三星。这些圣谕被人们吟哦了数千年，从不知是什么含义。直到望远镜的出现刺激了天文学的发展，科学家才知道，索拉星和蓝星都是父星的行星，而其排列顺序完全如圣书所言！

又比如，圣书（旧约）第39章中规定了索拉星的温度标定，以水的凝结为0℃，水的沸腾为100℃。可是，索拉星生命在几亿年的进化中从没有接触过水！只是在近代，科学家才推定在南北极有极冰存在。那么，圣书中为什么做这种规定，这种规定又是从何而来呢？

难道真有一个洞察宇宙、晓知过去未来的大神吗？

还有，索拉星赤道附近的二十座圣坛，也一直是科学家的不解之谜。在那些圣坛上，黑色的平板永不疲倦地缓缓转动，永远朝着父星的方向。每座圣坛都有两根圣绳伸出来，一直延伸到不可见的北方。圣书上严厉地警告，索拉人绝不能去触碰它，不遵圣诫的人会被狠狠击倒，只有伏地忏悔后才能复苏。图拉拉不相信这则神话，他觉得圣坛中的黑色平板很可能是一种光电转换器，就如索拉生物的皮肤能进行光电转换一样。问题是——是谁留下这些技术高超的设备？以索拉人的科学水平，五百年后也无法造出它！

正是基于这个信念，他才尽力促成了对圣府的考查。现在已经可以确认圣府的存在了，圣书上那个神秘缥缈的圣府已经明明白白地摆在眼前。如果化身沙巫真的住在这里……图拉拉迫不及待想见到他。

最后一层冰墙轰然倒塌，庄严的圣府豁然显现。这是一个冰建的大厅，厅内散射着均匀的白光，穹顶很高，厅内十分空旷，没有什么杂物，只有大厅中央放着一辆——神车！圣书上提到过它，无数传说中描绘过它，3120年前的史书中记载过它。这正是化身沙巫的坐骑呀。神车上铺着黑色的平板，与圣坛上的平板一模一样。下面是四个轮子。神车上方是透明的、模样奇特的化身沙巫斜躺在里面。

化身沙巫真的在这里！洞外的人迫不及待地拥进去。以胡巴巴为首，众人一齐俯伏在地，用脑袋和尾巴敲击着地面，所有人的闪孔都在狂热地祷告着：至上的沙巫大神，万能的化身沙巫，你的子民向你膜拜，请赐福给我们！

跪伏的人群包括他的助手，似乎奇卡卡的祷告比别人更狂热。只有图拉拉一人站立着。众人合成的感情场冲击着图拉拉，他几乎不由得也想俯伏在地，但他终于抑制住自己，快步上前，仔细观看化身沙巫的尊容。

化身沙巫斜倚在神车内，模样奇特而庄严。他与索拉人既相似又不相似，他也有头，有口，有胳臂和双手，有双眼，有躯干，但他的尾巴是分叉的，分叉尾巴的下端也有指头。他身上有五处奇怪的凸起：脑袋正前方有一个长形凸起，其下有两孔；脑袋两侧两个扁形凸起，各有一孔。两条尾巴开始分叉的地方有一个柱形凸起，上面有一个孔。胸前没有闪孔。图拉拉惊讶地想，没有传递信息的闪孔，沙巫们如何互相交谈？他们都是哑人吗？不过把这个问题先放放吧。他现在要先验证圣书上最容易验证的一条记载。他仔细数了沙巫身体上的孔窍，没错，确实是九窍，而不是索拉人的五窍。

圣书又对了啊。图拉拉呆呆地立着，心中又惊又喜。

他又仔细观察神车内部。车前方放着一个金制的塑像，塑像只有半身，与沙巫神一样，头部有七窍，不过这尊塑像的头上有长毛，相貌也显然不同。这是谁？也许是沙巫神的死亡配偶？他忽然看到更令人震惊的东西，一本圣书！圣书是崭新的，但封面的字体却是古手写体，是三千年前索拉先人使用的文字。在图拉拉的一生中，为了击败教会，他曾认真研究过圣书，对圣书的渊源、版本和讹误知之甚清。他一眼看出这是第二版圣书，内容只有旧约而无新约，刊行于3120年前。这版圣书现在已极为罕见。

胡巴巴也看到了圣书，他的祈祷和跪拜也几近癫狂。等他抬起头，看见图拉拉已经打开车门，捧住圣书，胡巴巴立即从闪孔射出两道强光，灼痛了图拉拉的后背。图拉拉惊异地转过身，胡巴巴疯狂地喊道："不许渎神者触摸圣书！"他挤开科学家，虔诚地捧起圣书，恶狠狠地说，"现在你还敢说神不存在吗？你这个渎神者，大神一定会惩罚你的！"他不再理会图拉拉，转向众人说，"我要回去请示教皇，把沙巫神的圣体迎回去。在我回来之前，所有人必须离开圣府！"

他捧着圣书领头爬出去，众人诚惶诚恐地跟在后面。奇卡卡负疚地看看自己的老师，低下脑袋，最终也去了。胡巴巴走到洞口时，看到留在洞中的科学家，严厉地说："你，要离开圣府。化身沙巫不会欢迎一个渎神者。”

图拉拉不想与他争执，他的闪孔平和地发射着信息：“你们回去吧，我不妨碍你们，但我要留在这里……向化身沙巫讨教。”

胡巴巴的闪孔中闪出两道强光：“不行！”

图拉拉讥讽地说：“胡巴巴牧师的脾气怎么大起来啦？不要忘了，你是在科学的帮助下才找到圣府的。如果你逼我回去，那就请把你尾巴上的能量盒取下来吧，那也是渎神的东西，圣书从未提到过它。”

牧师愣住了，他想图拉拉说得不错，圣书的任何章节中，甚至宗教传说中，都从未提到过这种能量盒。它是渎神者发明的，但它非常有用，在这无光的极地，没有了能量盒，他会很快脱力而死，而且是不得转世的横死。他不敢去掉能量盒，只好狂怒地转过身，气冲冲地爬走了。

电视辩论后的那天晚上，何律师在我家吃了晚饭。席间他告诉我：“义哲，你实际已经胜利了，对这件事，法律上的‘不作为’就是默认和支持。现在没人阻挡你了，甩开膀子干吧。”

他完成了沙午姑姑的托付，心情十分痛快，那晚喝得酩酊大醉，笑嘻嘻地离开。这时电话铃响了，拿起话机，屏幕上仍是黑的，那边没有打开屏幕功能。对方问：“你是陈义哲先生吗？我姓洪，对水星放生这件事有兴趣。”

他的声音沙哑干涩，颇不悦耳，甚至可以说，这声音引起我生理上的不快。但我礼貌地说：“洪先生，感谢你的支持。你看了今天的电视节目？”

对方并不打算与我攀谈，冷淡地说：“明天请到寒舍一晤，上午10点。”他说了自己的住址，随即挂断电话。

妻子问我是谁来的电话，说了什么。我迟疑地说：“是一位洪先生，他说他对水星放生感兴趣，命令我明天去和他见面。没错，真的是命令，他单方面确定了明天的会晤，一点也不和我商量。”

我对这位洪先生印象不佳，短短的几句交谈就显出他的颐指气使。不仅如此，他的语调还有一种阴森森的味道。但是……明天还是去吧，毕竟这是第一个向我表示支持的陌生人。

后来我才知道，我这个勉强的决定是多么正确。

洪先生的住宅在郊外，一座相当大的庄园。庄园历史不会太长，但建筑完全按照中国古建筑的风格，飞檐斗拱，青砖绿瓦，曲径小亭。领我进去的仆人穿一身黑色衣裤，态度很恭谨，但沉默寡言，仪态中透着一股寒气。我默默地打量着四周，心中的不快更加浓了。

正厅很大，光线晦暗，青砖铺的地面，其光滑不亚于水磨石地板。高大的厅堂没有什么豪华的摆设，显得空空落落。厅中央停着一辆助残车，一个五十岁的矮个男人仰靠在车上。他高度残疾，驼背鸡胸，脑袋缩在脖子里。五官十分丑陋，令人不敢直视。腿脚也是先天畸形，纤细羸弱，拖在轮椅上。领我进屋的仆人悄悄退出去，我想，这位残疾人就是洪先生了。

我走过去，向主人伸出手。他看着我，没有同我握手的意思，我只好尴尬地缩回手。

他说："很抱歉，我是个残疾人，行走不便，只好麻烦你来了。"

话说得十分客气，但语气仍十分冷硬，面如石板，没有一丝笑容。在他面前，在这个晦暗的建筑里，我有类似窒息的感觉。

不过我仍热情地说："哪里，这是我该做的。请问洪先生，关于水星放生那件事，你还想了解什么情况？"

"不必了，"他干脆地说，"我已经全部了解。你只用告诉我，办这件事需要多少资金。"

我略为沉吟："我请几位专家做过初步估算，大约为二百亿元。当然，这是个粗略的估算。"

他平淡地说："资金问题我来解决吧。"

我吃了一惊，心想他一定是把二百亿错听为二百万了。当然，即使是二百万，他也已是相当慷慨。

为了不伤他的自尊心，我委婉地说："太谢谢你了！谢谢你的无比慷慨。当然，我不奢望资金问题一下子全部解决，二百亿的天文数字呵，可不是二百万的小数。”

他不动声色地说：“我没听错，二百亿，不是二百万。我的家产不太够，但我想，这些资金不必一步到位吧？如果在十年内逐步到位，那么，加上十年的增值，我的家产已经够了。”

我恍然悟到此人的身份：亿万富翁洪其炎！这是个很神秘的人物，早就听说他高度残疾，丑陋过人，所以从不在任何媒体上露面，能够见到他的只有七八个亲信。他的口碑不是太好，听说他极有商业头脑，有胆略，有魄力，把他的商业帝国经营得欣欣向荣。但手段狠辣无情，常常把对手置于死地。又说他由于相貌丑陋，年轻时没有得到女人的爱情，滋生了报复心理。几年前他曾登过征婚启事，应征女方必须夜里到他家见面，第二天早上再离开，这种奇特的规定难免会使人产生暧昧的猜想。后来，听说凡是应征过的女子都得到一笔数目不菲的赠款，这更使那些暧昧的猜想有了根据。不过这些猜想很可能是冤枉了他。应征女子中有一位年轻漂亮的女律师，大概是姓尹吧，她是倾慕洪其炎的才华而非他的财产。据说她去了后，主人与她终夜相对，不发一言，也没有身体上的侵犯。天明时交给她一笔赠款，请她回家，尹律师痛痛快快地把钱摔到他脸上。不过，这个举动倒促成了二人的友谊，虽说未成夫妻，但成了一对形迹不拘的密友。

虽说他是亿万富翁，但这种倾家相赠的慷慨也令我心生疑窦，关于他的负面传说更增加了疑虑的分量。也许他有什么个人打算？也许他因不公平的命运而迁怒于整个人类，想借水星放生实行他的报复？虽然一笔二百亿的资金是万年难求的机缘，但我仍决定，先问清他有没有什么附加条件。

洪先生的锐利目光看透我的思虑——在他面前，我常常有赤身裸体的感觉，这使我十分恼火——他平淡地说：“我的赠款有一个条件。”

我想，果然来了。便谨慎地问：“请问是什么条件？”

“我要成为放生飞船的船员。”

原来如此！原来就这么一个简单的要求！我不由看看他的腿，心中刹那间产生强烈的同情，过去对他的种种不满一扫而光。一个高度残疾者用二百亿去购买飞出地球的自由，这个代价太高昂了！这也从反面说明，这具残躯对他的桎梏是多么残酷。

我柔声说："当然可以，只要你的身体能经受住宇航旅行。"

"请放心，我这架破机器还是很耐用的。请问，实现水星放生需多长时间？"

"很快的，我已经咨询过不少专家，他们都说，水星旅行在技术上没有太大的难点，只要资金充裕，十五到二十年就能实现。"

他淡淡地说："资金到位不成问题，你尽量加快进度吧，争取在十五年之内实现。这艘飞船起个什么名字？"

"请你命名吧。你这样慷慨地资助这件事，你有这个权利。"

洪先生没推辞："那就叫姑妈号吧。很俗气的一个名字，对不？"

我略微思索，明白了这个名字的深意：它说明人类只是水星生命的长辈而非父母，同时也暗含着纪念沙姑姑的意思。我说："好！就用这个名字！"

他从助残车的袋里取出一本支票簿，填上五百万，背书后交给我："这是第一笔启动资金，尽快成立一个基金会，开始工作吧！对了，请记住一点，飞船上为我预留一辆汽车的位置，就按加长林肯车的尺寸。我将另外找人，为我研制一个适合水星路面的汽车。"他微带凄苦地说，"没办法，我无法在水星上步行。"

我柔声说："好的，我会办到。不过，"我迟疑着，"可以冒昧地问一句吗？你倾尽家财以放养水星生命，是为了什么？只是为了到水星一游吗？"

他平淡地说："我认为这是件很有趣味的事，我平生只干自己感兴趣的事。"他欠欠身，表示结束谈话。

从此，洪先生的资金源源不断地送来。激情之火浇上金钱之油，产生了惊人的工作效率。当年年底，已经有一万五千人在为"姑妈号"飞船工作。对"水星放生"这件事，社会上在伦理意义上的反对一直没有停止，但它始终没有对我们形成阻力。

洪先生从不过问我们的工作。不过，每月我都要抽时间向他汇报工作进度，飞船方案搞好后，我也请他过目。洪先生常常一言不发地听完，简短地问：“很好。资金上有什么要求？”

按洪先生要求，我对他的资助严格保密，只有我妻子和何律师知道资助人的姓名。当然实际上是无法保密的，“姑妈号”飞船需要的是数百亿元资金，能拿得出这笔资金的个人屈指可数，再加上洪先生不断拍卖其名下的产业，所以，这件事不久就成了公开的秘密。

“姑妈号”飞船有条不紊地建造着，到第二年，当我去洪先生家时，总是与一位漂亮的女人相遇。她有一种恬淡的美貌，就像薄雾笼罩着的一枝水仙，眉眼中带着柔情。她就是那位尹律师。她与洪先生的关系显然十分亲近，一言一行都显出两人很深的相知。不过，毫无疑问，两人之间是纯洁的友情，这从尹律师坦荡的目光中可以确认。

尹律师已经结婚，有一个三岁的儿子。

在我向洪先生汇报进度时，他没有让尹律师回避。显然，尹律师有资格分享这个秘密。谈话中，尹女士常常嘴角含着微笑，静静地听着，偶尔插问一句，多是关于飞船建造的技术细节。我很快知道了这种安排的目的——是她负责建造洪先生将要乘坐的水星车的。

那天尹律师单独到我办公室，这是我第一次单独与她会面。我请她坐下，喊秘书斟上咖啡，一边忖度着她的来意。

尹律师细声细语地说：“我想找你商量一下飞船建造的有关技术接口。你当然已经知道，我在领导着一项秘密研究，研制洪先生在水星上使用的生命维持系统。”

我点点头。她把水星车称作“生命维持系统”没有使我意外。要想在没有大气，温度高达450℃又有强烈高能辐射的水星上活动，那辆车当然也可称作生命维持系统。但尹律师下面的话无疑是一声晴天霹雳，她说：“准确地说，其主要部分是人体速冻和解冻装置。”

我从沙发上跳起来，震惊地看着她。洪先生要人体速冻装置干什么？在此之前，我一直把洪先生的计划看成一次异想天开的、挑战式的旅行，不过毫无疑问是一次短期旅行。但——人体速冻和解冻装置？

在我震骇的目光中，尹女士点点头：“对，洪先生打算永远留在水星上，看守这种生命。他准备把自己冷冻在水星的极冰中，每一千万年醒一次，每次醒一个月，乘车巡查这种生命的进化情况，一直到几亿年后水星进化出‘人类’文明。”

我们久久地用目光交换着悲凉，我喃喃地说：“你为什么不劝他？让他在水星上独居几亿年，不是太残忍了吗？”

她轻轻摇头：“劝不动的，如果他能被别人劝动，他就不是洪其炎了。再说，这样的人生设计对他未尝不是好事。”

“为什么？”

尹女士叹息一声：“恐怕没有人比我更了解他了。命运对他太不公平，给了他一个无比丑陋残缺的身体，偏偏又给他一个聪明过人的大脑。畸形的身体造就了畸形的性格，他心理阴暗，对所有正常人怀着愤懑；但他的本质又是善良的，天生具有仁者之心。他是一个畸形的统一体，仁爱的茧壳箍着报复的欲望。他在商战中的杀伐果决，他在征婚时对应征者的戏弄，都是这种矛盾心态的反映。不过这些报复都是低度的，是被仁爱之心冲淡过的。但是，也许有一天，报复欲望会冲破仁爱的封锁，那时……他本人深知这一点，也一直怀着对自身的恐惧。”

“对自身的恐惧？”我不解地看看她。她点点头，肯定地说：“没错，他对自身阴暗一面怀着恐惧，连我都能触摸到它。他对水星放生的慷慨资助，多少是这种矛盾心态的反映。一方面，他参与创造了一种新的生命，满足了他的仁者之心；另一方面，对人类也是个小小的报复吧。想想看，当他精心呵护的水星生命进化出文明之后，水星人肯定会把洪其炎的残疾作为标准形象，而把正常地球人看成畸形。对不？”

虽然心地沉重，我还是被这种情景逗得破颜一笑。尹律师也漾出一波笑纹，接着说：“其实，想开了，他对后半生的设计也是蛮不错的嘛——与太阳做近邻，与天地齐寿，独自漫步在水星荒原上，放牧着奇异的生命。每次从长达一千万年的大梦中醒来，水星上的生命都会有你预想不到的变化。彻底摒弃地球上的陈规戒律、庸俗琐碎、浑浑噩噩。有时我真想抛弃一切，抛弃丈夫和孩子，陪伴他到地老天荒——可是我做不到，所以我永远是个庸人。”她自嘲地说，语气中透着凄凉。

这件事让我心头十分沉重，甚至有说不清道不明的愤懑，只是不知道愤懑该指向谁。但我知道多说无益。我回想到，洪先生是在看过那次电视辩论仅仅两小时内就做出了倾家相赠的决定。这种性格果决的人，谁能劝得动呢。我闷声说："好吧，就成全他的心愿吧。现在咱们谈谈技术接口。"

第二天我和尹律师共同去见他，我们平静地谈着生命维持系统的细节，就像它是我们早已商定的计划。

临告辞时，我忍不住说："洪先生，我很钦佩你。在我决定接受沙姑姑的遗产时，不少人说我是疯子。不过依我看，你比我疯得更彻底。"

洪先生难得地微微一笑："谢谢，这是最好的夸奖。"

众人走了，圣府大厅中只留下图拉拉。没有了恼人的喧嚣，他可以静下心来同化身沙巫交谈了，心灵上的交谈。他久久地瞻望着化身沙巫奇特的面容，心中充满敬畏。圣府找到了，化身沙巫的圣体找到了。牧师及信徒们喜极欲狂。不过，他们错了。化身沙巫的确存在，他也的确是索拉生命的创造者。但他不是神，而是来自异星的一个科学家。图拉拉为之思考多年，早就得出了这个结论。在他对化身沙巫的敬畏中，含着深深的亲近感。科学家的思维总是相通的，不管他们生活在宇宙的哪个星系，都使用同样的数字语言，同样的物理定律，同样的逻辑规则。所以他觉得，在他和化身沙巫之间，有着深深的相契。

他已经捋出化身沙巫的来历及经历：他来自父星系第三星（蓝星），是20个4152万年前来的（为什么是有零有整的4152万年？他悟到，4152万个索拉星年恰恰等于1000万个蓝星年，沙巫是按母星的纪年方式换算过来的）。那时他创造了一种新型的、与蓝星生命完全不同的生命——并不是创造了索拉人，而是一种微生命——将它撒播在索拉星上，然后把进化的权杖交还给大自然。为了呵护自己创造的生命，化身沙巫离开母星和母族，在索拉星的极冰中住了20个4152万年。不可思议的漫长啊。当他独自面对蛮荒时，他孤独吗？当他看着微生命缓慢地进化时，他焦急吗？当他终于看到索拉星生命进化出文明生物时，他感到欣喜吗？

从他神车中有三千年前的圣书来看，他大约在三千年前醒来过，那时他肯定发现索拉人有了二进制语言，有了文字。但那时的索拉人还很愚昧，被宗教麻木心灵。他无法以科学来启发他们的灵智，只好把一些有用的信息藏在圣书里，以宗教的形式去传播科学。

圣书说，只要看懂圣书，就能找到圣府，那时，化身沙巫就会醒来，带索拉人去蒙受父星大的恩宠——什么“大的恩宠”？一定是一个浩瀚璀璨的科学宝库，索拉人将在一夕间跃升几万年、几十万年，与神（化身沙巫）们平起平坐。

这个前景使图拉拉非常激动，开始着手寻找化身沙巫留下的交待。化身沙巫既然在圣书中邀请索拉人前来圣府，既然答应届时醒来，那他肯定留下了唤醒他的办法。图拉拉寻找着，揣摩着，忽然发现了一个秘密的冰室。门被冰封闭着，但冰层很薄，他用尾巴打破冰门，小心地走进去。冰室里堆着数目众多的圆盘，薄薄的，有一面发着金属的光泽。这是什么？他凭直觉猜到，这一定是化身沙巫为索拉人预备的知识，但究竟如何才能取出这些知识，他不知道，绞尽脑汁也想不出来。这不奇怪，高度发展的技术常常比魔术更神秘。

但墙上的一幅画他是懂得的，这是幅相当粗糙的画，估计是化身沙巫用手画成的。画的是一个索拉人，用手指着胸前的两个闪孔。画旁有一个按钮，另有一个手指指着它。图拉拉对这幅画的含意猜度了一会儿，下决心按下这个按钮。

他的猜测是正确的，墙上的闪孔立即开始闪烁，明明暗暗。图拉拉认真揣摩着，很快断定，这正是二进制的索拉人语言。闪烁的节奏滞涩生硬，而且，其编码不是索拉人现代的语言，而是三千年前的古语言，但不管怎样，图拉拉还是尽力串出它所包含的意义。

“欢迎你，索拉人，既然你能来到无光的北极并找到圣府，相信你已经超越蒙昧。那么，我们可以进行理智的交谈了。”

巨大的喜悦像日冕的爆发，席卷他的全身。他终生探求的宝库终于开启了。那边，闪孔的闪烁越来越熟练，一个十亿岁的睿智老人在同他娓娓而谈，他激动地读下去。

“我就是圣书中所说的化身沙巫，来自父星系的蓝星。20个4152万年前，蓝星系的科学家创造了一种全新的生命，我把它撒到水星上，并留下来照看它们的成长。我看着它们由单胞微生物变成多胞生物，看着它们离开金属湖泊而登陆，看着它们从无性生物进化出性活动（爆灭前的配对），看着它们进化出有智慧的索拉人。这时我觉得，十亿年的孤独是值得的。

“我的孩子们啊，索拉人类的进步要靠你们自己。所以，这些年来我基本没干涉你们的进化，只是在必要时稍加点拨。现在，你们已超越蒙昧，我可以教你们一些东西了。你们如果愿意，就请唤醒我吧。”

下面他介绍唤醒自己的方法。他的苏醒必须按照严格的程序，稍有违犯，就会造成不可逆的死亡。图拉拉这才知道，神圣的沙巫种族其实是一种极为脆弱的生命。他们须臾离不开空气，否则会憋死。他们还会热死、冻死、淹死、饿死、渴死、病死、毒死……可是，就是这么脆弱的生命，竟然延续数十亿年，并且创造出如此先进的科技！图拉拉感慨着，认真地读下去。他真想马上唤醒这位十亿岁的老人，对于索拉人来说，他可以被称作神灵了。

他忽然感到一阵晕眩，知道是自己的能量盒快耗尽了。他爬过去找自己的背囊，那里应该有四个能量盒。但背囊是空的！图拉拉的感情场一阵战栗，恐慌向他袭来。面前这个背囊是奇卡卡的，肯定是奇卡卡把自己的背囊带走了。他当然不是有意害自己，只是，在刚才的宗教狂热中，奇卡卡失去了应有的谨慎。

该怎么办？大厅中有灯光，但光量太弱，缺少紫外光以上的高能波段，无法维持他的生命。看来，他要在沙巫的圣府里横死了。

圣书中有严厉的圣诫：索拉人在死亡前必须找到死亡配偶，用最后的能量进行爆灭，生育出两个以上新的个体。不进行爆灭的，尤其是死后又复苏的，将为万人唾弃。其实，早在圣书之前，原始索拉人就建立了这条伦理准则。这当然是对的，索拉人的躯体不能自然降解，如果都不进行爆灭，那索拉星上就没有后来者的立足之地了。

横死的索拉人很容易复生（只需让他接受光照），但图拉拉从没想过自己会干这种乱伦的丑事。不过，今天他不能死！他还有重要的事去办，还要按沙巫的交待去唤醒沙巫，为索拉人赢得“大的恩宠”，他怎么能在这时死去呢？头脑中的晕眩越来越重，已经不能进行有效的思考了，他必须赶紧想出办法。

他在衰弱脑力许可的范围内，为自己找到一个办法。他拖着身躯，艰难地爬到厅内最亮的灯光之下。低能光不能维持他的生存，但大概能维持一种半生半死的状态。他无力地倒下去，但他用顽强的毅力保持着意识不致沉落。闪孔里喃喃地念诵着：

“我不能死，我还有未了之事。”

2046年6月1日，在我接受沙午姑姑遗产的第十四年后，“姑妈号”飞船飞临水星上空，向下喷着火焰，缓缓地落在水星的地面上。

巨大的太阳斜挂天边，向水星倾倒着强烈的光热。这儿能清楚地看到日冕，它们向外延伸至数倍于太阳的外径。在太阳两极处的日冕呈羽状，赤道处呈条状，颜色淡雅，白中透蓝，舞姿轻盈，美丽惊人。水星的天空没有大气，没有散射光，没有风和云，没有灰尘，显得透明澄澈。极目之中，到处是暗绿色的岩石，扇状悬崖延伸数百公里，就像风干杏子上的褶皱。悬崖上散布着一片片金属液湖泊，在阳光下反射着强烈的光芒。回头看，天边挂着的地球清晰可见，它蓝得晶莹，美丽如一个童话。

这个荒芜而美丽的星球将是金属变形虫们世世代代的生息之地。

我捧着沙姑姑的遗像，第一个踏上水星的土地。遗像是用白金蚀刻的，它将留在水星上，陪伴她创造的生命，直到千秋万代。舱内起重机缓缓放着绳索，把洪先生的水星车放在地面上。强烈的阳光照射到暗黑色的光能板上，很快为水星车充足能量。洪先生掌着方向盘，把车辆停靠在飞船侧面。他的头发已经花白，脸色仍如往常一样冷漠，但我能看出他内心的激动。

洪其炎是飞船上的秘密乘客，起飞前他已经“因心脏病突发，抢救无效而去世，享年六十四岁”。我们发了讣告，举行了隆重的葬礼，社会各界都一致表示哀悼。虽然他是个怪人，虽然他支持的“水星放生”行动并没得到全人类的认可，但毕竟他的慷慨和献身令人钦服。现在，他倾力支持的“姑妈号”飞船即将起飞，而他却在这个时刻不幸去世，这是何等的悲剧！而其时，洪先生连同他的水星车已秘密运到飞船上。

洪先生说：“这样很好，让地球社会把我彻底忘却，我可以心无旁骛，留在水星上干我的事了。”

飞船船长柳明少将指挥着，两名船员抬着一个绿色的冷藏箱走下舷梯。里面是二十块冷凝金属棒，那是从沙午姑姑的生命熔炉中取出的，其中藏着生命的种子。飞船降落在卡路里盆地，温度计显示，此刻舱外温度是720℃。宇航服里的太阳能空调器嗡嗡地响着，用太阳送来的光能抵抗着太阳送来的酷热。如果没有空调，别说宇航员了，连那二十块金属棒也会在瞬间熔化。

五个船员都下来了，马上开始工作。我们打算在一个水星日完成所有的工作，然后留下洪先生，其余人返回地球。五个船员将在这儿建一些小型太阳能电站，通过两根细细的超导电缆送往北极。电缆是比较廉价的钇钡铜氧化物，只能在-170℃以下的低温保持超导性，不过这在水星上已足以胜任了。白天，太阳能电站转换的电量将就近储存在蓄电瓶内；晚上，当气温降到-170℃时，电源便经超导电缆送到遥远的极地，在那儿为洪先生的速冻和解冻提供能源。至于每个复苏周期中那长达一千万年的冷藏过程，则可以由-60℃的极冰自动制冷，不必耗用能源。所以，一个小型的一百千瓦发电站就足够了。不过为了绝对保险起见，我们用二十个结构不同的发电站并成一个电网。要知道，洪先生的一觉将睡上一千万年。一千万年中的变化谁能预想得到呢？

我和柳船长乘上洪先生的跑车，三人共同去寻找合适的放生地。这辆生命之舟设计得十分紧凑，车身覆盖着太阳能极板，十分高效，即使在极夜微弱的阳光中，也能维持它的行驶。车后是小型食物再生装置和制氧装置，能提供足够一人用的人造食品和空气。下面是强大的蓄电瓶，能提供十万千瓦时的电量，其寿命（在不断充放电的条件下）可以达到无限长。洪先生周围是快速冷凝装置，只要一按电钮，便能在两秒钟内对他进行深度冷冻。一千万年后，该装置会自动启动，使他复苏。他身下的驾驶椅实际是两只灵巧的机械腿，可以带他离开车辆，短时间出去步行。因为放养生命的金属湖泊，常常是车辆开不到的地方。

洪先生聚精会神地开着车，在崎岖不平的荒漠上寻找着道路，我和柳船长坐在后排。为了方便工作，我们在车内也穿着宇航服。老柳以军人的姿态端坐着，默默凝视着洪先生的白发，凝望着他高高突起的驼背和鸡胸，以及瘦弱畸形的腿脚，目光中充满怜悯。我很想同洪先生多谈几句，因为，在此后的亿万年中，他不会再遇上一位可以交谈的故人了。不过在悲壮的气氛中，我难以打开话题，只是就道路情况简短地交谈几句。

洪先生扭过头："小陈，我临'死'前清查了我的财产，还余几百万吧。我把它留给你和小尹了，你们为这件事牺牲太多。"

"不，牺牲最多的是你。洪先生，你是有仁者之爱的伟人。"

"伟人是沙女士。她，还有你，让我的晚年有了全新的生活，谢谢。"

我低声说："不，是我该向你表示谢意。"

车子经过一个金属湖，金属液发出白热的光芒。用光度测温计量量，这儿有620℃，对于那些小生命来说高了一些。我们继续前行，又找到一处金属湖，它半掩在悬崖之下，太阳光只能斜照它，所以温度较低。我们把车停下，洪先生操纵着机械腿迈下车，我和柳船长揣上两块金属棒跟在后边。金属湖在下方一百米处，地形陡峭，虽然他的机械腿十分灵巧，但行走仍相当艰难。在迈过一道深沟时，他的身子趔趄一下，我下意识地伸手去扶，老柳摇摇手止住我。是的，老柳是对的。洪先生必须能独立生存，在此后的亿万年中，不会有人帮助他。如果他一旦失手摔下，只能以他的残腿努力站起来，否则……我鼻梁发酸，赶快抛开这个念头。

我们终于到了湖边，暗红的金属液面十分平静。我们测量出温度是423℃，溶液中含有锡、铅、钠、水银，也有部分固相的锰、钼、铬微粒，这是变形虫理想的繁殖之地。我们从怀中掏出金属棒交给洪先生，他把它们托在宇航服的手套里，等待着。斜照的阳光很快使它们融化，变成小圆球，滚落在湖中，与湖面融合在一起。少顷，洪先生把一枚探头插进金属液中，打开袖珍屏幕，上面显示着放大的图像。探头寻找到一个变形虫，它已经醒了，慵懒地扭曲着，变形着，移动着，动作十分舒曼，十分惬意，就像这是它久已住惯的老家。

三个人欣慰地相视而笑。

我们总共找到十处合适的金属湖，把二十块“菌种”放进去。在这十个不相连的生命绿洲里，谁知道会发生什么事？也许它们会迅速夭折，当洪其炎从冷冻中复苏过来后，只能看到一片生命的荒漠；也许它们会活下来，并在水星的高温中迅速进化，脱离湖泊，登上陆地，最终进化出智慧生命。那时，洪先生也许会融入其中，不再孤独。

太阳缓缓地移动着，我们赶往天光暗淡的北极。那儿的工作已经做完。暗绿色的极冰中凿出一个大洞，布置了照明灯光，四十根超导电缆扯进洞内，汇聚在一个接头板上，再与水星车的接口相连。冰洞内堆放着足够洪先生食用三十年的罐头食品，这是为了预防食物再生装置一旦失效。只是我们拿不准，放置数千万年的食物（虽然是在-60℃的低温下）还能否食用。

我们把洪先生扶出来，在冰洞中开了一次聚餐会。这是“最后一次晚餐”，以后洪先生就得独自忍受亿万年的孤独了。吃饭时洪先生仍然沉默寡言，面色很平静。几个年轻的船员用敬畏的目光看他，就像在仰望上帝。这种目光拉远了他同大伙儿的距离，所以，尽管我和老柳作了最大的努力，也没能使气氛活跃起来。

我们在悲壮的氛围中吃完饭，洪先生脱下宇航服，赤身返回车内，沙女士的金像置放在前窗玻璃处。

我俯下身问：“洪先生，你还有什么话吗？”

“请接通地球，我和尹律师说话。”

接通了。他对着车内话筒简短地说：“小尹，谢谢你，我永远会记住你陪我度过的日子。”

他的话语化作电波，离开水星，向一亿公里外的地球飞去。他不再说话，静静地等待着。十分钟后才传来回音，我们都在耳机中听到了，尹女士带着哭声喊道："其炎！永别了！我爱你！"

洪先生恬淡地一笑，向我们挥手告别。在这个刹那，他的笑容使丑陋的面孔变得光彩照人。他按下一个电钮，立时冷雾包围了他的裸体，凝固了他的笑容。两秒钟后他已进入深度冷冻。我们对生命维持系统做了最后一次检查，依次向他鞠躬，然后默默退出冰洞，向飞船返回。

五个地球日后，"姑妈号"飞船离开水星，开始长达一年的返程。不过，大家都觉得我们已经把自身生命的一部分留在这颗星球上了。

不知过了多长时间，图拉拉隐约感到人群回来了，圣府大厅里一片闹腾。他努力喊奇卡卡，喊胡巴巴，没人理他，也许他并没喊出声，他只是在心灵中呼喊罢了。闹腾的人群逐渐离开，大厅里的振动平息了。他悲怆地模模糊糊地想：我真的要在圣府中横死么？

能量渐渐流入体内，思维清晰了，有人给他换了能量盒。他睁开眼，看见奇卡卡正怜悯地看着他。

他虚弱地闪道："谢谢。"

奇卡卡转过目光，不愿与他对视，微弱地闪道："你一直在低声唤我的名字，你说你有未了之事。我不忍心让你横死，偷偷给你换了能量盒。现在——你好自为之吧。"

奇卡卡像躲避魔鬼一样急急跑了，不愿意和一位丑恶的"横死复生者"待在一起。图拉拉感叹着，立起身子，看见奇卡卡为他留下四个能量盒，足够他返回到有光地带了。化身沙巫呢？他急迫地四处查看。没有了，连同他的神车都没有了。他想起胡巴巴临走时说：要禀报教皇，迎回化身沙巫的圣体，在父星的光辉下唤他醒来。一阵焦灼的电波把图拉拉淹没，他已知道沙巫的身体实际上是很脆弱的，那些愚昧的信徒们很可能把他害死。他可是索拉人的恩人啊。

他要赶快去制止！这时他悲伤地发现，在经历了长期的半死状态后，他身上的金属光泽已经暗淡了。这是横死者的标志，是不可豁免的天罚。如果他不赶紧爆灭，他就只能活在人们的鄙夷和仇恨中。

但此刻顾不了这些。他带上能量盒，立即赶回戛杜里盆地。那是索拉星上最热的地方，所有隆重的圣礼都在那儿举行。

他爬出无光地带，无数横死者还横亘在沿途。他歉然地想，恐怕自己已没有能力实现来时的承诺，无力收殓他们了。进入有光地带后，他看到索拉人成群结队向前赶，他们的闪孔兴奋地闪烁着：化身沙巫的复生大典马上要举行了！图拉拉想去问个详细，但人群立即发现他的耻辱印，怒冲冲地诅咒他，用尾巴打他。图拉拉只好悲哀地远远避开。

一个索拉星日过去了，他中午时赶到戛杜里盆地的中央。眼前的景象令他瞠目，成千上万的索拉人密密麻麻地聚在圣坛旁，群聚的感情场互相激励，形成正反馈，其强度使每个人都陷于癫狂。连图拉拉也几乎被同化了，他用顽强的毅力压下自己的宗教冲动。

好在癫狂的人群不大注意他的耻辱印，他夹在人群中向圣坛近处挤去。神车停在那里，车门关闭着，化身沙巫的圣体就在其中，仍紧闭着双眼。人群向他跪拜，脑袋和尾巴猛烈地撞击地面。这种撞击原先是杂乱的，现在逐渐变成统一的节奏，竟使地面在一波波撞击中微微起伏。

教皇出来了，在圣坛边跪下，信徒的跪拜和祈祷又掀起一个高潮。这时，一个高级执事走上前，让大家肃静。这是奇卡卡！看来教皇对这位背叛科学投身宗教的人宠爱有加，他的地位如今已在胡巴巴之上了。

奇卡卡待大家静下来，朗朗地宣布："我奉教皇敕令，去北极找到极冰中的圣府，迎来化身沙巫的圣体。此刻，沙巫神将在父星的光辉下醒来，赐给我们大的恩宠！教皇陛下今天亲临圣坛，跪迎沙巫大神复生！"

教皇再次叩拜后，奇卡卡拉开车门，僧侣上前，想要抬出化身沙巫的圣体。图拉拉此刻顾不得个人安危，闪孔里射出两道强光，烙在一名僧侣的背上，暂时制止住他。

图拉拉发出强烈的信息："不能把他抬出来，那会害死他的！"他急中生智，又加了一句有威慑力的话，"是沙巫神亲口告诉我的，你们不能做渎神的事！"

人们愣住了，连教皇也一时无语。奇卡卡愤怒地转过身，大声说："不要听他的，他是一个横死者，不许他亵渎神灵！"

人们这才发现他的耻辱印，立刻有一条尾巴甩过来，重重地击在他的背上。他眼前发黑，但仍坚持着发出下面的信息："不能让化身沙巫受父星的照射，你们会害死他的！"

又是狂怒的几击，他身体不支，瘫倒在地。仍有人狠狠地抽击他。奇卡卡恶狠狠地瞪图拉拉一眼，举手让众人静下来。迎圣体的仪式开始了。四个僧侣小心地把化身沙巫抬出车，众人的感情场猛烈地迸射、激励、加强，千万双闪孔同时感颂着沙巫神的大德和大能。

这种感情场是极端排外的，现场中只有图拉拉的感情是异端，他头疼欲裂，像是被千万根针刺着神经。他挣扎着立起上身，从人缝中向里看。化身沙巫的圣体已摆放在一个高高的圣台上，教皇领着奇卡卡、胡巴巴在伏地跪拜。图拉拉的神经抽紧了，他想可怕的事马上就要发生了。化身沙巫坐在圣台上，眼睛仍然紧闭着。在父星强烈的照射下，在720℃的高温中，他的身躯很快开始发黑，水分从体内猛烈蒸发，向上方升腾，在他附近造成了一个畸变的透明区域。随之他的身体开始冒烟，淡淡的灰烟。然后，焦透的身体一块块迸脱，剩下一副焦黑的骨架。

教皇和信徒们都目瞪口呆，这是怎么回事？索拉人的金属身体从不怕父星的曝晒，那些未经爆灭的遗体能千万年保存下来。但化身沙巫的圣体为什么被父星毁坏？人们想到刚才图拉拉的话："不能让他受父星的照射，你们会害死他的。"他们开始感到恐惧。千万人的恐惧场汇聚在一起，缓缓加强，缓缓蓄势，寻找着泄洪的口子。

教皇和奇卡卡的恐惧也不在众人之下——谁敢承担毁坏圣体的罪名？如果有人振臂一呼，信徒们会把罪人撕碎，即使贵为教皇也不能逃脱。时间在恐惧中静止。恐惧和郁怒的感情场在继续加强……忽然奇卡卡如奉神谕，立起身来指着那副骨架宣布："是父星惩罚了他！他曾逃到极冰中躲避父星，但父星并没有饶恕他！"

恐惧场瞬时间无影无踪，信徒们的神经一下子放松了。是啊，圣书中确实说过，化身沙巫失去父星的宠爱，藏到极冰中逃避父星的惩罚。现在大家也亲眼看见是父星的光芒把他毁坏了。奇卡卡抓住了这个时机，恶狠狠地宣布："杀死他！"

他的闪孔中闪出两道杀戮强光，射向沙巫的骨架。信徒们立即仿效，无数强光聚焦在骨架上，使骨架轰然坍塌。教皇显然仍处在慌乱中，他没有在这儿多停，起身摩挲着奇卡卡的头顶表示赞赏，随后匆匆离去。

信徒们也很快散去。虽然他们用暴烈的行动驱走恐惧，但把暴力加在化身沙巫的圣体上，这事总让他们忐忑不安。片刻之后，万头攒动的场景不见了，只留下圣坛上一副破碎的骨架，一辆砸扁了的神车，一副白金雕像，还有地上一个虚弱的图拉拉。

图拉拉忍着头部的剧疼，挣扎着走到骨架边。灰黑色的骨架散落一地，头颅孤零零地滚在一旁，两只眼睛变成两个黑洞，悲愤地瞪着天边。片刻之前，他还是人人敬仰的化身沙巫，是一个丰满坚硬的圣体，转瞬之间就被毁坏了，永远不可挽救了。图拉拉感到深深的自责。如果他事先能见到教皇，相信凭自己的声望，能说服他采用正确的方法唤醒沙巫——毕竟教皇也不愿圣体遭到毁坏呀。可惜晚了，来不及了，这一切都是由于缺少一个备用能量盒，是由于自己该死的疏忽。

他深深地俯伏在地，悲伤地向化身沙巫认罪。

他立起身，小心地搜集化身沙巫的骨架。为什么这样做？不知道，他没有什么目的，只是想以这种下意识的动作来驱散心中的悲伤和悔恨。只是到了两千年后，当科学家根据基因技术（在沙巫留下的大批光盘里有详细的解说）从幸存的骨架中提取了化身沙巫的基因并使他复活之后，索拉人才由衷地赞叹图拉拉的远见。

此后一千年是索拉星的黑暗时期，狂热的教徒砸碎了和科学有关的一切东西，连索拉人曾广泛使用的能量盒，也被当作渎神的奇技淫巧被全部砸坏。羽翼未丰的科学遭到迎头痛击，一蹶不振，直到一千年后才慢慢恢复元气。

沙巫教则达到极盛。他们仍信奉沙巫，但化身沙巫不再被说成沙巫大神的使者，他成了一尊伪神，一个罪神。信徒的祈祷词中加了一句：

“我奉沙巫大神为天地间唯一的至尊，

我唾弃伪神，他不是大神的化身。”

不过，沙巫教中也悄悄地兴起一个小派别，叫赎罪派。据说传教者是一个横死后复生的贱民。他们仍信奉化身沙巫是大神的使臣和索拉人的创造者，他们精心保存着两件圣物，一件是焦黑的头骨，一件是白金制的塑像。赎罪派的教义中，关于沙巫之死的是非是这样说的：化身沙巫确实是沙巫的化身，原打算给索拉星带来无上的幸福。但他被索拉人错杀了，幸福也与索拉人交臂而过。

尽管新教皇奇卡卡颁布了严厉的镇压法令，但赎罪派的信徒日渐增多。因为赎罪派的教义唤醒了人们的良知，唤醒了潜藏内心深处的负罪感。对教廷的镇压，赎罪派从不做公开的反抗，他们默默地蔓延着，到处搜集与科学有关的一切东西：砸碎的能量盒，神车的碎片，残缺不全的图纸和文字等等。在那位一百八十岁的赎罪派传教者去世后，再没人能懂得这些东西，但他们仍执着地收藏着，因为——传教者说过，等化身沙巫在下一个千禧年复活时，它们就有用了。

赎罪派只尊奉圣书的旧约篇而扬弃新约篇。他们在旧约篇上加了一段祷文：

化身沙巫越权创造了索拉人，父星惩罚了他。
索拉人杀死了化身沙巫，你们得到父星的授权了吗？
索拉人啊，
你们杀死了自己的生父，你们有罪了；
你们要世世代代背负着原罪，直到化身沙巫复生。

替天行道

夜里他一直睡不安稳，梦中到了天国和地狱的岔路口，俯瞰家乡的千里绿野，忽然，一股黑色的死亡之火穷凶极恶地卷地而来，所有麦子、稻子甚至禾本科的杂草都被烧枯，自然界失去了生机……

莱斯·马丁于上午9点接到《纽约时报》驻Z市记者站的电话，说一个中国人扬言要炸毁MSD公司，让他尽快赶到现场。马丁的记者神经立即兴奋起来，这肯定是一条极为轰动的消息！此时，马丁离MSD公司总部只有十分钟的路程，他风驰电掣般赶到。数不清的警车严密包围着现场，警灯闪烁着，警员们伏在车后，用手枪瞄准公司大门。还有十几名狙击手，手持FN30式狙击步枪，无指手套里的食指紧紧扣在扳机上。一个身着浅色风衣的高个子男人显然是现场指挥，正对着无线电报话器急促地说着什么，马丁认出他是市警察局的一级警督泰勒先生。

早到的记者在紧张地抓拍镜头，左边不远处，站着一位女主持人。马丁认出她是CNN的斯考利女士，正对着摄影机做现场报道。

她音节急促地说："……已确定这名恐怖分子是中国人，名叫吉明，今年四十六岁，持美国绿卡。妻子和儿子于今年刚刚在圣弗郎西斯办了长期居留手续。吉明前天才从中国返回，直接到了本市。二十分钟前他打电话给MSD公司，声称他将炸毁公司大楼，作案动机不详。请看——"摄影机镜头在她的示意下摇向公司大门口的一辆汽车，"这就是恐怖分子的汽车炸弹，汽车两侧都用红漆喷有标语，左侧是中文。"她结结巴巴地用汉语念出"替天行道，火烧MSD"九个音节，又用英文解释道："汉语中的'天'大致相当于英文中的上帝，或大自然，或二者的结合；汉语中的'道'指自然规律，或符合天意的做法。这副标语不伦不类，因此不排除恐怖分子是一名精神病患者的可能。"

马丁同斯考利远远打了个招呼，努力挤到现场指挥泰勒的旁边。眼前是MSD公司新建的双塔形大楼，极为富丽堂皇。双塔间有螺旋盘绕，这是模拟DNA双螺旋线的结构。MSD是世界最知名的生物技术公司之一，也是本市财政的支柱。这会儿以公司大门为中心，警员撒成一个巨大的半圆。据恐怖分子声称，他的汽车炸弹足以毁掉整个大楼，所以警员不敢过分靠近。马丁把数字相机的望远镜头对准那辆车，调好焦距。从取景框中分辨出，这是一辆半旧的老式福特，银灰色的车体上用鲜红的漆喷着一行潦草的中国字，马丁只能认出最后的MSD三个英文字母。那个恐怖分子是个中等身材的男人，黑头发。他站在距汽车二十米外，左手持遥控器，右手持扩音器大声催促："快点出来，再过五分钟我就要起爆啦！"

他是用英文说的，但不是美式英语，而是很标准的牛津式英语。MSD公司的职员正如蚁群般整齐而迅速地从侧门撤出来，出了侧门，立即撒腿跑到安全线以外。也有几个人是从正门撤出，这几位恰好都是女士，她们胆怯地斜视着盘踞在门口的汽车和恐怖分子，侧着身子一路小跑，穿着透明丝袜的小腿急速摆动着。那位叫吉明的恐怖分子倒颇有绅士风度，这会儿特意把遥控器藏到身后，向女士们点头致意。不过女士们并未受到安抚，当她们匆匆跑到安全线以外时，个个气喘吁吁，面色苍白。

一位警员用话筒喊话，请吉明先生提出条件，一切都可以商量，但吉明根本不加理睬。五十岁的马丁已经是采访老手了，他知道警员的喊话只是拖延时间。这边，狙击手的枪口早就对准了目标，但因为恐怖分子已事先警告过他的炸弹是"松手即炸"，所以警员们不敢开枪。泰勒警督目光阴沉地盯着场内，显然在等着什么。忽然他举起话机急促地问："盾牌已经赶到？好，快开进来！"

人群闪开一条路，一辆警车缓缓通过，径直向吉明开去，泰勒显然松了一口气，马丁也把悬着的心放到肚里。他知道，这种"盾牌97"是前年配给各市警局的高科技装置，它可以使方圆八十米的无线电信号失灵，使任何爆炸装置无法起爆。大门内的吉明发现了来车，立即高举起遥控器威胁道："立即停下，否则我马上起爆！"

那辆车似乎因惯性又往前冲了几米，刷地刹住——此时它早已在八十米的作用之内了。一位女警员从车内跳下，高举双手喊道："不要冲动，我是来谈判的！"

吉明狐疑地盯着她，严令她停在原地。不过除此之外，他并未采取进一步的应急措施。马丁鄙夷地想，这名恐怖分子肯定是个"雏儿"，他显然不知道有关"盾牌97"的情况。

这时，泰勒警督回头低声命令："开枪，打左臂！"

一名黑人狙击手嚼着口香糖，用戴着无指手套的左手比画了OK，然后他稍稍瞄准，自信地扣下扳机。"啪！"一声微弱的枪响，吉明一个趔趄，扔掉了遥控器，右手捂住左臂。左臂以一种不自然的角度低垂着，虽然相距这么远，马丁还是看到了他惨白的面容。

周围的人都看到了这个突然变化。当失去控制的遥控器在地上蹦跳时，多数人都恐惧地闭紧眼睛——但并没有随之而来的巨响，大楼仍安然无恙。几乎在枪响的同时，十几名训练有素的警员一跃而起，从几个方向朝吉明扑去。吉明只愣了有半秒钟，发狂地尖叫一声，向自己的汽车奔去。泰勒简短地命令："射他的腿！"

又一声枪响，吉明重重地摔在地上，不过他并不是被枪弹击倒的。由于左臂已断，他的奔跑失去平衡，所以一起步就栽到地上——正好躲过那颗必中的子弹，随即他以四十六岁不可能有的敏捷从地上弹起，抢先赶到汽车旁边。这时逼近的警员已经挡住了狙击手的视线，使他们无法开枪了。吉明用右手猛然拉开车门，然后从口袋中掏出一只打火机，打着，向这边转过身。几十架相机和摄像机拍下了这个瞬间，拍下了那副被狂躁、绝望、愤怒、凄惨所扭歪了的面庞，拍下了打火机腾腾跳跃的火苗。泰勒没有料到这个突变，短促地低呼一声。

正要向吉明扑去的警员都愣住了，他们奇怪吉明为什么要使用打火机，莫非遥控起爆的炸弹还装有导火索不成？但他们离汽车还有三四步远，无论如何来不及制止了。吉明脸上的肌肉抖动着。从牙缝里凄厉地骂了一声。他说的是汉语，在场的人都没听明白他说的是什么。后来，一位来自台湾的同事为马丁译出了摄像机录下的这句话，那是中国男人惯用的咒骂："我X你妈！老子豁上啦！"

吉明把打火机丢到车内，随之扑倒在地——看来他本来没打算做自杀式的攻击。车内红光一闪，随即蹿出凶猛的火舌。警员们迅速扑倒，向后滚去，数秒钟后一声巨响，汽车的残片抛向空中。不过这并不是炸药，而是汽油的爆炸。爆炸的威力不算大，十米之外的公司大门只有轻微的损伤。

浓烟中，人们看见了吉明的身躯，带着火苗，在烟雾和火焰中奔跑着，辗转着，扑倒，再爬起来，再扑倒。这个特写镜头在人们的印象中似乎持续了很长时间，而实际上只有短短的几十秒钟。外围的消防队员急忙赶到，把水流打到他身上，熄灭了火焰。四个警察冲过去，把湿漉漉的他按到担架上，铐上手铐，迅速送往医院抢救。

粉状灭火剂很快扑灭了汽车火焰，围观者中几乎要爆炸的紧张气氛也随之松弛下来；原来并没有什么汽车炸弹！公司员工们虚惊一场，互相拥抱着，开着玩笑，陆续返回大楼。泰勒警督在接受记者采访，他轻松地说，警方事前已断定这不是汽车炸弹，所以今天的行动只能算是一场有惊无险的演习。马丁想起他刚才的失声惊叫，不禁绽出一丝讥笑。

他在公司员工群中发现了公司副总经理丹尼·戴斯。戴斯是MSD公司负责媒体宣传的，所以这副面孔在Z市人人皆知。刚才，在紧张地逃难时，他只是蚁群中的一分子。但现在紧张情绪退潮，他卓尔不群的气势就立即显露出来。戴斯年近六十，满头银发一丝不乱，穿着裁剪合体的暗格西服。

马丁同他相当熟稔，挤过去打了招呼："嗨，你好，丹尼。"

"你好，莱斯。"

马丁把话筒举到他面前，笑着说："很高兴这只是虚惊一场。关于那名恐怖分子，你有什么要说的吗？"

戴斯略为沉吟后说："你已经知道他的姓名和国籍，他曾是MSD驻中国办事处的临时雇员……"

马丁打断他："临时雇员？我知道他已经办了绿卡。"

戴斯不大情愿地承认："嗯，是长期的临时雇员，在本公司工作了七八年。后来他同公司驻中国办事处的主管发生了矛盾，来总部申诉，我们调查事实后没有支持他。于是他迁怒于公司总部，采取了这种自绝于社会的过激行为。刚才我们都看到他在火焰中的痛苦挣扎，这个场面很令人同情——对吧？但坦率地说他这是自作自受。他本想扮演殉道者的，最终却扮演了这么一个小丑。四十六岁再改行做恐怖分子，太老了吧。"他刻薄地说，"对不起，我不得不离开了，我有一些紧急的公务。"

他同马丁告别，匆匆走进公司大门。马丁盯着他的背影冷冷一笑。不，马丁可不是一个雏儿，他料定这件事的内幕不会如此简单。刚才那位中国人的表情马丁看得很清楚，绝望、凄惨、狂躁，绝不像一个职业恐怖分子。戴斯是个老狐狸，在公共场合的发言一向滴水不漏。但今天可能是惊魂未定，他的话中多少露出一点马脚。他说吉明“本想扮演殉道者”，这句话就非常耐人寻味。按这句话推测，那个中国人肯定认为自己的行动是正义的，殉道者嘛。那么，他对公司采取如此暴烈的行动肯定有其特殊原因。

马丁在新闻界闯荡了三十年，素以嗅觉灵敏、行文刻薄著称。在Z市的上层社会中，他是一个不讨人喜欢、又没人敢招惹的特殊人物。现在，鲨鱼（这是他的绰号）又闻见血腥味啦，他决心穷追到底，绝不松口，即使案子牵涉到他的亲爹也不罢休。

仅仅一个小时后，他就打听到：吉明的恐怖行动和MSD公司的“自杀种子”有关。听说吉明在行动前曾给地方报社《民众之声》寄过一份传真，但他的声明在某个环节被无声无息地吞掉了。

自杀种子——这本身就是一个带着阴谋气息的字眼儿，马丁相信自己的判断不会错。

圣方济教会医院拒绝采访，说病人病情严重，烧伤面积达百分之八十九，其中三度烧伤百分之三十七，短时间内脱离不了危险期。马丁相信医院说的是实情，不过他还是打通了关节，当天晚上来到病房内。病人躺在无菌帷幕中，浑身缠满抗菌纱布。帷幕外有一个黑发中年妇人和一个黑发少年，显然是刚刚赶到，正在听主治医生介绍病情。那位母亲不大通英语，少年边听边为母亲翻译。妇人被这场突如其来的横祸击懵了，面色悲苦，神态茫然。少年则用一道冷漠之墙把自己紧紧包住，看来，他既为父亲羞愧，又艰难地维持着自尊。

马丁在上个世纪70年代和90年代去过中国，最长一次住了半年。所以，他对中国的了解绝不是远景式的、浮浅的。正如他在一篇文章中所说，他“亲耳听见了这个巨大的社会机器在做反向运转时，所发出的吱吱嘎嘎的摩擦声”。即使在上世纪70年代，那还是个贫困的、到处充斥“蓝蚂蚁”的中国，但他对这个国家也怀着畏惧。想想吧，一个占了世界人口五分之一的民族！没有宗教信仰，仅靠民族人文思想维持了五千年的向心力！拿破仑说过，当中国从沉睡中醒来时，一定会令世界颤抖——现在它确实醒了，连呵欠都打过啦。

帷幕中，医生正在从病人未烧伤的大腿内侧取皮，随后将用这些皮肤细胞培育人造皮肤，为病人植皮。马丁向吉明妻子和儿子走去，他知道这会儿不是采访的好时机，不过他仍然递过自己的名片。吉妻木然地接过名片，没有说话。吉的儿子满怀戒备地盯着马丁，抢先回绝道："我们什么也不知道，你别来打搅我妈妈！"

马丁笑笑，准备施展他的魅力攻势，这时帷幕中传来两声短促的低呼。母子两人同时转过头，病人是用汉语说的，声音很清晰："上帝！上帝！"

病床上，在那个被缠得只留下七窍的脑袋上，一双眼睛缓缓睁开了，散视的目光逐渐收拢，定焦在远处。吉明没有看见妻儿，没有听见妻儿的喊声，也没有看见在病床前忙碌的医护。他的嘴唇翕动着，喃喃地重复着四个音节。这次，吉妻和儿子都没有听懂，但身旁不懂汉语的医生却听懂了。他是在说："哈利路亚！哈利路亚！"

哈利路亚！

长着翅膀的小天使们在洁白的云朵中围着吉明飞翔，欢快地唱着这支歌。吉明定定神，才看清他是在教堂里，唱诗班的少男少女们圆张着嘴巴，极虔诚极投入地诵唱这首最著名的圣诞颂歌《弥塞亚》。

"哈利路亚！世上的国成了我主和主基督的国，他要做王，直到永永远远。哈利路亚！"

教堂的信徒全都肃立倾听。据说1743年英国国王乔治二世在听到这首歌时感动得起立聆听，此后听众起立就成了惯例。吉明被这儿的气氛感动了。这次他从中国回来，专程到MSD公司总部反映有关自杀种子的情况。但今天是星期天，闲暇无事，无意中逛到教堂。唱诗班的少年们满脸洋溢着圣洁的光环，不少听众眼中噙着泪水。吉明是第一次在教堂这种特殊氛围中聆听这首曲子，聆听它雄浑的旋律、优美的和声和磅礴的气势。他知道这首合唱曲是德国作曲家韩德尔倾全部心血完成的杰作，甚至韩德尔本人在指挥演奏时也因过分激动而与世长辞。只有在此情景中，吉明才真正体会到那种令韩德尔死亡的宗教氛围。

他觉得自己的灵魂也被净化了，胸中鼓荡着圣洁的激情——但这点激情只维持到出教堂为止。等他看到世俗的风景后，便从刚才的宗教情绪中醒过来。他自嘲地问自己：吉明，你能成为一个虔诚的基督徒吗？

他以平素的玩世不恭给出答复：扯淡。

他在无神论的中国度过了半生，前半生建立的许多信仰如今都淡化了，锈蚀了，唯独无神论信仰坚如磐石。因为，和其他流行过的政治呓语不同，无神论对宗教的批判是极犀利、极公正的，而且随着时间的推移愈加坚实。此后他就把教堂中萌发的那点感悟抛在脑后，但他未想到这一幕竟然已经深深烙入他的脑海，在垂死的恍惚中它又出现了。这幅画在他面前晃动，唱诗班的少年又变成了带翅膀的天使。他甚至看到上帝在天国的门口迎接他。上帝须发蓬乱，瘦骨嶙峋，穿着一件苦行僧的褐色麻衣。吉明好笑地、微微嘲弄地看着上帝，我从未信奉过你，这会儿你来干什么？

他忽然发现上帝并不是高鼻深目的犹太人、雅利安人、高加索人……他的白发中掺有黑丝，皮肤是黄土的颜色，粗糙得像老树的树皮。表情敦厚，腰背佝偻着，面庞皱纹纵横，像一枚风干的核桃……他分明是不久前见过的那位中原地区的老农嘛，那个顽石一样固执的老人。

上帝向他走近。在响遏行云的赞歌声中，上帝并不快活。他脸上写着惊愕和痛楚，手里捧着一把枯干的麦穗。

枯干的麦穗！吉明的心脏猛然被震撼，向无限深处跌落。

三年前，吉明到中原某县的种子管理站，找到了二十多年未见的老同学常力鸿。一般来说，中国大陆的农业机关都是比较穷酸的，这个县的种子站尤甚。这天正好赶上下雨，院内又在施工，乱得像一个大猪圈。吉明小心地绕过水坑，仍免不了在锃亮的皮鞋上溅上泥点。常力鸿的办公室在二楼，相当简朴，靠墙立着两个油漆脱落的文件柜，柜顶放着一排高高低低的广口瓶，盛着小麦、玉米等种子。常力鸿正佝偻着腰，与两位姑娘一起装订文件。他抬头看看客人，尽管吉明已在电话上联系过，但他还是愣了片刻才认出老同学。他赶忙站起来，同客人紧紧握手。不过，没有原先想象的搂抱、捶打这些亲热动作，衣着的悬殊已经在两人之间划了一道无形的鸿沟。

两个姑娘好奇地打量着他们。确实，他们之间反差太强烈了；一个西装革履，发型精致，肤色保养得相当不错，肚子也开始发福了；另一个黑瘦枯干，皮鞋上落满了灰尘，鬓边已经苍白，面庞上饱经风霜。姑娘们叽喳着退出去，屋里两个人互相看看，不禁会心地笑了。午饭是在“老常哥”家里吃的，屋内家具比较简单，带着城乡结合的味道。常妻是农村妇女，手脚很麻利，三下五除二地炒了几个菜，又掂来一瓶赊店大曲。两杯酒下肚后，两人又回到了大学岁月。吉明不住口地感谢“老常哥”，说自己能从大学毕业全是老常哥的功劳！常力鸿含笑静听，偶尔也插上一两句话。他想吉明说的是实情。在农大四年，这家伙几乎没有正正经经上过几节课，所有时间都是用来学英语，一方面是练口语，一方面是打探出国门路。那是上个世纪70年代末80年代初，学校里学习风气很浓，尤其是农大，道德观上更守旧一些。同学们包括常力鸿都不怎么抬举吉明，嫌他的骨头太轻，嫌他在人生规划上过于精明——似乎他唯一的人生目的就是出国！不过常力鸿仍然很大度地帮助吉明，让他抄笔记，抄试卷，帮他好歹拿到毕业证。

那时吉明的能力毕竟有限，到底没办成出国留学。不过，凭着一口流利的英语，毕业两年后他就开始给外国公司当雇员，跳了几次槽，拿着几十倍于常力鸿的工资。也许吉明的路是走对了，也许这种精于计算的人恰恰是时代的弄潮儿？……听着两人聊天，外表木讷实则精明的常妻忽然撂一句：“老常哥对你这样好，这些年也没见你来过一封信？”

吉明的脸刷地红了，这事他确实做得不地道。常力鸿忙为他掩饰：“吉明也忙啊，再说这不是已经来了吗？喝酒喝酒！”

吉明灌了两杯，才叹口气说：“嫂子骂得对，应该骂。不过说实在话，这些年我的日子也不好过呀。每天赔尽笑脸，把几个新加坡的二鬼子当爷敬——MSD驻京办事处的上层都是美国人和新加坡人。我去年才把绿卡办妥，明年打算把老婆儿子在美国安顿好。”

“绿卡？听说你已入美国籍了嘛。”

吉明半是开玩笑半是解气地说：“这辈子不打算当美国人了，就当美国人的爹吧。”他解释道，这是美国新华人中流行的笑谑，因为他们大都保留着绿卡，但儿女一般要入美国籍的。“美国米贵，居家不易。前些天一次感冒就花了我一百五十美元。所以持绿卡很有好处的，出入境方便。每次回美国我都大包小包地拎着中国的常用药。”

饭后，常妻收拾起碗筷，两人开始谈正事。常力鸿委婉地说：“你的来意我已经知道了，你是想推销MSD的小麦良种。不过你知道，小麦种子的地域性较强，国内只是在新中国成立前后引进过美国、澳大利亚和意大利的麦种，也只有意大利的阿勃、阿夫等比较适合中原地域。现在我们一般不进口麦种，而是用本省培育的良种，像豫麦18、豫麦35等……”

吉明打断他的话：“这些我都知道，不知道这些，我还能做种子生意？不过我这次推荐的麦种确实不同寻常。它的绰号叫‘魔王麦’，因为它几乎集中了所有小麦的优点：地域适应性广，耐肥耐旱，落黄好，抗倒伏，抗青干。在抗病方面几乎是全能的，抗条锈，抗叶锈，抗秆锈，抗白粉，仅发现矮化病毒对它有一定威胁……你甭笑，”他认真地说，“你以为我是在卖狗皮膏药？老兄，你不能拿老眼光看新事物。这些年的科技发展太可怕了，简直就是神话。我知道毕业后你很努力，还独立育出了一个新品种，推广了几千亩，现在已经被淘汰了。对不对？”这几句话戳到常力鸿的痛处，他面色不悦地点点头。“老兄，这不怪你笨，条件有限嘛。你能采用的仍是老办法：杂交，选育，一代又一代，跟着老天爷的节拍走，最多再加上南北加代繁殖。但MSD公司早在三十年前就开始利用基因工程。你想要一百种小麦的优良性状？找出各自的表达基因，再拼接过来就是了。为育出‘魔王’品系，MSD总共花了近二十亿美元，你能和他们比吗？”

常力鸿有点被他说动了。吉明道："你放心吧，我虽然已经成了见钱眼开的商人，好歹是中国人，好歹是你的老朋友，不会骗到老常哥头上的。这样吧，我先免费提供一百亩的麦种供你们进行检疫试种。明年，我相信你会自己找我买种子，把'魔王麦'扩大到一百万亩。"

条件这样优惠，常力鸿立即同意了。两人又商量了引进种子资源的例行程序，包括向中国国家种子资源管理处登记并提供样品种子等。正如吉明所料，在商谈中，常力鸿对"魔王麦"属于"转基因作物"这一点没有提出任何异议，他甚至压根没提农业部颁发的《农业生物基因工程安全管理实施办法》。在欧洲，这可是个十分敏感的话题。转基因产品在欧洲已经被禁止上市，连试验种植也被限制，各绿党和环保组织时刻拿眼睛盯着。正因为如此，MSD公司才把销售重点转向第三世界。

既然常力鸿没有提到这一点，吉明当然不会主动提及。不过吉明并不为此内疚。欧洲对转基因产品的反对，多半是基于"伦理性"或"哲理性"的，并不是说他们已经发现了转基因产品对人身的危害——吉明一向认为，这种玄而又玄的讨论是富人才配享有的奢侈。对于中国人，天字第一号的问题是什么？是吃饱肚子！何况转基因产品在美国已经大行其道了，美国的食物安全法规也是极其严格的。

两人签协议时，吉明让加上一条：用户不允许使用上年收获的麦子做种，也就是说，每年的麦种必须向MSD公司购买。常力鸿沉吟良久，为难地说："老同学，我不愿对你打马虎眼。这个条件当然应该答应，否则MSD公司怎么收回投资？可是你知道，中国的农民们是不大管什么知识产权的，你能挡住他用自己田里收的麦子做种？谁也控制不住！"

吉明轻描淡写地说："谢谢你的坦率。我在协议中写上这一条，只是作为备忘，表示双方都认可这条规则。至于对农民的控制方法……MSD会有办法的。"

常力鸿哂笑着看看老同学，不知道他是不是在开玩笑。MSD公司会有办法？他们能在每粒"未收获"的麦粒上预先埋一个生死开关？不过，既然吉明这样说，常力鸿当然不会再认真考究。

第二天吉明在紫荆花饭店的雅间里回请了一顿。饭后吉明掏出一个信封：“老常哥，我已经混上了MSD公司的区域经理，可以根据销售额提成，手头宽裕多了。这一千美元是兄弟的一点小意思，全当是大学四年你应得的‘保姆费’吧。收下收下，你要拒绝，我就太没面子了。”

常力鸿发觉这位小兄弟已经修炼得太厉害了——他把兄弟情分和金钱利益结合得水乳交融。收下这点“兄弟情分”，明摆着得为他的“销售提成”出力。但在他尚未做出拒绝的决断时，妻子已经眼明手快地接过信封：“一千美元？等于八千多人民币了吧。我替你常哥收下。”她回头瞪了丈夫一眼，打着哈哈说，“就凭你让他抄四年考试卷子，也值这个数了，对不对？”

常力鸿沉下脸，没有再拒绝。

吉明的回忆到这儿卡壳了。这些真实的画面开始抖动、扭曲。上帝的面容又挤进来，惊愕、痛楚，凝神看着死亡之火蔓延的亿万亩麦田。吉明困惑地想，上帝的面容和表情怎么会像那位中原老农？梦中的上帝怎么会是那个老农的形象？自己与那个老农总共只有一面之缘呀。

他是在与常力鸿见面的第二年见到那老汉的。头年收获后，完全如吉明所料，“魔王麦”大受欢迎。常力鸿数次打电话，对这个麦种给出了最高的评价，尤其是麦子的质量好，赖氨酸含量高，口感好，很适于烤面包，在欧洲之外的西方市场很受欢迎。周围农民争着订明年的种子，县里决定推广到全县一半的面积，甚至邻县也在挤着上这辆巴士。第二年做成了五十万吨麦种的生意，他的信用卡上也因此添了一大笔进项。但是，第二次麦播的五个星期后，常力鸿十万火急地把他唤去。

仍是在老常哥家吃的饭，他进屋时，饭桌上还没摆饭，摆的是几十粒从麦田挖出来的死麦种。它们没有发芽，表层已略显发黑。常力鸿脸色很难看，但吉明却胸有成竹。他问：“今年从MSD购进的种子都不发芽吗？”

“不，只有一千亩左右。”

吉明不客气地说：“那就对了！我敢说，这不是今年从我那儿买的麦种，是你们去年试种后收获的第二代‘魔王麦’！你不会忘吧，合同中明文规定，不能用收获的麦子做种，MSD公司要用技术手段保证这一点。”

常力鸿很尴尬。吉明说得一点都不错，去年收的“魔王麦”全都留作种子了，谁舍得把这么贵重的麦子磨面吃？说实话，常力鸿压根儿没相信MSD能用什么“技术手段”做到这一点，也几乎把这一条款给忘了。他讪讪地收起死麦种，喊妻子端饭菜，一边嗫嚅地问；“我早对你说过的，我没法让农民不留种。MSD公司真的能做到这一点？他们能在每一粒小麦里装上自杀开关？”

吉明怜悯地看看老同学。上农大时常力鸿是出类拔萃的，但在这个闭塞的中国县城里憋了二十年，他已远远落后于外面的世界了。他耐心地讲了自杀种子的机理：“能。基因工程没有办不到的事，这种自杀种子的育种方法是：从其他植物的病株上剪下导致不育的毒蛋白基因，组合到小麦种子中。同时再插入两段基因编码，使毒蛋白基因保持休眠状态。直到庄稼成熟时，毒素才分泌出来杀死新种子。所以，毒蛋白只影响种子而不影响植株。”

常力鸿听得瞪圆了眼睛——这简直是天方夜谭嘛。他不解地问：“如果收获的都是死麦粒，MSD公司又是怎样获得种子呢？”

“很好办。MSD公司在播种时，先把种子浸泡在一种特别溶液中，诱发种子产生一种酶来阻断那段DNA，自杀指令就不起作用了。当然，这种溶液的配方是绝对保密的。”

“麦粒中有这种毒蛋白，还敢食用吗？”

“敢。这种毒蛋白对人体完全无害，你不必怀疑这一点，美国的食品法是极其严格的。”他笑着说，“实际上我只是鹦鹉学舌，深一层的机理我也说不清。甚至连MSD这样顶尖的公司，也是向更专业的密西西比州德尔他公司购买的专利。知道吗？单单这一项专利就花了十亿美元！这些美国佬真是财大气粗啊。”

常妻一直听得糊里糊涂，但这句话她听清了：“十亿美元？八十多亿人民币？天哪，要是用一百元的票子码起来，能把这间屋子都塞满吧。”

吉明失笑了：“哈，那可不知道，我从来没有从这个角度上考虑，因为这么大数额的款项不可能用现金支付。不过……大概能装满吧。”

“八十亿！这些大鼻子们指望这啥子专利赚多少钱，敢这样胡花！”

吉明忍俊不禁：“嫂子别担心，他们赚得肯定比这多。美国人才不干傻事呢。”

常力鸿的表情可以说是目瞪口呆，不过，他的震惊显然和妻子不同，是另一个层面上的。愣了很久他才说：“美国的科学家……真的能这样干？”

“当然！基因工程已经成了神通广大的魔术棒，可以对上帝创造的生命任意删削、拼装、改良。说一个不是玩笑的玩笑，你就是想用蛇、鱼、鹿、虎等动物的基因拼出一条有角有鳞有爪的‘活着的’中国龙，从理论上说也是办得到的。”

常力鸿不耐烦地说：“我不是这个意思。我是说……”他卡住了，艰难地寻找着能确切表达他想法的词句，“我是说，美国科学家竟然开发这样缺德的技术？”

吉明一愣，对“缺德”这个字眼多少有些冒火。他平心静气地说：“咋是缺德？他们在魔王品系上投入了二十亿的资金，如果所有顾客都像你们那样只买一次种子，这些巨额投入如何收回？如果收不回，谁会再去研究？科学发展不是要停滞了吗？这是文明社会最普遍的道德规则，再正常不过的。”

常力鸿有点焦躁：“不，这也不是我的意思。我是说，”他再次艰难地寻找着词句，“我是说，他们为了赚钱，就不惜让某种生命断子绝孙？这不是太霸道了么？这不是逆天行事么？俗话说，上天有好生之德，连封建皇帝还知道春天杀生有干天和哩。”

吉明这才摸到老同学的思维脉络。他微嘲道：“真没想到，你也有闲心来进行哲人的思辨。这倒让我想起一件事。有一次我在飞机上邂逅了一位西班牙作家，听说还是王室成员。他的消息竟然相当闭塞，根本不知道世上已经有了自杀种子。听我介绍后他也是大为震惊，连声问：现代科学真的能做到这种不可思议的事情？我讲了很久，他终于相信了，沉思良久后感慨地说：人类是自然界最大的破坏者，它在自己的成长过程中消灭了数以百万计无辜的生物。即使少数随人类广泛传播的生物，如小麦、稻子等，实际上也算不上幸运者，它们的性状都被异化了，‘野生’生命力被削弱了。不过，在自杀种子诞生之前的种种人类行为毕竟还是有节制的，因为人类毕竟还没有完全剥夺这些生命的生存能力和生存权利。现在变了，科学家开始把某种生命的生存能力完全掌握到人类手中，建立在某种‘绝对保密’的溶液上，这实在是太霸道了——你看，这位西班牙人所用的词和你完全一样！”吉明笑道，“不过依我看来，这种玄思遐想全是吃饱了撑的。其实，逆天行事的例子多啦，计划生育不是逆天行事？”

常力鸿使劲地摇头：“不，计划生育是迫不得已而为之。这个不同……”

“有啥不同？老兄，十三亿中国人能吃饱肚子才是最大的顺天行事。等中国也成了发达国家——那时再去探幽析微，讨论什么上天的好生之德吧。”

常力鸿词穷了，但仍然不服气。他沉着脸默然良久，才恼怒地说：“反正我觉得这种方法不地道。去年你该向我说清的，如果那时我知道，我一定不会要这种自杀种子。”

吉明也觉得理屈。的确，为了尽量少生枝节做成买卖，当初他确实没把有关自杀种子的所有情况告诉老同学。饭后两人到不发芽的麦田里看了看。就是在那儿，吉明遇见了那位不知姓名的、后来在他的幻觉中化为上帝的老农。当时他佝偻着身体蹲在地上，正默默查看不会发芽的麦种。别的麦田里，淡淡的绿色已漫过泥土，而这里仍是了无生气的褐色。那个老农看来同常力鸿很熟，但这会儿对他满腹怨恨，只是冷淡地打了个招呼。他又黑又瘦，头发花白，脸上皱纹纵横，比常力鸿更甚，使人想起一幅名叫《父亲》的油画。青筋暴露的手上捧着几粒死麦种，伤心地凝视着。

常力鸿在他面前根本挺不起腰杆，表情讪讪地勉强辩解说：“大伯，我一再交待过，不能用这次收的麦子做种……”

“为啥？”老汉直撅撅地顶回来，“秋种夏收，夏收秋种。这是老天爷定的万古不变的规矩，咋到你这儿就改了呢？”

常力鸿哑口了，回头恼怒地看看吉明。吉明也束手无策，你怎么和这头犟牛讲理？什么专利什么知识产权什么文明社会的普遍规则，再雄辩的道理也得在这块顽石上碰卷刃。但看看常力鸿的表情，他只好上阵了。他尽量通俗地把种子的自杀机理讲了一番。

老汉多少听懂了，他的表情几乎和常力鸿初听时一个样子，连说话的字眼儿都相近：“让麦子断子绝孙？咋这样缺德？干这事的人不怕生儿子没屁眼儿？老天在云彩眼儿里看着咱们哩。”

吉明顿时哑口无言！只好糊弄几句，狼狈撤退。走出老汉视线后，他们站在地埂上，望着正常发芽的千顷麦田。这里的绿色是十分强悍的，充盈着勃勃的生命力。

常力鸿忧心忡忡地看着，忽然问：“这种自杀基因……会不会扩散？”

吉明苦笑着想，这个困难的话题终于没能躲过。“不会的，老同学，你尽管放心。美国的生物安全法规是很严格的。”他老实承认道，“不错，国外也有人散布过类似的忧虑，担心含有自杀基因的小麦花粉会随风播撒，像毒云笼罩大地，使万物失去生机。印度、希腊等地还有人大喊大叫，要火烧MSD呢。但这些都是没有根据的臆测。当然，咱们知道，小麦有千分之四到千分之五的异花传粉率，但是根本不必担心自杀基因会因此传播。为什么？这是基于一种最可靠的机理：假设某些植株被杂交出了自杀基因，那么它产生的当然是死种子，所以传播环节到这儿一下子就被切断了！也就是说，自杀基因即使能传播，也最多只能传播一代，然后就自生自灭了。我说得对不对？”

常力鸿沉思一会儿，点点头。没错，吉明的论断异常坚实有力，完全可信，但他心中仍有说不清的担忧。他也十分恼火，去年吉明没有把全部情况和盘托出，做得太不地道。不过他无法去埋怨吉明，归根结底，这事只能怪自己愚蠢，怪自己孤陋寡闻，怪自己不负责任考虑不周全。有一点是肯定的，经过这件事，他与吉明之间的友谊是无可挽回了。送吉明走时，他让妻子取出那一千美元，冷淡地说：“上次你留下这些钱，我越想越觉得收下不合适，务必请你收回。”

常力鸿的妻子耷拉着眼皮，满脸不情愿的样子。她肯定不想失去这一千美元，肯定在里屋和丈夫吵过闹过，但在大事上她拗不过丈夫。吉明知道多说无益，苦笑着收下钱，同两人告辞。

此后两人的友谊基本上中断了，但生意上的联系没有断。因为这种性能极优异的麦种已在中原地区打开了市场，订货源源不断。吉明有时解气地想，现在，即使常力鸿暗地里尽力阻挠订货，他也挡不住了！

到第二年的五月，正值小麦灌浆时，吉明又接到常力鸿一个十万火急的电话：“立即赶来，一分钟也不要耽误！”吉明惊愕地问是什么事，那边怒气冲冲地说：“过来再说！”便“啪”地挂了电话。

吉明星夜赶去，一路上心神不宁。他十分信赖MSD公司，信赖公司对魔王麦的安全保证，但偶尔地、心血来潮地，也会绽出那么一丝怀疑。毕竟这种“断子绝孙”的发明太出格了，科学史上从来没有过，会不会……他租了一辆出租，火速赶到出事的田里。在青色的麦田里，常力鸿默默指着一小片麦子。它们显然与周围那些生机盎然的麦子不同，死亡之火已经从根部悄悄漫上去，把麦秆烧成黄黑色，但麦穗还保持着青绿。这给人一种怪异的视觉上的痛苦。这片麦子范围不大，只有三间房子大小，基本上布成一个圆形。圆形区域内有一半是病麦，另一半仍在茁壮成长。

常力鸿的脸色阴得能拧出水来，目光深处是沉重的忧虑，甚至是恐惧。吉明则是莫明其妙，端详了半天，奇怪地问：“找我来干什么？很明显，这片死麦不是MSD的魔王麦。”

“当然不是，是本地良种，豫麦41。”

“那你十万火急催我来干什么？让我帮你向国外咨询？没说的，我可以……”

常力鸿焦急地打断他：“这是一种从没见过的怪病。”他瞅瞅吉明，一字一句地说，“去年这里正好种过自杀麦子。”

吉明一愣，不禁失声大笑：“你的联想太丰富了吧？我在专业造诣上远不如你，但也足以做出推断。假如——我是说假如——自杀小麦的自杀基因能够通过异花传粉来扩散，传给某几株豫麦41号麦子，这些被传染的麦子被收获，贮到麦仓里，装上播种机，然后——有病的麦粒又恰巧被播到同一块圆形的麦田？有这种可能吗？”他讪笑地看着老同学。

“当然不会——但如果是通过其他途径呢？”

“什么途径？”

“比如，万一自杀小麦的毒素渗透出来，正好污染了这片区域？”

“不可能，这种毒素只是一种蛋白质，它在活植株中能影响生理进程，但进到土壤中就变成了有机物肥料，绝不会成为毁灭生命的杀手。老同学，你一定是走火入魔了！一小片麦子的死亡很可能是其他原因造成的，你干吗非要和MSD过不去呢？”

常力鸿应声道：“因为它的自杀特性叫人厌恶！”他恨恨地说，“自杀小麦——这是生物界中的邪门歪道。当然，你说了很多有力的理由，我也相信，不过我只信奉这一点，世界上没有绝对安全的防范。既然这么一个邪魔已经出世，总有一天它会以某种方法跳出来兴风作浪。”

“不会的……”

“你肯定不会？你是上帝还是老天爷？”常力鸿发火了，“不要说这些过头话！老天爷也不敢把话说得这样满。”停停，他放缓语气说，“我并不是说这些麦子一定是死于自杀毒素——我巴不得这样呢。”他苦笑道，“毒素致死并不可怕，最多就是种过自杀小麦的麦田嘛。我更怕它们是靠基因方式传播，那样，一个小火星就能烧掉半个世界，就像黑死病、艾滋病一样。”

他为这种前景打了一个寒战。吉明沉默了一会儿说：“我还是不相信。这种小麦已经在不少国家种过多年，从没出过什么意外。不过，听你的，需要我做些什么？”

“请你立即向MSD公司汇报，派专家来查明此事。如果和自杀种子无关，那我就要烧香拜佛了。否则……我就是十恶不赦的罪人。”他苦涩地说。

“没问题。”吉明很干脆地说，“我责无旁贷。别忘了，虽然我拿着美国绿卡，拿着MSD的薪水，到底这儿是我的父母之邦啊。你保护好现场，我马上到北京去找MSD办事处。”他笑着加了一句，“不过我还认为这是多虑，不服的话咱们赌一次东道。”

常力鸿没响应他的笑话，默默同他握手告别。吉明坐上出租，走了很远还能看见那个佝偻的半个身体浮现在麦株之上。

电梯快速向银都大楼二十七层升去。乍从常力鸿那儿回来，吉明觉得一时难以适应两地的强烈反差。那儿到处是粗糙的面孔，深陷的皱纹。而这里，电梯里的男男女女都一尘不染，衣着光鲜，皮肤细腻。吉明想，这两个世界之中有些事难以沟通，也在情理之中。

MSD驻京办事处的黄得维先生是他的顶头上司。黄很年轻，三十二岁，肚子已经相当发福，穿着吊裤带的加肥裤子。他向吉明问了辛苦，客气中透着冷漠，吉明在心中先骂了一句“二鬼子”，他想自己在MSD工作八年，成绩卓著，却一直升不到这个二鬼子的位置上，为什么？这里有一个人人皆知又心照不宣的小秘密：美国人信任新加坡人、“台湾”人、香港人（虽然他们都是华人）远甚于中国大陆人。尽管满肚子腹诽，吉明仍恭恭敬敬地坐在这位年轻人面前，详细汇报了中原的情况。

“不会的，不会的。”黄先生从容地微笑着，细声细语地列举了反驳意见——正是吉明对常力鸿说过的那些。

吉明耐心地听完，说：“对，这些理由是很有力的。但我仍建议公司派专家实地考察一下，万一那片死麦与自杀种子有关呢？再进一步，万一自杀特性确实是通过基因方式扩散出去的呢？那就太可怕了。那将是农作物中的艾滋病毒！”

“不会的不会的。”黄先生仍细声细语地列举了种种理由。吉明耐心地听完，赔笑道：“我也是这么认为的，不过，是否向总部……”

黄先生脸色不悦地说：“好的，我会向公司总部如实反映的。”他站起身来，表示谈话结束。

吉明到其他几间屋子里串了一下，同几位同事寒暄几句，他在MSD总共干了八年，五年是在南亚，三年是在中国。但他一直在各地跑单帮，在这儿并没有他的办公桌，与总部的职员们大都是工作上的泛泛之交。只有从韩国来的朴女士同他多交谈了一会儿，告诉他，他的妻子打电话到这儿问过他的去向。

回到下榻的天伦饭店，他首先给常力鸿挂了电话，常力鸿说他刚从田里回来，在那片死麦区之外把麦子拔光，建立了一圈宽一百米的隔离环带。他说原先曾考虑把这个情况先压几天，等MSD的回音，但最终还是向上级反映了，因为这个责任太重！北京的专家们马上就到。他的语气听起来很疲惫，带着焦灼，透着隐隐的恐惧。吉明真的不理解他何以如此——他所说的那种危险毕竟是很渺茫的，死麦与自杀基因有关的可能性微乎其微嘛。吉明安慰了他，许诺一定要加紧催促那个“二鬼子”。

随后他挂通旧金山新家的电话，妻子说话的声音带着睡意，看来正在睡午觉。移民到美国后，妻子没有改掉这个中国的习惯。这也难怪，她的英语不行，到现在还没找到工作，整天在家里闲得发慌。妻子说，她已经找到两个会说中国话的华人街邻，太闷了就开车去聊一会儿。“我在努力学英语，小凯——我一直叫不惯儿子的英文名字——一直在教我。不过我太笨，学得太慢了。”停了一会儿，她忽然冒出一句，“有时我琢磨，我巴巴地跑到美国来蹲软监，到底是图个啥哟？”

吉明只好好言好语地安慰一番，说再过两个月就会习惯的。“这样吧，我准备提前回美国休年假，三天后就会到家的。好吗？不要胡思乱想。吻你。”

常力鸿每晚一个电话催促。吉明虽然心急如焚，也不敢过分催促黄先生。他问过两次，黄先生都说：马上马上。到第三天，黄先生才把电话打到天伦饭店，说已经向本部反映过了，公司认为不存在你说的那种可能，不必派人来实地考察。

吉明大失所望。他心里怀疑这家伙是否真的向公司反映过，或者是否反映得太轻描淡写。他不想再追问下去，作为下级，再苦苦追逼下去就逾礼了。但想起常力鸿那副苦核桃般的表情，实在不忍心拿这番话去搪塞他。他只好硬起头皮，小心翼翼地说：“黄先生，正好我该回美国度年假，是否由我去向总部当面反映一次？我知道这是多余的小心，但……”

黄先生很客气地说：“请便。当然，多出的路费由你自己负担。”说完“啪”挂了电话。吉明对着听筒愣了半晌，才破口大骂：“X你妈个二鬼子，狗仗人势的东西！”

拿久已不用的国骂发泄一番，吉明心里才多少畅快了一些。第二天，他向常力鸿最后通报了情况，然后坐上去美国的班机。到美国后，他没有先回旧金山，而是直奔MSD公司所在地Z市。不过，由于心绪不宁，他竟然忘了今天恰好是星期天。他只好先找一个中国人开的小旅店住下。这家旅店实际是一套民居，老板娘把多余的二楼房屋出租，屋内还有厨房和全套的厨具。住宿费很便宜，每天二十五美元，还包括早晚两顿的免费饭菜——当然，都是大米粥、四川榨菜之类极简单的中国饭菜。老板娘是大陆来的，办了这家号称“西方招待所”的小旅店，专门招揽刚到美国、经济比较窘迫的中国人。这两年，吉明的钱包已经略微鼓胀了一点儿，不过他仍然不改往日的节俭习惯。

饭后无事，吉明便出去闲逛，这儿教堂林立，常常隔一个街区就露出一个教堂的尖顶。才到美国时吉明曾为此惊奇过。他想，被这么多教堂所净化了的美国先人，怎么可能建立起历史上最丑恶的黑奴时代？话说回来，也可能正是由于教堂的净化，美国人才终于和这些罪恶告别？

他忽然止住脚步，他听到教堂里正在高唱“哈利路亚”。这是圣诞颂歌《弥赛亚》的第二部分《受难与得胜》的结尾曲，是全曲的高潮。“哈利路亚！哈利路亚！”气势磅礴的乐声灌进他的心灵……

他的回忆又回到起点，上帝向他走来，苦核桃似的中国老农的脸膛，上面刻着真诚的惊愕和痛楚……

第二天，莱斯·马丁再次来到MSD大楼。大楼门口被炸坏的门廊已经修复，崩飞的大理石用生物胶仔细地粘好，精心填补打磨，几乎没留下什么痕迹。不过马丁还是站在门口凭吊了一番。就在昨天，一辆汽车还在这儿凶猛地燃烧呢。

秘书是位风韵犹存的半老徐娘，她礼貌地说：“戴斯先生正在恭候，但他这些天很忙，谈话请不要超过十分钟时间。”马丁笑着说：“请放心，十分钟足够了。”

戴斯的办公室很气派，面积很大，正面是一排巨大的落地长窗，Z市风光尽收眼底。戴斯先生埋首于一张巨大的楠木办公桌，手不停挥地写着，一边说：“请坐，我马上就完。”

戴斯实在不愿在这个时刻见这位伶牙俐齿的记者。肯定是一次困难的谈话，但他无法拒绝。这家伙为了一条轰动的新闻，连自己母亲的奸情都敢披露，他不是那么容易打发的。在戴斯埋首写字时，马丁则怡然坐在对面的转椅上，略带讥讽地看着戴斯在忙碌——他完全明白这只是一种做派。

当戴斯终于停笔时，马丁笑嘻嘻地说：“我已经等了三分钟，请问这三分钟可以从会客的十分钟限制中扣除吗？”

戴斯一愣，笑道：“当然。”他明白自己已经在第一回合中落了下风。秘书送来咖啡，然后退出。

马丁直截了当地说：“我已获悉，吉明在行动前，给本地的《民众之声》报发了传真，公布了他此举的动机，但这个消息被悄悄地捂住了。上帝呀，能做到这一点太不容易啦！MSD公司的财务报表上，恐怕又多了一笔至少六位数的开支吧？”

戴斯冷静地说：“恰恰相反，我们一分钱都没花。该报素以严谨著称，他们不愿因草率刊登一则毫无根据的谣言而使自己蒙羞。他们也不愿引起MSD股票下跌，这会使Z市许多人失去工作。”

“是吗？我很佩服他们的高尚动机。这么说，那个中国人闹事是因为自杀种子啰？”他突兀地问。

戴斯默认了。

“据说那个中国佬担心自杀基因会扩散，也据说贵公司技术部认为这是根本不可能的。可惜我一直不明白，这么一个相对平和的纯技术性的问题，为什么会导致吉明采取这样激烈的行为？这里面有什么外人不知道的内情吗？”

戴斯镇定地说：“我同样不理解，也许吉明的神经有毛病。”

“不会吧？我知道MSD为魔王系列作物投入了巨资，单单买下德尔他公司的这项专利就花了十亿美元。现在，含自杀基因的商业种子的销售额已占贵公司年销售额的百分之六十以上，大约为七十亿美元。如此高额的利润恐怕足以使人铤而走险了，比如说，”他犀利地看着戴斯，“杀人灭口。据我所知，在事发前的那天晚上，吉明下榻的旅店房间里恰巧发生了行窃和火灾。也许这只是巧合？”

但戴斯在他的逼视下毫不慌乱：“我不知道。即使有这样的事情，也绝不是MSD干的。我们是一个现代化的跨国公司，不是黑手党的家族企业。如果竟干出杀人灭口的事，一旦败露，恐怕损失就不是七十亿了。马丁先生，我们不会这么傻吧？”

马丁已站起来，笑吟吟地说：“你是很聪明的，但我也不傻。再见，我不会就此罢休的，也许几天后我会再来找你。”

他关上沉重的雕花门，对秘书小姐笑道：“十分钟，一个守时的客人。”秘书小姐给出了一个礼节性的微笑。马丁出了公司便直奔教会医院。昨天他已马不停蹄地走访了吉明的妻子，走访了吉明下榻旅店的老板娘。正是那个老板娘无意中透露，那晚有人入室行窃，吉明用假火警把窃贼吓跑了。财物没有损失，所以她没有报案。“先生，”老板娘小心地问，“真看不出吉明会是一个恐怖分子，他很随和，也很有礼貌。他为什么千里迢迢地跑来同MSD过不去？”

“谁知道呢，这正是我要追查的问题。”马丁没有向老板娘透露有关自杀种子的情况，毕竟她也是华人。

三天前，也就是星期一的下午，吉明按照约定的时间到了MSD大楼，秘书同样吩咐他只有十分钟的谈话时间。吉明已经很满意了，这十分钟是费了很多口舌才争取到的。

戴斯先生很客气地听完他的陈述，平静地告诉他，所有这些情况，公司驻北京办事处都已经汇报过了，那儿的答复也就是公司的答复。魔王系列商业种子的生物安全性早已经过近十年的验证，对此不必怀疑。中国那片死亡的小麦肯定是其他病因，因为不是本公司的麦种，所以我们对此不负责任。

他的话语很平和，但吉明能感到一种巨大的压力，这压力来源于戴斯先生本人以及这间巨型办公室无言的威势。他知道自己该知趣地告辞了，该飞到旧金山去享受天伦之乐，妻子还在盼着呢。但想起常力鸿那双焦灼的负罪般的眼睛，他又硬着头皮说："戴斯先生，你的话我完全相信。不过，为确保万无一失，能否……"

戴斯不快地说："好吧，你去技术部找迈克尔·郑，由他相机处理。"

吉明感激涕零地来到技术部。迈克尔·郑是一位黑头发的亚裔，大约四十岁，样子很忠厚。吉明很想问问他是中国人还是韩国人，但最终没开口。他想在这个比较敏感的时刻，与郑先生套近乎没有什么好处。

迈克尔很客气地接待了他。看来，他对这件事的根根梢梢全都了解。他很干脆地吩咐吉明从现场取几株死的和活的麦株，连同根部土壤，密封好送交北京办事处，他们自会处理的。

吉明忍不住问："能否派一个专业人士随我同去？我想，你们去看看现场会更有把握。"

郑先生抬头看看他，言简意赅地说："去那儿不合适，也许会有人抓住'MSD派人到现场'这件事大做文章。"

吉明恍然大悟！看来，对于那片死麦是否同自杀基因有关，MSD公司并不像口头上说的那样有把握。不过他们最关心的不是自杀邪魔是否已经逃出魔瓶，而是公司的信誉和股票行情。作为一个低级雇员，他知道自己人微言轻，说也无用。而且还有一个最现实的危险悬在他的头上：被解雇。他刚把妻儿弄到美国安顿好，手头的积蓄已经所剩无几了。他可不敢拿自己的饭碗开玩笑，于是他犹豫片刻，诚恳地说："我会很快回中国去完成你的吩咐。不过我仍然斗胆建议，公司应给予更大的重视，假如万一……我是为公司的长远利益考虑。"

迈克尔未置可否，礼貌周到地送他出门。

夜里他同常力鸿通了电话，通报了这边的进展。从常力鸿的语气中还是能触摸到那种沉重的焦虑，尤其是他烧灼般的负罪感，阴暗的气息甚至透过越洋电话都能闻出来。常力鸿说这些天他发疯般查找有关基因技术的最新情报，查到了一篇四年前的报道（他痛恨地说，我为什么不早早着手学一点新东西？）。英国科学家发现，某些病毒或细菌可以在植物之间“搬运”基因，它们浸入某个植物的细胞后，在非常罕见的情况下，可以俘获这个细胞核内的某个基因片段。当它繁殖时，这些外来基因也能向下一代表达。等后代病毒或细菌再侵入其他植株的细胞时，同样在非常罕见的情况下，这些基因片段会转移到宿主细胞中。当然，这个过程全部完成的概率是更为罕见的，但终归有这种可能。而且，考虑到微生物基数的众多及时间的漫长，这种转移就不算罕见了。实际上，多细胞生物的出现就是单细胞生物的基因融合的结果，甚至直到今天，动物细胞中的线粒体还具有“外来物”的痕迹，还保持着自己独特的DNA结构和单独的分裂增生方式。当然，今天的自然界中，不同种的动植物个体之间很难杂交，这种“种间隔绝”是生物亿万年进化中形成的保护机制。但在细胞这个层次，所有生物（动物、植物、微生物）细胞都能极方便地杂交融合，这在试验室里已经是司空见惯的事。

“中国科学院遗传研究所的专家们非常怀疑死麦株中包含有自杀基因，他们正在查证。”常力鸿苦涩地说，“至于这种基因是如何扩散到豫麦41中的，有人怀疑是通过小麦矮化病病毒做中介。这一点还没有得到证实，也没有进一步扩大的征兆。但是，最终结果谁敢预料呢？如果这片死亡之火烧遍大地……我就是个混蛋透顶、死有余辜的家伙！”

吉明满脸发烧，他觉得这句话不该骂常力鸿而是应该骂自己。他开始对MSD公司滋生强烈的愤恨。不错，自己不了解这种由微生物“搬运”基因的可能性，但公司造诣精深的专家们肯定知道呀。既然知道，他们还信誓旦旦地一口一个“绝不可能”？他决定明天再去公司催逼，这次豁上被解聘！

夜里他一直睡不安稳，梦中到了天国和地狱的岔路口，俯瞰家乡的千里绿野。忽然，一股黑色的死亡之火穷凶极恶地卷地而来，所有麦子、稻子甚至禾本科的杂草都被烧枯，自然界失去了生机……他从噩梦中醒来，再也睡不着，心情十分烦躁。夜深人静，耳朵格外灵敏。他忽然听见汽车的轰鸣声，汽车在近处停下，少顷，有极轻微的窸窣声从窗外传来。

吉明蓦然提高了警觉。他知道窗外的楼下是一片草坪，因为久未刈割已长得很深。是谁半夜跑到这儿？窸窣声显然是向二楼来了。他轻手轻脚地走到阳台，向下窥望。一个身穿黑衣的人正沿着墙壁的门楼拐角往上爬，动作十分轻巧敏捷。吉明的头嗡地涨大了。虽然他还不相信此人是冲他而来——那除非是MSD公司雇佣的杀手——但本能告诉他，恐怕这不是一个普通的窃贼。慌乱无计，他轻轻退回去，在毛巾被下塞了几件衣服，伪装成睡觉的样子，又溜到厨房的案子后，拎起一把菜刀，从厨案后露出一只眼睛，紧张地注视着阳台。

那人果然是冲这儿来的。两分钟后他推开虚掩的窗扇跃进窗内，落地时几乎没有一丝声响。他戴着面具，右手向上斜举着一支带消声器的手枪。他沉下身听听屋内的动静，左手从口袋里掏出一方手帕（那上面肯定有强力麻醉剂或毒药），轻轻向床边摸去。

不用说，这是一个杀手而不是窃贼。吉明的心脏狂跳着，紧张地思索对策，他敢肯定，杀手发现床上的伪装后绝不会罢手的，自己真的靠一把厨刀和他拼命？忽然他看见微波炉，顿时有了主意。他顺手拎起一瓶清洁剂，旋紧盖子放到炉内，按下触摸式微波开关，然后轻手轻脚溜到了卫生间。

杀手已发现毛毯下似乎有异常，轻轻揭开毛毯，立时警觉地回身，手枪平端，开始搜索。他听到了微波炉烤盘转动的轻微声响，擦着墙边慢慢走过来。这儿没有人影，只有一台中国产的格兰仕微波炉上的计时器在闪烁着，杀手在微波炉前略微沉吟，忽然悟到其中的危险，急忙向后撤。就在这时炉内轰然爆炸，炉门被冲开，蒸汽和水流四处飞溅。天花板上的火警传感器凄厉地尖叫起来。

杀手知道今天不能得手了，迅速后退，轻捷地跃过窗户。吉明从卫生间的门缝中窥到这一幕，便几步跃到阳台上。杀手正用双手双膝夹着墙角飞快下滑。几天来窝在吉明心中的闷火终于爆发了，他忘了危险，破口大骂道：“我X你妈！”

恶狠狠地把厨刀掷下去。看来他掷中了，杀手从墙角突然滑下去，沉重地跌坐在草地上。他随即从地上弹起，逃走了。奔跑姿势很不自然，看来伤势不是太轻。

吉明十分解气，几天来的郁闷总算得到发泄。一直到消防车的笛声响起，他才从胜利的亢奋中惊醒，也开始感到后怕。有人在敲他的房门："吉先生，吉先生，快醒醒，你的屋中冒烟了！"

在打开房门前，吉明决定对老板娘隐瞒实情。他打开门，赔着笑脸说，刚才有一个窃贼入室，只好用假火警把他吓走。"损坏的微波炉我会照价赔偿，现在请消防车返回吧。"

消防车开走了，老板娘在屋里查看一番，埋怨几句，又安慰几句，离开了。吉明独坐在高背椅上，想起几天来的遭遇，心头的恨意一浪高过一浪。平心而论，他没有做错任何事呀。他只不过反映了一个真实的问题，其实是在尽心维护MSD公司的长远利益。但他没想到，仅仅因为干了这些事，他就被MSD派人追杀！现在他已不怀疑，幕后主使人肯定是MSD公司。是为了一百亿的利润，还是有更大的隐情？

怒火烧得他呼哧呼哧喘息着。怎么办？他忽然想起印度曾有"火烧MSD"的抗议运动，也许，用这种办法把这件事捅出去，公开化，才能逼他们认真处理此事，自己的性命也才有保障。

说干就干。第二天上午，一辆装有两箱汽油和遥控起爆器的福特牌汽车已经准备好。上午8点，他把车开到MSD公司的门口。他掏出早已备好的红色喷漆筒，在车的两侧喷上标语。车左是英文："火烧MSD！"车右的标语他想用中文写，写什么呢？他忽然想到常力鸿和那个老农，想起两张苦核桃似的脸庞，想起老汉说的："老天爷在云彩眼儿里看着你哩！"马上想好了用词，于是带着快意挥洒起来。

门口的警卫开始逼近，吉明掏出遥控器，带着恶意的微笑向他们扬了扬。两个警卫立即噤住，其中一名飞快地跑回去打电话。吉明把最后一个字写完，扔掉喷筒，从车内拿出扩音话筒……

马丁赶到医院，医生告诉他，病人的病情已趋稳定，虽然他仍昏迷着，但危险期已经过去了。马丁走进病房，见吉妻穿着白色的无菌服，坐在吉明床前，絮絮地说着什么。输液器中的液滴不疾不徐地滴着。病人睁着眼，但目光仍是空洞的，迷茫的，呆呆地盯视着远处。从表情看，他不一定听得到妻子的话语。

心电示波器上的绿线飞快地闪动着，心跳频率为每分钟一百次，这是感染发烧引起的。一位戴着浅蓝色口罩的护士走进帷幕，手里拿着一支粗大的针管，她拔掉输液管中部的接头，把这管药慢慢推进去。然后，她朝吉妻微笑点头，离开了。马丁心中忽然一震！他灵感忽来，想起一件大事。这些天竟然没想到这一点，实在是太迟钝了！他没有停留，转身快步出门，在马路上找到一个最近的电话亭，拨通了麦克因托侦探事务所的电话。他告诉麦克因托，立即想办法在圣方济教会医院三楼的某个无菌室里安装一个秘密摄像机，实行二十四小时的监视。“因为，据我估计，还会有人对这位名叫吉明的中国佬进行暗杀。你一定要取得作案时的证据，查出凶手的背景。”

麦克因托说：“好，我立即派人去办。但如果确实有人来暗杀，我们该怎么办？是当场制止，还是通知警方？”

马丁毫不犹豫地说：“都不必，你们只要取得确凿证据就行了。那个中国佬并没给我们付保护费。记住，不要惊动任何人。”

“好——吧。”麦克因托迟疑地说。

吉明仍拒绝清醒，他的灵魂在生死之间、天地之间、过去未来之间踯躅。四野茫茫，天地洪荒。自己是在奔向天国，还是奔向地狱？不过，他没忘记时时拨开云雾，回头看看自己的故土，看黑色的瘟疫是否已摧残了碧绿的生命。他曾经尽力逃离这片贫困的土地——不过，这仍然是他的故土啊。

他在昏迷中能不时听到医护们像机器人般的呓语，后来这声音变成了妻子悲伤的絮语。他努力睁开眼睛，但是看不到妻子的面容。他太累了，很快合上眼睛。他对妻子感到抱歉，他另有要事要做，已经没时间照顾妻子了。忽然他停下来，侧耳聆听着——妻子这会儿在读什么东西，某些词语引起他的注意。是常力鸿的信件，没错，一定是他的。老朋友发自内心的炽热的话语穿透生死之界，激荡着他的耳鼓：

“惊闻你对MSD公司以死抗争，不胜悲伤和钦敬。吉明，我的朋友，我错怪了你，这些天来我一直在鄙视你，认为你数典忘祖，把金钱和美国绿卡看得比祖国更重要。我真是个瞎子，你能原谅我吗？……北京来的专家已认定，豫麦41号的自杀基因的确是通过矮化病毒转移来的，也就是说，它能够通过生物方式迅速传播。他们说这是一个与黑死病、鼠疫和艾滋病同样凶恶的敌人。不过你不必担心，我们会尽力把这场瘟疫圈禁消灭在那块麦田里。即使它扩散了，专家们说，人类的前景仍是光明的，因为大自然有强大的自救能力……朋友，不知道这封传真抵达美国时，你是活着还是已离去，但不管怎样，我们都会永远记住你！”

吉明苦涩地笑了，觉得自己愧对老朋友的称赞。不过，有了这些话他可以放心远行了。他在虚空和迷雾中穿行，分明来到天国和地狱的岔路口。到天国的是一列长长的队伍，向前延伸，看不到尽头。排在这一行的人们（有白人、黑人和黄种人）个个愉悦轻松，向地狱去的人寥寥无几，他们浑身都浸透了黑色的恐惧。吉明犹豫着，不知道自己的罪恶是否已经抵清，不知道天国是否会接纳他。突然一个老人——上帝——大笑着奔过来迎接他，上帝长发乱须，裸臂赤足，瘦骨嶙峋，穿一袭褐色的麻衫，脸上皱纹纵横如风干的核桃——他分明是那个不知姓名的中国老汉嘛。

上帝与吉明携手同行，向天堂走去。吉明嗫嚅地说：“上帝大伯，那场瘟疫是经我的手放出去的，天堂会接纳我吗？”上帝宽厚地说：“那只是无心之失，算不上罪恶。来，跟我走吧。”他们沿着队列前行，一路上上帝不时快活地和人们打招呼。忽然上帝立住脚，怒冲冲地嚷道：“你这个王八蛋，怎么混到这里来了？滚出来！”他奔过去，粗暴地拽出来一个人。那是位白人男子，六十岁左右，是一位极体面的绅士，西装革履，银发一丝不乱。吉明认出来，他是MSD公司的戴斯先生。戴斯在众人的鄙视下又羞又恼，但仍然保持着绅士风度，冷着脸说：“上帝，你该为自己的粗鲁向我道歉。不错，我是MSD公司的主管，是开发自杀种子的责任人。但我的所作所为一点也不违反文明社会的道德准则。”他嘲弄地说，“上帝，你已经老了，落后啦，成了一个土老帽啦。你在天堂里养老就行了，干吗要来尘世间多管闲事呢？”

吉明担心地看看上帝，他担心上帝（拙嘴笨舌的乡下老头？）对付不了这个伶牙俐齿的家伙。但他显然是多虑了，上帝干干脆脆地说：“对呀，我不懂，我懒得弄懂人类中那些可笑的规则。这些规则不过是小孩子玩耍时的临时约定，它最多只能管用几百年吧，但我已经一百五十亿岁啦。我只认准一个理，一个亘古不变的道理：世上万千生灵都有存活的权利，你让它们断子绝孙就是缺德。看看吧，看看吧！”上帝拨开云彩，指着尘世中那块被死亡之火烧焦的麦田，一些中国科学家正在周围忙碌。上帝怒冲冲地说：“看看吧，你们的发明戕害生灵，犯了天条，像你这样的人还想进天堂？”

戴斯沉默很久，才不情愿地说：“也许我们是犯了点错误，但那是无心之失，这在科学发展史上是常有的事，就像DDT的发明导致它在土壤中的累积中毒，氟利昂的发明导致臭氧空洞，一种叫反应停的药物导致畸形儿。我知道上帝仁慈宽厚……”

上帝毫不客气地打断他的谄媚：“对，我很宽厚，从不苛求我的子民。你说的那些犯错误的科学家，我都接到天堂啦，他们虽然犯了错，用心是好的，是为了全人类的利益。不像你——你是为了臭烘烘的金钱，是为了少数人的私利而去戕害自然。从这点上说，你和奥斯威辛集中营与日本731细菌部队那些败类没有什么区别。去吧，到地狱里去吧，那些败类们在等着新同伴呢！”

戴斯见多说无益，只好脸色铁青地转过身，很快被地狱的阴风惨雾所吞没。吉明舒心地长叹一声，跟在上帝后边进了天国。

当夜凌晨3点30分，吉明的心脏停止了跳动。

丹尼·戴斯冷冷地盯着面前的马丁，他今天心绪不佳，实在不愿伺候这个牛虻似的记者。昨晚戴斯做了个噩梦，一个长长的、怪异的噩梦。梦中他竟然因为自杀种子遭到上帝责罚，送往地狱。尤其令这位绅士不能容忍的是，这位上帝言行粗俗，胼手胝足，黄色皮肤，十足一个贫穷的中国老汉！

噩梦所留下的坏心境一直延续到现在，戴斯正想找人撒气呢，那位讨厌的马丁不识火色，得意扬扬地从口袋里掏出一沓照片，一张一张摆在戴斯面前。第一张：一名戴口罩的护士在注射；第二张：这位护士已经出了大门，快步向一辆汽车走去；第三张：汽车的牌照。

马丁像猫玩老鼠似的笑道："戴斯先生，这些是我从一卷录像带上翻拍过来的，你一定知道此事的来龙去脉吧？就在这位护士小姐注射三分钟后，病情已趋稳定的吉明忽然因心力衰竭而死去……戴斯先生，我并不想为这个中国佬申冤，我对这些野蛮人没有好感。我甚至认为，死亡瘟疫能撒播到那个国家是件好事，可以把黄祸的到来向后推迟几年。不过，"他可憎地笑着，"这是个十分重大的秘密。要想叫人守口如瓶，你总得付一笔保密费吧。"

戴斯向照片扫了一眼，神色丝毫未变（马丁不由得佩服他的镇静）。沉默了很久，戴斯才冷冷地问："你想要多少？"

马丁眉开眼笑地说："五千万，我只要五千万。这只是公司年利润的百分之一嘛。我是很公平的。"

又是很久的沉默，然后戴斯俯过身来，诚恳地说："马丁先生，你想听听我的肺腑之言吗？"

"请——讲吧。"马丁既狐疑又警惕地说。

"坦率地讲——我从来没有这样坦率地讲过话——这三张照片上的事，我不能说丝毫不知情，我多多少少听说过一点。不过，确确实实，不是MSD公司干的——你别急，听我说下去。"他摆摆手止住马丁的反驳。"实际我应该住口了，再往下说我要担很大的风险了，不过今天我忍不住想说出来。我说过，MSD公司绝对没干这些事，也绝不会干。一旦泄露，我们的损失就不是一百亿了，MSD公司不会这样莽撞糊涂。不过，也许确实有人干了，也许干这些事的是比MSD远为强大的力量——我只能到此为止了。"他鄙夷而怜悯地说，"我们很笨，我们什么都没看到，你为什么要精明过头呢？马丁先生，五千万恐怕你是拿不到手了，不仅如此，从今天起你就准备逃命吧。要不，你掌握的那个十分重大的秘密一定会把你噎死，那个‘力量’恐怕不会放过你的。”

他看着目瞪口呆的马丁，温和地说：“我言尽于此。现在，请你从这里滚蛋吧。”

天火

我们留恋地看看四周，相倚回家去。西天上，血色天火已经熄灭，世界沉于深沉的暮色中。我想天声不灭的灵魂正在幽邃的力场中穿行，去寻找不灭的火种。

熬过五七干校的两年岁月，我重回大寺中学物理教研室。血色晚霞中，墙上的标语依然墨迹淋漓，似乎是昨天书写的；门后的作息时间表却挂满了蛛网，像是前世的遗留。

我还是我吗？是那个时乖命蹇、却颇以才华自负的物理教师吗？

批斗会上，一个学生向我扬起棍棒，脑海中白光一闪——我已经随那道白光跌入宇宙深处了，这儿留下的只是一副空壳。

抽屉里有一封信，已经积满灰尘，字迹柔弱而秀丽，像是女孩的笔迹。字里行间似乎带着慌乱和恐惧——这是一刹那间我的直觉。

何老师：

我叫向秀兰，五年前从你的班里毕业，你可能不记得我了……

我记得她，她是一个无论学业、性格、容貌都毫不出众的女孩，很容易被人遗忘。但“文革”期间她每次在街上遇到我，总要低下眉眼，低低地叫一声“何老师”，使我印象颇深。那时，喊老师的学生已不多了。

……可是你一定记得林天声，你最喜欢他的，快来救救他吧！……

林天声！

恐惧伴随隐痛向我袭来。我执教多年，每年都有几个禀赋特佳的天才型学生，林天声是其中最突出的。我对他寄予厚望，但也有着深深的忧虑，因为最硬的金刚石也最脆弱，常常在世俗的顽石上碰碎。

我记得林天声脑袋特大，身体却很孱弱，好像岩石下挣扎出来的一棵细豆苗。性格冷漠而孤僻，颇不讨人喜欢，与他的年龄极不相符。实际上，我很少看到他与孩子们凑群，总是一个人低头踱步，脚尖踢着石子。他的忧郁目光常使我想起一幅《殉道者》的油画——后来我知道他是一个“可教子女”（这是当时的常用语，即“可以教育的子女”的简称），他父亲是著名的右派，1957年自杀。于是我就释然了，他实际是用这层甲壳来维持自己的尊严。

他的学业并不十分突出，如果不是一次偶然的发现，我完全可能忽略这块璞玉。物理课堂上，我常常发现他漠然地注视窗外，意态游移，天知道在想些什么。偶尔他会翻过作业本，在背面飞快地写几行字，过一会儿又常常把它撕下来，揉成纸团扔掉。

一次课后，我被好奇心驱使，捡起他才扔掉的那个纸团，摊开。纸上是几行铅笔字，字迹潦草，带着几分癫狂。我几乎难以相信这是他的笔迹，因为他平时的字体冷漠而拘谨，一如他的为人。

我费力地读着这几行字："宇宙在时间和空间上是无限的（否则在初始之前和边界之外是什么？），可是在我们之前的这一'半'无限中，宇宙早该熟透了，怎么会有这么年轻的星系、年轻的粒子、年轻的文明？

"我相信震荡宇宙的假说，宇宙的初始是一个宇宙蛋，它爆炸了，飞速向四周膨胀，现在仍处于膨胀状态。亿兆年之后，它在引力作用下向中心跌落，坍缩成新的宇宙蛋。周而复始，万劫不息。

"可是我绝不相信宇宙中只有一个宇宙蛋！地球中心说和太阳中心说的新版！'无限'无中心！逻辑谬误！"

这儿是几个大大的感叹号，力透纸背，我感受到他写字时的激扬。下面接着写道："如果爆炸物质以有限的速度——即天文学家所说的红移速度，它的绝对速度应该小于光速——膨胀，那么它到达无限空间的时间当然是无限的，怎么可能形成周期性的震荡？如果它到达有限的空间（即使是难以想象的巨大空间）即收缩，那它只能是无限空间中微不足道的一点，怎么能代表宇宙的形成？"

下面一行字被重重涂掉了，我用尽全力辨认出来。

"或许宇宙由无限个震荡小宇宙组成，无数个宇宙蛋交替孵化，似乎更合逻辑。"

多么犀利的思想萌芽，尽管它很不成熟。为什么他涂掉了？是他自感没有把握，不愿贻笑他人？

纸背还有几行字，字迹显然大不相同，舒缓凝滞，字里行间充满着苍凉的气息，不像一个中学生的心境。

"永远无法被'人'认可的假说。如果它是真的，那么一'劫'结束后，所有文明将化为乌有，甚至一点痕迹也不能留存于下一劫的新'人'。上一劫是否有个中学生也像我一样苦苦追索过？永远不可能知道了！"

读这些文字时，我的心脏狂跳不止，浑身如被火焰炙烤。似乎宇宙中有天火在燃烧，青白色的火焰吞噬着无限，混沌中有沉重的律声。

我绝对想不到，一个孱弱的身体内能包容如此博大的思想，如此明快清晰的思维，如此苍凉深沉的感受。

我知道百十年前有一位不安分的犹太孩子，曾遐想一个人乘着光速的波峰会看到什么？……这就是爱因斯坦著名的思想实验，是广义相对论的雏形。谁敢说林天声不是爱因斯坦第二呢？

我不知道天文学家读到这些文字做何感想，至少我觉得它无懈可击！越是简洁的推理越可靠，正像一位古希腊哲人的著名论断：“又仁慈又万能的上帝是不存在的，因为人世有罪恶。”

极简单的推理，但无人能驳倒它，因为人世有罪恶！

天声的驳难也是不能推翻的，只要承认光速是速度的极限。

我把他的纸条细心地夹到笔记本里，想起他过去不知道随手扔掉了多少有价值的思想萌芽，我实在心痛。抬起头，看见天声正默默地注视着我，我柔声道：“天声，以后有类似的手稿，由老师为你保存，好吗？”

天声感激地默然点头。从那时起，我们俩常常处于心照不宣的默契中。

可惜的是，我精心保存的手稿在“文革”抄家中丢失了。

我摇摇头，抖掉这些思绪，拿起向秀兰的信看下去：

……在河西大队下乡的同学都走了，只剩天声和我了，他又迷上了迷信（语法欠通，我在心里评点着），一门心思搞什么穿墙术。我怕极了，怕民兵把他抓走，怎么劝他都不听。何老师，天声最敬佩你，你来救救他吧！

我唯有苦笑。我自己也是刚从牛棚里解放出来，惴惴地过日子，哪有资格解救别人！

一张信纸在我手里重如千斤，纸上浸透了一个女孩的恐惧和期待。信上未写日期，邮戳也难以辨认。这封信可能是很久前寄来的，如果要发生什么早该发生了……我曾寄予厚望的学生是不会迷上什么穿墙术的，肯定是俗人的误解，也许只有我能理解他……第二天，我还是借了一辆嘎嘎乱响的自行车，匆匆向河西乡赶去。

河西乡是我常带学生们大田劳动的地方，路很熟。地面凸凹不平，常把我的思绪震飞，像流星般四射。

我的物理教学也像流星一样洒脱无羁，我不愿中国的孩子都被捏成呆憨无用的无锡大阿福泥人。课堂上我常常天马行空，尽力把智者才具有的锐利的见解，微妙的深层次感觉，在不经意中浇灌于学生。我的学生们至今尚无人获得诺贝尔奖，只能怪超稳定的中国社会太僵化了。

不管怎样，学生们都爱上我的物理课。四十几个脑袋紧紧地追着你转，这本身就是一种快乐一种回报——文化大革命一开始，学生们不约而同地把矛头首先对准我，我在批斗台上也能自慰，毕竟学生知道我的不同凡俗。

在一次课堂上，我讲到黑洞。我说黑洞是一种被预言但尚未证实的天体，其质量或密度极大，其引力可使任何接近它的物质被吞没，连光线也不能逃逸。

学生们很新奇，七嘴八舌问了很多问题：一位不小心跌入黑洞的宇航员在跌落过程中会是什么心境？被吞没的物质到哪儿去了？物质是否可以无限压缩？既然连光线也不能逃逸，那人类是否永远无法探索黑洞内的奥秘……

我又谈到白矮星，它是另一种晚期恒星，密度可达每立方厘米一万千克。又谈到中微子，它是一种静止质量为零的不带电粒子，可以在零点零四秒内轻而易举地穿过地球。

不知怎么竟谈到《聊斋》中可以叩墙而入的崂山道士，我笑道："据说印度的瑜伽功中就有穿墙术。据载，不久前一个瑜伽术士还在一群印度科学家的众目睽睽之下做了穿墙表演。关于印度的瑜伽术，中国的气功，关于人体特异功能，常常有一些离奇的传说，比如靠意念隔瓶取物，远距离遥感等。很奇怪，这些传说相当普遍，简直是世界性的——当然，这些都是胡说八道。"

在一片喧嚷中，只有林天声的目光紧紧盯着我，像是幽邃的黑洞。他站起来说：“1910年天文学家曾预言地球要和彗星相撞，于是世界一片恐慌，以为世界末日就要来临。这个预言确实应验了，巨大的彗星尾扫过地球，但地球却安然无恙。这是因为……”

我接着说：“彗星是由极稀薄的物质组成，其密度小到每立方厘米十到二十二克，比地球上能制造的真空还要‘空’。”

林天声目光炯炯地接口道：“但在地球穿过彗尾之前有谁知道这一点呢？”

学生们很茫然，可能他们认为这和穿墙术风马牛不相及，不知所云为何。只有我敏锐地抓到他的思维脉络，他的思维是一种大跨度的跳跃。在那一瞬间，我甚至激发出强烈的兴奋，两个思维接近的人在这么近的距离内产生共鸣，这在我是不可多遇的。我挥手让学生们静下来。

“天声是对的，”我说，“人们常以凝固的眼光看世界，把一些新概念看成不可思议。几百年前人们顽固地拒绝太阳中心说，因为他们‘明明’知道人不能倒立在天花板上，自然地球下面也不能住人。这样，他们从曾经正确的概念做了似乎正确的推论，草率地否定了新概念。现在我们笑他们固执，我们的后人会不会笑我们呢？”

我停顿了一下，环视学生。

“即使对于‘人不能穿墙’这种显而易见的事实，也不能看作天经地义的最后结论。螺旋桨飞机发明后，在飞机上装机枪几乎是不可能的，因为飞速旋转的桨叶对子弹形成不可逾越的壁障，直到发明同步装置，使每一颗子弹恰从桨叶空隙里穿过去，才穿破这道壁障。岩石对光线来说也是不可逾越的，但二氧化硅、碳酸钠、碳酸钙混合融化后，变成透明的玻璃。同样的原子，仅仅是原子排列发生了奇妙的有序变化，便使光线能够穿越。在我们的目光里，身体是不可穿透的致密体，但X光能穿透过去。所以，不要把任何概念看成绝对正确，看成天经地义不可稍改。”

学生们被我的思维震撼，鸦雀无声。我笑道：“我说这些，只想给出一种思维方法，帮助你们打破思想的壁障，并不是相信道家或瑜伽派的法术。天声你说对吗？你是否认为口念咒语就可叩墙而入？”

学生们一片哄笑，林天声微笑着没有说话。

直到后来，我才知道我犯了多么愚蠢的错误。我给出一连串清晰的思维推理，但在最后关头却突然止步，用自以为是的嘲笑淹没了新思想的第一声儿啼。

这正是我素来鄙视的庸人们的惯技。

到达河西乡已是夕阳西下。黄牛在金色的夕阳中缓步回村，牛把式们背着农具，在地上拖出一串清脆的响声。地头三三两两的农民正忙着捡红薯干。我向一个老大娘问话，她居然在薄暮中认出我："何老师哇，是来看那俩娃儿吗？娃儿们可怜哪！"她絮絮叨叨地说下去，"别人都走了，就剩下他俩，又不会过日子。你看，一地红薯干，不急着捡，去谈啥乱爱，赶明儿饿着肚子还有劲儿乱爱么？"

她告诉我，那俩娃儿一到傍晚就去黄河边，直到深夜才回来。"呶，就在那座神像下面。"我匆匆道谢后，把自行车放在村边，向河边走去。

其实，这老人就是一位了不起的哲学家，我想。她的话抓住了这一阶层芸芸众生的生存真谛——尽力塞饱肚子。

说起哲学，我又想起一件事。上世纪60年代初，日本一位物理学家阪田昌一提出物质无限可分的思想。毛主席立即做了批示，说这是第一位自觉运用辩证唯物主义指导科学研究的自然科学家，全国自然闻风响应，轰轰烈烈地学起来。

我对于以政治权威判决学术问题的做法，历来颇有腹诽——这样只能产生李森科那样的学术骗子加恶棍。但在向学生讲述物质无限可分思想时，我却毫无负疚之感，因为我非常相信它。甚至在接触到它的一刹那，我就感觉到心灵的震撼，心弦的共鸣！我能感受到一代伟人透视千古的哲人目光。

我在课堂上讲得口舌生花，学生听得如痴如醉，包括林天声。

傍晚，我发现一个大脑袋的身影在我宿舍前久久徘徊，我唤他进来，温和地问他有什么事。林天声犹豫很久，突兀地问："何老师，你真的相信物质无限可分吗？"

我吃了一惊。纵然我自诩为思想无羁，纵然我和林天声之间有心照不宜的默契，但要在政治高压气候下说出这句话，毕竟太胆大了。我字斟句酌地回答：“我是真的相信。你呢？”

林天声又犹豫很久。

“何老师，人类关于物质世界的认识至今只有很少几个层次，总星系、星系团、星系、星体、分子、原子、核子、层子或夸克。虽然在这几个层级中物质可分的概念都是适用的，但做出最后结论似乎为时过早。”

我释然笑道：“根据数学归纳法，在第n+1步未证明之前，任何假设都不能作为定理。但如果前几步都符合某一规律，又没有足够的反证去推翻它，那么按已有规律做出推断毕竟是最可靠的。”

林天声突然说：“其实我也非常相信。我一听你讲到这一点，就好像心灵深处有一根低音大弦被猛然拨动，发出嗡嗡的共鸣。”

我们相互对视，发现我们又处于一种极和谐的耦合态。

但林天声并未就此止步：“何老师，我只是想到另外一点，还想不通。”

“是什么？”

“从已知层级的物质结构看，物质‘实体’只占该层级结构空间的一小部分，如星系中的天体、原子中的电子和原子核。而且既然中微子能在任何物质中穿越自如，说明在可预见层级中也有很大的空隙。你说这个推论对吗？”

我认真思索后回答：“我想是对的。我的直觉倾向于接受它，它与几个科学假设也是互为反证的。比如按宇宙爆炸理论，宇宙的初始是一个很小的宇宙蛋，自然膨胀后所形成的物质中都有空隙。”

林天声转了话题：“何老师，你讲过猎狗追兔子的故事，猎狗在兔子后一百米，速度是它的两倍。猎狗追上这一百米，兔子又跑了五十米；追上这五十米，兔子又跑了二十五米……这似乎是一个永远不能结束的过程。实际上猎狗很快就追上兔子了，因为一个无限线性递减数列趋向于零。”

我的神经猛然一抖，我已猜到他的话意。

林天声继续他的思路：“物质每一层级结构中，实体部分只占该层级空间的一部分，下一层级的实体又只占上一层级实体部分的若干分之一。所占比率虽不相同，但应该都远小于一——这是依据已知层级的结构，用同样的归纳法得出的推论。所以说，随着对物质结构的层层解剖，宇宙中物质实体的总体积是一个线性递减数列。

“如果用归纳法可以推出物质无限可分的结论，那么用同样的归纳法可以推出：物质的实体部分之总和必然趋近于零。所以，物质只是空间的一种存在形式，是多层级的被力场约束的畸变空间。老师，我的看法是不是有一点道理？”

我被他的思维真正震撼了。

心灵深处那根低音大弦又被嗡嗡拨动，我的思维乘着这缓缓抖动的波峰，向着深邃的宇宙深处，聆听神秘的天籁。

见我久久不说话，天声担心地问：“老师，我的想法在哪个环节出错了？”

他急切地看着我，目光中跳荡着火花，似乎是盗取天火的普罗米修斯在跌宕前行，天火在他瞳仁里跳跃。天声这种近乎殉道者的激情使我愧悔，沉默很久，我才苦笑道；“你以为我是谁，是牛顿、马克思、爱因斯坦、霍金、毛泽东？都不是。我只是一个普通的中学物理教师，纵然有些灵性，也早已在世俗中枯萎了、僵死了。我无法做你的裁判。”

我们默默相对，久久无言，听门外虫声如织。我叹息道：“我很奇怪，既然你认为自己的本元不过是一团虚空，既然你认为所有的孜孜探索最终将亡于宇宙混沌，你怎么还有这样炽烈的探索激情？”

天声笑了，简洁地说：“因为我是个看不透红尘的凡人；既知必死，还要孜孜求生。”

夜幕暗淡，一道清白色的流星撕破天幕，倏然不见，世界静息于沉缓的律动。我长叹道：“我希望你保持思想的锋芒，不要把棱角磨平，更要慎藏慎用，不要轻易折断。天声，你能记住老师的话吗？”

河边地势陡峭，那是黄土高原千万年来被冲刷的结果，是大自然的鬼斧神工。夕阳已落在塬上，晚霞烧红了西天。

老太太所说的神像实际是一尊伟人塑像。塑像的艺术性我不敢恭维，它带着文化大革命特有的呆板造作。但是，衬着这千古江流，血色黄昏，也自有一番雄视苍茫的气概。

暮色中闪出一个矮小的身影，声音抖抖地问：“谁？”

我试探地问：“是小向吗？我是何老师。”

向秀兰哇的一声扑过来，两年未见，她已是一个典型的农村女子了。她啜泣着，泪流满面，目光中是沉重的恐惧。我又立即进入为人师表的角色：“小向，不要怕，何老师不是来了嘛！我昨天才见到你的信，来晚了。天声呢？”

顺着她的手指，我看到山凹处有一个身影，静坐在夕阳中，似乎是在做吐纳功。听见人声，他匆匆做了收式。

“何老师！”他喊着，向我奔过来。他的衣服破旧，裤脚高高挽起，面庞黑瘦，只有眸子仍熠熠有光。我心中隐隐作痛，他已经跌到生活最底层，但可叹的是他的思维仍然是那样不安分。

我们良久对视。我严厉地问：“天声，你最近在搞什么名堂，让秀兰这样操心？真是在搞什么穿墙术？”

天声微笑着，扶我坐在土埂上：“何老师，说来话长，这要从这一带流传很广的一个传说说起。”

他娓娓地讲了这个故事。他说，距这儿百十里地有座天光寺，寺里有位得道老僧，据说对气功和瑜伽功修行极深。“文化革命”来了，他自然逃不了这一劫，红卫兵在他脖子上挂一双僧鞋，天天拉上街批斗。老僧不堪其辱，一次在批斗途中，忽然离开队伍，径直向古墓走去。押解的人一把没拉住，他已倏然不见，古墓却完好如初，没有一丝缝隙。吓呆的红卫兵把这件事暗暗传扬开来。

他讲得很简洁，却自有冰冷的诱惑力，向秀兰甚至打了一个冷战。我耐着性子听完，悲伤地问：“你呢，你是否也相信这个神话？难道你的智力已降到文盲的档次了？”

天声目光锐利地看着我：“稍具科学知识的人都不会相信这个传说，只有两种人会相信：一种是无知者，他们是盲从；一种是哲人，他们能跳出经典科学的圈子。”

他接着说道：“何老师，我们曾讨论过，物质只是受力场约束的畸变空间，两道青烟和两束光线能够对穿，是因为畸变的微结构之间有足够的均匀空间。人体和墙壁之所以不能对穿，并不是因为它们内部没有空隙，而是因为它们内部的畸变。就像一根弯曲的铜棒穿不过弯曲的铜管，哪怕后者的直径要大得多。但是，只要我们消除了两者甚至是一方的畸变，铜棒和铜管就能对穿了。”

他的话虽然颇为雄辩，却远远说服不了我。我苦笑一声问道：“我愿意承认这个理论，可是你知道不知道，打碎一个原子核需要多少电子伏特的能量？你知道不知道，科学家们用尽解数，至今还不能把夸克从强子的禁闭中释放出来？且不说更深的层级了！”

林天声怜悯地看着我，久久未言，他的目光甚至使我不敢与他对视。很久，他才缓缓说道：“何老师，用意念的力量去消除物质微结构的空间畸变，的确是难以令人信服的。我记得你讲过用意念隔瓶取物，我当时并不相信，只是觉得它既是世界性的传说，必有产生的根源。从另一方面说，人们对自身机能，对于智力活动、感情、意念、灵感，又有多少了解呢？你还讲过，实践之树常绿，理论总是灰色的。如果可能存在的事实用现有理论完全不能解释，那么最好的办法是忘掉理论，不要在它身上浪费时间，而去全力验证事实，因为这种矛盾常常预示着理论的革命。”

我没有回答，心里突然起了一阵颤动。

“你去验证了？”我低声问。

林天声坚决地说：“我去了。我甚至赶到天光寺，设法偷来老和尚的秘籍。这中间的过程我就不说了，是长达三年的绝望的摸索。被囚禁在地狱的幽冥世界里，孤独和死寂使我几乎发疯。直到最近，我才看到一线光明。”

听他的话意，似乎已有进展，我急急问道：“难道……你已经学会穿墙术了？”

我紧盯着他，向秀兰则近乎恐惧地望着他，显然她并不清楚这方面的进展。我们之间是一片沉重的静默，很久很久，天声苦笑道：“我还不敢确认，我曾经两次不经意地穿越门帘——从本质上讲，这和穿过墙壁毫无二致。但是，我是在意识混沌的状态下干的，我还不知道是否确有此事。等我刻意追求这种混沌状态时，又求之不得了。”

他的脸庞突然焕发光彩：“但今晚不同，今晚我自觉竞技状态特佳，大概可以一试吧。我想这是因为何老师在身边，两个天才的意念有了共鸣。何老师，你能帮我一把吗？”

他极恳切地看着我。我脸红了，我能算什么天才？一条僵死的冬蚕而已。旋即又感到心酸，一个三餐无着的穷光蛋，却醉心于探索宇宙的奥秘，又是用这样的原始方法，这使人欲哭无泪。我柔声问：“怎样才能帮你？你尽管说吧。”

向秀兰没有想到我是这种态度，她望着我，眼泪泉涌而出。我及时拉住她：“秀兰，不要试图阻拦他。如果他说的是疯话，那他这样试一次不会有什么损失，至多脑袋上撞个青包。”我苦笑着，“也许这样会使他清醒过来。如果他说的是事实，那么……即使他在这个过程中死亡、消失，化为一团没有畸变的均匀空间，那也是值得的，它说明人类在认识上又打破一层壁障。你记得普罗米修斯盗取天火的故事吗？”

向秀兰忍住悲声，默默退到一边，泪珠滚滚而下。

天声感激地看着我，低声说：“何老师，我就要开始了，你要离我近一些，让我有一个依靠，好吗？”

我含泪点头。他走到塑像旁，盘腿坐好，忽然回头，平静地向姑娘交代：“万一我……你把孩子生下来。”

我这才知道向秀兰已经未婚先孕了。向秀兰忍着泪，神态庄严地点头，没有丝毫羞涩。

最后一抹夕阳的余晖涂在天声身上，他很快进入无我状态，神态圣洁而宁静，就像铁柱上锁住的普罗米修斯在安然等待下一次苦刑。我遵照天声吩咐，尽力把意念放松。我乘着时间之船进入微观世界，抚摸着由力场约束的空间之壁，像是抚摸一堆堆透明的肥皂泡。在我的抚摸下，肥皂泡一个个无声地破碎，变成均匀透明的虚空。

意念恍惚中我看到天声缓缓站起来，下面的情形犹如电影慢动作一样刻在我的记忆中：天声回头，无声地粲然一笑，缓步向石座走去。在我和小向的目光睽睽中，人影逐渐没入石座，似是两个半透明的物体叠印在一起，石像外留下一个淡淡的身影。

我下意识地起身，向秀兰扑在我的怀里，指甲深深嵌入我的肌肤。不过，这些都是我后来才注意到的。那时我们的神经紧张得就要绷断，两人死死盯着塑像，脑海一片空明。

突然，传来一声令我们丧魂失魄的怒喝："什么人？"

那一声怒喝使我的神经铮然断裂，极度的绝望使我手脚打战，好半天才转过身来。

是一个持枪的民兵，一身"文革"的标准打扮，无领章的军装，敞着怀，军帽歪戴着，斜端一支旧式步枪，是一种自以为时髦的风度。他仔细打量着向秀兰，淫邪地笑道："妈的，老马还想啃嫩草咧。妈的臭老九！"（他准确地猜出了我的身份）。

他摇摇摆摆走过来，我大喝一声："不要过来，那里有人！"

话未落，我已经清醒过来，后悔得咬破舌头，但为时已晚了。那民兵狐疑地围着石像转了一圈，恶狠狠走过来，劈劈啪啪给我两个耳光："老不死的，你敢玩我？"

这两巴掌使我欣喜若狂，我一迭声地认罪："对对，我是在造谣，我去向你们认罪！"

我朝向秀兰使个眼色，主动朝村里走去。向秀兰莫名所以，神态恍惚地跟着我。民兵似乎没料到阶级敌人这样老实，狐疑地跟在后边。

这时向秀兰做了一件令她终生追悔的事。走了几步，她情不自禁地回头望了一眼，民兵顺着她的目光回头一看，立刻炸出一声惊呼！

一个人头正缓缓从石座中探出来，开始时像一团虚影，慢慢变得清晰，接着是肩膀、手臂、上半个身子。我们都惊呆了，世界也已静止。接着我斜睨到民兵惊恐地端起枪，我绝望地大吼一声，奋力向他扑去。

"啪！"

枪声响了，石像前半个身子猛一抖颤，用手捂住前胸。我疯狂地夺过步枪，在地上摔断，返身向天声扑过去。

天声胸前殷红斑斑，只是鲜血并未滴下，却如一团红色烟雾，凝聚在胸口缓缓游动。我把天声抱在怀里，喊道：“天声！天声！”

天声悠悠醒来，灿烂地一笑，嘴唇翕动着，清楚地说道：“我成功了！”便安然闭上眼睛。

下面的事态更令人不可思议。我手中的身体逐渐变轻，变得柔和虚浮，顷刻间如轻烟四散，一颗亮晶晶的子弹砰然坠地。只有天声身体和石像底座相交处留下一个色泽稍深的椭圆形截面，但随之也渐渐淡化。

一代奇才就这样在我的怀里化为空无。我欲哭无泪，拾起那颗尚且发烫的子弹，狠狠地向那民兵逼过去。

民兵惊恐欲狂，盯着空无一人的石像和我手中的子弹，忽然狼嚎一般叫着回头跑了。

以后这附近多了一个疯子。他蓬头垢面，常常走几步便低头认罪，嘴里嘟嘟囔囔地说：我不是向塑像开枪，我罪该万死，等等。

除了我和向秀兰，谁也弄不清他说的是什么意思。

我从痛不欲生的癫狂中醒来，想到自己对生者应负的责任。

向秀兰一直无力地倚在地上，两眼无神地望着苍穹。我把她扶起来，低声说道：“小向……”

没有等我的劝慰话出口，秀兰猛地抬头，目光奇异地说：“何老师，我会生个男孩，像他爸爸一样的天才，你相信吗？”她遐想地说，“儿子会带我到过去、未来漫游，天声一定会在天上等着我，你说对吗？”

我叹口气，知道小向也有些精神失常了，但我宁可她暂时精神失常，也不愿她丧失生活的信心。我忍泪答道：“对，孩子一定比天声还聪明，我还做他的物理老师，他一定会成为智者、哲人。现在我送你回村去，好吗？”

我们留恋地看看四周，相倚回家去。西天上，血色天火已经熄灭，世界沉于深沉的暮色中。我想天声不灭的灵魂正在幽邃的力场中穿行，去寻找不灭的火种。

夏娲回归

大卫唯有苦笑。他不怪夏娲。要怪只能怪自己的狂妄，妄图借时间机器，单枪匹马就想来改变历史。历史没有改变，唯一的改变是命运之神对他的惩罚，让他在一夜之间失去了妻子的五十年。

/ 一 /

在那场被后人称为“科技大爆炸”——科技的发展变成暴涨，轰然一声炸毁了22世纪的人类社会的大劫变中，我和丈夫算是幸运的人。丈夫虽然没能逃脱纳米病瘟疫，但我家别墅的院内恰好有一艘整装待发的时间渡船，是从时空俱乐部租借的，原打算用于暑期度假。时空俱乐部是一个精英组织，只对少数超一流科学家开放，全球的会员不超过五十名，这是因为时空旅行者必须有极强的道德自律。那天我扶着虚弱的丈夫匆匆进了渡船，让他平卧在后排的座位上。我坐上驾驶位，开始设定时空坐标——但我无法做出决定。

良久我回过身，俯身对丈夫轻声说：“大卫，我不知道该去往何时。肯定不能回到大爆炸前的社会，那时还没办法治疗你的病。但如果去未来，我不知道文明多久才能复苏。要不,我们先去五百年后试试？”

丈夫艰难地抬起头。纳米病是科技时代的黑死病，病魔把他折磨得枯瘦如柴，只有一双眼睛像灼热的火炭。他没有犹豫，断然说：“我们不去未来，回到一百五十万年前吧。你只需输入‘直立人第一次用火的时刻’，电脑会自动搜索到精确的时空节点。”他喘息片刻，补充道，“夏娲你帮帮我，在我堕入地狱前干一件事。”

我久久地看他，心绪复杂。我知道他要干什么。大卫是“科技暴涨”的有力推手，名列凌烟阁二十四功臣的前列。现在，不惑之年的他要在生命的最后时刻来一个彻底的反叛。

我简单地说：“干涉过去——这违反时空穿梭的最基本道德。”

大卫不耐烦地一挥手——在这样的非常时刻，让那些劳什子道德见鬼去吧。

我没有多说，回头开始设定时空坐标。大卫是我的丈夫兼导师（求学时的导师和生活的导师），我已经习惯了服从他。渡船启动前我仔细检查了生活背包中的装备。我必须谨慎啊，毕竟这是一次跨越一百五十万年的时空穿梭，在那时的非洲荒野上甭想找到一块备用电池或一支缝衣针。好在生活背包状态完好，一把掌中宝激光枪，虽然小巧但足以摆平一群狮子；一个高容量手电筒；一支压电式长效打火机；一副作用范围一百公里的对讲机，一条多功能睡袋……这些用具都是时下最先进的型号，其能量储备均不低于五十年。背包里还有够一周食用的压缩食品，这只是作为应急，因为食物应该在目标时空中解决。我从背包内兜中翻出一个半透明的乳白色小球，大小正好一握。我问："大卫，家用的全息相机怎么也在背包里？"

在我检查背包时，大卫艰难地坐起来了。他斜倚在座椅后背上，一直目光冷漠地看着窗外。这会儿他收回目光，看看我手中的小玩意儿，忽然没来由地脸红了。他勉强说："我昨天试驾时用过它。"他补充道，"我拍了咱们的孩子。"

孩子。他提前拍了"出生后"的孩子，而现在他（她）只是我腹中三个月的胎儿。我知道大卫为什么脸红，知道他为什么把这么重要的事瞒着我。在时空穿梭中旅行者不得同自身有互动——这也是最严格的时空戒律之一。他拍摄自己的孩子虽然不算实质的互动，也差不多等同于犯戒了。而且这与我们即将开始的干涉不同。事急从权，为了挽救人类社会，他有足够勇气去违反戒律。但上次不同，那纯粹出于一个大男孩的好玩儿心态。但我不想让丈夫难堪。丈夫已经病入膏肓，即将开始的一百五十万年前的时空穿梭也很难甩掉死神。如果我救不了他，至少也要让他保持心灵的平静。

我只是淡淡说一句："这会儿真想打开相机，看看那个小模样啊。儿子还是女儿？"

"儿子。"

"是吗？不过还是留到以后再细细欣赏吧，这会儿不能耽误了。大卫你坐好，我要启动了。"

我启动了渡船，周围时空在摇曳中隐去。

我的名字叫夏娲。不是圣经中的"夏娃"，只是恰好同音而已。在古闪族的神话中，亚当与夏娃是人类的始祖，不过夏娃只是亚当的附属物，是男人的一根肋骨变的。我的名字来自另一个古老民族关于女娲的神话。

女娲用五彩石补好被撞裂的天穹，又用泥土造出了男人女人。她是人类唯一的始祖。

我的名字是父亲起的。这个22世纪的启蒙师（小学教师）很聪明，巧用我家的古老姓氏，再加上一个简单的方块字，就让女儿的名字兼具东西方两个人类始祖的含意。我想，当他为名字中内禀的神秘与深奥而沾沾自喜时，绝不是想让怀中的囡囡跑到一百五十万年前扮演人类始祖吧。

但这个名字一定有内在的法力，最终让我来到洪荒时代。

荒野之神，我向你致敬。此时的东非稀树草原还没刻上人类的痕迹，它的面貌完全由荒野之神来装扮。广袤的草原上长着高大的金合欢树，呈水平状的树冠直插云天，犹如一抹抹绿色的轻云。地平线上立着一排大腹便便的波巴布树和扇椰子树，巨大的树冠郁郁葱葱。眼下应该是雨季，硬毛须芒草和菅草汇成连天的浓绿。数百万只红嘴奎利亚雀和燕鸥在蓝天下盘旋俯升，大笔书写着跳荡的生命旋律。角马和瞪羚撒满了草原，它们吃着草，悠闲地甩着尾巴，不在意时刻相随的死神。天边闪烁着青色的闪电，乌云从地平线上漫卷而来。

根据渡船主电脑的搜索，那个时空节点就在附近，误差域为24小时×3千米。也就是说，最迟到明晚此时，一道闪电将点燃附近一株大树，而坠落凡尘的天火也将同时照亮某个野人的蒙昧心智。

时间渡船停泊已毕，船身半隐在高大的禾草丛中。附近有五棵扇椰子树，呈五边形排列，这是一个明显的地标。我关闭了动力，回头说："大卫，说吧，我该怎么做。"

我绝不会放弃救活他的希望。我想尽快完成他的这桩心愿后赶紧返回，找到一个合适的时空为他治病。大卫示意我把生活背包给他。他喘息着，找出那柄掌中宝激光枪，托在手中，目光苍凉地看着它。

"夏娲，难为你了。我知道你的天性不适合干这种事，但我太衰弱……"

我打断他："没关系，我有勇气干这件事。问题在你这边。你真觉得它是正当的吗？你真能狠下心这样干？"

他久久沉默，脸上笼罩着死亡的黑气。"我个人已经做出了决定，但这个决定应该由我们两人共同做出。”他说。

我干脆地说：“我没问题，我听你的。那我就去了。”

我把他在后座上尽量安置妥当，把食物和饮水放到他手边，又开启了渡船外壳的低压电防护系统。我自己带上一天的食物和饮水，但想了想又留下了，尽量给大卫多留一些吧。在外边总能找到食物和饮水的。虽然我这次外出不会有危险，但凡事还是稳妥为好。我带上睡袋、手电、打火机、袖珍望远镜、猎刀，把掌中宝掖在怀里。临走时想了想，把那个球状全息相机也带上了，在等待时空节点的闲暇中，我满可以欣赏欣赏儿子的小模样。

准备妥当，我俯下身吻吻丈夫，轻声说：“我走了。你安心休息，千万不要出去。”

大卫没有说话，一只手轻轻拉我，拉我到他身边……我明白了他的意思，轻声问：“你想要我？大卫，你的身体……”

但我知道他的想法。他对自己的痊愈已经不抱希望；或者说他早已心死，根本不在乎肉体的存活，他想在告别人生前同我多来几番温存。也许他有不祥的预感，在分手前想留下妻子的体温。我理解他。我随即除下外出的行头，脱掉衣服，帮他宽衣解带，然后两个赤裸的身体紧紧贴在一起。他瘦骨嶙峋的身体让我心疼如绞……

不过大卫只是安静地抱了我一会儿，然后吻吻我，喘息着说：“去吧，先把正事干完，我们以后的时间多着呢。”

我从他的话中触摸到入骨的悲怆——他的余生可不多了，但他已经无事可做，所以才说“时间多着呢”。

我笑着打岔：“不，你马上就该忙了——儿子七个月后就出生啦。”

我找到十几枚秃鹳和奎利亚雀的鸟蛋对付了晚饭，然后爬到一株金合欢的树杈上观察。乌云已经差不多布满天空，夕阳的光剑努力穿过云缝。暮色苍茫。草原中充盈着舒缓强劲的生命律动。一头猎豹扬着尾巴飞奔，不过我觉得它的身形比一百五十万年后的后代要粗壮一些，奔跑的姿势也不如后代们飘逸。猎豹捕到一只瞪羚，但立即引来了草原的强盗鬣狗。猎豹胆怯地退却了，强盗们快意地大吃大嚼。十几只秃鹫扑打着翅膀缓缓落下来，等着享用鬣狗们的残肴。更远处一只雄狮也闻到了血腥，它鬃毛怒张，急速向这边跑来……就在这时，我看到了他们。

这是一个直立人家族，在暮色中分开草丛向这边走来，有三十人左右。我调好望远镜焦距，镜头首先罩住了家族的头领。这是个四十五岁左右的男人（或者直立人的面容比现代人要老一些），全身赤裸，身体强健，须发蓬乱，披一身肮脏的黑色体毛。他走路的姿势已经同现代人没什么差别，面容的差别则要大一些，两颊多毛，额部明显低平，眉骨突出。他手里拎着一根木棍，一端是削尖的。对这点我没有惊奇，我知道此时的直立人已经能制造精美的石斧和其他工具。后边有几个中年男人或年轻男人。其他都是女人和半大的孩子，女人身上背着不多的杂物。队伍中好像没有老人。

我把望远镜倍数放大，又打开夜视功能，对准男首领的眼睛。我知道人或动物的目光最能反映他（它）的智力层次，但这次我没能得出肯定的判断。他的目光中没有死板、愚鲁、残忍这类属性，但也看不到灵智的闪耀，就这么平平淡淡的目光，在夜视功能下幽幽闪亮。随着他的行走，在暮色中拉出一道跳荡的水平绿线。他们走近了，食草动物们警觉地盯着他们，连狮群和鬣狗群也怀着相当的戒心。看来这群直立人已经是此地常见的风景，动物们也承认他们属于草原的强者。

而且，这一小群直立人很快就要接过上帝恩赐的天火，开启智慧的天门，最后成为各色人种的共同先祖，成为地球的主人。

他们经过我所在的金合欢树，又走过一片刺槐丛，消失了。但我知道他们还会回来的——在闪电点燃某一颗树之后，我的任务就是在此守候那位率先盗取天火的人。

我打开对讲机，在静电的嗞嗞声中听到大卫微弱的声音："你好，夏娲。"

"大卫，我看到那个直立人族群了，一共三十一人。我有个直觉，盗火者应该是那个男头领。我在这里等他。"

"好的。"

“你吃过了吗？”

“吃了一点儿，我这边你不用操心。”

“好的。吻你。”停停我说，“大卫，如果你改变了决定，请在第一时间通知我。”

“一定。”我能感觉到他在那边缓缓摇头，“但我不会变的。”

几只高大的长颈鹿悠闲地甩着尾巴，走近我身下的这株金合欢，伸着长舌在尖刺中卷吃树叶。其中一只发现了我，小脑袋从枝叶中伸过来，用温顺的目光好奇地盯着我。我拍拍它的脑袋，它受了惊，长颈一甩避开了我，但过一会儿又把脑袋伸过来。我不敢在这儿多停留，闪电肯定要击中附近的某棵树，没准就是我身下这棵呢，这一带就属它最高。我爬下树，找到一块台地把自己安顿好。为防止蚊虫骚扰，我钻进睡袋，把拉链仔细拉好，只留脑袋在外边。

乌云遮蔽了星月，夜色已重，远方的青色闪电不时把夜景定格。长颈鹿群仍停在原地，它们的身体已经隐入夜幕，但青光映出几支晃动的长脖，与不动的树干混杂在一起。在闪电击中那棵树之前我无事可干，但我心绪烦乱，此刻也无法入睡。我想到那台全息相机，便掏出来，按下开关。立时小球周围形成了明亮的激光网。因为我自身也在光团之内，图像不好分辨。我把小球放远点，现在看清了，那是一位正在分娩的产妇——可能有点儿难产，因为一双拿着产钳的手伸进图像里面。又过了几分钟，产钳夹着一个浑身血污的肉团团出来。他被交给另一双手倒拎着，哭出了嘹亮的第一声。

这就是我的儿子，我和大卫的儿子。我的喉咙发哽，胸膛被堵上一块柔韧之物。相机的激光照亮了一个小区域，儿子的身体轻盈地浮在绿草之波上，像是驭空飞翔的小天使。我想起了刚才那个直立人族群，他们是人类的先祖。百万年来无数的小生命通过无数的产门来到世上，组成了绵亘不绝的血脉之河、生命之链。而我七个月后也将参与其中，尽到女性的责任。

此刻我心绪烦乱，不是欣赏小可爱的时候。我长叹一声关上相机，开始思索大卫要我干的事。他想让我杀死直立人中第一个用火者，从而斩断

（至少是推迟）人类智慧的进化之路。这个决定疯狂而荒诞，但我理解丈夫的心理脉络。他曾是科学教的虔诚信徒并为此燃尽才智。这一代科学精英们成就了科学的暴涨，在那段欢乐的日子里，似乎自由王国伸手可及。可是——忽然一切都失控了。不是个别的失控，而是全面的失控。纳米技术引发了高科技时代的黑死病，基因技术引发了普遍的基因错乱，亚洲新一代粒子对撞机造成了一个微型黑洞，如今正在疯狂吞食着地球的肌体，逼得我们不得不逃亡……于是像丈夫这样的科技精英们产生了强烈的幻灭感和负罪感。他要在临终前赎罪，甚至不惜让人类回到发明用火前的蒙昧时代——而且他有这个能力的，因为他正好握有一艘高科技的时间机器。

作为他的爱妻，我愿意帮他实现这个心愿。当然我肯定不会杀人，我也不相信这样干就能斩断那条命定之路。但——我相信，在这个关键的时空节点施加一点儿干扰不是坏事，我祈盼它多少能弱化一百五十万年后的社会爆炸。

我会完成丈夫的托付，但在这件事上我俩其实只是同路人。

我努力抚平了烦乱的思绪，沉沉睡去。

狂暴的雷声把我惊醒，炫目的蛇形闪电连接着天和地。透过青光我能看见金合欢的树干，看见几只慌乱摆动着的长颈鹿。暴雨随即扑来，把世界淹没在狂乱的雨声中。我知道那个时刻快来了，就坐起身，从睡袋中掏出雨帽带上，注意观察。凌晨，随着咔嚓嚓一声炸响，一道闪电击中一棵巨树，正是我曾爬过的那棵。巨树从中腰处被劈断，缓缓落到地上，激起一声闷响。在青光中我看见几只长颈鹿疯狂地逃窜。倒在地上的树冠熊熊燃烧，即使暴雨也不能浇灭它。

暴雨过去了，天光渐渐放亮。那棵巨树的残骸上仍有余火，浓重的白烟直直上升，到一定高度后被水平风吹散。我钻出睡袋向那边走去，很快闻到了烤肉的香味和掺杂着的焦煳味。火堆中露出长颈鹿的一只后肢，它肯定是被倒下的树干压住又被大火烧死了。我忽然发现在远处，在熹微的晨光中，那个直立人族群正急急向这边跑来。也许他们的嗅觉更灵敏，在几里之外就闻到了烤肉的味道？我迅速藏到一丛刺槐后，观察着他们。

那个族群看到了长颈鹿的尸体，高兴得尖叫着。显然他们不是第一次经历这样的幸运，他们没有耽误，立即围着尸体忙碌起来。女人们先用石刀割下小块的熟肉给孩子们，小家伙们兴奋地狼吞虎咽。男人们用石刀熟练地分割尸体，割开厚厚的鹿皮，割断坚韧的肌腱，把尸体分割成一人能够扛动的小块儿。虽然工具只是石器，但他们的工作相当快速。太阳升起时尸体分割已毕，族人们扛上猎物，结队离开了。这时周围聚集了一群鬣狗，但它们没敢靠前。可能是怕火，也可能是对直立人有惧意，只是在圈外狺狺吠着。

这个族群离开了，鬣狗们向火堆围拢，准备享受残肴。这么说，并没有发生那件改变历史的大事，我不免感到困惑……但我忽然发现有两人匆匆返回，一人放下背负的鹿肉，用带尖的木棍赶走鬣狗。另一人是那位男头领，他也放下背负的鹿肉，盯着那堆余火，慢慢靠近。我的位置正在他的对面，中间隔着火堆。我悄悄端平望远镜，看到火苗在那双眼睛中跳跃，使原本平淡的目光平添几分灵气。他犹豫着，欲进又停，欲停又进。他的基因中镌刻着对火的顽固恐惧，灵智中却萌生了对火的强烈渴望，两者正在激烈交锋。最终，新启的灵智战胜了古老的基因。他慢慢伸出多毛的手臂，试探着，小心地抓起一根前端燃烧的树枝，把它从火中抽出来。他把树枝擎得远远的，盯着前端的火舌，目光中仍有驱不净的恐惧。但无论如何他没有扔掉它，而是牢牢擎着。

另一个男人此时也忘了驱赶鬣狗，呆呆地立着，紧盯着他手中的火，目光中有更浓的惧意。

于是，在此时此刻，人类的新时代之门开启了。

我叹口气，悄悄掏出激光枪，瞄准他擎火把的右手，一个小红点在他右腕上跳动。大卫说只有杀了他，才能“有效地”斩断这条路（连他也没说能“彻底斩断”）。但我不会杀他的。大卫想让人类抛弃科学完全回归自然，甚至回归到发明用火之前的自然状态，但他却是使用断然的科学手段来实现它，这样的干涉合乎自然吗？我摇摇头，放弃了脑中这场驳难。这是一个悖论陷阱，甭想摸到底儿的，还不如跳出来干点直观的事。我把激光枪调到弱档，按下扳机，一束激光脉冲破空而去。这束脉冲足以在他的腕部烧出一个焦斑，但不会造成更大的伤害。他痛楚地狂嗥一声，往我这边瞥了一眼，扔下火把转身就逃。另一人跟着他撒腿逃跑，连地上的两大坨鹿肉也忘了捡起。

那根脱离了火堆的树枝又烧了一会儿，火舌逐渐变小，最后变为白烟。

于是，那扇刚刚打开的新时代之门又关闭了。这次灼伤会给盗火者留下痛苦的记忆，甚至被他认为是上天的惩罚。也许他今生不敢再“玩火”，也许在一段时间后他会恢复勇气再度尝试……不管怎样，反正我已经对这个时空节点施加了干扰，可以对丈夫有所交代了。也但愿它能弱化一百五十万年后的那场劫难。

鬣狗们又狺狺着靠近。我的任务已顺利完成，便带上随身用品返回。我一边信步走着，一边想着如何把这件事（我没杀死盗火者）对丈夫说圆。沉思中我回到了出发地，但是——眼前为什么没有我们的时空渡船？我仔细看看周围的方位，没有错，正是这儿，那五棵扇椰子树就在近边。我打开对讲机呼唤丈夫，但对讲机中悄无声息。须知它的作用范围是一百公里啊，莫非丈夫驾渡船离开了这片时空，独独把我抛下？不，大卫决不会这样做的，以他衰弱的体力，他也没有能力这么做。

我在附近寻找，很快找到了我离开时留下的脚印。是穿鞋的脚印，所以只可能是我留下的，绝不会是那些光脚的直立人。但在脚印的尽头，在那本应停着一辆时空渡船的地方却空无一物，甚至没有留下任何迹象，比如压断的树枝，地上留下的压痕等。我反复呼唤，对讲机里仍然是瘆人的沉默。这沉默一点点放大我内心深处的恐惧，我焦急地呼唤着：“大卫，大卫，你在哪里？”

——忽然之间我全明白了。我的世界瞬时坍塌了。

/ 二 /

妻子走后，大卫勉强吃点东西就睡了。这一觉睡了很久，但一直睡不安稳。思潮在睡眠之河中暗暗涌动。他要妻子做的事是对他四十年信仰的决绝反叛，那么他这样做对吗？浅睡中他感觉到电闪雷鸣，感受到狂暴的雨柱拍打着船身，也感觉到一道闪电击中了附近的树木。这么说，那个时空节点应该快到了。

他想走出梦境，用对讲机向妻子问问情况。但他的体力实在太弱，意识指挥不动肢体。一直到朝阳初升时他才真正醒来。他打开对讲机呼唤妻子，但没有回应。那么，也许那位盗火者已经到了火堆现场，夏娲此刻不便回话。她看到对讲机的信号，过一会儿就会主动回话的。

但他等了很久也没回音。他忍不住，又呼唤了几次，仍然没有回音。虽然从理智上判断她不会出事，但下意识中一个小警灯开始悄悄闪亮。他强撑病体坐起来，从环形观察窗向外看。天气已经大晴，天蓝得通透，几朵羽状白云悠然飘荡着。渡船旁边是那五株扇椰子树，在斜射的阳光下似乎显得更加高大。夏娲说这是一个非常明显的地标，所以她不大可能迷路。但大卫巡视一周后有点儿困惑——周围好像没有被闪电击中的树，因为视野中没有余火的烟柱。那么，昨晚他在恍惚中感觉到的纯粹是梦境？

外出的妻子带着一整套高科技的行头，肯定不会出危险的——但正是这一点让他困惑。因为那件高性能的对讲机肯定不会出故障，它即使在关机状态也有提醒功能。那么，妻子为什么迟迟不通话？

他的忧思被暂时打断，因为在左前方草丛中忽然出现两个直立人，手中各握着一根带尖木棍。他们显然是直冲着这儿来的，走得很快，边走边向这边指指戳戳。大卫机敏地悟到是怎么回事：是阳光，阳光在渡船的金属外壳上反射，方位正指向那个方向。他们一定是远远发现了草丛中的奇怪闪光，于是过来一探究竟。昨晚妻子说她发现了一个直立人小族群，这两人应该就是其成员吧。两人很快走近，走到大约二十米外时放慢了脚步，警惕地盯着这边，手持尖棍一步一步地逼近。渡船的窗户是单向透光，他们看不清里面，但大卫能清楚地看到他们：扁平的额部，突出的眉脊，赤裸的身体披覆着肮脏的黑色体毛，但比起黑猩猩来要稀疏些。这正是人类在一百五十万年前的尊容。

大卫静静地观察着。那两人绕着时空渡船转了几圈，对这个从没见过的大个头物件十分好奇，当然也夹杂着惧意。一个人用棍子捅捅渡船，见没有动静，便大着胆子把手慢慢伸过来。大卫屏息等待着那一刻——砰的一声，那人被低压电流打倒。他尖叫着，左手护着受伤的右手，连滚带爬地逃离此处。另一个人也慌乱地逃离。

大卫想他们肯定会头也不回地逃走，永远不敢再回到这儿来。但他想错了。那两人没逃多远就停下脚步，心有不甘地回头望着这边，激烈地比画着，讨论了很久。大卫轻轻摇头，看来这俩扁平脑壳尽管脑容量不足，但也有很强的好奇心啊。没错，好奇心——这正是人类的强大本性之一，有了它，人类才敢“玩火”。大卫不再关心他们，拿起对讲机重新呼唤妻子，仍然没有回音。这时他听到尖利的连绵不绝的啸声，是一个野人发出的，他把手指含在嘴中，鼓着腮帮用力吹。没有多久，天边出现一群人影，约有二三十人，大步向这边跑来。他们走近了，早先的两人迎上去，比画着什么，向这边指指点点。然后他们合为一队走向这边。

大卫忽然震惊地屏住呼吸，瞪大眼睛——走在人群最前边的、首领模样的人是一个近五十岁的男人。但他的形貌与别的直立人截然不同！首先他身上没有体毛，皮肤黝黑光滑，仅在胸部和裆部有黑色体毛，与现代人完全一样。他走近了，能看清他脸上也没有毛，而且额部饱满，眉脊不突出，完全是现代人的标准形貌。大卫仔细观察，甚至能从他的体貌中分辨出白种人的特征：眼窝较深，高鼻梁，蓝色瞳仁。但他披散的头发是黑色，鼻梁挺直而不高，这一般是亚裔的特征。尽管他皮肤黝黑，但没有黑人的典型特征，比如卷发、厚嘴唇和翘起的臀部。大卫非常奇怪，一百五十万年前的直立人中怎么会有这么一个突变，一个异类？也许现代人（更可能是白色人种和黄色人种）的血脉之河正是从这儿流出来的？

大卫隔着单向玻璃近距离观察他。那人看不到里边，但他一直努力向里看，一边保持着身体不与渡船接触。显然，头前的两人已经向首领说明白了这个危险。从这个迹象看，这个直立人族群的语言已经进化到了一定程度。那人的眼睛近在咫尺，蓝色眸子显得机警而威严，闪烁着智慧的光芒。大卫苦笑着想，多半此人就是那个盗火者吧。他不该让妻子把激光枪拿走的，目标已经自己找上门啦，这会儿打开窗户给他一枪，自己的事就办完了。

但渡船里没有其他武器，他只能老老实实待着。

那人绕着渡船观察，大卫也随着他转动身体。忽然一声响，是他不小心把妻子放在手边的食物碰掉地上了。外面众人的听力很敏锐，都同时听到了这声轻响，齐齐向后跃出。跃到安全位置后他们才回过头，惊慌地盯着渡船。众人中没有那个首领，原来他离渡船太近，转身跃回时一只手不小心碰上船身，被低压电流打倒了，而且打得较重，此刻正在地上抽搐。其他人赶忙跑过来，把他拖到安全位置。

众人恐惧地盯着这个会咬人的魔物。首领被扶起来后也盯着这边，目光中有恐惧，但更多是狂怒。他在盛怒中做出了决定，一阵尖锐的喝叫之后，人群立即动起来。一人快步离开，沿来路返回。其他人开始拔草砍树枝，收拢后堆到渡船旁。首领本人也怒气冲冲地干着，他体态剽悍，又带着情绪，干得比别人更快。大卫有点奇怪，他们在干什么？要用草叶树枝把渡船埋起来么？不久，地平线上又出现了人影，这次是多达百十人的长队。肯定是刚才那个信使唤来的。无疑这个部落非常强大，妻子说它有三十一人，那她只看到了一部分。他们走近了，每人腋下都夹着一捆树枝或草，抵达这里后他们也把柴草堆到渡船周围。柴堆的高度已经半掩了渡船的窗户。然后所有人都望着来路的方向，等待着。

按说大卫已经能猜到他们的打算了，但由于思维的惯性——认为此刻的直立人还没有学会用火——大卫竟然没想到那个最明显的答案。他陪这些野人折腾这么久，体力已经难以支持。但眼前的事总该见到答案吧，他凝聚意志坚持观察着。忽然他奇怪地发现，“朝阳”正在慢慢落下——原来那其实是“夕阳”啊。自己的一觉竟然睡了一夜再加一整天？不该有这么久的，这让他心中隐隐觉得不踏实，那盏小警灯又开始闪亮。

暮色渐渐降临，渡船外的众人忽然有一波喜悦的骚动，很多人指着来路的方向。大卫也极目望去，忽然再次震惊了。他发现暮色中出现一个光点，它晃动着向这边趋近。现在能看清了，那是一支火把！火把的光芒照出了三个人的身影，都像是女性，两个年轻的扶着一位年老的。老人相当年迈，步履艰难，所以她们走得很慢。

火把？所谓人类“第一次用火”的时空节点之前竟然有了火把！看到火把，大卫不由得苦笑着自嘲：傻瓜，你这个反应迟钝的傻瓜，直到这时你才知道这些扁平脑壳们是在忙乎什么——在为这个胆敢咬人的魔物准备一场严厉的火刑。要知道他们已经有了“高科技”的火，拥有了世上最强大的魔力。他们要动用神火把魔物烧死，惩罚它竟敢对人类的王者不敬。

大卫苦笑着想，人类的天性倒是一脉相传的，刚学会用火才几天就有了足够的霸气。自己何尝不是如此？这十几年来他志得意满，以为自己能把自然玩弄于股掌之中。相比之下，这群扁平脑壳至少对“火”还保持着敬畏。刚才大群人马来时没顺便把火种带来，而是捺住性子等这位步履蹒跚的老妇人，足见他们对火的尊崇。老妇人很可能是部族的女巫，只有她才掌管着用火的权柄。当然这场火刑很可笑，高科技的时间渡船可不怕温和的柴草之火。那就耐心等下去吧，等着这些野人离开后再设法和妻子联系。大卫静下心来，等着擎火把的三个妇人走近。

忽然，真正的震惊降临了。

/ 三 /

就在这一刹那我明白了，我的世界瞬时坍塌了。

大卫和我都太糊涂，主要怪我们这次的时空穿梭太仓促，没把事情想透。我们来到这个时空节点，想施加干涉以影响一百五十万年后的世界。我们想当然地认为，这种作用不会影响到“已经处于本时空”的时空渡船。但我们错了。时空渡船虽然处于本时空，但它的根儿是扎在一百五十万年后。所以，此处的扰动将会经过一百五十万年的两次传递再作用到时间渡船上。这么着，我昨晚射出的那束激光足以让这艘渡船漂移到恐龙时代，或干脆漂到外星球——但为什么我还在这儿？我为什么会留下一串脚印但却在某处突然中断？

打住。夏娲你甭想弄懂这些。时空穿梭本来就建立在深刻的佯谬上。而且，夏娲，夏娲，我在心中苦声唤着，你没有时间陷入玄虚的驳难。你还有远为迫切的事要干哩。

我的孩子。

此前我虽然和大卫万年迢迢来到这蛮荒世界，但心理上并未对此看得太重。我们就像是去非洲荒原上观看野生动物的阔佬，身后有一根粗壮的链条连着文明世界。现在这根粗壮的链条忽然断了，不，完全消失了，甚至连带抹去了我的丈夫。只剩一个二十六岁的、高科技时代滋养的精致女人，孤身留在一百五十万前的蛮荒世界——不，如果真是孤身一人倒好办了，大不了一死而已。但现在是一点三个人，还有一个三个月的胎儿！

荒野的神灵，你救救我吧，不要让一个年轻女人在绝望中疯狂。

我没有疯。我没那个资格。我的慌乱只延续了半个小时，也许只有十分钟。然后旧日的我轰然溃散，一个赤裸的女野人从旧壳中走出来。旧日的我——我生长于斯的高科技世界，文明崩溃后的悲怆，我对那个世界的责任，我对重病丈夫的心疼和俯就，乃至我对美食、音乐、首饰和时装的眷恋，我对自身美貌的自恋……一切都在刹那间崩碎。现在这个女野人的精神世界中只剩下三个字：活下去。

为了自己，更为了孩子。

我在刹那间建立的目标甚至比这更深远。我身边带有一整套能使用五十年的高科技行头，它们并未随时间渡船一同消失。凭着它们，在荒野中生存下来并把孩子养大并非难事。但此后呢？等待丈夫的搭救？我绝不能寄望于这个肥皂泡。那么等我死后，孩子将孤身一人？他与谁结婚生子？当他在绝对的孤独中疯狂时，有什么能让他借以逃离的东西，诸如责任、亲情和爱情？

答案非常明显：唯一的希望就在那个直立人族群。尽管他们身上有黑色长毛，他们额部扁平脑容量不足，他们眉脊突出脸上长毛，他们粗野污秽，但至少他们的血缘与我是相通的。我只有（带着腹中的孩子）设法融入这个野人族群。命运对我毕竟还算仁慈，在壁立千仞的绝望中还留下这么一个小小的出口。我只能以感恩的心接受它。

朝阳升起时我已经彻底完成了蜕变与新生。我最后一次用对讲机呼唤，仍然没有声音，便毫不怜惜地抛弃了它，我绝不容许自己再把时间浪费在虚无的希望上。我狠心抛弃的还有其他用具：激光枪、望远镜、猎刀、睡袋……做出这个决定的是直觉而不是理智。理智告诉我应该保留这些极为宝贵的用具和武器，它们可以大大增加我的生存概率，且不说能助我在野人族群中占据王者之位。但直觉告诉我，在一个蒙昧族群中使用这些东西是反自然的，鲁莽的，它可能带来无法预见的潜在危险。比如说，如果族群习惯于依赖这些神物，而它们却不可避免地耗尽能量，那时该怎么办？凭我一人之力，我肯定没有能力让一个蒙昧种族一夕之间跃升为智人，只好让自己（和孩子）向下沉沦以适应它。

扔掉这些东西后我又脱去衣服，全部脱光。生活在野人群中不需要衣服，这样才能抹平我与野人们的鸿沟。虽然想起从此要永别这些“女人之爱”，难免心中作疼，但我没有任何犹豫。记得一位成功的野生动物学家说，要想和野生动物真正贴合，你只有像它们那样四肢走路，像它们那样撕扯食物，像它们那样赤身裸体。虽然我将面对的是野人而不是野兽，但我还是照他说的去做吧。只是在脱鞋时我犹豫了，不过只是因为实用主义的原因：我未经磨炼的嫩脚板肯定受不住荒原的坎坷荆棘。但没有办法啊，我不愿把这个“古里古怪”的玩意儿带进那个光脚的族群。而且说白了我没有第二双鞋子和第二身衣服，早晚得走这一步。晚走不如早走。

衣服脱光了，我看着自己白皙光滑的胴体苦笑。它漂亮而精致，但一点儿不实用，我倒是希望进化之神能让我重新生出御寒的体毛，那就谢天谢地了。

没舍弃的只有两件：打火机和全息相机。打火机在我随后准备实施的计划中有特定的用处；全息相机是我同丈夫和儿子唯一的羁绊（我是指原时空中那个水晶雕像般精致的儿子，而不是今后的小野人）。我从内衣上撕下一块布把二者仔细包好，用裙带斜挂在胯部。这对野人们来说仍是“古里古怪”的东西，但让我保留这唯一的奢侈吧。

新生的夏娲在那堆灰烬前等待。我抱着微弱的希望，希望那个野人首领（为方便，以后叫他野亚当吧）还没有完全死心，还会再来火堆旁看看。至于他来后该怎么办，我已经有了周密的腹案。如果他不来，我再去找他也不晚。

谢天谢地，我的估计没有错。野亚当又来了，而且这回只有一人、估计他是有意独自前来，不想在部众面前重现昨天的狼狈。他能在一夜之间克服恐惧只身前来，我不由佩服他的勇气。显然他对昨晚的受伤心有余悸，离火堆很远就站住了，警觉地睃着四周。我这次没有躲藏，从树干后主动现身，在脸上堆出“最雌性”的笑容。

野亚当惊愕地发现了我，一个无毛的、皮肤白皙、形貌妖异的雌性。他立时收住脚步，紧握木棍，把棍尖对准我。我估计昨晚他受到枪击时可能瞥见了我，所以他目光中有浓重的敌意。我对他的敌意坚持报以友好的笑容，并在笑容中尽可能加进柔媚。他紧紧盯着我，但我拿不准自己在他的眼中是什么形象，是一个比女野人性感漂亮的异性，还是一个讨厌的白化病人。

不管怎样，我一直坚决地笑着，但他的敌意似乎没有减弱。不过不要紧，我还另有招数呢。我向他招招手，向火堆走两步。他没动。我再招招手，再向火堆走两步。然后我俯下身，把整个后背留给他。这意味着对他的信任，陌生的野人之间绝不会这样做的。

我在火堆旁鼓捣了好久。他终于耐不住好奇心，向这边走了两步，伸长脖子向前看，但棍尖仍警惕地朝向我。等把他的好奇心撩拨到足够程度，我站起来，回过身，满面欢笑，手中擎着……一束枯枝，火苗在枯枝前端欢快地跳跃。

野亚当呆住了，目光中顿时消去敌意，代之以敬畏和欣喜。他紧紧盯着我手中的火焰。

我笑容可掬，把火把递过去。他立即后退一步，反倒恢复了戒心。我知道自己做错了，有点操之过急，更不该把这事弄得像是对他的恩赐。我应该设法把这个赠予弄得更自然一些，熨平他雄性的自尊心。于是我让擎火把的右手抖一下，火把歪了，燎着了我的左肘。我惊呼一声扔掉火把。它落在地上，与雨后的湿地接触，发出轻微的嗞嗞声，火焰慢慢变弱。我佯作惊慌地盯着它，同时用眼角的余光罩着野亚当，揣摸着他会不会抢救火把。如果他一直不动手，火焰熄灭前我将不得不拾起它……在火焰快要变成白烟前，他终于弯下腰，小心地拾起火把，脱离了湿地的火焰立即熊熊地燃烧起来。

他傻笑地擎着那团火焰。我也咯咯傻笑着，用崇拜的目光看着他，心中则轻松地叹息一声。此时此刻，新时代之门在因我的干扰而关闭之后重新开启了。历史之河稍稍走了一点弯路，但很快截弯取直，撂下一个小小的弓形湖。我不由想起大卫，有点心酸。他借助时空渡船打算抹去这个时空节点，我帮他实现了。但我随后又把“该得的火”还给野亚当，抹去这段人为干涉，恢复了历史的原貌。

也不全是原貌——这团火并非来自于天火，不是那堆灰烬的复燃，因为那个火堆已经熄透了。这团火是我躲开了野亚当的眼睛，用打火机点燃的。

但我对大卫没有愧疚。我这样做是为了孩子，我们两人的孩子。一个母亲为孩子做的任何事情都是天然正确的。大卫对科技的突然反叛，突然萌生的回归自然愿望，都是偏于概念化的东西，当它们与现实的顽石相撞后肯定会碰得粉碎。什么是现实？现实就是我们母子如今生活在野人群中。我想让儿子吃熟肉，想让他在晚上睡觉时有一个防御猛兽的火堆。就这么简单。但这个简单的需求又无比强大，强大得足以撞碎一切理性的阻挡。我们会牢牢守着这堆火，一代一代活下去，哪怕它会带来一百五十万年后的社会爆炸。

我小心地盯着野亚当擎着的火把。尽管在“原历史”中正是野亚当开辟了用火进程，但我还是担心他缺少经验而使火把熄灭。我从火堆中捡了几支大小合适的焦枝，递给他。这次他顺顺当当地接受了，把它们并在原来的树枝上，火焰立即大大加强。他那未脱蒙昧的心智充分理解了这团火的重要，随手扔掉那根带尖木棍，用双手虔诚地擎着火把，转身回家。我自然不会瞎等男士的邀请，便拾起他扔掉的尖棍，又搜集一抱焦枝，很家常地跟在他后边。他斜眼看看我，没有什么表示，仍小心翼翼地捧着火把前行。

我心中一阵轻松，知道自己已经被他接纳了。

我的赤脚实在难以对付荒原的荆棘。尽管我咬牙忍痛，仍不免一瘸一拐，落在野亚当的后面。那个脑容量不足的家伙竟然有足够的细心，注意到了我的落后，便停下脚步等我。我匆匆赶上时，他正不耐烦地倒换着脚步。看来他急于在族人面前展示手中的神物，不过还是强捺着性子等我。

就在这时，我心中突然涌出大潮般的感激之情。

族群的家原来安在刺槐丛边，只是一片被踏平的草丛，背对着绵亘不绝的刺槐。男人睡外边，女人和孩子睡里边。这当然是为了防御野兽。“家”的最里边堆着昨晚运回的鹿肉。今天可能因为首领不在，食物也足够，所以他们全部在家，没有出去觅食。这会儿大家看见首领回来——而且手中捧着可怕的火焰！身后还跟着一个形貌诡异的白色妖孽！所有人都跳起来，惊惧地盯着两件凶物。野亚当走进人群，努力讲说着，不知道是在讲“火焰”还是在讲我。那是一种不连贯的语言，带着弹舌音和吸气音，基本为单音节。他说了很久，但族众依旧茫然。这不奇怪，此时的语言中肯定没有“火”的概念，不好讲清楚的。

我尴尬地站在人群之外。族众看我的目光饱含敌意，特别是那些中年女人。但我早就筹谋好该怎样化解它。我默默走到一旁，把怀中抱的焦枝架成圆锥形，让其中央是空的。在我干这件事时，周围没有声音，但我感觉到三十双灼热的目光烙在我的后背上。焦枝架好了，我走近野亚当，讨好地笑着，向他讨要那束火把。野亚当困惑地看着我，犹豫着。但他一定想到最初是我把火焰驯服的，便不大情愿地交给我。我把火把塞到焦枝堆中，火焰在树枝缝隙中试探地舔着，腾跃着，轰然一声大烧起来。野人们慌乱后退，有小孩在害怕地尖叫，可能是火花迸到身上了。我默默走过人群，去里侧取过一块带骨的腿肉，又走回来，放在火焰上烤着。族众又慢慢围上来，个个屏住气息，盯着我的手。

肉很快烤熟了，香气四溢。我走过去，把熟肉献给野亚当。他定定地盯着这块肉，很久不接。我保持着笑容，一动不动地举着它。终于他接过来，咬了一大口，立即露出狂喜的表情。他想了想，把肉撕开，分给几个小野人，小野人们立即大口吞吃，个个欣喜若狂。

野亚当抱着几块肉过来，交给我，自然是让我继续烤肉。族众的目光不再带有敌意，而是转为期盼。我轻松地想，整个族群已经接纳我了。

夜里我睡在人群外侧，最接近火堆的地方。我毕竟一时难以适应命运的陡变，再加上还要照顾火堆，所以彻夜难眠。族众都睡得很熟，但我起身添火时，只要稍有动静，立时有七八个脑袋仰起，七八双目光警醒地打量着四周，这中间肯定有一双目光是野亚当的。天已经大晴，河汉低垂，繁星如豆。荒野沉浸在森冷的静谧中，偶有一声鸟啼狮吼也打不破它。极目所至是无尽的黑暗，只有一个小小的金色火堆。火焰跳荡着，小心地舔着夜色。它太微弱了，似乎很快会被黑暗窒息。但我知道它不会熄灭，它其实比黑暗强大。它会一直烧下去，直到激醒人类的蒙昧——再一直走到22世纪的社会爆炸。

这才是人类史的“自然状态”？是大卫和我曾用时间机器和激光枪中断过的、我又用打火机接续上的自然状态？想起是我一人促成了方向相反的两次大转折，我总觉得啼笑皆非。我想着丈夫，痛苦地思念着他。大卫，我违逆了你的意愿，你怨恨我吗？此刻，是我睡在野人群中的第一夜，大卫你随时间渡船漂流到了哪里？

第二天族众照例出去觅食。族群中没有太小的孩子，所以全员出动。我忍着双脚的剧疼也走进队伍中。走前我添足了柴，但我担心火堆坚持不了一天。当然，打火机还在我胯部的布包里，但上次用它点火是在特殊情况下。以后若非万不得已，我不会再重复了。在这个蒙昧族群中，我决心彻底回归自然，抛弃一切“科技之物”。野亚当一定是注意到了我回望火堆的目光，他想了想，把我从队伍中粗鲁地拉出来，指指火堆，吼吼地喊了几声。我顺从地点点头（但愿史前人也知道点头的意思），留下来照看火堆。我不由对野亚当生出钦佩之情。他的扁平脑壳倒也有足够的智力，敏锐地抓住了新时代的关键，那就是——在居住地保持一个不灭的火堆。

这可以说是人类史上最重要的发现，此后，在上百万年漫长的历史中，尽管人类向世界各地扩散，但这始终是各部落不变的传统，在各大洲漫长的暗夜中，一个个小小的火堆守护着人类的文明。

晚上这支队伍拖着长长的身影回来。野亚当给我一只兔子，我想他是让我烤给孩子们吃。我把兔肉烤熟了，交给野亚当。他撕下两条后腿首先给我。我赶忙看看四周的族众，怕他给我的特殊待遇让其他人生妒。但是没有。别人目光漠然，没有赞许也没有敌意，几个孩子不看我手中的后腿肉，只是贪馋地盯着剩下的熟肉。这意味着，这两只后腿肉是“守火堆者”应得的报酬。其实今天我已经用野果和鸟蛋填饱了肚子，但我感激地接过它，大口吃起来。

荒野唤醒了我基因中深埋的本能，我在几天内完全习惯了这儿的生活。那个22世纪温室中长大的精致女人完全恢复了野性。我还打算彻底抛弃理智上的清醒（它太痛苦），尽快让心智向下沉沦，达到和那些女野人一样的层次，这对我才是最保险的生活。但在这之前我不得不玩弄一点儿机谋——为我的儿子。七个月后我将生下这个儿子，蓝眼珠，黑发。额部饱满，眉脊低平，浑身无毛，皮肤白皙。他在这个直立人族群中绝对是个形貌妖异的妖孽。这个族群已经接纳了我，还能不能接纳这个婴儿？也许能，也许不能。但我绝不能心存侥幸。我必须未雨绸缪，把儿子置于万全之地。

至于如何办，我苦笑着想，我也早就成竹在胸啦。文明时代的生物学家们说，女人是雌性动物中唯一没有周期性征的，这是一种进化策略。因为人的婴儿过于柔弱，只能靠男人的保护。而最好的做法是让一群男人都以为婴儿是他的后代。女人没有明显的周期性征就易于行使欺骗。

我要趁身孕不明显，加紧实施这样的欺骗。这个族群是群婚制，我会坦然接受它，不过第一个要征服的男人当然是野亚当。那是最合适的人选，有助于我儿子获得较高的社会地位。我这样做其实算不上阴谋，因为其他智力低下的女野人都是这么做的，不过她们是依据本能，而我是依据智慧。所以不妨这样说，何时我能比照她们的水平，使智慧充分萎缩而让本能足够茁壮，我就不必活得这么累了，一切都自然而然地顺流而下了。

也许在上帝的目光中，现代人的精妙心计也不过如此？

我决定今晚就去找野亚当。白天族人们出去觅食，我仍看守火堆。我从布包里取出全息照相机，打开它。我遗憾地发现，相机中和儿子有关的录像原来就那么一段，可能是丈夫在“偷窥未来”时及时自省，中止了犯罪。我一遍一遍地看着，泪珠在腮边滚落。相机中其他内容都是我和大卫的两人世界。我们在出席高档宴会，我穿着漂亮的晚礼服，裸露的后背如羊脂玉般润泽；大卫揽着我立在高山之巅，脚下翻卷着无边的云海，这应该是在西藏拍的；丈夫为我庆生，鲜艳的奶油花上二十五支蜡烛跳荡着金色的小火苗；然后是我俩一身廉价衣服混在大排档的吃客中，躲在角落里大吃大嚼……

我整整看了一天，时时抹去腮边的泪珠。荒野千里，风吹草低，身边的火堆安静地闷燃着，白烟袅袅上升。十几只鬣狗颠颠地跑来。我不想让它们中断我的观看，就从火堆中抽出一支长枝，做好防卫准备。但鬣狗并没有打扰我，它们被这团变幻的白光迷住了，都蹲在后腿上，痴痴地看着，目光愚鲁而好奇，我甚至感受到了其中的温馨。夕阳沉落在晚霞中，族人们该回来了。我叹息一声，关了相机，随手抛到远处。鬣狗们立即蹿起来，争着叼那个球球，很快跑远了。也许鬣狗们不会咬碎这个玩物吧，那么，也许一百五十万年后，某个考古学家能从非洲某处地下挖出它。

但我不能再让它留在胯边的布包里，大卫和野亚当这两个男人不应共处。

夜里，我把火堆上的柴添足，摸到野亚当身边。

七个月后我生下儿子。分娩时刻是白天，仍是我一个人在家。没有全息相机上记录的难产，也许这得益于我几个月来在荒野的颠簸。我挣扎着咬断脐带，用早已备好的软草擦干儿子身上的血污，紧紧抱在怀里。我没有给他起名字，他的一生中用不上这个。令人欣慰的是，也许因为族群已经看惯了我的怪模样，所以平静地接受了这个无毛小怪物。仅在此后野亚当对他明显偏爱时，有些女野人会恼怒地吼叫，然后把邪火撒到我和孩子的头上。不过这样的小小恶行是可以理解的，我会护着儿子，与她们凶恶地对吼，但从没放心里去。

我的儿子出生在一个错误的时间。其他女野人由于本能的指引，都是在旱季怀孕雨季分娩，这样母子容易获得充足的食物。我的儿子却赶在旱季前出生，偏又赶上一个特别漫长的旱季。在整个严酷的旱季里，这个小生命一直在同死神搏斗。族群中的男人们，尤其是野亚当，为了帮我们母子找到食物真是累惨了。当然这并非出于高尚而是出于自私本能，以他们的智力，认识不到这个无毛的白色小怪物不是自己的血脉。但……其实这种自私就是高尚，是这些蒙昧心灵中最闪亮的东西。我对他们满怀感恩之心。

母子俩终于熬到第一场雨水来临，绿草和兽群似乎一夜之间忽然冒出来。所有族人都像瞪羚那样蹦跳撒欢，吃饱喝足的儿子咯咯笑着，而我也学会了像女野人那样狂喜地尖叫。

/ 四 /

火把下的那三个人让大卫经历了真正的震惊。那是三位女性，两个年轻直立人扶着一个八十岁左右的老妇——大卫在第一刹那的下意识中，正确地没称她为直立人。因为她同刚才那位男性首领一样，明显是现代人的体貌特征，额部饱满，眉脊低平，浑身赤裸，肤色黝黑，没有体毛。她背部佝偻，眼神混浊无光，双乳已经极度萎缩。头上是稀疏的白色乱发，下身围着一条短裙——不，不是短裙，只是一条宽带吊着一个布包，布包明显久经沧桑。她的面部深镌着稠密的皱纹，几乎覆盖了真正的面容。

纵然这个老妇与年轻美貌的夏娲没有任何相像之处，大卫还是凭直觉认出了她。他朝对讲机脱口唤道："夏娲？夏娲？"

没有回音。对方手中没有对讲机，身上也没有可以装对讲机的地方。但大卫不怀疑自己的判断。他在刹那间猜到真相——妻子受他之托去杀死采天火者，她对本时空的干涉通过一百五十万年的两次反射影响到本时空的时间渡船。影响倒是不大，渡船仍保持在原来的空间位置，只是时间向后漂移了大约五十年。他真该死，竟然没提前考虑到这种可能，即使他病入膏肓神思昏沉，这样的愚蠢错误也不可原谅。他回头看看那五棵呈五边形排列的扇椰子树，没错，它们的相互方位没变，但五十年后的树身明显粗大多了，刚才他在下意识中其实已经注意到这一点，只是把它忽略了。还有，难怪他心目中的朝阳变成了落日，现在并非抵达本时空的第二天清晨，而是五十年后的某个傍晚。

他再度观察来人。两个年轻女子中，有一个完全是野人体貌，擎火把的另一个则带着现代人和直立人的混血特征。大卫迅速理出了事情的大致脉络：在时空渡船漂移走之后，孤身一人陷在本时空的夏娲不得不加入到直立人族群，艰难地活下来，并带大了他俩的儿子（就是那位想烧死自己的男首领），又和族群中的男人们至少生下一个女儿。这五十年来，这个族群可能一直在本地求生；也可能到处迁徙，只是最近刚好转移到这个区域。然后当渡船从时间中凭空而降时，族群成员发现了它。

可怜的夏娲，可怜的儿子。

还有，可怜的大卫。

突然逝去的五十年岁月像一条突然结冻的冥河，把大卫的意识冻僵了。他想赶快起身，打开舱门把夏娲（还有她的儿女们）迎上来。但他被魇住了，一动不能动。他看见男首领对老妇说着什么。老妇颤颤巍巍地走过来，浑浊的老眼看清了柴草之下的渡船，立时眼光一亮！但亮光随即转为茫然，她陷入苦苦的思索。大卫推想，也许她萎缩的神智已经忘了时间渡船，仅在记忆深处有一点模糊的印象而已。老妇伸手去摸渡船，儿子赶紧劝止她，但老妇摇摇头，固执地把手伸过来。就在她的指尖快要接触船身时，大卫总算反应过来，一把摁断了低压电防护系统。老妇摸到船身了，安然无恙。男首领愣一会儿，也试探着摸摸，没有事儿。第一个被击中过的男人不相信，小心地伸手摸摸，也没事。一群人欣喜若狂，围着老妇欢呼起来。

无疑，他们认为是老妇的法术显灵了。

老妇围着渡船转，趴在窗户上急切地向里看。单向窗户里，大卫隔着咫尺之距看着她浑浊的眼神，不知道自己该不该出去。在五十年的漫长人生中，夏娲显然已把根深深扎在野人社会中了。她严重衰退的心智中恐怕已经没有大卫的存身之地。那么，在她生命之烛将要熄灭的时候，突然强行把她拉出这个熟悉的世界，是不是太残酷了？

但老妇分明已经激起比较连贯的记忆。她表情激动，围着渡船蹒跚地转着，摸着。然后她想到什么，吩咐那个混血女人解开她胯部的布包。布包很紧，费了很长时间才解开。所有人都期盼地看着，显然他们从没见过其中的内容。老妇从中取出一个小物件，虔诚地捧在手中，面向渡船，嘴里喃喃说着什么。大卫听不懂，他以为那是野人的语言。但他忽然听懂了，老妇的声调相当怪异，但她分明是在念诵：

“大——卫，我——是——夏——娲。大——卫，我——是——夏——娲。”

大卫的泪水汹涌而出。他辨清夏娲是在说她的母语。只是五十年没用过，尤其是没有群体语言环境的自动校正，她的汉语发音已经严重漂移了。

但她在呼唤丈夫。她还记得这个亲切的名字。

她手中的小物件也看清了，是那枚长效的压电式打火机，外表依然簇新闪亮。夏娲在几十年的奔波中保留着它，无疑是作为一种象征，象征着她同逝去世界的联系。至于其他物件估计都已经遗失了吧。到了此刻，大卫大致理清了历史的脉络。五十年前，妻子肯定按丈夫的嘱托杀死了第一个采火者（没有这桩对时空的干涉，时间渡船就不会有漂移）。但她和儿子也因此陷入本时空。此后，为了儿子能吃上熟肉，她肯定又把直立人的用火历史重新接续上了，说不定就是用这支打火机。

所以，那个关键的时空节点并没有改变，最多有短暂的推迟。而且有夏娲作技术指导，直立人的用火进程说不定比原历史还要快一些。

大卫唯有苦笑。他不怪夏娲。要怪只能怪自己的狂妄，妄图借时间机器，单枪匹马就想来改变历史。历史没有改变，唯一的改变是命运之神对他的惩罚，让他在一夜之间失去了妻子的五十年。

男首领过来，指着渡船同母亲说着什么。老妇也指着渡船说了一会儿。然后首领下令，众人开始把刚才扒散的柴草拢回到渡船上。大卫一时有些困惑，现在这个首领，他的儿子，不会再对时间渡船使用火刑了吧，那他要干什么？忽然大卫明白了。那个首领此刻是在恭顺地执行母亲的意愿。衰老的夏娲肯定已经忘了时间穿梭的概念，她以为渡船是五十年前的遗留，而丈夫早已逝去。她想为亡夫补行火葬。

大卫的泪水汹涌而下。到了此刻，他已决定不在夏娲跟前露面了，对夏娲来说这应该是最好的结局吧。虽然此刻他俩近在咫尺，实际已经分处于异相时空，无法相合的，那又何必打乱她余生的平静。她形貌枯槁，这五十年肯定饱受磨难；但她受族人尊敬，儿女双全，精神世界应该是丰满的，那就让她留在这里度过余生吧。至于那位比自己还要大十岁的儿子，也让他留在这个时空里，继续做他的王者吧。

直立人对在荒野放火显然很有经验。男首领把食指在嘴里含一下，又高高举起，判明了风向。他让族人把母亲扶到上风头，从妹妹手里接过火把准备点火。正在这时，老妇高声制止了他。老妇颤颤巍巍地过来，手中擎着那支打火机。大卫知道，她是以这种特殊方式来追念丈夫。老妇一下一下地按着火机，可能手指无力的缘故，打火机很久没打着。她终于打着了，一团橘红色的火焰在薄暮中闪亮。她绕渡船转一圈，在多处点着了柴堆。火焰腾空而起，发出噼噼啪啪的爆裂声。火舌包围了渡船，又顺着风向在草地上一路烧下去，映红了半边夜空。在火舌完全隔断视线之前，大卫见老妇用力扬一下右手，那个发亮的打火机飞入火堆中。

伴着漫天的野火，火场外的人群疯狂地扭动着身躯，双手向天，齐声吼着一首苍凉激越的挽歌。

大卫长叹一声，按下了渡船的启动键。

第二天，族人出外打猎时经过这里。他们看到烧黑的草地呈三角形扩展到很远，但在最先着火的地方，在厚厚的柴草灰烬中，没有留下任何残骸，那个会咬人的、让女巫奶奶伤心痛哭的魔物，肯定被完全烧化了。

养蜂人

蜜蜂早就具备了向高等文明进化的三个条件：群居生活、劳动和语言（形体语言）。相比人类，它们甚至还有一个远为有利的条件：时间。

副研究员林达的死留下许多疑问。警方从一开始就不相信是自杀，但调查几个月后仍没有他杀的证据，只好把卷宗归到“未结疑案”中。引起怀疑的主要线索是他留在电脑屏幕上的一行字（他是在单身公寓的电脑椅上服用过量安眠药的），但这行字的意义扑朔迷离，晦涩难解：

养蜂人的谕旨。不要唤醒蜜蜂。

很多人认为这行字说明不了什么，它是打在屏幕上的，不存在“笔迹鉴定”的问题。因而可能是外人敲上去的，甚至可能是通过网络传过来的。但怀疑派也有他们的推理根据：这行字存入内存的时刻是13日凌晨3点15分，而法医确定他的致死时间大约是13日凌晨3点半到4点半，时间太吻合了。在这样的深更半夜，是不会有好事者跑到这儿敲上一行字的。警方查了键盘上的指纹，只发现了林达和他女友苏小姐的。但后来了解到，苏小姐有非常过硬的不在现场的证据——那晚她一直在另一个男人的床上。

这么着就只有两种可能：或者，这行意义隐晦的字是林达自己敲上去的，可能是为了向某人或警方示警；或者，是某个外人输进去的，但他绝不会是游戏之举而是怀着某种动机。不管哪种可能，都偏于支持“他杀”的结论。

调查人第一个询问的是科学院的公孙教授，因为他曾是林达的博士生导师，林达死后他又曾在同事中散布过林是“自杀”的猜测。调查人觉得，先对观点与自己相左的人进行调查是比较谨慎的，可以避免先入为主的弊病。当然这只是原因之一，是那种比较讲得出口的原因。实际上呢……人们都知道警方的一条原则：报案人的作案可能性必须首先排除。

公孙教授的住宅很漂亮，他穿着白色的家居服，满头白发，眉目疏朗。对林达之死他连呼可惜，说林达是他最看重的人，一个敏感的热血青年。他还算不上最优秀的科学家（因为他太年轻），但他有最优秀的科学家头脑，属于那种几十年才能遇上一个的天才，他的死亡是科学界的巨大不幸。至于林达的研究领域，他说是比较虚的，是研究电脑的智力和“窝石”，他的研究当然对人类很重要，但那是从长远的意义而言，并没有近期的或军事上的作用，“绝不会有敌对国家为了他的研究而暗杀他的肉体”。

谈话期间他的表情很沉痛，但仍坦言“林达很可能是自杀”。因为天才往往脆弱，他们比凡人更能看穿宇宙和人生的本质，也常常因此导致心理的失衡。随后他流畅地列举了不少自杀的科学天才，名字都比较怪僻，调查人员未能记录（保存有录音），只记得提到一人是美国氢弹之父费米的朋友，他搞计算不用数学用表（那时还没有计算机），因为数学用表上所有的数据他都能瞬时心算出来，这个细节给调查人员的印象很深，但此人三十余岁就因精神崩溃而自杀。

公孙教授说：“举一个粗俗的例子，你们都是男人，天生知道追逐女人，生儿育女，你们绝不会盘根究底，追问这种动机是从哪儿来的。但天才能看透生命的本质，他知道性欲来自荷尔蒙，母爱来自黄体酮，爱情只是‘基因们’为了延续自身而设下的陷阱。当他的理智力量过于强大、战胜了肉体的本能时，就有可能造成精神上的崩溃。”

调查人员很有礼貌地听他说完，问他这些话是否暗示林达的死“与男女关系有关”。很奇怪的是，公孙教授的情绪在这儿有了一个突然的变化，他不耐烦地说，很抱歉，他还有课，失陪。说完就起身送客。调查人员并未因他的粗暴无礼而发火，临走时小心地问：“他刚才所说的电脑‘窝石’究竟是什么东西。”

“那肯定是极艰深的玩意儿，我们不可能弄懂，只是请你用最简单的语言描绘出一个大致的轮廓。”

公孙教授冷淡地说：“以后吧，等以后我有时间再说。”

第二个被调查者是林达的女友苏小姐。她相当漂亮，非常性感，那时天气还很凉，但她已经穿着露脐装，超短裙，一双雪白的美腿老在调查人员的眼前晃荡。两个调查者对她的评价都不高，说她绝对属于那种“没心没肺”的女人。林达尸骨未寒，她就已经谈笑风生了，连点悲伤的外表也不愿假装，甚至有调查人在场的情况下，她还在电话里同某个男人发嗲。

苏小姐非常坦率，承认她和林达“关系已经很深”，不过早就想和他拜拜了，因为他是个“书呆子，没劲”。不错，他的社会地位高，收入不错，长得也相当英俊，但除此之外一无可取。幽会时林达常皱着眉头走神，他的思维已经陷入光缆隧道之中，无法自拔，那是狭窄、漫长而黑暗的幽径。他相信隧道尽头是光与电织成的绚烂云霞，上帝就飘浮在云霞之中。林达很迷恋他的女友，迷恋她高耸的胸部、修长的四肢、浑圆的臀背及其他种种妙处，即使在追踪上帝时，他也无法舍弃这具肉体的魅力，公孙教授的分析并不完全适合他，但幽会时他又免不了走神。"我看近来他的神经不正常，肯定是自己寻死啦！"

关于林达死于"精神失常"的提法，这是第二次出现。调查者请她说一些具体的例证。苏小姐说："最近林达把白蚁啦、蚂蚁啦、黏菌啦经常挂在嘴边。比如他常谈蜜蜂的'整体智力'，说一只蜜蜂只不过是一根神经索串着几个神经节，几乎谈不上智力，但只要它们的种群达到临界数量，就能互相密切配合，建造连人类也叹为观止的蜂巢。它们的六角形蜂巢是按节省材料的最佳角度建造的，符合数学的精确。对了，近来他常到郊区看一个放蜂人……"

调查者立即联想到电脑屏幕上的奇怪留言，不用说，这个放蜂人必定是此案的关键。他们请她尽量回忆有关此人的情况。苏小姐说："我真的不清楚，他是一个人骑摩托去的，大概去过三次，都是当天返回，所以那人肯定在京城附近。林达回来后的神情比较怪，有时亢奋，有时忧郁，说一些不着边际的话，什么"智力层面"等等，我记不住，也没兴趣听。"

调查者当然也盘问了案发那晚她的活动，确信她不在现场，便准备告辞。这时苏小姐才漫不经心地说："噢，对了，林达有一件风衣忘在我家，里边好像有放蜂人的照片。"听了这句话，调查人的心情真可以用喜出望外来形容。衣袋里果然有一厚叠照片，拍的多是蜂箱和蜂群，只有一张是放蜂人的。那人正在取蜜，戴着防蜂蜇的面罩，模样不太清晰。但蜂箱上提供了宝贵的信息，上面有红漆写的地址：浙江宁海桥头。

调查进行到这儿可以说是峰回路转。老刑侦人员常有这样的经历：看似容易查证的线索会突然中断，看似山穷水尽时却突然蹦出一条线索。三天后，调查人已经来到冀中平原，坐在这位放蜂人的帐篷里。四周是无边无际的油菜花，闪烁着耀眼的金黄。至于寻找此人的方法，说穿了很简单。他们知道这些到处追逐花期的放蜂人一般都不自备汽车，而是把蜂箱交火车或汽车运输。于是，他们在本市联运处查到了浙江宁海桥头张树林在十五天前所填的货运单据，便循迹追来了。

不过见面之后比较失望。至少，按中国电影导演的选人标准，这位张树林绝对不是反派角色。他是个矮胖子，面色黑红，说话中气很足，非常豪爽健谈。可能是因为放蜂生活太孤单了，他对两位不速之客十分热情，逼着客人一缸一缸地喝他的蜂糖水，弄得调查人老出外方便。帐篷里非常简陋，活脱脱一个21世纪的中国吉卜赛。一张行军床上堆着没有叠起的毛毯，饭锅是用三块石头支在地上，搾痕斑斑的茶缸上保留着“农业学大寨”的红字。他的唯一同伴是他的小儿子，一个非常腼腆的孩子，他向调查人员问声好，就躲到外边去了。

放蜂人的记忆力极好，二十天前的往事像是照了相似的，记得纤毫不差。一看到那叠照片他就说没错，是有这么个人找过我几次，姓林，三十一二岁，读书人模样，穿着淡青色的风衣和银灰色毛衣，骑一辆嘉陵摩托。“我们俩对脾气，谈得拢！聊得痛快！”

问他究竟谈了什么，他说都是有关蜜蜂生活习性的，便滔滔不绝地说下去。调查人接受了这番速成教育，离开时已经变成半个蜜蜂专家了。老张说：蜜蜂靠跳8字舞来指示蜜源，8字的中轴方向表示蜜源相对太阳的角度；蜜蜂中的雄蜂很可怜，交配后就被逐出蜂巢饿死，因为蜂群里不养“废人”；养蜂人取蜜不可过头，否则冬天再往蜂箱里补加蜂蜜时，它们知道这不是它们采的，就会随意糟蹋；蜂群大了，工蜂会自动用蜂蜡在蜂巢下方搭三四个新王台，这时怪事就来了！勤勉温顺的工蜂突然变得十分焦躁，它们不再给蜂王喂食，并成群结队地围着它，逼它到王台中产卵，王台中的幼虫就是以后的新蜂王。新王快出生时，有差不多一半的工蜂跟着旧王飞出蜂箱，在附近的树上抱成团，这时放蜂人就要布置诱箱，否则它们会飞走变成野蜂。进入新箱的蜜蜂从此彻底忘了旧巢，即使因某种原因找不到新巢，宁愿在外边冻死、饿死，也决不回旧巢，就像是它们的记忆回路在离开旧巢时咔嚓一下子给剪断了似的！这时旧巢中正热闹呢，新王爬出王台后，第一件事就是寻找其他王台，把它咬破，工蜂会帮它把里边的幼虫咬死。不过，假如两只蜂王同时出生，工蜂们就会采取绝对中立的态度，安静地围观着这场决斗，直到其中一只被刺死，它们才一拥而上，把失败者的尸体拖到蜂箱外。

“想想这些小生灵真是透着灵气，不说别的，你说分群时是谁负责点数？那么大的数可不好点哪，它们又没有十个指头。”

林达与放蜂人并肩立在如雪的杏花里，白色的蜂箱一字儿排在地头，黄褐相间的小生灵在他们周围轻盈地飞舞。它们有自己的社会，有自己的数学和化学，有自己的道德、法律和信仰，有自己的语言和社交礼仪。一只孤蜂不能算是一个生命，它绝不可能在自然界存活下去。但蜂群达到一定数量后，就产生一种整体智力。所以，称它们为“蜂群”不是一个贴切的描述，应该说它们是一个叫作“大蜜蜂”的生物，而单个蜜蜂只能算作它的一个细胞。智力在这儿产生突跃，整体大于个体之和。林达对着养蜂人礼拜，林达对着蜂群自言自语，他说这些小生灵可以让我们彻悟宇宙之大道。他认真地追问老张，蜂群“分群”的临界数量是多少，但他又反过来说，精确数值是没有意义的，只要大略了解有这么一个“数量级”就行。放蜂的老张弄不明白这些话。

调查人员第二次听到“临界数量”这个词。这个词听起来有点神秘，也多少带点危险性（他们都知道核弹爆炸就有一个临界质量）。但他们针对这个词的追问得不到放蜂人的响应。老张只是杂七杂八地扯一些题外话，他指着那张戴面罩的照片说：“这张照片是林先生特意给我照的，林先生说要寄到我家，不知道寄了没有。

“本来不是取蜜期，他非要我带上防蜂罩为他表演。他说我带上防蜂罩像是带上皇冠，说我是蜜蜂的神，蜜蜂的上帝。这个林先生不脱孩子气，尽说一些傻话。”

调查人很敏锐，从这句平常话中联想到苏小姐说的“精神失常”，便调头紧追下去。老张后悔说了这句话——他不想对外人说林先生的“缺点”。在再三追问下他才勉强说：“对，林先生的确说过一些傻话。他说过，老张你‘干涉’了蜜蜂的生活——你带它们到处迁徙寻找蜜源，你剥夺了它们很大一部分劳动成果供人类享用，你帮它们分群繁殖，如此等等。但蜜蜂们能察觉这种‘神的干涉’吗？当然这肯定超出它们的智力范围，但它们能不能依据仅有的低等智力‘感觉’到某种迹象？比如，它们是否能感觉到比野蜂少了某种自由？比如，当养蜂人在冬天为缺粮的蜂群补充蜂蜜时，它们是否会意识到有一只仁慈的‘上帝之手’？它们糟蹋外来的蜂蜜，是否是一种孩子式的赌气？

“林先生把我给逗笑了，我说它再聪明也是虫蚁呀，它们咋能知道这些。我看它们活得蛮惬意的。不过，”他认真地辩解着，“林先生绝不是脑子有问题，他是爱蜂爱痴了，钻到牛角尖里了。”

调查人对谈话结果很失望，这条意外得来的线索等于是断了。他们曾把最大的疑点集中在“养蜂人”身上，但是现在呢，即使再多疑的人也会断定，这位豪爽健谈的张树林绝不是阴谋中人。两人临告辞时对老张透露了林先生的不幸，放蜂人惊定之后涕泪滂沱，连声哽咽着：“好人不长寿，好人不长寿哇。”

调查人又到了北大附中，林达的最后一次社会活动是来这里对学生作了一场报告。当时负责接待的教导处陈主任困惑地说，这次报告是林达主动来校联系的，也不收费。这种毛遂自荐的事学校是第一次碰上，对林达又不熟悉，原想婉言谢绝的，但看了那张中国科学院的工作证，就答应了。至于报告的实际效果，陈主任开玩笑说：“不好说，反正不会提高这次期中考试的成绩。”

他们用随机抽样的方法喊来了五个听过报告的学生，两男三女，拘谨地坐在教导处的木椅上。这是学校晚自习时间，一排排教室静寂无声，窗户向外泻出雪亮的灯光，光怪陆离的霓虹灯在远处的夜空中闪亮。学生们的回答不太一致，有人说林先生的报告不错，有人说印象不深，但一个戴眼镜女生的回答比较不同。

“深刻，他的报告非常深刻，”她认真地说，“不过并不是太新的东西。他大致是在阐述一种新近流行的哲学观点：整体论。我恰好读过有关整体论的一两本英文原著。”

这个女孩个子瘦小，尖下巴，大眼睛，削肩膀，满脸稚气未脱，无论年龄还是个头显然比其他人小了一截。陈主任低声说，你别看她其貌不扬，她是全市有名的小天才，已经跳了两级，成绩一直是拔尖的，英文程度最棒。

调查人请其他同学回教室，他们想，与女孩单独谈话可能效果更好些。果然，小女孩没有了拘谨，两眼闪亮地追忆道："什么是整体论？林先生举例说，单个蜜蜂的智力极为有限，像蜂群中那些复杂的道德准则啦，复杂的习俗啦，复杂的建筑蓝图啦，都不可能存在于任何一只蜜蜂的脑中。但千万只蜜蜂聚合成蜂群后，这些东西就自然而然地产生出来——为什么如此？不知道。人类只是看到了这种突跃的外部迹象，但对突跃的深层机理毫无所知。又比如，人的大脑是由一百四十亿个神经元组成，单个神经元的构造和功能很简单，不过是根据外来的刺激产生一个冲动。那么哪个神经元代表'我'？都不代表，只有足够的神经元以一定的时空序列组合在一起，才会产生'窝石'……"

调查人又听到"窝石"这个词，他们忙摆摆手，笑着请她稍停一下。"小姑娘，请问什么是窝石？我们在调查中已经听过这个词，不会是肾结石之类的东西吧，从没听过脑中也会产生结石。"

小女孩侧过脸看看他们，有笑意在目光中跳动。她忍住笑耐心地说："那和石头没关啦。'我识'就是'我的意识'，就是意识到一个独立于自然的'我'。人类婴儿不到一岁就能产生'我识'，但电脑则不行，即使是战胜卡斯帕罗夫的'深蓝'，它也不会有'我'的成就感。这是说数字电脑的情形，自从光脑、量子电脑、生物元件电脑这类模拟式电脑问世以来，情况已经有了变化。林先生在报告中也提到了'标准人脑'和'临界数量'……"

调查人员相对苦笑，心想这小女孩怕是在用外星语言谈话！他们再次请她稍停，解释一下什么是"标准人脑"，这个名词听上去带点凶杀的味道。女孩简单地说："这只是一个度量单位啦，就像天文距离的度量可以使用光年、秒差距或地球天文单位一样。过去，数字电脑的能力是用一些精确的参数来描述，像存储容量（比特）、浮点运算速度（次/每秒）等。对于模拟电脑这种方式已不尽适合，有人新近提出用人脑的标准智力作参照单位。这种计算方法还没有严格化，比如对世界电脑网络总容量的计算，有人估算是一百亿标准人脑，有人则估算为一万亿，相差悬殊。不过林先生有一个非常精辟的观点，他说，精确数值是没有意义的，不管是多少，反正目前的网络容量早已超过临界数量，从而引发智力暴涨，暴涨后的电脑智力已经不是我们所能理解的层面……”

调查人员很有礼貌地打断她的话，说很感谢她的帮忙，但是不能再耽误她的学习时间了，再见。然后苦笑着离开学校。

他们还询问了死者的祖父祖母（林达的父母不在本地）。按采访时间顺序来说他们是排在第三位，但调查报告中却放到最后叙述。这可能是一种暗示——暗示写报告者已倾向于接受林达祖父对死因的分析。那天他们到林老家中时，客厅里坐满了人，一色是六十岁以上的老太太，头上顶着白色手巾，都在极虔诚极投入地哼哼着。林老急忙把两人让进他的书房，多少带点难为情地解释道，这都是妻子的教友，她们在为死者祷告。林老说，他和妻子留学英伦时都曾皈依天主，新中国成立后改变了信仰，但退休后老伴又把年轻时的信仰接续上了。“人各有志，我没有劝她，我觉得在精神上有所寄托未尝不是件好事。可惜妻子所接触的老太太们都只有‘低层次’的信仰，她们不是追求精神上的净化，而是执迷地相信上主会显示神迹，这未免把宗教信仰庸俗化了。说实话，我没想到我的老伴能和这些老太太们搞到一起。”

他对爱孙的不幸十分痛心，因为他知道孙子是一个天才，知道他一直在构筑一种代号为“天耳”的宏大体系，用以探索超智力，探索不同智力层面间交流的可能性。但在谈到林达的死因时，林老肯定地说：“是自杀，这点不用怀疑，你们不必为他耗费精力了。因为林达死前来过一次电话，很突兀地谈了宗教信仰问题，可惜我没听出他的情绪暗流，事后我真后悔呀。”

林老说，近两年他老伴一直在向孙子灌输宗教信仰，常向他塞一些印刷精美的宣传册，不过她的努力一直毫无成效，看得出来，孙儿只是囿于礼貌才没有当面反驳奶奶。但在那次奇怪的电话中林达突兀地向爷爷宣布，他已经树立了三点信仰：一，上帝是存在的；二，上帝将会善意地干涉人类的进程，但这种干涉肯定是不露形迹的；三，人类的分散型智力永远不能理解上帝的高层面的思维。“我不知道他为什么突然获得了宗教的感悟，也不知道他为什么讲给我听，而不是他奶奶。”林老缓缓地摇着头，苦涩地说，“我不赞成他信教，但我觉得这三个观点倒是可以接受的，它实际上正符合西方国家开明放达的现代宗教观。不过孙子当时的情绪相当奇怪，似乎很焦灼，很苦恼。他在电话里粗鲁地说：‘正因为我确定了上帝的存在，我才受不了他妈的这个鬼上帝。我不能忍受有一双冥冥在上的眼睛看着我吃喝拉撒睡，就像我们研究猴子的取食行为和性行为一样。尤其不能忍受的是，我们穷尽智力对科学的探索，在他看来不过是耗子钻迷宫，是低级智能可怜的瞎撞乱碰。这样的人生还有什么意义！’我当然尽力劝慰一番，可惜我没听出他的情绪暗流，我真后悔呀。”林老摇着白发苍苍的头颅，悲凉地重复着。

调查人怀疑地问：“他真的会仅仅为这种异想天开而自杀？”

林老说：“会的，他会的，我们了解他的性格。”林老自嘲地苦笑道，“这正是林家的家风，我们对于精神的需求往往甚于对世俗生活的需求。”

调查人告别他下楼，看见他妻子在门口同十几位教友们话别，教友们认真地说：“上帝会听到我们的祷告，一定会的，咱们的达儿一定会升入天堂。”两位调查人扭头看看林先生，林先生轻轻摇头，眸子中是莫名的悲哀。

那个星期六晚上，戴眼镜的小女孩做完作业，迫不及待地趴到电脑屏幕前。那是父母刚为她购置的光脑，一根缆线把她并入网络，并入无穷、无限和无涯。光缆就像是一条漫长的、狭窄的、绝对黑暗的隧道，她永远不可能穿越它，永远不可能尽睹隧道后的大千世界。她在屏幕上看到的，只是“网络”愿意向她开放的、她的智力能够理解的东西。但她仍在狂热地探索着，以期能看到隧道中偶然一现的闪光。林达在台上盯着她，林达盯着每一个年轻的听众，他的目光忧郁而平静。这会儿没人知道他即将去拜访死神，以后恐怕也没人理解他这次报告的动机。林达想起了创立“群论”的那位年轻的法国数学家伽罗瓦，他一生坎坷，关于群论的论文多次被法国科学院退稿——那时世界上还没有一个人能理解它。后来爱上一个不爱他的女人，为此在一场决斗中送命。他在决斗前夜通宵未眠，急急地写出群论的要点。至今，在那些珍贵的草稿上，还能触摸到他死前的焦灼。草稿的空白处潦草地写着：来不及了，没有时间了。来不及了，没有时间了。

他为什么在死前还念念不忘他的理论？也许只有他和林达能互相理解。

林达说，蜜蜂早就具备了向高等文明进化的三个条件：群居生活、劳动和语言（形体语言）。相比人类，它们甚至还有一个远为有利的条件：时间。至少在一点二亿年前，它们已经建立了有效的蜜蜂社会。但蜜蜂的进化早就终结了，终结于一个很低的层面上（相对于人类文明而言）。为什么？生物学家说，只有一个原因，它们的脑容量太小，它们没有具备向高等智力发展的物质基础。如此说来，我们真该为自己一千四百克的大脑庆幸——可是孩子们啊，你们想没想过，一千四百克的大脑很可能也有它的极限？人类智力也可能终结于某个高度？

没有人向女孩转述过林达的遗言：不要唤醒蜜蜂。不过，即使转达过，她也可以不加理会的，因为她年轻。

后记

培植中国科幻文学的新生创作力量
攫拔先锋和新锐作家
鼓励题材和手法创新

赵国珍

如果说传统文学是对历史的现实的观照的话，那么，科幻文学则更是一种对未知的未来的观照。

从上个世纪初梁启超翻译凡尔纳的《十五小豪杰》始，到今天刘慈欣的《三体》三部曲被翻译成多种文字走向世界，一百年来，科幻文学在中国经历了从引进到输出的轮回。这一轮回，既是科幻文学这一文类形成与发展的必要过程，也预示着中国的科幻文学开始独立和走向成熟。应该说，中国人的世界和生活中，不能没有科幻文学；而世界科幻大家族中，也不能缺失中国的身影。那么，现在的问题是，目前的中国科幻文学到底是一个什么状态，它有什么样的作家群体，创作了什么样的作品，发展到了什么程度，恐怕仍然不为许多人知晓。现在，大家手头的“沸点”科幻丛书，就是想解决这个问题，就是想回答正在进行时的中国科幻文学“是什么”和“怎么样”的问题，就是想为了解和研究中国科幻文学创作现状的人们提供一个“典型性”文本。

记得在2010年我担任《科幻大王》主编时，曾经向刘慈欣约稿，他向我表达的观点是他们这一代人在中国科幻文学的发展过程中，相较于前辈作家来说，只能算是个新生代，而正在出现并将逐步引领风骚的更生代作家已经崭露头角，他如数家珍，热情地为我推荐了一长串名单，并且说这些人才是中国科幻文学的未来。这其中固然有大刘惯常的谦逊和低调，但如果冷静分析，他之所述，的确也是一种客观现实。因为放眼全国科幻界，国内第一个职业科幻作家兼科幻产业开发者郑军、具有阿西莫夫之风的上海女作家陈茜、文风刚柔并济的北京女作家凌晨、台湾科幻、科普两栖作家李伍薰、具有鲜明创作个性和独立风格的陈楸帆、飞氘、江波、夏笳——纷至沓来，源源不绝的创作人才，正是长江后浪推前浪、科幻代有人才出的现实写照啊！

当然，成熟的文学类别是以稳定的作家队伍、稳定的作品形态、稳定的读者人群和稳定的社会反应为标准、为标志的，以此来客观而冷静地观照当今的中国科幻文学，其作家队伍、作品形态、社会认可等固有元素，应该说距离成熟和独立的文学类别还是有一定差距的。但我们也应该看到，传统文学已经拥有三千年以上的历史，而科幻文学如果以公认的玛丽·雪莱的《弗兰肯斯坦》为诞生标志，至今还不到二百年的历史。以二百年的发展过程，能达到今天这样的发展程度，在西方许多国家甚至发展成为主流文类和主流产业，科幻文学旺盛的生命力、强劲的感染力和充沛的发展力，的确令人振奋。虽然说，中国科幻文学的发展与繁荣之路还很长，但我们对未来的发展充满信心，也将倾尽全力做出我们的贡献。

山西出版传媒集团希望出版社的“点点”科幻百部原创出版工程，同时推出“奇点”“沸点”“极点”“起点”四套科幻系列丛书，就是希望通过努力，培植中国科幻文学的新生创作力量，擢拔先锋和新锐作家，鼓励题材和手法创新，保护科幻文学创作者的灿烂思维和先锋尝试，保证科幻文学创作的持续健康发展，以更好满足读者的梦幻体验和阅读快感。这其中既有振兴中国科幻文学的责任感，也有繁荣祖国文化事业的使命感。

2013年9月28日

图书在版编目（CIP）数据

宇宙观察者·王晋康精选集 / 王晋康著. —太原：希望出版社，2016.8（2017.5重印）
（沸点科幻丛书）
ISBN 978-7-5379-7410-3

Ⅰ.①宇… Ⅱ.①王… Ⅲ.①科学幻想小说－小说集－中国－当代 Ⅳ.①I247.7

中国版本图书馆CIP数据核字（2016）第172218号

沸点科幻丛书
宇宙观察者·王晋康精选集
王晋康 著

出 版 人 梁 萍
选题策划 杨建云 赵国珍
责任编辑 赵晓旭 赵国珍
复 审 翟丽莎
终 审 杨建云
装帧设计 陈东升 罗紫涵
美 编 王 蕾
责任印制 刘一新 尹时春

出 版：山西出版传媒集团·希望出版社
地 址：山西省太原市建设南路21号
开 本：787mm×1092mm 1/16
印 刷：山西人民印刷有限责任公司
印 张：20.25
版 次：2016年8月第1版
印 数：3001—6000册
印 次：2017年5月第2次印刷
标准书号：ISBN 978-7-5379-7410-3
定 价：38.00元

编辑热线 0351-4922124
发行热线 0351-4123120 4156603